CHARLES L. GRANT

HAUS DER NACHT

Roman

Deutsche Erstausgabe

WILHELM HEYNE VERLAG
MÜNCHEN

HEYNE ALLGEMEINE REIHE
Nr. 01/7927

Handlung und Personen dieses Romans sind frei erfunden. Etwaige Ähnlichkeiten mit Lebendem oder Verstorbenen sind rein zufällig.

Titel der amerikanischen Originalausgabe
FOR FEAR OF THE NIGHT
Übersetzt von Eva Malsch

Printed in Germany 1989
Umschlagfoto: ZEFA/Comstock, Düsseldorf
Umschlaggestaltung: Atelier Ingrid Schütz, München
Satz: Werksatz Wolfersdorf GmbH
Druck und Bindung: Elsnerdruck, Berlin

ISBN 3-453-03636-0

Für Jo,
der zuliebe ich lange Wege auf mich nehme.
Und auch für Steve,
der mir den Abschied schwermacht.
Zwei wirklich gute Freunde,
trotz des Meeres und der Nacht.

Aus Angst vor der Nacht
scheuen die Menschen den Mond,
Und der Tod sucht seinen Thron.

1

Die Augustbrise kühlte ab, während die Lichter zu sterben begannen. Glühbirnen und Glasspiralen erloschen in langsamer Folge auf dem breiten Vergnügungspier, der sich entlang der Brandung erstreckte, das Dunkel des Meeres einsog und die immer noch am Sand klebende Tageshitze verbannte. Zuerst wurden die Karussells mit den durchhängenden Regenbogengirlanden über den Eisengeländern von Leere und Schatten erfüllt. Und zuletzt, immer zuletzt, das Riesenrad am anderen Ende – der Außenrand, dann der Innenrand, schließlich die ganze Fläche des Kreises, der die rostige Nabe umgab.

Und als es geschehen und die Finsternis fast vollendet war, als kein Neon mehr blinkte und die Generatoren nicht länger knirschten, lag Stille über dem hohlen, heiseren Dröhnen der immerwährenden Brandung. Keine Stimmen. Keine Musik. Kein Gelächter. Kein Geschrei. Nur die zurückweichende Flut, die am Pfahlwerk plätscherte, nur die murrenden Brecher und der Schaum, der halbmondförmig über den Sand zischte, sich trübweiß ausstreckte und nach immer neuer Nahrung griff.

Und der Mond auf seinem Weg zum Morgengrauen, die Sterne über dem Atlantik, die den Nachthimmel niedriger und kälter wirken ließen, und der Ozean wie ein rollender Spiegel voller Zerrbilder.

Die Augustbrise kühlte ab, und hinter der verlassenen hölzernen Uferpromenade und den angrenzenden niedrigen Gebäuden flackerten Straßenlaternen, schmachteten Verandalampen dahin, ein paar Lichter in ein paar Fenstern, alle geschwächt ohne das aufmunternde Glitzern des Rummelplatzes, alle melancholisch im Schweigen, das zurückblieb, wenn die Touristen in ihre Betten sanken. Verkehrsampeln wechselten die Farbe, aber es gab keine Autos, die ihnen gehorchten. Wimpel flatterten. Ein Luftballon hüpfte in einem Rinnstein dahin. In einem Flur hinter der Maske eines verbogenen Gittertors schlug eine Uhr die dritte Stunde, und niemand hörte ihr zu.

Das Geländer am anderen Ende des Piers war feuchtkalt, und Devin lehnte daran, blickte zu den Wellen hinab, sah sie aufsteigen und fallen, hörte sie am mit Rankenfußkrebsen behafteten Holz zerschellen, das den Brettersteg über Wasser hielt. Ein Schulterzucken, weil er nichts entdecken konnte, und er schaute auf, in die Brise, die ihn zum Blinzeln zwang, und nahm nichts wahr außer der Schwärze, denn der Horizont versteckte sich bis zur Morgendämmerung; nichts, nur endlose Schwärze und Silberfragmente und das gelegentliche Aufflammen von verwirrendem Weiß, wenn ein Brecher auf eine Sandbank stieß.

Ein kurzes Hochziehen seiner dichten Braue, als hätte er mehr erwartet, dann ein Blick zur Rechten, zum Strand, der sich bis zur ersten der braunen, gegen die Erosion kämpfenden Felsenmolen dehnte. Wogen in niedrigen Stufen. Der Glanz des Mondscheins auf einer Muschel, die sich langsam im Wasser drehte.

Und zu seiner Linken der schmalere Strand, gesäumt von diesem Pier und dem nächsten, die beide den Bereich des Rummelplatzes markierten, der Imbißbuden, Bars und Souvenirläden. Sechs Sandabschnitte am Fuß eines Holzstegs, gerade hoch genug, so daß ein erwachsener Mann darunter gehen konnte, ohne den Kopf zu senken. Jetzt war alles verlassen, sogar die Strandgammler hatten sich nach Hause oder in ihre Schlupfwinkel zurückgezogen, in Gassen und Toreinfahrten, auf jene Küstenstrekken, wo die Polizei nicht Streife fuhr.

Der ferne Pier war dunkel und war es immer gewesen, sogar im hellen Sonnenlicht, und wirkte jetzt noch finsterer, weil nur der schwache abnehmende Mond es wagte, ihm Gestalt zu verleihen. Verkohlte Balken, versengtes Metall, die Reste einer wilden Feuersbrunst, die dort vor sieben Tagen ausgebrochen war – angeblich infolge schadhafter elektrischer Leitungen, nachdem es jemand versäumt hatte, den Strom auszuschalten.

Die Augustbrise – immer kälter.

Noch bevor die Flammen diesen Ort überspült, geschwärzt, seinen Anstrich in Ruß verwandelt und sein buntes Glasdach zerschmettert hatten, war er dem Untergang geweiht gewesen. Zu Beginn der Sommersaison hatte man Warnschilder aufgestellt und den Torbogen vernagelt. Zu viele Jahre sträflicher Vernachlässigung, zu viele Berichte über Unfälle, die nicht hätten passieren dürfen. Die Story war in allen Lokalzeitungen veröffentlicht worden, aber seines Wissens hatte seltsamerweise niemand die Ermittlungsergebnisse der Polizeiinspektoren angezweifelt. Kein Eigentümer war aufgetaucht, kein Anwalt, kein Pächter.

Zerstört an einem einzigen Nachmittag, und der Eingang mit Sperrholz verschlossen.

Dann blinzelte er und hielt den Atem an, als er irgendwo in den Ruinen eine jäh auflodernde Flamme zu sehen glaubte. Doch er erkannte, daß es nur eine Erinnerung war, und seine Finger umspannten das Geländer noch fester.

Er war zum Zeitpunkt des Geschehens, zu Beginn der Abenddämmerung hier unten gewesen, am Strand, neben dem zentral gelegenen Standort des Bademeisters. Plötzlich war eine gewaltige Feuerkrone aus der drei Viertel des

Bauwerks überdachenden Kuppel geschossen, und die Sonnenanbeter und Schwimmer hatten angefangen zu schreien und waren davongelaufen. Ohne zu überlegen hatte er seine Kameras gepackt und zu knipsen begonnen, mit Tele-Zoom- und Weitwinkelobjektiv, kniend, stehend, war zum Hochsitz des Bademeisters emporgeklettert, hatte sich mit den Beinen festgeklammert und hatte wütend schwarze Wolken mit den Pastellfarben des Himmels eingerahmt, grell aufblühende, im Qualm gefangene Flammen.

Und als der Film verbraucht war, war er zu seinem Haus gerast, hatte telefoniert, während er die Fotos entwickelte, den schweißnassen Hörer zwischen seine Wange und die bebende Schulter geklemmt, und am nächsten Tag erzählten seine Bilder in den Zeitungen von New York und Philadelphia die Story.

Eine junge Frau hatte den Tod gefunden, und niemand wußte, warum sie am Unglücksort gewesen war.

Ein Wochenmagazin erwarb drei seiner Fotos, eine Sonntagsbeilage drei weitere.

Sie hieß Julie Etler, und er hatte sie als seine Freundin betrachtet.

Die Brise schwoll zu einem herbstlichen Septemberwind an.

Ehe er über ihren Tod informiert worden war, hatte er sich eingeredet, die Katastrophe sei ein lange ersehnter, zugegebenermaßen perverser Glücksfall, der Durchbruch, um den er betete, seit er vor fast einem Jahrzehnt an die Küste gezogen war. Aufmerksamkeit, die seinem Namen und seiner Arbeit galt. Anerkennung – nicht nur für simple mechanische Fähigkeiten. Etwas anderes als endlose Geburtstage, Hochzeiten und High School-Abschlußfeiern. Er hatte sich gesagt, dies sei kein schmutziges Geld, und er würde es zweifellos brauchen, wenn er den kommenden September überleben wollte; er sei ein Profi und müsse Distanz wahren.

Aber Julie war mitten auf dem Pier gefunden worden, gerade so viel von ihr, daß sie identifiziert werden konnte, und rings um die Leiche hatte nichts gebrannt.

Es gab keine Alpträume. Aber Erinnerungen. Und den verkohlten Pier weiter oben am Strand.

Die Brise war kalt.

Unter seinen Füßen krallte sich die Brandung in den Sand wie ein gefesselter Donner.

Eine junge Frau, eben erst den Teenagerjahren entwachsen, war gestorben, ohne sein Wissen von ihm fotografiert, und er hatte sie erst in seiner Dunkelkammer gesehen – hatte sie gesehen – gesehen...

O Jesus, Graham, das reicht, ermahnte er sich, schüttelte heftig den Kopf und stieß sich vom Geländer ab, um den Heimweg anzutreten – die Kamera mit aufgeschraubtem Verschluß in der wattierten Tasche, die an seiner rechten Schulter hing, das zusammengeklappte Stativ im Tragriemen an der Linken. Vergeblich rückte er die Jacke zurecht, in deren Jeansstoff sich die Gurte gruben und ihm das Gefühl gaben, er wäre schief gewachsen. Dann stieg er vorsichtig über die dicken Kabel, die den Karussells elektrischen Strom lieferten und ging in der Mitte des Piers zur Uferpromenade, lauschte dem Rasseln der schweren Doppelkette, die vor dem Eingang gezogen wurde, unter einem hufeisenförmigen, von grinsenden Clownsgesichtern flankierten Schild.

Er gähnte, verlagerte mit einem geübten Ruck die schwere Tasche auf der Schulter und fuhr mit den Fingern der linken Hand durch sein dunkles Kraushaar. Dann wechselte er erneut die Position der Tasche und blinzelte ins Licht der beiden großen nackten Glühbirnen, die über dem Eingang baumelten. Die Kette war kaum mehr als ein

Schatten, floß aus der Schattenhand eines Mannes, kleiner, aber wesentlich kräftiger gebaut als Devin, mit gebeugtem Rücken, langen Armen und kurzem, drahtigem, schneeweißem Haar. »Kommen Sie endlich?« fragte er mit leiser, tiefer Stimme. »Ich will nicht die ganze Nacht auf Sie warten.«

Devin entschuldigte sich, eilte nach draußen und drehte sich um, während die Kette über einen massiven Haken an einem der Pfosten glitt, die das Schild trugen. »Glauben Sie wirklich, daß Sie damit irgendwen fernhalten können?«

Stump Harragan, in Hemdsärmeln und Bermudas, riß an der Kette, um sich zu vergewissern, daß sie richtig festgemacht war, dann zog er breite, karierte Hosenträger von seiner Brust weg und ließ sie zurückschnappen. »Und um mich das zu fragen, haben Sie den ganzen Sommer gebraucht?«

»Ich würde mein Urteil gern revidieren.«

Harragan starrte ihn an, ein Auge für alle Zeiten halb geschlossen. »Was soll das heißen?«

»Daß ich eben erst daran dachte.«

Der alte Mann lachte und klatschte in langfingrige Hände, so schwarz wie die Schatten, die sich hinter ihm auf dem Pier zusammenballten. »Sie sind wieder mal einmalig, mein Junge.« Er wies mit dem Kinn auf die Kamera. »Irgendwas erwischt heute abend?«

Devin zuckte mit den Schultern. »Weiß ich nicht. Je nachdem.«

»Hübsche Mädchen da draußen.« Harragan kratzte sich seitlich am Hals. »Oder sind Sie blind? Als ich klein war, wurden sie vom Strand verbannt, wenn sie solche Badeanzüge trugen. Damals galt das als Sünde. Ist es immer noch, aber was soll's, zum Teufel?«

»Ich habe alle Badeanzüge, die ich brauche, danke«, erwiderte Devin und mimte ein Schaudern. »Ebenso wie jeder andere Fotograf in der uns bekannten westlichen Welt.«

»Und die lieben Kleinen?«

»Süße Kinderchen, die Sandburgen bauen, sind langweilig. Genauso wie Hunde, die Ball spielen, und ertrinkende Surfer.«

»Sind sind aber ziemlich wählerisch, was?«

»Nein.« Devin wippte mit einer Hüfte. »Nun ja, vielleicht.«

»Haben Sie's mit einer getrieben?« Devin starrte den alten Mann nur an, und der fuhr in übertriebenem Mitleid fort, während er seinen Arm in die Richtung des leeren Strandes schwang. »All die Mädchen. Mein Gott, den ganzen Sommer liegen sie da draußen, riechen nach Sonnenöl und sehen himmlisch aus, und Sie...« Er wies mit einem schmutzigen Zeigefinger auf ihn. »Sie sind doch kein Mönch. Wenn sie ein Mönch sein wollen, dann gehen Sie in die Berge. Wenn Sie an den Strand kommen, müssen Sie ein Mädchen kennenlernen. So ist das nun mal, mein Junge, so will es der liebe Gott haben.«

»Und das wissen Sie ganz genau, was?«

Statt einer Antwort zog der Alte ein großes Schnupftuch aus der Hüfttasche, putzte sich die Nase und rülpste vernehmlich. Devin lachte und schüttelte in freundschaftlichem Abscheu den Kopf. Trotz seines Gewichts und der langen Arme wirkte Harragan hochbetagt, gebrechlich und permanent verschüchtert. Nur die Leute, die Standplätze auf seinem Pier mieteten, wußten, daß er dessen Besitzer war. Die anderen hielten ihn für nicht viel mehr als einen schwachsinnigen Wächter, einen gebeugten Schwarzen, der stumm den täglichen Schmutz entfernte, die Mülleimer leerte und zweimal pro Tag den Plankenboden mit einem geflickten Schlauch abspritzte; entweder ignorierten sie Harragan, oder sie verspotteten ihn. Und nur wer Ärger machte, bekam zu spüren, wie jung und stark er in Wirklichkeit war – und wie reizbar. »He, Mann, wollen Sie die ganze Nacht hier rumstehen, oder laden Sie mich zu einem Kaffee ein?«

»Weder noch«, erwiderte Devin bedauernd und strich sich über die Augen. »Ich bin seit acht auf den Beinen, erinnern Sie sich? Und wenn ich mich jetzt nicht schlafen lege, falle ich um.«

»Sie sind dreißig Jahre jünger als ich«, murmelte Harragan. »Da werden Sie schon nicht umfallen.«

Vielleicht nicht, dachte Devin, während er ihm zuwinkte und davonging, aber im Augenblick fühlte er sich völlig ausgelaugt. Sein Rücken schmerzte, Sand füllte seine Augen, und seine Kleidung war steif vom salzigen Sprühwasser.

Was er jetzt bräuchte, falls ihn irgend jemand mit einem Wunder beglücken wollte, wäre ein zweitägiger Schlaf, ohne Störung von seiten der Nachbarn, ohne schreiende Touristen vor seinem Fenster, ohne Träume; doch er würde – wie immer seit Juni – nur ein paar rastlose Stunden im Bett verbringen, bevor die Sonne neue Hitzewellen erzeugte und seine Klimaanlage so laut stöhnen ließ, daß er aufwachte.

Die Augustbrise kühlte ab, als die Lichter zu sterben begannen, und Tony umschlang seine Beine noch fester, nachdem er sie an die Brust gezogen hatte. Er wünschte, er hätte an diesem Abend nicht nur die Badehose sondern Jeans an, eine Jacke statt des Sweatshirts von seinem Ringerteam. Aber das war typisch für den Lauf der Dinge an diesem Tag. In diesem Sommer. In diesem Jahr. Offensichtlich hinkte er stets einen Schritt hinterher, während die restliche blöde Welt gleich hinter der Ecke lag, und er mühte sich vergebens ab, um jemanden mit einer Landkarte zu finden, der ihm den Weg zeigen konnte.

Schnüffelnd zuckte er mit den Schultern – *zum Teufel damit.* Er legte eine Wange auf einen Unterarm und schaute zu Kelly Albertson hinüber, die erschauerte, obwohl Mike Nathan einen Arm um sie gelegt hatte. »Wißt ihr, wie spät es ist?« fragte er schließlich, und seine Augen versuchten einen Teil des Dunkels zu verdrängen.

»Klar«, erwiderte Mike mit natürlich tiefer Stimme, einer passenden Ergänzung seiner Größe. »Die Geisterstunde hat begonnen, Mr. Riccaro.« Er lachte bösartig und hob die Hände, um die Finger an beide Seiten seiner Nase zu legen. »Ich glaube, es wird langsam Zeit, daß ich mich in einen Werwolf verwandle.«

»Dafür brauchst du einen Vollmond, du Idiot.« Kelly schüttelte blonde Stirnfransen aus den Augen, doch die Brise wehte sie wieder zurück.

»Dann werde ich ein Vampir.«

»Mitternacht«, sagte Tony, schob nun sein Kinn auf den Arm und starrte aufs Meer hinaus.

»Was?«

»Die Geisterstunde fängt um Mitternacht an. Aber jetzt ist nicht Mitternacht – das ist beinahe schon die Morgendämmerung, um Himmels willen.« Er spürte, daß der andere Junge ihn anstarrte und herauszufinden versuchte, ob er Witze machte oder nicht, spürte das Schulterzucken, hörte den Kuß, hörte wie Kelly kicherte und Mike wegschob.

Tony verdrehte die Augen, legte sich auf die Decke und streckte die Arme so weit nach hinten, daß seine Schultern schmerzten. Vor zwei Stunden hatte er gemerkt, was für eine dumme Idee das gewesen war. Einer von Mikes Eins-A-Patzern, die sich haufenweise zu ereignen schienen. Tagelang war der Bursche vollkommen normal, vollkommen vernünftig, das Paradebeispiel eines jungen Mannes, der Arzt werden wollte. Und dann – peng! – spielte er Dr. Jekyll und schnappte über.

Es mußte an seinem Namen liegen – Michael Nathan. Da war irgendwas dran, das die Leute amüsierte.

Letzte Woche war er auf die Idee gekommen, die Kinder in allen Tagesschulen drüben in Toms River zu terrorisieren. Er wollte für alle Halloweenmasken besorgen, und sie sollten sich damit an Zäune oder Fenster stellen und warten, bis sie entdeckt würden, um dann langsam aus dem Blickfeld zu verschwinden und wie von Furien gejagt wegzulaufen.

In der vorletzten Woche hatte Mike beabsichtigt, mit seinen Freunden zum Point Pleasant Inlet zu fahren und Wasserbomben auf die Fischer- und Touristenboote zu werfen, die ins offene Meer steuerten. Und in der Woche davor war's irgendwas anderes gewesen. Tony konnte sich nicht entsinnen, und es interessierte ihn auch gar nicht. Nichts von alldem hatte jemals geklappt, und sie ließen Mike nur deshalb gewähren, weil sie wußten, irgend etwas würde der Verwirklichung seiner Pläne stets im Wege stehen und ihn in seinen Normalzustand zurückversetzen.

Tony blies die Wangen auf und stieß langsam den Atem aus. Während sie heute abend über den Brettersteg geschlendert waren, hatte Kelly den Fotografen beim Aufbau seiner Kameraausrüstung beobachtet. Daraufhin entstand der Plan, sich unter den Planken zum Harragan-Pier zu schleichen, zu warten, bis die Ebbe einsetzte, und dann unheimliche Geräusche zu machen. Mike meinte, das würde Devin eine Scheißangst einjagen. Der war im großen und ganzen ein recht netter Kerl, zumindest für einen Erwachsenen, und würde ihnen vermutlich nicht die Köpfe einschlagen, wenn er merkte, was da vorging. Leider war Mike eingeschlafen, und weder Tony noch Kelly hatten den Wunsch verspürt, ihn zu wecken.

Die Augustbrise – immer kälter.

Die Bretter über ihm waren schwarz – und grau, wo sie sich teilten, um das sterbende Mondlicht hindurchzulassen. Sand rieselte ihm ins Gesicht, Spinnenbeine suchten einen Weg in seine Augen; er wälzte sich auf den Bauch und bildete mit beiden Armen ein Kopfkissen.

Der Sand unter ihm war kalt. Und hart. Aber er wollte nicht nach Hause gehen. Er hatte seinen Eltern erklärt, er würde am Strand schlafen, und sie fanden das okay. Alles, was er in diesem Sommer tun wollte, war okay. Anscheinend kümmerte es sie kein bißchen, was mit ihm passierte, solange er sie in Ruhe ließ.

Kelly kicherte, und Mike stand auf, ging über den Strand und schaute zum Himmel empor. »Wenn's zu regnen anfängt, werden wir ertrinken.«

Kelly sank auf ihre Decke, wickelte sich hinein und blickte grinsend zu Tony hinüber. »Amüsieren wir uns nicht großartig?«

»Fantastisch.«

Im Dunkel strahlten ihre Augen, die Lippen glänzten, die Wangen schimmerten. Selbst mit geschlossenen Lidern hätte er es gesehen; seit zwei Wochen sah er es jede Nacht, wann immer er ins Bett ging und sich seinen Träumen überließ.

Trotz des unebenen Sands war Mikes Hinken kaum wahrzunehmen. Er wanderte umher, suchte nach Abfall, den die Reinigungsmannschaft ignoriert hatte, bückte sich, richtete sich auf, kräuselte die Lippen und schlenderte weiter. Tomy beobachtete ihn, bis er aus dem Blickfeld verschwand, dann schüttelte er den Kopf, während Kelly ihn wieder angrinste. »Das macht er, weil er unter einem inneren Zwang steht«, meinte er.

»Er ist einfach nur ordentlich, das ist alles.«

»Ordentlich? Großer Gott, der fuhrwerkt sogar mit dem Staubsauger durch sein Zimmer! Jeden Abend!«

Sie lachte und drehte sich auf den Rücken; mit einem stummen Stöhnen wünschte er, ihre Decke würde sich nicht so eng an den Körper schmiegen. »Nur weil seine Mutter nichts da drin anrührt«, erklärte sie, »und das kann ich ihr nicht übelnehmen. Sie läßt ihn erst aus dem Haus, wenn alles tipptopp ist.«

»Unsinn! Er handelt zwanghaft.«

»Und du?«

»Ich bin ein Schlampsack.« Sie lachte nicht. Mit einer Hand häuft er Sand zwischen sich und Kelly auf. »Weißt du«, fragte er, als spräche er mit sich selbst, »daß es nach diesem Wochenende vorbei ist? Ich meine – dann können wir das hier vergessen.«

»Erinnere mich nicht dran.«

»O Gott, die Zeit ist so schnell vergangen. Als ich heute morgen wach wurde und auf den Kalender schaute, wäre ich fast zusammengebrochen. Alles vorbei, Kell. Am Montag ist Tag der Arbeit, und danach...«

Sie schwieg. Die Brandung wich immer weiter zurück.

Seine Hand berührte Feuchtigkeit, intensive dauerhafte Kälte, und er zog die Finger zurück, wischte sie an der Decke ab und betrachtete sie in der Dunkelheit. Wie würde diese Hand in zehn Jahren aussehen? In zwanzig? Dünn und hart wie eine Hühnerkralle, wenn er so alt wurde wie der alte Stump, oder vielleicht rund wie die seines Vaters, befleckt von der jahrelangen Pflicht, Fett von heißen Grillrosten zu waschen, Saucen zu mixen, Teig zu Kuchen zu formen, für Schweine, die nichts weiter wollten, als sofort weiterzulaufen und in der Sonne zu schmoren...

Für ein paar Sekunden sah er sich selbst in der Küche der Imbißstube, sah sich vor dem Grill stehen, vor den vier Herden, am riesigen Spülbecken, wo die Teller und Tassen eingeweicht wurden. Seine schwarzen Haare waren weiß, die Schultern gebeugt, und sein schlanker Körper, der die meisten seiner Gegner zum Narren hielt, wurde mit jeder Stunde dünner. Er grub die Stirn in den Sand und betete stumm: Bitte, lieber Gott, laß nicht zu, daß ich alles vermassele.

Die Brise – immer kälter.

Dann blinzelte er, setzte sich hastig und verwirrt auf, als Kelly nach Mike rief. Unter dem Brettersteg hallten die Echos der Wellen, die sich gegen die Felsmolen warfen. Sie wechselten einen besorgten Blick, traten ins Freie hinaus und suchten den Strand ab. »Was nun?« fragte sie, die Hände in die Hüften gestemmt.

Er schaute hinter sich und nach oben, zum dreifachen Geländer am Außenrand der Uferpromenade. Die Bänke dahinter waren leer. Keine Schritte klangen auf, niemand ging, niemand lief über die Planken. Der Widerschein der Lichter in der Stadt glich einem Nebel.

»Ich bringe ihn um«, sagte sie, zum Meer gewandt.

Er folgte ihr, rieb seine Arme, um sich zu wärmen, und blieb stehen, als er einen Steilhang erreichte, der einen knappen Meter tief abfiel, eine Miniaturklippe, von einem Wintersturm zurückgelassen. Unten im nassen Sand zeigten sich keine Spuren. Er trat eine Seetangsträhne beiseite und sprang hinab. Als Kelly neben ihm landete, wies er mit dem Kinn zu Harragans Pier. »Er muß rübergegangen sein, um nachzusehen, ob Stump noch da ist.«

»Die Lampen sind ausgeschaltet. Er ist weg. Devin auch. Ich hab vorhin den Jeep gehört.«

Tony sah sich nicht um. Kelly auch nicht. »Dann versteckte er sich. Dieser Trottel...«

Sie wanderten auf den Pier zu und wichen einigen Wellen aus, die auf ihre Turnschuhe zielten. Er wollte nach ihrer Hand greifen, doch sie wurden wahrscheinlich von Mike beobachtet, der hinter den Holzpfählen lauerte, um plötzlich hervorzuspringen und sich an ihrem Geschrei zu weiden.

Aber je näher sie herankam, desto besser gewöhnten sich Tonys Augen an das Mondlicht, und er sah nichts unter den Brettern außer den Torbögen aus Tang, auf die die Flut mit voller Kraft angestürmt war, ein paar zerbrochenen Muschelschalen und schwachem Papierflattern. Falls Mike da irgendwo war, mußte er hundert Pfund abgenommen haben, um mit den Schatten zu verschmelzen.

Tony blieb stehen, und Kelly ging noch einige Sekunden lang weiter, ehe sie mit beiden Händen einen Trichter vor dem Mund formte und nach Mike rief. Das Meer warf den Namen zurück.

Sie rief noch einmal und wandte sich zum Holzsteg. Das Meer warf den Namen zurück.

Als sie Tony ansah, breitete er die Arme aus, hob die Brauen und eine Schulter – *er ist dein Freund, Mädchen, ich kann ihn nicht ständig im Auge behalten, nicht mal dir zuliebe.*

»Vielleicht...«, begann sie furchtsam und zeigte zum Strand.

Verdammt, dachte er. »Du glaubst, das würde er tun?« Eine dumme Frage. Neuerdings schien Mike in einer anderen Welt zu leben.

»Es liegt am Wind.« Sie zwang sich zu einem Lächeln. »Er würde alles tun, das weißt du.«

Das wußte er tatsächlich. Und er sah, wie sie über seine Schulter blickte. Verdammt, dachte er noch einmal. »Ich hab wirklich keine Ahnung, wie das College diesen Typ verkraften soll«, murrte er, während Kelly auf ihn zuging. »Bis Weihnachten wird er's auseinandergerissen haben.«

Das Haar wehte über ihr Gesicht, und er wollte es zur Seite streichen.

»Ich will auf ihn aufpassen«, sagte sie. »Von jetzt an wird er nichts mehr machen können, ohne daß ich's merke.«

»Okay, aber du bist genauso verrückt wie er.«

Sie grinste spöttisch und boxte ihn in die Schulter, packte seinen Arm und wirbelte ihn herum.

»He!«

»Setz dich endlich in Bewegung, sonst brech' ich dir das Rückgrat!«

Und sobald er es zuließ, daß sich seine Augen auf den toten Pier richteten, dachte er: Julie ist tot. Julie ist tot. Julie ist tot.

Und er erschauerte.

Keiner von beiden beschleunigte seine Schritte, und Tony fand immer wieder ungewöhnlich interessante Dinge, die im feuchten Sand blubberten. Dunkle Gebilde, die sich regten, dunkle Reste von Meeresleichen, Silberlichter, etwas Weißes, und das alles verschleierte sein ohnehin schon angestrengtes Sehvermögen, so daß er sich schließlich die Augen reiben mußte. Das ist blöd, sagte er sich, Riccaro, das ist blöd.

Er hob den Kopf, während ein Atemzug seine Brust dehnte, und er sah den Pier, sah die Schwärze, sah nicht, was sich da oben im verbogenen Holz bewegte oder im Dunkel darunter, das einem offenen Mund mit Zahnlükken glich.

Fünfzig Meter vor der Verwüstung zog sich brusthoch ein dickes Tau durch Schlaufen über dem Strand. Alle zehn Fuß erhoben sich Warnschilder mit lumineszierenden Buchstaben, die Sonnen- und Mondstrahlen einfingen. Sie blieben stehen, und Kelly beugte sich vor, als wollte sie über einen hohen Zaun spähen. »Ich kann ihn nicht sehen.«

»So dumm ist er nun auch wieder nicht.«

Sie zog eine Haarsträhne quer über ihren Mund. »Glaubst du, er will, daß wir unter den Pier gehen?«

»Ich habe doch gesagt, daß er nicht so dumm ist!« fuhr er sie an und bereute es sofort, als er den Ausdruck in ihren Augen sah. Mike war ihr Freund, also durfte er ihn nicht schlechtmachen. Angewidert schnaufte er und trat den Rückweg zu den Decken an. Er war müde und wollte schlafen. Morgen mußte er seinem Vater im Lokal helfen, und er wollte nicht die ganze Zeit Beschwerden über sein Gähnen hören. Außerdem war Mike schon ein großer Junge und konnte auf sich selber acht geben, und wenn er albern genug war, um über das Absperrseil zu klettern, verdiente er, was er bekommen würde.

Julie ist tot.

Er blieb stehen, trat gegen den Sand, ging weiter und fühlte das Dunkel, das sich zur Rechten über seinem Kopf erhob und nach all den Tagen immer noch nach versengtem Holz und geschmolzenem Eisen roch, wenn der Wind aus einer bestimmten Richtung wehte. Tony verstand nicht, warum man es versäumte, die Ruine abzureißen; andauernd jammerte seine Mutter, weil sie fürchtete, die Kinder würden sich darin verletzen oder vielleicht sogar sterben. Aber Devin hatte erklärt, der Eigentümer sei unauffindbar und der Pier nicht hinreichend beschädigt, um von selber einzustürzen. Deshalb müsse die Stadtverwaltung vierzehn Tage verstreichen lassen, ehe sie ohne die Erlaubnis des Besitzers mit dem Abbruch beginnen würde.

Ein dummes Gesetz.

Julie ist tot.

Er erinnerte sich an das Begräbnis – ein schöner Tag, der letzte Sonntag. Die meisten Kids waren dagewesen. Und er schwitze in seinem guten dunklen Anzug unter der Sonne – während der Priester feierliche Worte sprach, die der Meereswind davontrug, und Julies Mutter lautlos weinte. Auch er spürte Tränen, ließ sie aber nicht fließen, schaute nur auf den blumengeschmückten Sarg, auf Mrs. Etler, zum Himmel empor und forderte eine Erklärung. Was, zum Teufel, hatte ihr das Recht gegeben, einfach hinzugehen, zu sterben und ihn zu verlassen? Was, zum Teufel, hatte sie auf diesem Pier gemacht?

Noch vor dem Ende der Zeremonie war er davongegangen, hatte sich einen Weg zwischen Grabsteinen gesucht, die Inschriften gelesen und beobachtet, wie der Staub seine schwarzen Schuhe grau färbte. Plötzlich war er zum Ausgang des Friedhofs gekommen, und auf der anderen Straßenseite lag ein trostloser Wald – Zwergkiefern, Dornenbüsche, ohne Schatten, erfüllt vom Summen der Insekten, vom Flüstern des erhitzten Windes. Seine Hände waren in die Hosentaschen geschlüpft, er hatte einen Blick über die Schulter geworfen, dann war er zwischen den Bäumen herumgewandert, hatte einen Sandpfad gefunden und war ihm gefolgt, bis er den Highway erreicht hatte, der zum Meer führte.

Aber Julie hatte sich nicht zu ihm gesellt, ebensowenig wie ihr Geist. Und da hatte er geweint. Während er auf der Böschung gestanden hatte und Laster und Autos vorbeibrausten, hatte er die Tränen über seine Wangen rollen und das Schluchzen hervorbrechen lassen, das seine Brust mit Steinen vollgestopft hatte.

Und danach war es überstanden gewesen.

Er war allein.

Und eine Hand berührte seine Schulter.

Schreiend warf sich Tony zur Seite, stieß gegen einen Stützpfeiler des Holzstegs und fiel auf die Knie. Seine Schulter brannte, alles verschwamm vor seinen Augen, und er begann davonzukriechen, als eine Hand seinen Arm packte.

»Tony!«

Er keuchte.

»Tony! He, Mann, ich bin's!«

Er schluckte bittere Galle hinunter.

Schwerfällig sank Mike vor ihm zu Boden, betrachtete forschend sein Gesicht, und seine Lippen bebten, als seine Hand zurückzuckte. »He, he, Mann, ich bin's doch nur!«

»Ich bringe dich um«, sagte Tony und haßte den kindlichen Klang seiner Stimme.

»Tut mir leid, wirklich. Ich wollte nur – ich wußte nicht, daß du dich so erschrecken würdest.« Mike berührte Tonys Unterarm, ließ ihn sofort wieder los und begann, im Sand herumzuwühlen. »Tut mir leid.«

Alle Muskeln versagten, und Tony landete auf dem Rücken. Wut verschloß seine Augen, Scham bewog ihn, an der Unterlippe zu kauen, aber er sagte kein Wort, ehe er wußte, daß die Stimme ihm wieder gehorchten würde. »Du Widerling«, flüsterte er.

»Ja, ich weiß«, antwortete Mike zerknirscht.

»Du Idiot!«

»Ja.«

»Du – du blöder, schafsköpfiger, nichtnutziger Hurensohn!«

Mike kicherte, und Tony öffnete die Augen.

»Riccaro, bedeutet das alles, daß ich kein Arschloch bin?«

Der Fausthieb erfolgte, bevor Tony merkte, daß er so etwas erwogen hatte; er traf den größeren Jungen in die Brustmitte, schleuderte ihn zur Seite und entlockte ihm einen Schrei. Dann richtete er sich auf, kniete im Sand und erwartete, Mike würde sich erheben, hielt die Fäuste hoch, immer noch keuchend, wollte das Gesicht des Bastards packen und ins Gehirn rammen.

Aber Mike blieb liegen, Kelly kam angelaufen, warf sich

ihrerseits auf die Knie und umfaßte seinen Kopf. »Jesus, Tony, mußtest du das unbedingt tun? Es war doch nur ein Scherz.«

Tony blickte auf seine Hände und beobachtete, wie sich die Fäuste öffneten, wie die Finger erschlafften, wie sich die Handgelenke drehten und verbogen; er blickte zu Kelly und ihrem Freund und über die beiden Köpfe hinweg zum Meer. Dann stand er mühsam auf und stapfte zu seiner Decke, einem schwarzen Fleck im dunklen Sand, starrte darauf, bis er erkannte, was das war. Ein Seufzer, von dem er zu wissen glaubte, daß ihn niemand außer ihm hörte – und dann lag er auf der Seite, mit angezogenen Beinen, und die Decke streifte kratzig seine Wange, als er sie über seinen Körper zog.

Er lauschte der Brandung, lauschte dem Wind, lauschte der Stimme Kellys, die sanft auf Nathan einsprach.

Da überkam es ihn – eine viel zu vertraute Melancholie, vermischt mit irgend etwas, das er nicht ganz verstand. Es ist fast vorbei, dachte er; der Sommer ist fast vorbei, und ich muß weggehen, und Julie ist tot, und ich bin allein, und ich muß weggehen und werde sie alle nie wiedersehen.

Er schloß die Augen, schob eine Faust unters Kinn, lauschte der Brandung, lauschte dem Wind, lauschte irgendwelchen Schritten am Strand.

Ein Stirnrunzeln, bis er den Kopf hob, gerade hoch genug, um zu sehen, daß die anderen beisammenlagen und schliefen.

Devin muß zurückgekommen sein, entschied er und blickte zum Wasser, bereit, die Decke zurückzuschlagen – und erstarrte, als er die Frau dastehen sah, jenseits des kleinen Steilhangs. Eine große Frau. Langes Haar. Eine Hand auf der Brust gespreizt, die andere hinter dem Rükken verborgen.

Während er über seine Augen wischte, befahl er sich, aufzuwachen.

Er konnte ihre Schritte nicht gehört haben, sie war zu weit entfernt.

Er konnte sie nicht sehen; der Mond ging unter.

Trotzdem stand sie da, und der Wind berührte sie, und Tony wußte, wer sie war. »Du bist tot«, wisperte er, als die Decke von Eis verdrängt wurde.

»Tony«, sagte die Frau, »ich will mit dir reden.«

In beabsichtigtem Schneckentempo fuhr Devin den Seaside Boulevard entlang, die nächste Straße, die parallel zur Uferpromenade verlief. Von Harragans Pier aus führte sie leicht bergab und verbreiterte sich abrupt, um Platz für zwei Reihen von Parkuhren direkt neben dem Sandstrand zu schaffen. Die eng beisammenstehenden Gebäude zur Rechten dienten schon seit den dreißiger Jahren als Pensionen, viktorianische Zuckerbäckerhäuschen, von Winterstürmen verwittert, von der Sonne gepeinigt; alle paar Jahre frisch gestrichen, um Gäste anzulocken, die herbeieilten und die winzigen Höfe bewunderten, die weißen Pfahlzäune, die Aussicht aufs Meer von den Fenstern der oberen Stockwerke aus zu genießen.

Sand wirbelte über den Asphalt und verschleierte die Parkplätze und die Fahrbahn, knirschte wie Glassplitter unter den profillosen Reifen des Jeeps.

Devin pfiff irgendeine Melodie vor sich hin, völlig falsch, doch das kümmerte ihn nicht. Er kurbelte das Fenster herunter, um einen der wenigen Augenblicke auszukosten, in denen diese Gegend nicht von grell gekleideten Urlaubern, ihren Haustieren und Kindern wimmelte, in denen die Luft nicht nach Sonnenöl und Pizza roch, nach Bier und Zuckerwatte.

Oceantide war eine langgestreckte, schmale Stadt, die

sich Ende Mai, am Wochenende um den Volkstrauertag herum, wie ein Kugelfisch aufblähte und keine reine Luft mehr atmete, bis der Tag der Arbeit am ersten Montag im September überstanden war. Im Norden lagen Seaside Heights, Lavallette und Point Pleasant, im Süden – jenseits eines geschlossenen staatlichen Parks und des zerklüfteten Meeresarms, wo die Barnegat Bay den Ozean traf – Long Beach Island, Haven's End und Atlantic City. Eine Spelunkenstadt, weder besser noch schlechter als die anderen an der Jersey-Küste; ein Zufluchtsort für Großstädter, wo man ein bißchen Dampf ablassen und das Verstreichen eines weiteren Jahres registrieren konnte.

Der Ort, den er gewählt hatte, um ein letztes Mal Widerstand zu leisten, ehe er erwachsen wurde. »Mein Gott«, sagte er zum Licht des Armaturenbretts, »was ist los mit dir, Kumpel? Wir haben Sommer, weißt du? Ein klarer Himmel, hohe Wellen, eine tolle Sonnenbräune, zum Weinen schön. Jesus, du führst dich auf, als würdest du morgen deinen neunzigsten Geburtstag feiern.« Er schlug auf das Lenkrad, als wäre es seine Wange. »Stump hat recht, Kumpel. Du brauchst eine Frau, und zwar dringend.«

Gelächter folgte diesen Worten, klang aber nicht bitter. Die meisten Frauen, die er kannte, erwärmten sich nicht sonderlich für sein Mondgesicht, den kleinen Wanst über dem Gürtel und die tiefliegenden, von zu vielen Schatten erfüllten Augen. Er gehörte ganz sicher nicht zum gefragtesten Männertyp, das hatte er erkannt, ohne sich selber herabzuwürdigen, und er gab auch gar nicht vor, ein toller Kerl zu sein; natürlich wäre es nett gewesen, eines Morgens zu erwachen und festzustellen, daß er viel besser aussah als bisher.

Andererseits gab es Gayle, die ihn okay fand und nicht

nur spielerisch auf seinen Arm schlug, wann immer er versuchte, sich selber mies zu machen.

Er passierte einen gefleckten Köter, der in verstreutem Abfall wühlte, über die Schulter blickte, mit dem Schwanz wedelte und weiterwühlte.

Gayle, dachte er und schaute auf die Uhr am Armaturenbrett. Zu spät für einen Besuch – so sehr sie ihn auch mochte. Drei Häuserblocks, wo befestigte Dünen die Meerenge der Barnegat Bay markierten, eine Biegung nach rechts, noch mehr viktorianische Villen, ein bißchen kleiner, Autos am Gehsteigrand, Schaukelstühle auf Veranden, Schilder an weißen Pfosten – ›Zimmer zu vermieten‹, pro Woche oder Monat.

Eine blinkende Verkehrsampel.

Jetzt wesentlich kleinere Häuser, mickrige Bungalows auf Grundstücken, die kaum größer als die Grundmauern waren. Ausgebleichte mediterrane Tünche, zumeist abblätternd. Bei Tageslicht zum Großteil hübsch genug, im Dunkel vollkommen.

Der schwache Klang von Rockmusik aus einem offenen Fenster erinnerte ihn an sein Versprechen, einige junge Freunde am Strand zu fotografieren – morgen. Grunzend lachte er. Ein voreiliges Versprechen, in der Tat, ohne die Überlegung gegeben, wie er seine Zeit besser nutzen könnte. Nicht einmal ein Honorar würde er dafür bekommen, und er argwöhnte, daß sie ihm nur einen freien Nachmittag verschaffen wollten. Was ihn nicht störte – das stellte er nun fest, als er gähnte und stöhnte, weil seine Kiefer knackten.

Er brachte sich um mit dieser Drecksarbeit, das wußte er, und bis jetzt war es ihm nicht gelungen, etwas Nennenswertes dagegen zu unternehmen. Aber er hatte auch nicht vergessen, daß nächste Woche die Frist ablaufen würde, die er sich gesetzt hatte. Danach mußte er der Zukunft endlich ins Auge blicken; er hatte keine Zeit mehr, um so zu tun, als kämpfte er sich immer noch durch die Wirren künstlerischer Unentschlossenheit. Entweder mußte er genügend Mut aufbringen, um das Angebot eines alten Freundes anzunehmen, oder wieder in fester Anstellung bei einer Zeitung beziehungsweise einem Magazin landen – oder schlimmer noch, in einem Atelier stagnieren, mit gerahmten Bräuten und goldenen Hochzeiten an den Wänden und einem Schild im Schaufenster, das der Kundschaft die sofortige Anfertigung lebensnaher Paßfotos garantierte.

Ein Lebensunterhalt – und nicht viel mehr als das.

Und letzten Endes würde er mit achtunddreißig Jahren seinen Traum und alle guten Absichten begraben und vor der Zeit altern.

»Ist es denn so schrecklich, wenn man seinen Lebensunterhalt verdient?« fragte er, während er das Tempo drosselte, um einer streunenden Katze die Straße zu überlassen. Nein. Überhaupt nicht. Es jagte ihm nur Todesängste ein.

Eine blinkende Verkehrsampel über der Summer Road, der Hauptstraße von Oceantide. Gesäumt von Bars, Läden, Waschsalons, einer Handvoll Motels mit Namen wie ›Maya‹ und ›Surfwind‹, und an der Ecke ein Kino, dessen Reklameschrift außerhalb der Saison nur an Wochenenden beleuchtet wurde und im Sommer auch nicht viel öfter.

Nach zwei weiteren Häuserblocks bog er nach links, in die gekieste Zufahrt des letzten Hauses. Es lag vom Meer abgewandt, mit Schindeldach und weißem Anstrich, im Lauf der Zeit zu fleckigem Grau verfärbt. Vor fünfzehn Jahren war es vom Eigentümer winterfest gemacht worden, und Devin hatte es vor dem raketengleichen Preisanstieg gekauft.

Links davon stand ein Bungalow; zur Rechten ragten

üppige, über drei Meter hohe, steil ansteigende Dünen auf, am Grat mit Riedgras und einem Schneegatter gespickt, das nur besonders träge Leute von den Sandwellen und windverzerrten Bäumen des staatlichen, nunmehr als Baugrund für eine neue Stadt betrachteten Parks fernhielt.

Es krachte zu laut, als er den Wagenschlag zuknallte. Und nachdem er den Schlüssel herumgedreht und das Haus betreten hatte, erschien ihm die feuchte Kälte zu intensiv. Er schaltete das Licht ein, flüsterte: »Willkommen daheim, du Trottel«, stöhnte und stellte die wattierte Tasche auf den kleinen Tisch neben der Tür. Dann warf er das Stativ auf den Boden darunter, zog den Mantel aus und streckte die Arme nach oben, bis er seine Schultern knacken hörte.

Der Raum maß über achtzehn Quadratmeter und war mit knotigem Kiefernholz getäfelt. Die vom früheren Besitzer zurückgelassenen Strandmöbel hatte er frohgemut gegen eine runderneuerte gemusterte Couch, zwei massive Lehnstühle vor dem Panoramafenster, einen kleinen Tisch am Sofaende, einen Couchtisch mit Glasplatte und ein Sideboard aus geschnitztem Kirschbaumholz ausgetauscht, das ihm von seinen Eltern verehrt worden war, am Tag nach ihrem ersten Besuch in seinem neuen Heim. Der Form halber nannte er diesen Raum ›Wohnzimmer‹ und trennte ihn von anderen Teilen des Hauses durch einige hohe, offene Bücherregale aus Kiefernholz, die drei Viertel der Raumhöhe einnahmen. Die Regale enthielten gebundene Magazine, Bücher, die er öfter als einmal lesen wollte, und ein bißchen Strandgut, das er bei seinen Streifzügen gesammelt hatte.

Links hinter dieser Trennwand lag die Eßecke, beleuchtet von einem Lüster, der aus einem Schiffsruder bestand; und rechts die Küche, mit einem runden Plastiktisch und drei passenden Stühlen.

Holz- und chromgerahmte Vergrößerungen seiner eigenen Lieblingsfotos schmückten die Wände, die meisten schwarz-weiß, ein paar in Farbe. Er hatte sie nicht aufgehängt, um sein Ego zu hätscheln, sondern um sich täglich an das Talent zu erinnern, das er zu besitzen hoffte.

Die drei Türen in der Wand zur Rechten führten ins Schlafzimmer, ins Bad und in den einzigen fensterlosen Raum des Hauses – so winzig, daß man gerade eben darin stehen konnte. Früher hatte dieser Raum als Gästezimmer gedient, aber Devin hatte das Bett entfernt und benutzte ihn jetzt als Dunkelkammer. Dort war Julies Foto in einem Aktenschrank vergraben, der in der Ecke stand.

Devin nahm eine Dose Sodawasser aus dem Kühlschrank, rollte sie über die Stirn und riß die Lasche ab, während er auf die Couch sank und die Füße auf den Tisch legte. Ein Schluck, und dann schaltete er den Anrufbeantworter ein. »Hollywood«, prophezeite er, ließ das Band zurücklaufen, und während er sich das schrill entstellte Stimmengewirr anhörte, fuhr er fort: »Devin, mein Süßer, wir haben hier vierzig oder fünfzig Millionen rumliegen, die wir gern ausgeben würden. Glaubst du, daß du das schaffst? Flieg gleich morgen früh rüber, und wir halten eine Besprechung ab. Was meinst du dazu, Baby?«

Ein rascher Blick zur Tür, als fürchte er, belauscht zu werden. Aber er lebte schon so lange allein, daß er sich nichts dabei dachte, laut zu denken. Das bewies wenigstens, daß er noch nicht tot war. Er verschränkte die Hände hinter dem Kopf und starrte blindlings zur niederen Zimmerdecke hinauf.

»Devin, hier ist Ken. Ken Viceroy, erinnerst du dich? Der Kerl, der dich reich und berühmt machen will. Kriegst du viel Sonne ab? Das bezweifle ich. Kriegst du überhaupt was ab? Vergiß es. Hör mal, ich kann dieses Angebot nicht das ganze Jahr aufrechterhalten. Am Tag der Arbeit muß ich Bescheid wissen, okay? Das ist in fünf Tagen, falls du deine Kalenderblätter nicht abgerissen hast. Also ruf mich an und laß dich dazu überreden.«

Seine Augen schlossen sich. Das war der Job, der ihn entweder groß rausbringen oder ermorden würde, und wann immer er Kens Stimme hörte, rann ein Schauer über seinen Rücken. Er spürte die Gegenwart der Fotos an der Wand und hob beinahe die Lider, um sie zu betrachten.

»Devin, hier ist deine Mutter. Ruf mich an.«

Ein knappes Lächeln auf seinen Lippen.

»Mr. Graham, sind Sie das? Hören Sie zu? Hier ist Kelly. Ist's morgen um halb vier okay? Mike sagt, daß er einen Smoking anziehen wird. Bitte, verhindern Sie das, Mr. Graham. Ich sterbe, wenn er das macht. Tony behauptet, wir müssen unsere Kluft von der High School-Abschlußfeier tragen. Lügt er? Es ist doch so heiß! Er muß lügen, nicht wahr? Sind Sie da? Ich hasse dieses Zeug.«

Seine Augen öffneten sich, die Beine kreuzten sich an den Knöcheln.

Die nächsten beiden Mitteilungen bestanden aus Amtszeichen. Er wartete, bis sie verstummten, war zu müde, um sich zu bewegen.

»Devin, hier ist Gayle. Erinnerst du dich an mich? Ich habe nichts an, ich bin allein, und du läufst irgendwo da draußen mit dieser blöden Kamera rum. Wenn du vor Mitternacht zurückkommst, werde ich noch immer nichts anhaben. Und wenn's später wird, nimm eine kalte Dusche.«

Er lachte und verlagerte sein Gewicht.

»Mr. Graham.«

Abrupt richtete er sich auf. Seine Augen verengten sich, als er den Apparat anstarrte, den Kopf leicht schiefgelegt. Eine Mädchenstimme, mit flachem Klang, von Störgeräuschen begleitet...

»Mr. Graham.«

Der Wind trieb Sand über die Betontreppe an der Haustür.

»Mr. Graham, ich will mein Foto haben.«

Die Fensterscheiben ratterten kurz, der Kühlschrank hustete.

»Ich will mein Foto wiederhaben.«

Er rutschte über die Couch, ließ die letzte Nachricht noch einmal laufen, dann zerrte er das Telefon ungeschickt auf seinen Schoß und riß den Hörer von der Gabel. Fast hatte er schon die ganze Nummer Kelly Albertons gewählt, als ihm einfiel, wie spät es war, und er legte wieder auf. Er verabscheute alberne Streiche, und er konnte Leute nicht ausstehen, die so taten, als würden sie aus dem Grab anrufen.

»Mr. Graham, ich will mein Foto wiederhaben.«

Er drehte sich um. Der Apparat war ausgeschaltet.

Die Augustbrise wurde kalt, als die Lichter nicht mehr brannten, als der Mond endlich untergegangen und der Sternenschein zu schwach war, um das Meer zu berühren; sie frischte auf und beklagte sich selbst.

Der Holzsteg knarrte, als der Wind darüberstrich. Sand strömte zusammen und eilte zum Rand; Harragans Pier wisperte mit rasch abkühlenden Metallstimmen, lachte mit klirrenden Ketten und stöhnte, während das Riesenrad eine langsame Vierteldrehung beschrieb.

Eine unverschlossene Tür schlug gegen eine Wand. Einmal. Die Angeln erinnerten an Nägel, die über eine Glasscheibe kratzten. Noch einmal. Und die Angeln.

Die Wellen stiegen hoch und zerrissen vorzeitig, kamen aus der Finsternis, kräuselten sich und starben.

Und der dunkle Pier wurde noch dunkler, tötete die Sterne, brachte die Wellen unter den Brettern zum Schweigen, eine Sperrholzplatte am Eingang löste sich mit einem Kreischen von den Schrauben, das nicht weiter reichte als die Schatten auf den Brettern; Asche wirbelte auf, Splitter stürzten, Planken sprühten winzige Funken wie Rattenaugen in einer finsteren Gasse.

Hinter dem Absperrseil stand ein verlassener Eintrittskartenschalter mit spitzem Dach und vergittertem Fenster; keine Preistafel war angeschlagen, keine Vergünstigung für Kinder. Unter dem Fensterbrett, wo Geld gegen ein oder zwei Karten eingetauscht worden war, hing eine Messingplakette, unberührt von den Flammen, klein genug, um die Hand eines jungen Mannes der Länge nach zu bedecken; die schwarz eingravierten Worte spiegelten nichts wider, bis etwas lautlos im Wind vorbeiglitt, klein und ohne Schatten.

Und als er verschwand, war die Plakette verbogen, ein langsam schwingendes Pendel schabte über verkohltes Holz, lockerte Aschenklumpen, die sich auf den Planken verstreuten, in die Ritzen fielen und im Sand vergraben wurden, als der Wind gegen die Ebbe anrannte.

Eine Stunde vor Tagesanbruch landete die Plakette am Boden.

Und als die Sonne aufging, war die Plakette mit der Aufschrift *Haus der Angst* blutig.

2

Fünfzig Meter nördlich vom Schatten des dunklen Piers tauchte der Holzsteg in eine doppelte Dünenreihe, die sich noch gut anderthalb Kilometer bis zum Ende von Oceantide erstreckte, und verschwand darin. Hier war der Strand etwas schmaler, schwang leicht in östlicher Richtung nach außen, und die zweistöckigen Häuser standen noch enger beisammen, die Erdgeschosse von der Dünenhöhe verdüstert, die Veranden auf dicken Pfosten von den ersten Etagen aus in den Wind gereckt.

Dahinter verlief die erste von zwei gewundenen, ungepflasterten Straßen, eigentlich nur gekieste Gassen, die man gelegt hatte, um die Gebäude dem Postboten zuliebe voneinander zu trennen. Die landeinwärts gewandte Häuserzeile lag an der Summer Road. Hier waren die Grundstücke größer, und man tröstete sich mit niederen Ziegel- oder Schlackensteinmauern über den mangelnden Meeresblick hinweg, mit windgebeugten Bäumen und hungerndem Gras, das mehrmals am Tag bewässert werden mußte.

Tony starrte durch die gläserne Schiebetür auf eine quadratische, von einer brusthohen Mauer umgebene Grünfläche und auf den Rasenmäher. Während er die nervöse Landung einer Möwe beobachtete, die einmal kurz in den Rasen pickte und sofort wieder davonflatterte, entschied er, daß es besser gewesen wäre, im Schnellimbiß zu arbeiten. Denn das hier war die Hölle. Aber in seiner Dummheit hatte er sich heute morgen freiwillig dafür gemeldet, aus der Überzeugung heraus, er würde nachher um so früher zum Strand gehen können.

Außerdem hatte er auf friedliche Stille gehofft – und eine Gelegenheit, am hellichten Tag zu überdenken, was nachts geschehen war. Allerdings hatte er nicht mit den verdammt scharfkantigen Kieseln gerechnet, die unter der wirbelnden Messerwalze hervor gegen seine Schienbeine flogen – auch nicht mit dem harten Gras, das in seine nackten Sohlen stach. Gar nicht zu reden von seiner gottverdammten neugierigen Schwester.

»Anthony, warum tust du nicht, was Momma dir gesagt hat?« tönte eine strenge Stimme von der Treppe am anderen Ende des großen Raumes herüber.

Er wandte sich vom Rasen ab und machte ihr eine lange Nase. Sie spielte sich wieder mal auf, als wäre sie zwanzig Jahre älter als er. Natürlich ließ er sie nicht merken, daß sie seinen Herzschlag für ein paar Sekunden gestoppt hatte, diese kleine Bestie. »Ich ruh mich ein bißchen aus, falls es dich nicht stört«, entgegnete er und kehrte ihr wieder den Rücken.

Angie, das sonnenhelle Haar achtlos am Oberkopf zusammengezwirbelt, tappte über den Teppich und stellte sich neben ihn. »Wovon ruhst du dich denn aus?« fragte sie, blies ihren Kaugummi auf und zupfte am Oberteil ihres gestreiften Badeanzugs. »Was hast du bisher gemacht? Ich sehe nichts.«

Sein Finger schwang von der rechten Ecke bis zu der Tanne am anderen Ende des Rasens, die kaum höher emporragte als die Mauer. »Von da – bis da. Was soll das eigentlich? Muß ich meine Existenz vor dir rechtfertigen?«

Sie schaute ihn mit großen Augen an. »Was heißt das, Tony?«

Langsam wandte er den Kopf, doch er konnte ihren klappernden Wimpern nicht entnehmen, ob sie sich über ihn lustig machte. In letzter Zeit merkte er das nie mehr; sie lernte zu schnell. »Nicht so wichtig.«

»Das sagst du immer.«

»Weil du noch zu jung bist.«

»Ich bin zehn!«

»Fantastisch!«

»Das sind zehn ganze Jahre!«

»Trotzdem bist du zu jung.«

Sie zog einen Schmollmund. »Quatsch! Für alles bin ich zu jung. Ich darf nicht mal allein zu Hause bleiben.«

»Ist ja furchtbar!«

»Männer!« sagte sie angewidert und ging davon. Und

kam sofort wieder zurück. »Ruf mich bitte, wenn ich abgeholt werde. Ich bin in der Küche und schufte am Herd.«

Unwillkürlich lachte er, vor allem, als sie die Zunge herausstreckte, mit ihrem formlosen Hinterteil wackelte und mit einer Ferse nach rückwärts ausschlug, ehe sie verschwand. Dann schob er die Tür auf, schnippte die Sonnenbrille von der Stirn nach unten und marschierte zum Rasenmäher; fünf Minuten später schleifte er ihn zum Haus und rannte hinein. Blut quoll aus seinem Unterarm, aus einer Kratzwunde, von einem Zweig verursacht, der hochgeschossen war, statt von der Messerwalze pulverisiert zu werden. »O Jesus, verdammt!«

»Das hab ich gehört!« schrie Angie aus der Küche im Oberstock herunter.

»Geh zum Teufel!« brüllte er zurück.

»Du wirst in der Hölle landen, weil du so fluchst, und ich werd's Momma erzählen!«

Tu's doch, dachte er und wirbelte herum, als ein Auto auf der Kieszufahrt bremste. Eigentlich hätte er seine Schwester rufen müssen, doch er wartete, hielt den Atem an und kreuzte die Finger, während Frances Kueller einmal hupte. Dann stieg sie aus und öffnete das Gatter in der Seitenmauer. »Gott sei Dank«, wisperte er.

Heute trug sie einen hellen zweiteiligen Badeanzug unter einer durchsichtigen weißen Strandjacke; hohe Absätze machten die langen Beine noch länger, schmale Streifen ungebräunter Haut zeigten sich an den Rändern des Bikinis und betonten die Figur. Unbewußt zog Tony den Bauch ein. Wann immer sie lächelte, war er geblendet; wann immer sie seinen Arm berührte, mußte er tief Luft holen und in einen stillen Raum flüchten, wo er darum betete, es möge keine Sünde sein, an so alte Frauen wie Mrs. Kueller zu denken.

Sie sah, daß er sie beobachtete, und winkte. Er winkte

zurück, und als sie auf ihn zukam, öffnete er die Schiebetür. »Angie ist oben. Ich rufe sie.«

»Danke, Tony, du bist süß.«

Sie lächelte, und während er zur Treppe ging, die zum Wohnzimmer hinaufführte, hielt er den Rücken kerzengerade und bemühte sich um energische Schritte. Er rief nach Angie, und sie erwiderte, er sollte zur Hölle fahren. Als er nach hinten blickte und die Schulter hob (ein toleranter Erwachsener verständigte sich mit dem anderen), lachte Mrs. Kueller.

»Angela, deine Freundin ist hier«, verkündete er höflich und hörte, wie sie zu einem Fenster an der Vorderseite des Hauses lief. Nachdem sie sich vergewissert hatte, daß er die Wahrheit sagte, stürmte sie die Treppe hinab und an ihm vorbei zu ihrem Schlafzimmer im hinteren Trakt und tauchte wieder auf, eine Sonnenbrille auf der Nase und eine vollgestopfte Strandtasche am Arm.

»Bitte vergiß nicht, den restlichen Rasen zu mähen, Anthony«, mahnte sie, ehe sie das Haus verließ. Mrs. Kueller lachte wieder, warf ihm eine Kußhand zu und folgte seiner Schwester.

»O Gott«, sagte er und sank schwerfällig auf die Stufen. »O Gott, das ist einfach nicht fair.« Er legte sich zurück und seufzte um der Frauen willen, die zu alt sein würden, wenn er alt genug wäre, um ihre Aufmerksamkeit zu erregen, und starrte zum schmiedeeisernen Geländer am oberen Ende des Treppenschachts hinauf.

Schwarzes Eisen. Schwarzes Holz.

Kälte krampfte ihm den Magen zusammen, seine Zehen klammerten sich an die Kante einer der mit Teppichboden belegten Stufen. Natürlich war es ein Traum gewesen; es gab gar keine andere Möglichkeit. Weder Kelly noch Mike hatten die Frau gesehen oder ihre Stimme gehört. Am Morgen waren sie alle von der Sonne geweckt worden, und da hatte er versucht, den beiden von seinem Erlebnis zu erzählen. Unter schallendem Gelächter hatten sie laut überlegt, ob er vielleicht über eine volle Flasche im Sand gestolpert war.

Zu Hause angekommen, hatte er gewußt, daß es ein Traum gewesen war.

Schmiedeeisengitter. Holzgitter. Sogar hier im Haus roch er überall verkohltes Holz.

»Hör auf damit!« Blitzschnell sprang er auf und ging in sein Schlafzimmer, das durch ein Bad von Angies Raum getrennt wurde. Er stand am Waschbecken und musterte sein Spiegelbild. Irgend etwas müßte darauf hinweisen – Zuckungen, vorquellende Augen, ein irres Grinsen –, falls er tatsächlich verrückt würde. Aber er sah nur Tony, einen netten jungen Italiener aus der vierten Generation, der sich selber in den Wahnsinn trieb.

Grinsend verhöhnte er seine eigene Dummheit.

Eine ausgiebige Dusche, um den Schweiß wegzuspülen, dann wieder ein Blick in den Spiegel, um festzustellen, daß er immer noch Tony war. Er wickelte ein Handtuch um seine Taille, fuhr mit einer Bürste durch sein Haar und kehrte in sein Zimmer zurück, wo er unter dem Ansturm der Klimaanlage erschauerte, die seine Mutter immer zu stark aufdrehte. Ein paar Sekunden lang betrachtete er das ungemachte Einzelbett, die Frisierkommode, den Schreibtisch, die Stereoanlage, den tragbaren Schwarzweißfernseher, der etwas schief auf einem Zeitschriftenstapel stand, und blies die Backen auf. Alles wie immer. Nichts hatte sich verändert. Das war Tonys Zimmer, hier gab es keine sichtbaren Geister.

Ein Hemd, Jeans, Turnschuhe ohne Socken, und er schlenderte ins Wohnzimmer, gerade rechtzeitig, um zu beobachten, wie ein Rotkehlchen gegen die Glastür prallte, zu Boden fiel und einen gebrochenen Flügel hob. »Jesus«, flüsterte er und rannte über den Teppich. Und blieb stehen, als seine Hand nach der Klinke griff.

Der Vogel erhob sich mühsam, zitternd, die Augen weit aufgerissen, und hüpfte ins Gras, wo er seitwärts umkippte.

Tony wollte nicht zuschauen und konnte den Blick nicht abwenden, und das Rotkehlchen wälzte sich wieder auf die Füße, mit einem Ruck, mit einem Schütteln, und hopste langsam zur Tanne. Da war ein Schatten, wie eine dunkle Pfütze, und der Vogel schien kurz am Stamm zu lehnen, bevor er sich auf die andere Seite schleppte.

Zögernd öffnete Tony die Tür und trat hinaus, die Zungenspitze in einem Mundwinkel. Als er sich vorbeugte, sah er einen Fleck am Glas, wo das Rotkehlchen dagegen geprallt war, ein Etwas, das nicht aus Blut bestand und das er nicht zu berühren wagte. Er rannte zur Tanne, packte den Stamm und schwang sich herum.

Der Vogel war verschwunden. Eine Feder tanzte im Gras. Und das Telefon läutete.

... das Telefon läutete, ein schwarzer Blitz im Dunkel, und er tastete stöhnend nach dem Hörer, fand ihn nicht und setzte sich fluchend auf, tastete wieder umher, diesmal nach dem Lichtschalter und schüttelte den Schlaf aus seinem Kopf, als er merkte, daß er nicht in seinem Zimmer war. Wieder ein Stöhnen. Jetzt galt es den wilden Donnerschlägen, die schadenfroh in seinem Gehirn tobten, und er preßte die Hände an die Schläfen und versuchte sie herauszupressen.

»Du trinkst doch nicht zuviel?«

Er schrie auf, und weil er es so eilig hatte, aus dem Bett zu springen, verfingen sich seine Beine in den Laken. Als er von der Matratze fiel, überschlug er sich, landete auf einer Schulter, rollte davon, bis er an der Wand saß, die

Hände auf den Boden gestützt, den Mund weit geöffnet, um nach Atem zu ringen.

Das Telefon läutete. Die Bettfedern knarrten.

Ein Kopf erhob sich aus der Finsternis, schwebte ins Licht, und Julie lächelte fröhlich hinter einem feuchten Schleier aus langem Haar.

»O Gott«, sagte er.

»Nein, nur ich.«

Regenrauschen zwang ihn, unbehaglich hinauf und nach hinten zu schauen, zu einem Fenster voller Tropfen. Es war nicht sein Fenster. So ein Fenster gab es nicht in seinem Haus. Wo, zum Teufel, war er denn?

Während sie mit den Fingern das Haar aus ihren Augen strich, näherte sie sich der Bettkante, und er starrte sie unwillkürlich an – ihre Schultern waren nackt, genauso wie alles übrige. Das sah er, als sie sich aufrichtete, auf die Unterarme gestützt.

In panischer Angst schaute er nach unten, packte einen Zipfel des herabhängenden Lakens und zog es über seine Lenden.

Das Telefon läutete wieder, und er fragte: »Willst du dich nicht melden?«

»Nein.« Sie kräuselte die Nase. »Das ist meine Mutter. Sie will nur wissen, ob alle Fenster geschlossen sind.«

»Aber sie wird glauben, daß du nicht zu Hause bist!«

Sie nickte. »Wahrscheinlich.«

»Mein Gott!« Nervös hielt er nach seinen Kleidern Ausschau. »Sie wird bald zurückkommen.«

»Das bezweifle ich. Die ist auf einer Party. Morgen früh wird sie natürlich meckern, wenn's irgendwo reingeregnet hat.«

Er begriff nicht, wie sie so gelassen bleiben konnte, während er dem Tod ins Auge blickte. Jeden Moment würde Mrs. Etler mit krachenden Kanonen hereinstürmen und ihn niederknallen, weil er ihre Tochter verführt hatte. Er wischte mit einer Hand über sein Gesicht, dann richtete er sich auf und gab acht, daß das Laken nicht hinabglitt. Irgendwo lagen seine Kleider, er konnte die Party nicht nackt verlassen haben. Und da erstarrte er für einige Sekunden – die Party. Eine kurzfristig angekündigte Party bei Kelly. Die Albertsons waren ins Kino oder sonstwohin gegangen, mehrere Kids hatten sich im Haus rumgetrieben. Und irgendwie war er – wo gelandet? In der Küche? Er sprach mit Julie, wollte wissen, warum sie gerade jetzt, wo nur noch wenige Monate bevorstanden, vom College abging. Lachend berührte sie seine Wange und griff hinter sich, nach einer Flasche, die sie aus dem Eßzimmer mitgebracht hatte. Sie bot ihm einen Schluck an, und er nahm einen und würgte, nahm noch einen und würgte wieder, mit Tränen in den Augen. Und nach dem dritten Schluck hatten seine Arme ihre Taille umschlungen.

O Scheiße, dachte Tony. Er kniete immer noch auf dem Boden, am Fußende des Betts, und irgendwie hatte das Hemd den Weg in seine Hände gefunden.

»Tony«, sagte sie. Nun saß sie im Zwielicht, halb beleuchtet, halb verdunkelt. »Alles ist okay, Tony.« Ihre Hände lagen im Schoß. Regenspuren glitten über ihre Haut, verweilten bei den Brüsten, wurden vom schimmernden Schweißfilm auf dem Bauch verbannt. »Tony, du hast mich nicht vergewaltigt.«

Er wollte abstreiten, daß er an so etwas gedacht hatte. Nur ein Stöhnen kam über seine Lippen, und er sank nach hinten auf die Fersen. Mit gesenktem Kopf. Beide Hände im Hemd vergraben. Wütend auf sich selbst, weil er bei seiner ersten Chance betrunken gewesen war, wütend auf sie, weil sie ihm die Flasche gegeben hatte. Es war so dumm. Und er war dumm. So machten es die College-Kids, und das mißfiel ihm.

»Tony.«

Ganz ruhig bleiben, befahl er sich, ganz ruhig.

»Tony.«

Er sah auf. Julie lächelte, den Kopf etwas schiefgelegt, jenes seltsame einseitige Lächeln, das ihn verzauberte, seit sie an der Küste wohnte. Sie war älter als er, und er hatte nur von ihr geträumt, doch in seinen Träumen spielte der Altersunterschied keine Rolle. »Diesmal«, flüsterte sie. »Du wirst dich immer dran erinnern, das verspreche ich dir.«

»Deine Mutter...«

Und plötzlich lachte sie, trillernd und schrill, warf das Haar wie eine Mähne von einer Seite zur anderen, während sie über die Matratze kroch, streckte eine Hand aus und packte seinen Arm. Automatisch wehrte er sich. Sie grinste und zerrte ihn zu sich heran, so nahe, daß er die Sommersprossen sehen konnte, die eine Sternennacht auf ihrer Stirn bildeten, das Gold in ihren Augen, die abrupten Nasenkonturen. Dann nahm sie seine linke Hand und legte sie auf ihre Brust.

Sie küßte ihn, und er kletterte zu ihr aufs Bett, glitt über sie hin und lag auf ihr, so schmerzlich verliebt, daß er den Kopf abwenden mußte, um seine Tränen zu verbergen.

»Tony«, wisperte sie. »Tony.«

Das Telefon läutete...

... und er blinzelte jene Aprilnacht weg, als er den Hörer abhob. Sie hatten sich nie wieder geliebt, obwohl es weiß Gott sein Wunsch gewesen war, und manchmal spürte er immer noch jeden Quadratzentimeter ihres Körpers. Jetzt war sie tot. Seit fünf Tagen unter der Erde, wo sie nicht sein dürfte; seit fünf Tagen konnte sie ihm nicht mehr sagen, warum sie ihm nicht erlaubt hatte, wiederzukommen und warum die Frauen jetzt irgendwie anders aussahen.

»Hallo, du da draußen!« drang eine Stimme in sein Ohr. »Erde an Riccaro – bist du da?«

Er erinnerte sich an das Rotkehlchen.

»Verdammt, Riccaro, obszöne Telefonanrufe müssen andersrum wirken!«

»Tut mir leid, Mike, ich habe nachgedacht.«

»Großer Gott, das Ende der Welt steht vor der Tür! Was treibst du denn, verdammt noch mal? Warum denkst du im Sommer nach? Du meine Güte, ist das widerlich!«

Tony erzählte vom Rotkehlchen; Julies Nacht verblaßte.

»Es war betäubt«, lautete Mikes prompte Erklärung, als der Bericht beendet war. »So was passiert den Vögeln immer wieder. Die sehen das Glas nicht, sie sehen irgendwas dahinter, Blumen oder was auch immer, und sie glauben, sie können da hinfliegen. Dieses Rotkehlchen hat bloß Kopfweh, mach dir keine Sorgen.«

Tony lag auf der Couch im Wohnzimmer, von wo er durch das Panoramafenster auf die Summer Road und die größeren Häuser dahinter blicken konnte. Sein Fuß klopfte auf die Armstütze; er konnte es nicht verhindern, konnte auch nicht aufhören, jedesmal zusammenzuzucken, wenn ein Schatten vorbeihuschte.

»Hör mal, Tony, du kommst doch zum Strand – wegen dieses blöden Fotos?«

»Was ziehst du an?«

»Weiß ich nicht. Das übliche.«

»Das übliche? Machst du Witze, Riccaro? Das übliche?«

»Natürlich. Warum nicht?«

Mike stieß einen übertriebenen Seufzer aus. »Du hast überhaupt keinen Ehrgeiz, und genauso siehst du auch aus. Wenn ein Mann Ambitionen hat, muß man ihm das anmerken. Er muß Stil und Klasse zeigen.«

Tony grinste. »Heute wird's neunzigtausend Grad haben. Was für einen Ehrgeiz soll ich denn da entwickeln?

Daß ich bei der Feuerwehr aufgenommen werde?« Er richtete seinen Blick zu Boden, als die Fenster auf der anderen Straßenseite die Sonne widerzuspiegeln begannen. »Warum? Hast du irgendeinen Plan? Ich will nichts davon hören.«

»Wieso nicht? Mißtraust du mir?«

Jetzt war es an Tony, tief aufzuseufzen, aber daraus wurde ein Gelächter, und er konnte nicht aufhören, obwohl sein Freund erbost schimpfte. Und als er sich beruhigt hatte, eine Hand auf die Brust gepreßt, um das letzte Kichern zu verscheuchen, hörte er das Schweigen am anderen Ende der Leitung und runzelte die Stirn. Mike nahm in letzter Zeit alles so schrecklich ernst. »Also gut«, kapitulierte er, »schieß los.«

»So ist's schon besser«, erwiderte Mike und räusperte sich. »Ich finde, wir sollten uns gut anziehen, mit Anzug, Krawatte und so.«

Tony grinste. »Du bist verrückt, Nathan, völlig ausgeflippt.«

»Nein, nein, das soll kein Witz sein, Kumpel. Immerhin ist es das letzte Mal – nun ja, fast das letzte Mal. Sozusagen. Um Himmels willen, willst du mich mit Badehose in deiner Erinnerung bewahren?«

»Ja, und jetzt verschwinde aus der Leitung, du Fiesling. Wir sehen uns heute nachmittag.«

Mike stotterte, schwor Rache und rief, als Tony auflegen wollte, hastig dessen Namen.

»Also, was ist? Nein, ich trage keinen Smoking.«

Eine kleine Pause entstand. »He, Tony?«

»Ja?«

»Tut mir leid wegen gestern nacht, ehrlich.«

Tony setzte sich auf, das Telefon im Schoß. »Mir auch.«

»Wir waren richtige Blödmänner, was?«

»Allerdings.«

»Okay.«

»Jetzt laß mich endlich in Ruhe!«

Mike lachte, und er lachte immer noch, als Tony sanft den Hörer auf die Gabel legte, das Telefon auf den Beistelltisch plazierte, aufstand und sich streckte. Er hatte noch ein paar Stunden Zeit, ehe er die anderen treffen würde. Sie wollten sich ablichten lassen, um einander das Foto zu schenken. Und es überraschte ihn selbst, als er eine dieser Stunden nutzte, um durchs Haus zu wandern.

Langsam. Ein leises, unmelodisches Lied auf den Lippen.

Er schlenderte durch das Schlafzimmer seiner Eltern, wo er sein Jahrbuchfoto auf dem Toilettentisch sah und das Marinefoto seines Vaters auf dem Nachttisch, sein eigenes High School-Abschlußzeugnis auf der Kommode gegenüber dem Bett; durch das Gästezimmer, das jetzt von seiner Kusine Charlene bewohnt wurde; durch die von Angie gesäuberte Küche, wo er Schränke und Kästchen öffnete, in den Backofen spähte, in den Kühlschrank starrte; durchs Eßzimmer, wo es irgendwie immer noch nach der letzten Party roch – nach Angies zehntem Geburtstag im vergangenen Monat – rauchende Kerzen, Zuckerglasur, intensive Bonbons, ein Hauch von Wein; durch das Wohnzimmer, wo er den Fernseher ein- und wieder ausschaltete und sich hinhockte, um seitwärts auf die Alben im Plattenschrank zu blicken, über ihre Rücken zu streichen, wobei ihm ein besonderes auffiel, so alt, daß er sich kaum daran erinnerte. Und dann stand er in Angies Tür, um die Stofftiere auf dem Bett zu zählen, eine Braue angesichts der Poster von Rockstars und Cowboys zu heben, tief Atem zu holen und den Talkpuder zu riechen, die frischen Laken, die Schminkstifte und das Parfüm, die Kosmetika, die seine Tante ihr geschenkt hatte und die sie erst nächstes Jahr benutzen durfte.

Das Haus war groß genug für sie alle, aber in diesem Augenblick zu klein für ihn. In einer knappen Woche würde er abreisen, zu einem Campus in New England, und wenn er das nächste Mal hierher zurückkehrte, würde er nur zu Besuch kommen und nicht bleiben.

Das Telefon läutete.

Er ging nicht in sein eigenes Zimmer, denn das kannte er nur zu gut, und weil er vor drei Tagen Julies Foto aus seiner Brieftasche genommen und in die unterste Schreibtischschublade gesteckt hatte, unter die Zeitungsausschnitte mit den Berichten über seine sportlichen Leistungen, die von der Lokalpresse gewürdigt worden waren. Sie war tot, aber er brauchte ihr Bild nicht; er konnte sich ohnehin sehr gut an sie erinnern.

Aber sie hatte nicht mehr mit ihm geschlafen.

Sie war tot, und mit einem Seufzer entschied er, daß er verdammt sein sollte, wenn er von hier wegging, ohne herauszufinden, warum.

Das Telefon läutete. Er ignorierte es, stand in der Haustür und beobachtete, wie sich der sommerliche Verkehr vorbeidrängte, rieb an einem seiner Arme und blinzelte ins grelle Licht. Es störte ihn, und er wußte nicht, wieso.

Jedenfalls bleichte es die Himmelsfarbe aus, ließ die Autos verblassen, und er verglich es mit einem überbelichteten Foto. Er zwinkerte ein paarmal, verengte die Augen noch mehr, ließ alles zu einer Farbe verschwimmen, die beinahe an ein reines Weiß heranreichte. Und riß sie wieder auf, als er merkte, daß die Straße leer war. Das passierte gelegentlich. Eine Ampel in der Stadt und eine andere oben in Seaside stoppten den Verkehr für einen kurzen Augenblick, und in diesem Augenblick erstarb alle Bewegung auf der Summer Road. Die Bummler waren verschwunden, keine Fahr- oder Motorräder, als wäre der Winter zurückgekehrt, um die Touristen nach Hause zu schicken...

Nur die Hitze paßte nicht ins Bild. Das Telefon läutete.

»Schon gut, schon gut«, murmelte er. Wahrscheinlich war es sein Vater, der wissen wollte, ob er sich amüsierte, oder seine Mutter würde ihn ermahnen, die Türen zuzusperren, ehe er das Haus verließ.

Er nahm den Hörer ab. Ein Rotkehlchen schlug gegen die Fensterscheibe.

3

Genauso, dachte Mike, als er in eine Ecknische im Summerview Diner rutschte, will der liebe Gott das Wetter haben – kühl, eine angenehme Brise von oben und getönte ovale Fenster, die das Sonnenlicht zähmen und die Augen retten. Es dürfte nur mehr eine Frage der Zeit sein, bis man den Mann der die Klimaanlage erfunden hat, heiligsprechen würde.

Nach dem Telefonat mit Tony war er praktisch den ganzen Weg von zu Hause bis hierher gelaufen, ohne die Hitze zu beachten, bis sie ihn fast zu Boden geschleudert hatte. Nun büßte er für den Versuch zu beweisen, daß er's immer noch konnte, fühlte seinen Puls, verlangsamte bewußt seine Atemzüge und verscheuchte mit einem leisen Grunzen den pochenden Schmerz aus der Hüfte. Dann gähnte er und ergriff eine etwa sechzig Zentimeter lange beschichtete Speisekarte, ließ den Blick von oben nach unten wandern, ohne ein einziges der angeführten Gerichte wahrzunehmen, denn nach all den Jahren konnte er sich nicht entsinnen, daß Tonys Vater jemals irgend etwas verändert hätte; außerdem wollte er immer nur Hot dogs essen, mit allem, was dazugehörte, und ein großes Glas Schokolademilch trinken.

Aber das Studium der Speisekarte war wenigstens eine Beschäftigung, etwas, womit er die Zeit totschlagen konnte, bevor er zum Strand gehen mußte. Es hatte keinen Sinn, sich umzuschauen; er wußte bereits, wie das Lokal aussah, denn auch das hatte sich nie verändert – je acht Nischen mit hohen Zwischenwänden zu beiden Seiten des Eingangs, eine sehr lange Theke, in der Mitte geteilt, damit die Kellnerinnen hindurchgehen konnten, Wände voller dunkler Flecken, die das Meer darstellen sollten und mit Fischernetzen behängt waren. Laternen an der Decke und Toiletten, mit einem Fischer und einer Meerjungfrau gekennzeichnet.

Wenn er sich richtig bemühte, konnte er sich wahrscheinlich sogar erinnern, wie viele Löcher in den schalldichten Platten über den Lampen klafften.

Seine Mutter fand die Kneipe schäbig, hatte aber das Essen hier noch nie gekostet; sein Vater meinte, man bekäme von den Neonwellen an der Decke Augenschmerzen. Und die meisten von Mikes Freunden kamen hierher, weil sich Sal Riccaro niemals aufregte, wenn ihnen das Geld ausging.

Die Speisekarte fiel auf den Tisch. Er stützte das Kinn in die Hand und starrte aus dem Fenster. Seltsamerweise war das Lokal um diese Zeit – wenige Minuten nach zwölf, fast leer, und die wenigen Gäste an der Theke und in den anderen Nischen stellten keine besonders hohen Ansprüche an Mikes Fähigkeiten, Gespräche zu belauschen. Im Gegenteil, die Konversationen verliefen so dezent, daß er sich wie in einer Kirche vorkam, und als er sein Besteck beiseite schob und die Gabel klirrend gegen das Messer stieß, verzog er das Gesicht und schaute sich nach einem anderen Sündenbock um.

Unheimlich, dachte er und blickte wieder auf die Summer Road, auf die Läden unter den gestreiften Markisen, die sich an der einen Seite drängten – ein Drugstore, mehrere Kleider- und Schuhgeschäfte, die nach dem Tag der Arbeit schließen würden – und den mit Neon markierten Seiteneingang des Sand 'N Surf Motels, dessen Vorderfront hinter der Ecke lag. An den sieben Blocks des Geschäftsviertels war die Straße vier Fahrspuren breit, und er fragte sich, was aus dem Plan geworden war, in der Mitte grüne Inseln mit Bäumen und Bänken anzulegen.

Mike beugte sich vor, um zum rechten Nachbarblock zu schauen, dann wandte er sich zum linken. Alles wie immer. Nichts veränderte sich. Als sähe er einen Film zum siebenhundertsten Mal und hoffte, diesmal würde endlich etwas Neues passieren. Aber da drüben steuerte Stump Harragan wie eh und je nach Norden und trug Geldsäcke zur Bank im nächsten Block, das Hemd blendend weiß – sogar durch die dunkle Brille betrachtet –, die Bermudas ausgebeult, die Argyle-Socken um die Knöchel schlotternd; Betschwester Mary, eine stämmige, rotbakkige Frau in einem violetten Muumuu, griff in einen Abfallkorb aus Draht, einen Schlapphut aus Stroh auf dem Kopf, mit aufblitzenden Pailletten an den Absätzen ihrer Cowboystiefel; kleine Kids rasten auf Skateboards dahin, größere kreuzten in Kabrios herum, hin und wieder paradierte ein Bursche ohne Hemd und Schuhe auf einem Fahrrad vorbei, wobei sich ein Mädchen an seinen Rükken klammerte. Mike richtete sich für ein paar Sekunden auf, als er Devins Jeep zu entdecken glaubte, aber als das Vehikel vor einer Ampel das Tempo drosselte und die Täuschung deutlich wurde, sank er wieder in sich zusammen und seufzte.

»Willst du was?«

Seine Augen bewegten sich, sein Kopf nicht. »Hi, Charlene«, sagte er zu der Kellnerin, die aus dem Norden stammte und ihrem Cousin Tony das Leben zur Hölle machte.

»Willst du was oder nicht?«

»Einen Hot dog«, antwortete er prompt, weil er wußte, daß sie das nicht hören wollte. Aus irgendwelchen Gründen verbrachte sie jeden Sommer bei den Riccaros, arbeitete tagsüber im Schnellimbiß, wanderte fast die ganze Nacht herum, ein Stofftier im Arm, und lächelte jeden Kerl an, dessen Kleidung mehr kostete, als sie verdiente.

Auch ihn lächelte sie oft genug an, und Kelly brauchte ihm ihre bissige Meinung über die Gedanken der Kellnerin nicht zu sagen, wenn er auch wußte, was sie sah – einen großen, eher formlosen Jungen mit sonnengebleichtem Haar von undefinierbarer Farbe, für den Zeitgeschmack zu kurz geschnitten, und einer vor zwei Jahren beim Kampf mit einem Cousin gebrochenen und seither nach links tendierenden Nase. Nicht mal ein Rabauke, um Himmels willen; nicht mal bei einem Footballmatch. Ein Vetter, der einmal zuviel über Mikes Gang gewitzelt hatte.

»Ein Hot dog, eh?« Sie kritzelte die Bestellung auf ihren Schreibblock. »Sonst noch was, Doc?« Das Lächeln eines Mundes mit zuviel glänzendem Lippenstift, aus Augen mit zuviel Make-up. Der Kattunkittel saß zu eng für ihre Pfunde, ihre Miene wirkte weniger lüstern als wehmütig. »Ein Dessert?«

Er schüttelte den Kopf. »Schokomilch.«

»Das ist schlecht für deine Haut.« Sie berührte seine Wange mit einem Finger. »Die Männer brauchen eine klare Haut, wenn du verstehst, was ich meine. Wenn du eine unreine Haut hast, stößt du die Frauen ab.«

»Meine Haut ist okay«, entgegnete er, plötzlich nervös. »Aber mein Magen braucht Hilfe.«

»Klar, Doc. Du stehst als erster auf meiner Liste.« Sie

strich noch einmal über seine Wange, zwinkerte ihm zu, schlenderte davon und ließ sich viel Zeit dabei, für den Fall, daß er ihr nachschaute.

Er rutschte auf der Bank umher, sah zum Himmel hinauf und zum Pflaster hinab und dann wieder auf die Speisekarte, um jedes einzelne Wort zu lesen. Julie war nicht so, dachte er. Sie hatte nicht einmal nach dem Grund seines Hinkens gefragt. Und als er's ihr erzählte, beteuerte sie nicht, es täte ihr leid. Gebrochene Hüften, so was komme schon mal vor, und manchmal würden sie nicht richtig verheilen, auch das komme vor – mehr sagte sie nicht dazu. Er war nicht beleidigt gewesen; sie hatte ihm nur zu verstehen gegeben, für sie wäre das nichts Besonderes, warum also sollte es ihn stören?

Und es störte ihn tatsächlich nicht.

Wenn er langsam ging, schwankte er nur ein kleines bißchen, und auch das merkte man nur, wenn man ihn genau beobachtete; offensichtlich wurde es nur, wenn er zu laufen versuchte oder zu lange Schritte machte. Die linke Hand näherte sich der Hüfte, stieß dagegen, spürte nichts weiter, als daß der Knochen irgendwie zu groß schien und sich nicht genau dort befand, wo er hingehörte. Hastig zog er die Hand weg und blickte mit gerunzelter Stirn auf den Tisch. Kein Problem, erinnerte er sich. Es ist kein Problem, also vergiß es.

Er verlagerte wieder sein Gesicht, arrangierte geistesabwesend das Besteck, das Platzdeckchen aus Papier, das Wasserglas, als müßte es genauso und nicht anders sein, als wäre er in einem OP und studierte die chirurgischen Instrumente, die verhindern sollten, daß ein anderes Kind an einem Gebrechen wie dem seinen leiden würde.

Dabei dachte er an etwas anderes, das Julie gesagt hatte, beinahe ihre letzten Worte, ehe sie auf den Pier hinausgegangen war. »Mike, daß du Arzt werden willst, das ist das

Dümmste, was du dir je in deinem Leben ausgedacht hast.«

Mike starrte sie an und wußte, daß sein Mund weit offen stand und seine Hände sich zu Fäusten ballten. »Was, zum Teufel, meinst du damit?«

Er war vom Strand nach Hause gegangen und hatte an das Ende des Juli gedacht, nach dem nur mehr der August vor dem Ende des Lebens auf diesem Planeten lag, so wie er es kannte. Soeben hatte er den Kiesweg passiert, der zum Eingang des Sand 'N Surf Motels führte, als sie herauskam und eine übergroße Strohtasche in der rechten Hand schwenkte. Ein Bikini-BH diente als Top zu ihrem Rock, das Haar war hastig zu einem zerzausten Pferdeschwanz zusammengebunden worden. Eine Sonnenbrille, zu groß für ihr Gesicht. Kein Make-up. Falten an ihren Beinen, offenbar von einem zerknüllten Laken verursacht, auf dem sie zu lange gelegen hatte.

Beinahe hätte er weggeschaut und so getan, als würde er sie nicht kennen für den Fall, daß sie in Verlegenheit geriet, aber sie ging neben ihm her und bat ihn, sie zum Lunch einzuladen.

»Ich treffe mich mit Kelly«, erwiderte er und blickte über die Schulter, in der Hoffnung, das Mädchen irgendwo zu sehen.

»Die kann warten, Doc. Wir müssen miteinander reden.«

Er hätte einwenden können, Kelly würde ihn anschreien, weil er sich schon wieder verspätete, doch da hatte Julie bereits seinen Arm genommen und führte ihn über die Straße. Nicht zum Summerview. Statt dessen gingen sie zwei Blöcke weiter nach Süden, zum Hamburger Onion, einem reinen Sommerlokal mit zu vielen dicht gedrängten Tischen in einem zu kleinen Raum. Es gab keine Klimaanlage, nur ein paar Ventilatoren an der Decke bewegten die abgestandene Luft hin und her. Keiner seiner Freunde pflegte hier zu essen, es sei denn, das Summerview war überfüllt.

Julie fand einen freien Tisch neben der Küchentür, drängte sich an den Leuten vorbei, die am Selbstbedienungsbüfett Schlange standen, warf ihre Tasche auf den Boden und wartete auf Mike, das Kinn in die Hände gestützt, die Sonnenbrille über der Stirn hochgeschoben.

Er war nervös, als er sich zu ihr setzte, denn er wollte nicht, daß Kelly von diesem Lunch mit einer anderen Frau erfuhr. Und er erinnerte sich unwillkürlich an Tonys Andeutungen über gewisse Ereignisse in einer Aprilnacht. Ebenso unwillkürlich richtete er die Augen auf die Wölbungen ihrer gebräunten Brüste, als sie ihre Ellbogen näher zu ihm rückte. Kelly würde ihn umbringen, wenn sie das sähe, denn er blieb nicht gerade kühl bei diesem Anblick, und er überlegte, wieder einmal, ob Kelly ihn lieber in blindem Zustand haben wollte, falls sie ihn – so überlegte er weiter – überhaupt haben wollte.

»Also?« fragte er mit einem gezwungenen Lächeln.

»Gehst du manchmal in die Kirche?«

Abrupt sank er in den winzigen Holzstuhl zurück. »Eh?«

»Ich habe gefragt, ob du manchmal in die Kirche gehst, Mike.« Ihr Mund lächelte ebensowenig wie ihre Augen.

Er wußte nicht, was er sagen sollte, und gab eine viel zu ausweichende Antwort, als die Kellnerin an den Tisch kam, um die Bestellung aufzunehmen. Nachdem sie erklärt hatte, es gäbe keine Hot dogs, ob er denn nicht die Speisekarte im Fenster gelesen hätte, entschied er sich für ein Sodawasser während Julie ein Special wählte.

»Allmählich wird's Zeit, daß du zu reden anfängst«, meinte sie, als sie wieder allein waren.

»Vermutlich«, stimmte er zu. »Also – ja, manchmal. Bei den Nathans ist das eine große Sache, weißt du...«

Ohne ihn aus den Augen zu lassen, kramte sie eine Schachtel Zigaretten aus ihrer Tasche hervor. »Eine lausige Angewohnheit.« Sie zündete sich eine an und blies den Rauch über seinen Kopf hinweg. »Ärzte sollten niemals rauchen, Doc. Das ist schlecht fürs Image, verstehst du?«

»Ich rauche nicht«, entgegnete er und versuchte herauszufinden, was eigentlich los war.

»Gut. Das würde dich nämlich ermorden.«

Er grinste, ließ das Grinsen erlöschen und beobachtete, wie sie die Zigarette ausdrückte und sich prompt eine andere ansteckte. Dann wandte sie sich zur Wand und studierte angelegentlich den verblaßten Druck von einem Stierkämpfer, der oberhalb des Tisches klebte. »Ziemlich mies.«

»Was?«

»Die Kirche, unter anderem.« Nun schaute sie ihn wieder an. »Ein Trip für unsere Schuldgefühle, das ist alles. Wenn du dies tust, wird das passieren; tu das, oder du wirst verdammt. Es ist mies, Doc, das darfst du mir glauben.«

Er hätte es wissen müssen – sie war betrunken, wahrscheinlich noch vom vergangenen Abend her, von irgendeiner Party. Oder vielleicht war sie mit irgend jemandem beisammen gewesen, der sie schlecht behandelte, den sie aber trotzdem liebte, und nun konnte sie sich nicht entscheiden, ob sie ihn verlassen sollte oder nicht. Und Tony? Sie war mit ihm zusammengewesen, doch sie liebte ihn nicht. Das hatte Tony zumindest behauptet. Und vielleicht hatte sie soeben erfahren, daß sie an einer unheilbaren Krankheit litt, und versuchte nun herauszufinden, ob es einen Himmel gab oder nicht.

»Verstehst du?« fragte sie mit einem halben Lächeln und schob ihren unberührten Teller beiseite.

»Ich – nein.« Er haßte es, wenn sie seine Gedanken las; bei Kelly war das genauso.

»Du willst Arzt werden, nicht wahr?«

»Klar.«

»Du willst dafür sorgen, daß es niemandem so geht wie dir.«

Sie sagte das nicht bösartig, und er nickte.

»Mike, daß du Arzt werden willst, das ist das Dümmste, was du dir je in deinem Leben ausgedacht hast.«

»Was, zum Teufel, meinst du damit?«

Sie zündete sich wieder eine Zigarette an; die andere brannte immer noch im Blechaschenbecher. Ein Rauchschleier stieg ihr in die Augen, und sie verdammte ihn, als sie mit dem Handrücken eine Träne wegwischte. »Du willst nur studieren, um weiter auf die Schule zu gehen«, sagte sie schließlich. »Man braucht sehr lange, um Arzt zu werden. Bei den meisten anderen Berufen dauert es nicht so lange. Ich hab das schon erlebt. Du willst dich nur verstecken.«

Er stand auf, die Fäuste gegen die Schenkel gepreßt. »Verdammt, was weißt du schon von mir?« stieß er hervor, dann senkte er die Stimme, weil er spürte, wie die Leute ihn anstarrten. »Du hast es doch nicht mal geschafft, auf dem College zu bleiben. Also, wie ist es denn mit dir?«

»Ganz einfach.« Sie betrachtete wieder den Stierkämpfer. »Ich fürchte mich genauso wie du. Aber bei mir ist es die Angst vor dem Tod.«

Der Hot dog schmeckte großartig, die Schokolademilch genau richtig, und er lehnte sich zurück und rülpste leise. Irgendwo hatte er gelesen, das würden die Deutschen oder sonstwer tun, um ihre Wertschätzung einer wirklich großartigen Mahlzeit zu zeigen. Dann grinste er Charlene an, die am Thekenende vorbeischlenderte. Sie schnitt eine Grimasse, hielt sich die Nase zu und schwenkte eine Hand vor ihrem Gesicht. Offensichtlich wußte sie das mit den Deutschen nicht. Und genauso offensichtlich beabsichtigte sie sich wieder an ihn ranzumachen, falls er seinen Arsch nicht in Bewegung setzte und zum Strand floh, um noch ein paar Sonnenstrahlen zu tanken, bevor Devin dieses Foto knipsen würde.

Er fragte sich, ob er sie vermissen würde, und beobachtete, wie sie sich zur Seite wandte und langsam den Rücken streckte. Vielleicht ein bißchen zu stramm, aber nicht übel. Womöglich würde es ihn sogar amüsieren, wenn er es mal drauf ankommen ließe und vor seiner Abreise mit ihr ausginge. Du lieber Himmel, vielleicht ist sie insgeheim steinreich, dachte er, und ohne Kleider die Frau meiner Träume. Klar, und ich bin ein gottverdammter Hengst.

Er griff nach seinem Glas und fing mit der Zunge den letzten Tropfen auf.

Tony würde nach New England gehen. Mike stellte das Glas ab. Er selbst ging nach Kalifornien. Und Kelly? Die besuchte dieselbe Universität wie er; aber sobald sie merken würde, wie die restliche Welt aussah, würde er sie verlieren. Das wußte er. High School-Romanzen hatten keine Chance, wenn irgend jemand die Lichter einschaltete.

Und um alles noch schlimmer zu machen – so schlimm, daß er nicht daran denken konnte, ohne einen Brechreiz zu verspüren –, mußte er sich nicht bloß vier Jahre abplagen, um dann sein Diplom einzustecken und in die Welt zurückzukehren; nein, zum Teufel. Er, Klugscheißer Michael Bernard Nathan, würde Arzt werden. Und zwar nicht nur ein einfacher Doktor in einer Kleinstadt auf dem Land, sondern Chirurg. Eine Million Dollars und ein neuer Cadillac pro Jahr, während sie des Wartens müde würde und mit irgendeinem Kerl durchbrennen würde, der auf einem Surfbrett gut aussah.

Man braucht sehr lange, um Arzt zu werden.

Er runzelte die Stirn und drehte die Gabel hin und her. Wenn sie sich so vor dem Tod gefürchtet hatte – warum war sie dann auf den Pier gegangen?

O Jesus, dachte er; vielleicht wurde sie von irgend jemandem umgebracht.

»Du siehst elend aus.«

Erschrocken schnappte er nach Luft und schob seinen Stuhl zurück, eine Hand auf die Brust gepreßt, die Kehle wie zugeschnürt. »Großer Gott, Charlene, tu das nie wieder, ja? Davon könnte man glatt einen Herzinfarkt kriegen.«

Sie griff nach dem Teller und dem Glas, beugte sich grinsend vor und ließ ihn merken, daß sie die beiden obersten Knöpfe geöffnet hatte. »Ich glaube, du brauchst eine Mund-zu-Mund-Beatmung, was?«

»Das macht man nur bei Leuten, die fast ertrunken sind«, entgegnete er mit schwacher Stimme und wußte nicht, wohin er schauen sollte.

»Für mich ist das ein und dasselbe, Doc. Außerdem kann's nicht schaden, oder?«

Sie ging, als ein Gast am anderen Ende des Lokals ungeduldig nach ihr rief, und Mike schloß die Augen, holte mehrmals tief Atem. Er hatte Kelly schon in hundert Badeanzügen gesehen, die viel mehr zeigten, aber bei Gott, das hier war was anderes – die Ahnung von Brüsten mit zarten Sommersprossen, groß genug, um ihn zu ersticken, der Duft von frischem Puder und dieser verfluchte Ausdruck in ihren Augen – ein Glück, daß das Restaurant nicht besser besucht war... Im Augenblick sah er keine Möglichkeit, aufzustehen, ohne in tödliche Verlegenheit zu geraten.

Es liegt an der Hitze, entschied er mit einem Blick nach draußen, an dieser verdammten Hitze. Die stellt unheimliche Dinge mit dem Verstand an, Mann, blöde Dinge. Hau ab, du Trottel, bevor du deinen Arsch in ernsthafte Schwierigkeiten bringst. Außerdem ist sie praktisch alt, sogar älter als Julie. Allerdings erinnerte er sich an einen Artikel, in dem er gelesen hatte, ältere Frauen würden jüngere Männer mögen, weil sie mehr Durchhaltevermögen hätten oder so was ähnliches.

Mike blinzelte. Er neigte sich vor und schaute durch den Mittelgang zwischen der Theke und den Nischen, in der Hoffnung, er würde etwas zu sehen bekommen, ohne daß Charlene ihn ertappte.

Und da gab ihm Salvatore Riccaro einen leichten Klaps auf den Hinterkopf. »Flirtest du mit meiner Kellnerin, Kleiner?« fragte er unheilvoll.

Hastig schüttelte Mike den Kopf und schaute zu dem kräftigen Mann mit der weißen Schürze auf. »Nein, Mr. Riccaro, so was würde ich niemals tun.«

Riccaro ließ einen Finger über seinen dichten ergrauenden Schnurrbart gleiten, dann zeichnete er eine helle Narbe nach, die sich wie ein gezackter Blitz über seine Wange zog. »Bist du sicher, mein Junge?« Seine Brauen waren so buschig, daß sie beinahe komisch wirkten, und nun hob er eine davon, um seiner Frage Nachdruck zu verleihen, während sich eine Hand auf den Tisch herabsenkte.

»Ich?« Mike zeigte in den Mittelgang. »Mit ihr?«

»He, stimmt was nicht mit Miß Iano?« Nun schnellten beide Brauen hoch, und der Schnurrbart zuckte heftig. »Hast du was gegen meine Familie? Du glaubst wohl, weil sie aus dem Norden kommt, ist sie eine Schlampe, was?«

Mike schluckte krampfhaft und betete plötzlich um eine Flutwelle, ein Erdbeben, sogar um Tony.

Riccaro starrte ihn an, die Brauen mittlerweile gesenkt, zwinkerte, griff in eine Hosentasche und holte einen Fünfdollarschein hervor. »Hast du deine Rechnung bezahlt, mein Junge?«

»Klar.«

Der Schein wurde in Mikes Hand gedrückt. »Nein.« Mike starrte auf das Geld. Und Riccaro lächelte endlich. »Von jetzt an zahlst du hier drin nicht mehr, bis du aus meinem Leben verschwindest, verstanden, Kleiner? Und jetzt mach, daß du wegkommst, sonst hol' ich Charlene und erzähl ihr, daß du sie heiraten willst.«

Mike grinste, sagte aber nichts. Ein dankbarer Blick, und dann sprang er aus der Nische, eilte durch den Mittelgang, blieb an der Kasse lange genug stehen, um eine Handvoll Pfefferminzbonbons einzustecken, und dann verdrückte er sich in die winzige Vorhalle, wo zwei leere Zeitungsautomaten und zwei Videospiele standen, die seit Juli nicht mehr funktionierten. Ein Blick zur Tür rechter Hand, und er wählte die linke, setzte die Sonnenbrille auf, während er die drei Schritte bis zum Gehsteig hinter sich brachte, und sah auf die Uhr.

Und da kam ihm der Gedanke wieder – womöglich wurde sie von irgend jemandem umgebracht. Wenn das stimmte, müßte er es den anderen sagen. Vielleicht – vielleicht sogar Devin.

Kelly war es vermutlich egal; letztes Wochenende, beim Begräbnis, hatte sie keine einzige Träne vergossen und es auch noch fertiggebracht, gelangweilt dreinzuschauen. Am Abend hatten sie deshalb gestritten. Er beschuldigte sie der Herzlosigkeit, und sie erwiderte, er solle den Mund halten, was wisse sie schon, wahrscheinlich habe er mit Julie gefickt.

Dieses Wort hatte sie in all den Jahren, seit er sie kannte, noch nie ausgesprochen, geschweige denn, ihn der

Untreue bezichtigt. Als sie es noch einmal gesagt hatte, war er zur Tür hinausgegangen.

Ein Klopfen an der Fensterscheibe über seinem Kopf. Er schaute hinauf, und Charlene beugte sich in seine leere Nische, streckte die Zunge heraus und lachte. Er salutierte, warf ihr eine Kußhand zu und wanderte davon. Gar kein so übler Tag, entschied er, trotz Julies Geist; wenn die Sonne sank, würden schätzungsweise alle Frauen in dieser Stadt hinter seinem Körper herhecheln. Und wenn er Kelly sowieso verlieren würde, könnte er die Trennung genausogut in großem Stil vollziehen.

4

Kelly sprang beiseite und schrie dem kahlköpfigen, sonnenverbrannten Mann auf der anderen Seite der Theke »He, passen Sie auf, Mister!« zu. Entschuldigend zog er den Kopf ein, versuchte ein Lächeln, das sie schließlich erwiderte, und warf halbherzig seine letzten zwei Pfeile auf die Ballons, die hinter ihr an der zerkratzten, abgesplitterten Wand hingen. Sie verfehlten ihr Ziel, kamen ihm nicht einmal nahe, und der Mann zog wieder den Kopf zwischen die Schultern, als hätte er eine Sünde begangen. Den anderen Pfeil, seinen ersten, zog sie aus dem Regal mit den Stofftieren zu ihrer Linken, aus dem Bauch eines Pandabären mit einer Schleife am Hals. Beinahe hätte die Spitze ihr Ohr getroffen.

Der Mann ging weiter, und sie rief: »Gewinnen Sie im Luftballonhimmel! Drei Würfel für einen Vierteldollar!« Unbehaglich rutschte sie auf dem hohen Holzhocker umher, den ihr Boß hingestellt hatte, sah die Gesichter, die Kleider und Touristen, vorübergleiten. Vögel in tropischem Gefieder, alle Farben von der grellen Sonne ausgebleicht, sogar die gebräunte Haut wirkte bleich, der Schatten noch dunkler.

Und der Lärm, irgendwie zerbrechlich, irgendwie falsch – das Knirschen und Dröhnen der Karussells auf Harragans Pier, die Musik und die Stimmen der Ausrufer an den Ständen, das Gerede, das Geschrei, das Gekreisch und Gelächter. Ein Strom konstanter Geräusche, viel seichter, als es schien.

»Hier können Sie alles gewinnen! Die beste Chance auf diesen Planken!«

O Gott, dachte sie, ich lande sicher noch in der Hölle.

Laut rumorte ihr Magen, und sie tätschelte ihn besänftigend und seufzte resigniert. Sie war hungrig, praktisch am Verhungern, aber Jimmy hatte ihr die Mittagspause weggenommen, um ihren freien Nachmittag wettzumachen. Das war eine Qual, aber es gab keine andere Möglichkeit, wenn es mit diesem Foto klappen sollte. Außerdem war er gar kein so übler Boß für einen Ferienjob; wenigstens versuchte er sie nicht anzufassen oder in ihre Bluse zu schauen oder so was ähnliches, im Gegensatz zu einigen anderen, für die sie gearbeitet hatte, hauptsächlich abends.

»He, ihr beiden!« rief sie mit geübtem Lächeln, an ein junges Paar mit Kind dazwischen gewandt, und hielt drei Pfeile hoch. »Treffen Sie einen Ballon, gewinnen Sie einen Preis. Es ist ganz einfach, ohne Witz. Fünfundzwanzig Cent für einen Versuch.«

Die Frau lächelte, der Mann ignorierte Kelly, das Kind war zu intensiv mit einem wackelnden Turm aus Zuckerwatte beschäftigt.

Fünfzig Ballons in verschiedenen Farben und Größen schmückten die Rückwand des Standes, keiner voll aufgeblasen, keiner der Pfeile hatte eine scharfe Spitze. Wenn man einen Luftballon zerplatzen ließ, gewann man ein Ticket; für zwei eine kleine Puppe; für drei durfte man sich eines der meterhohen, kindergroßen Stofftiere aussuchen, die ihr mit blinden, glasigen Augen über die Schulter blickten. Unter der Theke blies ein Ventilator auf Kellys nackte Beine.

Ihr Haar war zu einem losen Pferdeschwanz zusammengebunden, zwei Spangen hielten den Pony aus der Stirn, das T-Shirt saß eng genug, um auf Jimmys spöttisch-lüsternen Befehl hin die jüngeren Burschen anzulokken, die mehr flirteten als auf die Ballons zielten und mehr Vierteldollar ausgaben, als sie wollten.

»Gewinnen Sie einen Elefanten! Drei Versuche für einen Vierteldollar!«

Nebenan drehte sich ein Glücksrad, alle paar Minuten knatterte ein Maschinengewehr, so schnell wie der Blitz; auf der anderen Seite wurden Softbälle in Pfirsichkörbe geworfen, aber die Bälle waren ein bißchen klumpig und die Körbe in einem bestimmten Winkel geneigt.

Sie trank aus einer Dose warme Diätcola und forderte ein Trio älterer Damen mit Strohhüten und Strohhandschuhen heraus. Das Glücksrad ratterte. Ein Softball sprang über die Theke auf die Planken. Von ihrem Platz in der Ecke aus konnte sie zum nächsten Block schauen, zum Riesenrad, das sich langsam drehte, mit sanft schaukelnden offenen Waggons.

Sie wünschte, Jimmy würde ihr erlauben, Radio zu hören. Doch er meinte, das könnte sie von der Arbeit ablenken. »Darauf kommt's an, Kleine«, hatte er im Juni gesagt. »Du mußt stets für die Leute dasein, denn sie bezahlen deinen Lohn. Heavy Metal und diese ganze Scheiße – das ist zu laut. Aber wir wollen keinen Lärm, klar? Klar. Wir wollen die Leute nicht zwingen, sie sollen aus eigenem Antrieb zu uns kommen, verstehst du? Wenn man sie zu was zwingt, werden sie böse und geben keine Dollars aus. Also will ich nichts weiter von dir als ein hübsches Gesicht und ein hübsches Lächeln, Darling, und ein Zwinkern für die kleinen Kinder, damit sie nicht glauben, sie werden übers Ohr gehauen.«

Klar, dachte sie mißmutig und stieß geistesabwesend die Pfeile in die Holztheke, damit sie noch stumpfer wurden, so wie er es ihr aufgetragen hatte. Klar. »Gewinnen Sie einen Teddybären! Drei Versuche für einen Vierteldollar!«

Funkelnd spiegelte sich die Sonne im Wasser, schimmerte rosig auf den Brettern des Piers, und Kelly berührte die dunkle Brille, die über ihrer Stirn saß. Sonnenöl und Schweiß und Pizza und Bier.

»Trag die Brille nur, wenn's unbedingt sein muß«, hatte Jimmy ihr empfohlen. »Die Leute müssen deine Augen sehen. Geheimnisse können sie sich im Lachkabinett kaufen, verstehst du? Sie wollen deine Augen sehen, damit sie wissen, daß du dich nicht über sie lustig machst – falls du begreifst, was ich meine.«

Sie hob eine Hand, um ein Gähnen zu verbergen. »Gewinnen Sie einen echten Samtlöwen. Drei Versuche für einen Vierteldollar!«

Julie hatte ihr einmal erzählt, sie habe fünf Sommer lang auf dem Pier gejobbt und alles gemacht, vom Tauchstuhl bei Harragan bis zum Kellnern in den Bars. Und sie hatte ein bißchen traurig gelacht bei dem laut ausgesprochenen Gedanken, wieviel Spaß ihr entgangen sei, trotz des gesparten Geldes.

Kelly wollte wissen, ob es sich gelohnt habe.

»Verdammt will ich sein, wenn ich das weiß, Kell«, erwiderte Julie. »Ich versuche rauszufinden, warum ich überhaupt noch lebe.«

Und seit dem Feuer konnte Kelly die Frage nicht verdrängen, ob ihr Haß gegen die Frau irgend etwas zu deren Tod beigetragen hatte. Jesus, dachte sie und sah sich schuldbewußt um, das ist starker Tobak, was? Ihr Haß hatte nichts mit der Art und Weise zu tun, wie Julie gestorben war. Gar nichts.

Vier junge Soldaten in kurzärmeligem Khaki vom Fort Dix schlenderten heran, rollten Vierteldollars zu ihr hinüber und versuchten ihr Glück. Sie redeten nicht, sie warfen nur Pfeile, einen nach dem anderen, und ein Mann kam nach dem anderen an die Reihe, bis der letzte von seinem Freund beim Zielen angerempelt wurde und die Spitze auf der Theke landete, einen Zentimeter neben Kellys Daumen. »He!« rief sie und riß die Hand weg. Der Soldat lachte, seine Kumpel schlugen ihm auf den Rücken, und dann gingen sie weiter, zum Glücksrad.

Kelly blickte auf den Pfeil mit den fransigen Plastikfedern, holte tief Atem und schaute zum Horizont. So, wie das Schicksal in letzter Zeit mit ihr umging, braute sich da draußen wahrscheinlich ein gewaltiger Hurrikan zusammen und wartete auf sie, der schlimmste in diesem Jahrzehnt. Erst hätte sie beinahe ein Ohr verloren, jetzt wäre sie fast durchlöchert worden. Sie hätte Mikes Einladung annehmen und mit ihm irgendwo frühstücken sollen, statt sofort nach Hause zu gehen, nachdem sie im Morgengrauen erwacht war.

Im Haus an der Cockleshell Lane hatte sie den Beginn eines wahrhaft schlechten Tages erlebt. Ihr Vater, immer noch auf Reisen, saß irgendwo in North Carolina mit seiner Aktentasche und den Warenproben fest, die Mutter lag im Bett und litt an den Folgen einer Party, die letzte Nacht stattgefunden hatte, und ihre Schwester befand sich Gott weiß wo mit Gott weiß wem und trieb etwas, über das Kelly sehr wohl informiert war, und sie tat es wahrscheinlich auch jetzt noch.

Beim Aufbruch zur Arbeit war der Motor des Autos überhitzt gewesen, ehe sie den Wagen aus der Zufahrt gesteuert hatte, und sie mußte zu Fuß gehen; irgendein Idiot in einem vollgestopften Landrover fuhr sie vor dem Summerview Diner beinahe über den Haufen; und als sie mit zehn Minuten Verspätung auf dem Pier eintraf, verschwitzt und voller Sehnsucht nach einer Dusche, hatte Jimmy Opal den Schlüssel bei dem Softball-Kerl hinterlegt, mit der hingekritzelten Nachricht, er sei nachmittags nicht da, und obwohl der Nachmittag ihr gehörte, mußte sie nun warten, bis ihre Ablösung eintraf, ein Mädchen, von dem sie nicht einmal wußte, wie es hieß.

An ihrer linken Ferse bildete sich eine Blase. Mit den vier Soldaten hatte sie seit zehn Uhr nur ein Dutzend Kunden zu verbuchen. Nicht einmal Mike hatte sich blicken lassen, und es war schon nach Mittag.

»Hallo, bist du da?«

Sie zuckte zusammen, fing ihre Hand ein, bevor sie an ihre Kehle fahren konnte, und mußte sich etwas zurückneigen, um den Blick auf das bärtige Gesicht zu konzentrieren, das an der Trennwand zwischen den Luftballons und dem Glücksrad vorbeispähte. »Oh, hi, Frankie.« Sie setzte ein schwaches Lächeln auf und ließ es wieder ersterben.

»Hi.«

Ein Gähnen überraschte sie, doch sie nahm sich nicht die Mühe, ihre Hand zu heben.

»Langweilst du dich?« Sein Bart war wie sein Haar hell und kurz gestutzt, und beides paßte zu der unerfreulichen Strohmatte seiner Brustbehaarung, die er in einem engen, bis zum Gürtel geöffneten Hawaii-Hemd entblößte. Er mußte Ende Zwanzig oder Anfang Dreißig sein; sie stellte keine Spekulationen mehr über sein Alter an, seit er begonnen hatte, zur selben Zeit wie sie Pause zu machen.

»Was denn sonst?«

»Willst du heiraten? Ich habe für heute nacht die Flitterwochensuite im Maya gebucht.«

Wider Willen kicherte sie; das Maya war violett getüncht und nicht gerade wegen seiner familiären Aura bekannt. »Ich bin minderjährig, Frankie.«

»Und ich großjährig – was soll's?« Sie schaute weg, auf die vorbeiziehende Menge, und er fuhr fort: »Oder wir tauschen.« Seine Lippen bewegten sich kaum, um ein Lispeln zu vertuschen und einen nicht angezündeten Zigarillo festzuhalten. »Ich glaube, ich habe einen, vielleicht sogar zwei Dollar eingenommen, seit die Bude geöffnet ist. Sollte das so weitergehen, kann ich nicht mal einen Blinden anlocken, wenn ich ihm die Gewinnzahlen sage.«

Kelly nahm einen Pfeil von der Theke und visierte Frankie an, dicht am plumpen Schaft. »Weil du schummelst – deshalb.«

»Wer – ich?« Er zog die Brauen hoch. »Ich betreibe ein grundehrliches Glücksrad, Lady, wirklich.«

Ein skeptischer Blick; er zuckte mit den Schultern und schüttelte den Kopf über Leute, die ihn gar nicht ansahen. »Um die Wahrheit zu gestehen, und ich will auf der Stelle tot umfallen, wenn ich's nicht ernst meine, Kelly – ich glaube, es liegt an der Zombie-Invasion. Das sind lauter Fernseh-Zombies. Ich wette, ich würde eine Million machen, wenn ich Werbespots ins Programm einbaute.«

Ein kleines Mädchen schob einen Puppenwagen mit Insassin an die Theke und starrte auf die Ballons, einen Vierteldollar in der linken Faust.

»He, Kindchen, hier drüben wärst du viel besser dran«, behauptete Frankie im Bühnenflüsterton. »Ich hab was Süßes, keine blöden Ameisenbären.«

Kelly hob den Pfeil, und er verschwand. Das Glücksrad ratterte, aber niemand schaute hin.

Ich ertrage das nicht mehr, sagte sie sich. Es war wirklich ein grauenvoller Tag, wenn ein Typ wie Frankie Junston sie zum Lächeln bringen konnte, statt ihr einen Schauer über den Rücken zu jagen.

Langsam legte das kleine Mädchen den Vierteldollar hin, und Kelly beugte sich lächelnd vor. »Schieß auf die roten, Schätzchen«, riet sie leise und zeigte auf etwas praller aufgeblasene Ballons. »Die platzen leichter. Aber erzähl das bloß nicht meinem Boß. Der würde mir bei lebendigem Leib die Haut abziehen.«

Das Mädchen ergriff den ersten Pfeil, sagte etwas zu der Puppe und warf das Geschoß von sich. Der Ballon zerbarst, aber das Kind lächelte nicht.

»Wir haben endlich mal wieder eine Siegerin, Leute!« rief Kelly automatisch und hielt ein gestreiftes Ticket hoch. »Noch zwei Würfe, und sie bekommt den großen Preis, hier im Luftballonhimmel!«

Der zweite Ballon zerplatzte, lachend applaudierte Kelly. Sie wünschte, Jimmy wäre hier, weil er es haßte, seine Bestände zu verlieren, insbesondere an Kinder, und sie tat alles, was in ihrer Macht stand, um den Kleinen zu einem Gewinn zu verhelfen.

Der dritte Pfeil ging daneben.

»Eine Siegerin, wieder mal eine Siegerin!« schrie sie, klatschte noch lauter in die Hände und stieß einen gellenden Pfiff aus. Dann glitt sie von ihrem Hocker und stützte sich auf die Theke. »Okay, Schätzchen, du kannst eine von diesen Puppen haben. Such dir einfach eine aus, und sie gehört dir. Wie wär's mit der im weißen Brautkleid? Die sieht genau wie du aus, meinst du nicht auch?«

Das kleine Mädchen ging davon und schob den Puppenwagen vor sich her.

Ein paar Sekunden lang konnte sich Kelly nicht bewegen, dann schwang sie sich auf die Theke, um nach dem

Kind Ausschau zu halten, und da war es von der Menge verschluckt worden, als hätte es niemals existiert. »Verdammt will ich sein.« Sie saß auf der Kante und ließ die Beine baumeln. So etwas war ihr noch nie passiert, und sie wußte nicht, was sie tun sollte. Am liebsten wäre sie dem Mädchen nachgelaufen, um ihm den Preis zu geben, doch sie wagte es nicht, den Stand unbeaufsichtigt zu lassen. Wenn sie das täte, würde Jimmy ganz sicher im selben Augenblick auftauchen und sie auf der Stelle feuern. Das Gehalt stank zum Himmel, denn er zahlte weniger als den Mindestlohn, seit seine Leute ein bißchen kürzer als ganztags arbeiteten. Aber sie brauchte das Geld, jedes Zehncentstück, weil sie sonst im Herbst nicht aufs College gehen konnte. Sie hatte nur ein kleines Stipendium gewonnen, und wenn sie nicht verhungern wollte, mußte sie ihre Ersparnisse hinzufügen. Ihre Mutter würde ihr nichts geben, nicht einmal, wenn sie nüchtern wäre, und der Vater... Sie verscheuchte sein Gesicht, das vor ihrem geistigen Auge erschienen war, und starrte zum Riesenrad auf Harragans Pier hinüber, sah zu, wie es hoch- und wieder hinabschwang und wie die Waggons über der Brandung schaukelten.

Und plötzlich dachte sie an Devin und spürte, wie ihr das Blut in die Wangen stieg. Und ebenso unvermittelt fühlte sie den Blick eines Beobachters.

Am anderen Ende des Bretterstegs zog sich ein taillenhohes, dreifaches Metallgeländer entlang, nur an der Stelle durchbrochen, wo Stufen zum Strand hinabführten. Davor standen, in den Planken verankert, lange Holzbänke, deren Rückenlehnen sich an beiden Seiten befestigen ließen, so daß man, wenn man sich ausruhte, entweder die Passanten oder das Meer betrachten konnte. Meistens sah Kelly Mütter dort sitzen, die ihre Füße massierten und Kleinkinder fütterten, oder Jungen, die überlegten, wie sie sich an die vorübergehenden Mädchen heranmachen sollten.

Jetzt saß ein Mann dem Luftballonhimmel gegenüber, allein. Sie wußte nicht genau, ob er sie wirklich anstarrte, weil sich immer wieder Leute dazwischenschoben, so daß sie ihn jeweils nur für eine Sekunde sah. Doch sie spürte seine Nähe – er saß einfach nur da und rührte sich nicht, war zu sehen, wenn sich die Menge teilte, verschwand, wenn sich die Reihen schlossen.

Hinter dunklen Brillengläsern, die nichts als Dunkel reflektierten.

Kelly war nicht zum erstenmal der Gegenstand einer so intensiven Aufmerksamkeit, doch sie hatte einen ganzen Sommer gebraucht, um zu erkennen, daß manche Männer sie einfach nur anschauten, ohne böse Absichten zu hegen. Trotzdem zerrte der Mann an ihren Nerven, und sie erwog sogar, Frankie zu bitten, er möge mit dem Kerl reden und ihm vorschlagen, sich auf die andere Seite zu drehen, oder ihr Blickfeld zu verlassen.

Die Reihen schlossen sich; er war verschwunden.

Kelly beugte sich vor, um festzustellen, ob Mike weiter unten am Pier mit Stump redete.

Die Menge teilte sich; er war verschwunden, die Bank leer.

»Darf ich's mal versuchen, Kelly?«

»O Gott!« Sie fiel beinahe von der Theke, schaute nach unten und begegnete Angie Riccaros unschuldigem Blick. Das nasse Haar klebte an den Schultern des Mädchens, Wassertropfen glitzerten, wenn es sich bewegte.

Angie zeigte auf die Pfeile, und Kelly sagte, ohne sich zu rühren: »Du bist verrückt. Weißt du noch immer nicht, daß das alles Quatsch ist? Du meine Güte, erzählt dir dein Bruder denn überhaupt nichts?«

»Ist mir egal. Ich will's mal probieren.«

»Angie, du verschwendest nur dein Geld.«

»Na und?«

Kelly zuckte mit den Schultern, schwang mit einem übertriebenen Stöhnen die Beine herum und sprang auf den Boden. »Bist du mit Tony hier?« Sie griff nach den Pfeilen, deren Spitzen glühend heiß waren, und starrte in die Menge. »Ich dachte, er würde heute arbeiten.«

Angie legte entschlossen ihren Vierteldollar auf die Theke und wartete, bis Kelly ihn in die Kassenbox geworfen hatte, dann hielt sie ihren ersten Pfeil dicht an die Wange und schob die Zungenspitze zwischen die Lippen. »Er mäht den Rasen und lümmelt rum. Mrs. Kueller hat mich hergebracht. Sie ist da drüben und versucht, mit dem Rettungsschwimmer anzubändeln.«

Kelly nickte wortlos. Sie mißtraute Angie, die irgendwas Raffiniertes an sich hatte, wenn sie die Leute von der Seite anschaute und abschätzte und überlegte, wie weit sie gehen konnte, ehe es Ärger gab. Zum Beispiel hatte sie am ersten Abend nach Julies Tod rumgehangen, mit ihren Holzpferden gespielt und vor ihren Eltern ausgeplaudert, die großen Kids würden zum dunklen Pier gehen, um herauszufinden, warum Julie bei der Feuersbrunst als einzige dort gewesen war.

Der Pfeil ging daneben und prallte von der Rückwand ab.

»Verrückt.«

Mr. Riccaro war in den Raum gestürmt, wo sie gelegen hatte, um identifiziert zu werden, und hatte ihnen allen die Meinung gesagt. *Sie war dumm,* hatte er behauptet, wütend auf sämtliche Anwesenden, empört über Julie. *Niemand verdient den Tod, versteht mich nicht falsch, aber sie war aus reiner Dummheit dort, das wißt ihr alle, also hört auf mit dem Unsinn. Sofort!*

Angie schmollte und starrte die Ballons an.

»Versuch's noch mal, du kannst immer noch eine Puppe gewinnen.«

»Eine Puppe? Wer will schon eine blöde Puppe haben?« höhnte Angie. »Ich möchte ein Poster.« Sie ließ ihren Blick über die Regale mit den Preisen wandern und setzte wieder ein spöttisches Grinsen auf. »Wieso hast du keine Poster?«

»Frag den Boß.«

»Jeder andere auf diesem Steg hat Poster. Und daheim hängen sie an all meinen Wänden. Bald fange ich mit der Zimmerdecke an, wenn's meine Mutter erlaubt.«

Kelly war nicht überrascht, wenn sie auch annahm, daß der Vater des Mädchens diese Entscheidung treffen würde. Nach allem, was sie von Mr. Riccaro wußte, würde er als Superman verkleidet vom Dach springen, wenn seine Tochter ihn eindringlich genug darum bäte. Ihr eigener Vater war an ihrem letzten Geburtstag nicht nach Hause gekommen. Er hatte zwar von St. Louis aus angerufen und eine Stunde lang mit ihr geredet. Aber als sie die Kerzen ausgeblasen hatte, war es irgendwie nicht dasselbe gewesen.

»Cowboys mag ich am liebsten«, verkündete das kleine Mädchen, testete den nächsten Wurf und zielte, ohne den Pfeil loszulassen. »Und Waffen und Pferde. Viele Pferde.«

Kelly blickte über Angies Kopf hinweg auf die Gesichter, die sich niemals in ihre Richtung wandten.

»Wenn ich mal groß bin, heirate ich einen Cowboy.« Dann warf Angie den zweiten Pfeil und sprengte einen Ballon.

»Eine Siegerin! Noch eine Siegerin! In Opals Luftballonhimmel gibt es immer wieder Sieger!«

Angie kicherte. »Du redest wie ein Vollidiot.«

»Das gehört zu meinen Regeln. Wenn ein Ballon platzt, muß ich losbrüllen.«

Angie wippte mit einer Hüfte und schloß ein Auge. »Und wenn ich verloren hätte?«

»Dann wärst du jetzt um einen Vierteldollar ärmer.«

»Das alles ist Betrug.«

Kelly zuckte mit den Schultern. »Nicht mein Problem. Ich hab's dir gesagt – erinnerst du dich? Los wirf, Mädchen!

»Mrs. Kueller läßt mich ohne Gummireifen schwimmen.«

Kelly lächelte. *Wie nett...*

Angie zielte wieder, die Unterlippe vorgeschoben, die Zunge herausgestreckt. Sie holte tief Atem, hielt ihn an, verengte die Augen und starrte auf die Ballons. Dann senkte sie den Arm und schaute über die Schulter. Kelly folgte diesem Blick, entdeckte nichts Ungewöhnliches und niemanden, den sie kannte. Als sich das Kind nicht mehr zu ihr wandte, merkte sie, daß sich die Menge gelichtet hatte. Die Hektik war verflogen, das Geschwätz leiser, die Musik lauter und das Rumpeln der Karussells schriller.

Der Ventilator blies auf ihre Beine; Kopfschmerzen lauerten hinter ihren Augen. Plötzlich fröstelte sie und rieb über ihren Arm, dachte ohne besonderen Grund an Tonys Traum. »Willst du den ganzen Tag hier rumstehen oder was?«

Angie drehte sich um, schleuderte mit einer einzigen flinken Bewegung den Pfeil über die Theke, und Kelly schnappte nach Luft, als sie einen Stich in der Schulter fühlte. »Um Himmels willen, Angie!«

Aber Angie war verschwunden. Und der Pfeil hing an Kellys Schulter, Blut rann durch seinen Schatten.

5

Ich bin ein Idiot, dachte Devin, während er nackt in der Küche stand, die Hände in die Hüften gestemmt, und sich fragte, was er um Gottes willen in seinen Magen befördern könnte, das nicht wie Stroh schmecken und ihn erwürgen würde. Er gähnte. Seine Kiefer knackten. Er knurrte die Spüle und die Schränke darüber an. Kurz nach acht hatte der Wecker ihn aus dem Schlummer gerissen, und er hatte sich prompt auf die andere Seite gewälzt und das Ding abgeschaltet, um wieder im Tiefschlaf zu versinken.

Jetzt war es fast halb eins, und er fühlte sich noch immer so, als hätte er überhaupt nicht geschlafen.

Der Lärm draußen half ihm nicht – Schreie gingen ineinander über, Gekreisch verkündete, daß er keineswegs als einziger immer noch zu Hause war; offenbar hielten sich auch alle seine Sommernachbarn mit ihren brüllenden Kindern daheim auf. Sie mußten aus irgendwelchen gottverdammten Gründen beschlossen haben, den Lunch hier und nicht am Strand einzunehmen, und nun ließen die Kinder ihre Enttäuschung an ihm aus. Er hoffte, sie würden ertrinken, wenn sie das nächste Mal schwimmen gingen.

»Ich verdiene das nicht, weißt du«, beklagte er sich bei seinem Haus, während er eine Entscheidung hinausschob, indem er in das kleine Bad stolperte. Die Fliesen unter seinen Sohlen fühlten sich kalt und rauh an. Er schrie, als die Dusche nur kaltes Wasser spendete; hilflos starrte er vor sich hin, als der Hahn über dem Becken mehr Zeit mit Gurgeln als mit Laufen verbrachte; und danach nickte er, was *warum nicht, zum Teufel?* besagen sollte, öffnete den Kühlschrank und rümpfte die Nase über den Gestank saurer Milch. Seit drei Tagen sagte er sich, es sei an der Zeit, die alte Milch wegzuwerfen und neue zu kaufen und sich zusammenzureißen, ehe ihn das Leichengift niederstreckte und seine sterbliche Hülle womöglich erst im Winter gefunden würde. Aber es gab immer etwas zu tun, zum Beispiel Viceroy zurückzurufen, etwas Wichtiges; in den Supermarkt zu gehen, das kam ihm so vor, als spielte es keine Rolle.

Er schnitt eine Grimasse, schüttete die Milch in den Ausguß und sagte sich, daß er auf sein Essen warten müsse, eine gerechte Strafe für seine Trägheit, dann zog er sich an, kämmte sein Haar und trat vom Badezimmerspiegel zurück. Den Kopf schiefgelegt, den Kiefer hochgereckt, suchte er nach Anzeichen von Kehllappen oder einem Doppelkinn, nach grauen Haaren und kahlen Stellen, den Falten, die bereits existierten, in Form feiner Linien um Augen und Mundwinkel.

Zuviel Sonne, zuviel Wind. Eine Frau, die er kannte, hatte einmal bemerkt, deshalb sehe er markig aus, vor allem im Herbst, wenn alle seine Sachen außer den Hemden aus abgetragenem Jeansstoff bestanden und etwas schäbig aussahen.

»Markig«, sagte er laut, testete das Wort und beobachtete sein Gesicht. »Markig.« Dann streckte er seinem Spiegelbild die Zunge heraus und ging ins vordere Zimmer, wo er die Vorhänge auseinanderzog und sich von der Sonne abwandte. Es war schon Nachmittag, und er hatte zum erstenmal seit Monaten unbeabsichtigt verschlafen. Nun begann er zu glauben, daß er Gayle vielleicht rechtgeben mußte – sein Körper kannte ihn besser als er selbst und würde ihm die Ruhe schenken, die er brauchte, ob er das nun wünschte oder nicht. Während er die Zeitung von der Türschwelle holte, gestand er sich sogar ein, er wäre okay. Er fühlte sich kein bißchen übel, dank der kalten Dusche.

Er überflog die Schlagzeilen, entdeckte nichts Interessantes und warf das Blatt auf die Couch. Sonnenlicht wärmte den Raum; das Geräusch der fernen Brandung schwoll an und erstarb, und mit einem tiefen Atemzug, der seine Lungen vom Rauch der vergangenen Nacht und vom Schlaf säuberte, beschloß er, sich diesen Tag ohne Argumentationen oder die geringsten Schuldgefühle freizunehmen. Den ganzen Tag, nicht nur den Teil, den er verschlafen hatte – jede einzelne Minute und Sekunde. Das bedeutete keine Kameras, keine Bildeinstellungen, überhaupt nichts. Heute wollte er ein Tourist sein.

Er streckte sich und bezwang ein Gähnen. Und dann ein kurzer Moment, als irgend etwas an der Entscheidung zerrte, der schwache Schimmer von irgend etwas, das er tun sollte. Irgend etwas... Er schaute auf das Telefon. »Tourist«, murmelte er, und der Schimmer verschwand. »Wen hältst du eigentlich zum Narren, Kumpel?«

Nein, kein Tourist. Heute würde er herausfinden, wer Geist gespielt hatte. Und auch dieser Gedanke gab ihm trotz unangenehmer Erinnerungen Auftrieb und sandte ihn ins Schlafzimmer, wo er schlichte, abgewetzte Slipper anzog, um den Sand von seinen Füßen fernzuhalten, Jeans, die besser saßen als alles Maßgeschneiderte, und ein buntes Hemd, das sich hübsch an die Bizeps schmiegte. Eine Sonnenbrille. Eine Packung Zigaretten und ein Feuerzeug. Brieftasche und Schlüssel.

An der Tür griff er automatisch nach der Kameratasche, merkte, was er tat, blieb sekundenlang stehen, starrte sie an und runzelte die Stirn, weil er das *Etwas*, das er tun müßte, nicht definieren konnte. Es wird mir schon einfallen, sagte er sich und öffnete die Tür. Zufrieden nickte er der salzigen Luft zu, der starken, stetigen Brise, die ihn blinzeln ließ, während er mehrmals tief einatmete. Weiße faule Wolken am Himmel. Eine Libelle, schwebend über den Dünen. Möwen glitten umher und hingen am Himmel. Endlich war der Häuserblock still, von Frieden berührt.

Unschlüssigkeit bewog ihn, die Handflächen aneinanderzureiben, während er zu überlegen versuchte, wie er Detektiv spielen sollte. Leichter gesagt als getan. Mit den Kids zu reden, wäre reine Zeitvergeudung; weder Tony noch Kelly hatten es getan, daran zweifelte er nicht, und so etwas lag sogar jenseits von Mikes ungeheuerlichen Possen. Also, was dann?

Er starrte auf die Zeitung. Vielleicht würde es nicht schaden, ein paar Worte mit Marty Kilmer zu wechseln, dem einzigen Mitglied der Lokalpolizei, das diesem Küstenstrich entstammte. Das schien eine gute Idee zu sein; aber er wußte es nicht genau. Wahrscheinlich konnte der Mann gar nichts für ihn tun. Immerhin, es wäre möglich, daß er ihm den richtigen Weg zeigte, falls es den überhaupt gab.

Er verzichtete auf den Jeep, weil er sich nach dem langen Aufenthalt im Bett immer noch steif fühlte, eilte zur Straßenecke und schlenderte zur Sommer Road. Als der Wind drehte, hörte Devin Musik, die von der Promenade herüberwehte, dröhnende Maschinerien, die Stimmen der Badegäste, vermischt mit Meeresrauschen.

Die Sirene eines Polizeiautos, schrill und seltsam fehl am Platz. Halb und halb erwartete er, der Wagen würde kreischend von hinten an ihn heranrasen, und wandte sich nach Norden – langsam, voller Ehrerbietung vor der Hitze, spähte in die vollgestopften Auslagen und fragte sich wie so oft, was um alles in der Welt die Leute mit dem Plunder anfingen, der da zur Schau gestellt wurde und dessen Preise einem großstädtischen Kaufmann die Schamröte ins Gesicht treiben würden. Wackelige Aschenbecher aus polierten Muschelschalen, Geschirrtücher mit aufgestickten Segelschiffen, Segelschiffe in Flaschen, braune Mädchen in Grasröcken, Hüte aus geflochtenem Stroh, Salzwasser-Toffees, Spielzeughämmer und Fische für die Badewanne, Gläser und Krüge und Teller und Tassen mit idyllischen Strandszenen, die Jersey nie im Leben besessen hatte.

Devin vermutete, die meisten dieser Sachen würden in Schränken landen, in Schachteln im Keller oder auf dem Dachboden, um beim Umzug hervorgezerrt und gegen die Erinnerungen abgewogen zu werden, die ihr Anblick weckte. Wie seine früheren Fotos, entschied er, diejenigen, die er als Maßstäbe seines Fortschritts betrachtet hatte. Sie waren nur notwendig gewesen, solange er sich das eingeredet hatte. Seither vergaß er sie nur zu gern.

O Gott, dachte er, wobei er kurzfristig eine Braue hob, dein Gehirn strotzt heute geradezu vor Weisheiten, Mr. Graham. Glaubst du, daß du bald eine Schaufel brauchen wirst?

Er grinste und ging weiter, wich Passanten aus, die ihn nicht beachteten, beobachtete träge den Verkehr, der sich an den Geschäften vorbeibewegte. Als er am Summerview vorbeikam und Sal durch eines der ovalen Fenster erblickte, rumorte sein Magen, aber ehe er die Eingangstreppe und die kühle Luft da drinnen ansteuern konnte, versprach er sich eine spätere Mahlzeit. Eine Möhre während der Jagd, eine Belohnung, weil er tat, was getan werden mußte.

Endlich erreichte er, den Kopf gesenkt, die Schultern unter der Sonnenlast gebeugt, einen gepflegten Rasenstreifen, einen Häuserblock lang, von weißgetünchten Steinen umrandet, mit einer Fahnenstange in der Mitte. Das Rathaus. Vorne ebenerdig, hinten einstöckig, die muntere Ziegelfassade paßte nicht zu den älteren Schindelhäusern ringsum. Ein Rasensprenger versprühte einen dauerhaften Regenbogen über dem Gras, und Devin beobachtete ihn eine Zeitlang, auch ein Sperlingspaar, das im Wasserstrahl badete, bevor er in einen schmalen, von Büschen gesäumten Weg bog, der zu einer breiten Tür an der hinteren Ecke des Gebäudes führte, dem Eingang des Polizeireviers.

Aber je näher er an die Kugel herankam, die – mit der Aufschrift ›Polizei‹ – aus der Mauer über der Tür ragte, desto idiotischer fühlte er sich. Kilmer, ein ausgesprochen fantasieloser Mann, würde ihn lachend hinauswerfen, wenn er sich über die mysteriöse Nachricht eines Anrufbeantworters beschwerte.

Jesus Christus, hast du deinen gesunden Menschenverstand verloren? Und je länger er darüber nachdachte, desto langsamer ging er. Seine Hände schlugen auf die Schenkel. Knapp fünf Meter von der Tür entfernt blieb er stehen. Im Grunde war es nur eine Stimme. Realistisch betrachtet, nichts weiter als ein unangenehmer Schock am Ende eines ziemlich erfolglosen Tages, zu einem Zeitpunkt, als er müde, ein bißchen verängstigt und übertrieben empfänglich für Dinge gewesen war, die ein bißchen von der Norm abwichen.

Es war nicht mehr als eine Stimme. Nur eine Stimme, die zufällig *ihr* gehörte.

Beinahe hatte er schon beschlossen, kehrtzumachen, als plötzlich ein Polizeiauto aus dem rückwärtigen Parkplatz sauste, mit jaulender Sirene auf die Straße polterte und sich nach Süden wandte. Er sah ihm nach, und dann zuckte er zusammen. Eine schwere Hand war auf seine Schulter gefallen. »Wollen Sie sich freiwillig stellen, Graham?«

Devin rührte sich kaum. »Läuft da irgendwo ein Mörder frei herum?« erwiderte er und wies mit dem Kinn in die Richtung des Polizeiwagens, der jetzt das Tempo beschleunigte.

»Ich hab keine Ahnung, was da los ist«, sagte Marty Kilmer, »ich arbeite hier nur. Aber es würde mich nicht überraschen. In dieser Woche nicht.«

Devin schenkte dem größeren Mann ein flinkes Lächeln und fragte sich, wie dessen letzte PR-Kampagne lief – ein Versuch, alle Leute zu veranlassen, ihn Martin zu nennen, nachdem man ihn zum Sergeant befördert hatte. Vermutlich klappte es nicht. Trotz der Größe und Muskelkraft – das Gesicht war zu jung, das Haar zu karottenrot. Martin wirkte zu ernsthaft; Marty war genau richtig.

»Also, was gibt's, Dev? Erzählen Sie mir bloß nicht, Sie hätten Ihren Hund oder sonstwas verloren.«

Ein weiteres Polizeiauto fuhr vorbei, mit dröhnendem Motor, verlöschendem kreisendem Licht, nahm Kurs auf eine Parklücke nahe der Tür. Ruckartig hielt es an, zwei Streifenpolizisten zerrten zwei Männer aus dem Fond und bugsierten sie nicht allzu sanft ins Haus.

»Eine Verbrechenswelle«, meinte Devin leichthin.

Kilmer nahm seinen Hut mit der harten Krone ab und ließ einen grauen Ärmel über die Stirn gleiten. »Ich sag Ihnen mal was, Dev«, entgegnete er feierlich und sah blinzelnd zum Himmel auf. »Nur zwischen Ihnen und mir und dem Torpfosten – die letzten zwei oder drei Tage waren die reinste Hölle, und ich weiß nicht, ob's am Tag der Arbeit liegt, der vor der Tür steht, oder an sonstwas. Die Leute werden bestohlen und beraubt, von Punks herumgeschubst, was immer Sie wollen, und der Chief macht uns von morgens bis abends die Hölle heiß. Jesus, dieses Nest bricht zusammen. Bald wird's hier genauso zugehen wie in den anderen Küstenstädten. Ich hätte Priester werden sollen. Dann wäre wenigstens meine Mutter glücklich.«

Devin drückte sein Mitgefühl mit einem Grunzen aus und verkniff sich ein Lächeln, weil der Mann so tat, als würde er in dieser Stadt schon seit sechzig Jahren das Gesetz hüten und nicht erst neunundzwanzig Lenze zählen. Davon abgesehen, erkannte er nun, daß sein eigenes Problem nicht der Mühe wert war. Er wollte sich abwenden, aber Kilmer hielt ihn mit einem verwirrten Blick zurück. »Nun, warum wollen Sie meckern? Sind Ihre Kameras verschwunden? Hat man bei Ihnen daheim alles kurz und klein geschlagen?«

»Nein, aber...« Devin zuckte mit den Schultern und zeigte zur Tür, die nun aufschwang, als hätte er sie mittels seiner Willenskraft dazu gebracht. Zwei weitere Streifenpolizisten rannten zu ihrem Auto.

»Hören Sie, es kann nicht schlimmer sein als all das, was ich in letzter Zeit erlebt habe. Sogar die alte Mary flippt aus, und das will einiges heißen – falls Sie verstehen, was ich meine. Ich will Sie ehrlich nicht bescheißen, Dev, und was ich Ihnen jetzt erzähle, ist die reine Wahrheit. Da draußen auf den Planken betreibt ein Idiot namens Opal ein paar Buden, und der behauptet, ein paar andere Jungs würden unfaire Praktiken anwenden und ihn dran hindern, sich auf anständige Weise seinen Lebensunterhalt zu verdienen.« Kilmer wischte über sein enges graues Hemd. »Verdammt, Dev, ich weiß nicht mal, was, zum Teufel, das bedeuten soll.«

»Geister«, sagte Devin und versuchte, nicht den Anschein zu erwecken, er wollte eine Herausforderung annehmen.

Kilmer klatschte auf seinen Hut, rückte ihn sorgsam zurecht und gaffte. »Geister?«

O Gott, dachte Devin, wäre ich doch bloß im Bett geblieben. »Na ja, nicht direkt Geister, nur so ungefähr.«

Der Polizeibeamte zerrte an seinem Waffengurt und gaffte wieder. Hastig berichtete Devin von der Stimme, und erinnerte ihn an Julies Etlers Tod und das Begräbnis, wobei ihm durchaus bewußt war, wie unwahrscheinlich das klang und daß er sich wie eine abergläubische alte Jungfer aufführte. Und dann, fragte er sich laut, ob er irgend etwas unternehmen könne, während Kilmer mit einem Stirnrunzeln zu erkennen gab, der Name sei ihm kein Begriff. Devin fuhr fort, er wisse, die Polizei sei außerstande, irgendwas zu tun. Schon gar nicht während dieser anderen Schwierigkeiten.

»Nun, da haben Sie recht«, stimmte Kilmer ohne großes Bedauern zu. »An Ihrer Stelle würde ich die Sache als Ausgeburt eines kranken Gemüts betrachten und auf sich beruhen lassen.«

»Ja, das wird wohl am besten sein.« Und Devin zuckte zusammen als sein Magen laut knurrte.

Der Polizist lachte schallend und schlug ihm auf die Schulter. »Jetzt sollten Sie erst mal was essen, Kumpel, ehe Sie umkippen und ich Sie von der Straße auflesen muß. Übrigens, verständigen Sie mich, wenn's noch mal passiert. Es war kein obszöner Anruf, also können wir die Telefongesellschaft nicht belästigen. Aber vielleicht fällt uns irgend etwas ein, okay?«

Mehr gab es nicht zu sagen. Devin nickte, schüttelte die Hand des Mannes und ging davon, im Bewußtsein, nichts erreicht zu haben, doch er fühlte sich etwas besser, weil er's wenigstens versucht hatte.

Dann beobachtete er, daß sein Schatten, der links vom Gehsteigrand schlüpfte, verschwommener wirkte, nicht mehr klar konturiert, und praktisch im Gras verschwand. Er suchte den Himmel nach Regenwolken oder Schönwetterwölkchen ab, fand nichts und schaute ein zweites Mal hinab. Der Schatten sah so aus wie zuvor. Und im Tageslicht lag eine Schwäche, die er zuvor nicht bemerkt hatte, ein vager Schleier, der ihn sekundenlang schwindeln ließ. Gleichzeitig knurrte sein Magen wieder, und er sagte sich, es müsse sein Hunger sein, der ihm den Blick trübte. Eine anständige Mahlzeit würde ihn kurieren, und danach würde er in Gayles Laden gehen, damit sie seine gefurchte Stirn glättete, sein Ego aufpäppelte und ihm vielleicht sogar klarmachte, er nehme jene Nachricht viel zu ernst. So entnervend es auch gewesen sein mochte – im Grunde konnte er nicht glauben, daß Julie Etler wirklich mit ihm telefoniert hatte.

Nicht einmal, als er sich an sein Foto erinnerte.

Einen langen Häuserblock vom Rathaus entfernt, wurde er von Kindern in Badeanzügen abgelenkt. Sie bildeten einen unregelmäßigen Kreis gleich hinter der Straßenecke und schauten zu, wie ein bärtiger Teenager mit Kreidestiften sorgfältig eine Möwe auf das Pflaster malte. Neben den bereits vollendeten schlichten weißen Umrissen stand eine Schuhschachtel, die einige Silbermünzen und ein paar Eindollarscheine enthielt.

Obwohl die Zeichnung keineswegs als großes Kunststück gelten konnte und beim nächsten Regen verschwinden würde, war Devin beeindruckt. Und als der Junge den Kopf hob, um festzustellen, zu wem der neue Schatten gehörte, nickte Devin anerkennend, und der Teenager nickte ebenfalls, zum Zeichen seiner Dankbarkeit. In der Kinderschar ertönten kichernde Kommentare, die Flügel seien zu groß, die Augen würden schielen, was der mit nacktem Oberkörper arbeitende Künstler mit Scherzen quittierte. In gespieltem Zorn neckte er sein Publikum und tat so, als wollte er in einen runden Kinderbauch boxen.

Die Szene war so normal und gleichzeitig so außergewöhnlich, daß Devin nach seiner Kamera griff, doch dann entsann er sich mit einem stummen Fluch, wo er sie zurückgelassen hatte. Klar, dachte er, so was passiert immer wieder.

Dann bewog ihn das Stottern eines Motorrads, die Straße hinabzublicken, zu einer großen, verchromten schwarzen Maschine, die im gefleckten Schatten der Bäume entlang des Gehsteigs qualmend auf ihn zukam. Weder die Kinder noch der Maler achteten darauf. Auch Devin schaute wieder weg und beugte sich vor, um über die Schulter eines knieenden Mädchens zu schauen. Mit der linken Hand kramte er in der Hosentasche nach Kleingeld für die Schuhschachtel.

Beinahe hätte er das veränderte Motorengeräusch nicht erkannt, bis das plötzliche ungleichmäßige Rattern seinen Kopf herumriß. Im selben Moment erhob sich der Fahrer von seinem Sitz, die Maschine sprang über die Bordkante und sauste geradewegs auf die Gruppe zu. Es blieb keine Zeit für etwas anderes als einen heiseren Warnschrei, bevor Devin verzweifelt alle Kinder beiseite stieß, die er erreichen konnte, und gleichzeitig herumwirbelte, um sich – ohne zu wissen, was er tat, dem Motorrad entgegenzustellen.

Das Visier des Helms reflektierte nichts, nur tote, formlose Schwärze, und als sich Devin mit ausgebreiteten Armen wappnete, schwenkte die Maschine in letzter Sekunde ab und kehrte auf die Straße zurück – das unmißverständliche Gelächter des Fahrers ging fast unter im dröhnenden Lärm des Motors.

Sofort umringte eine Zuschauermenge die mittlerweile weinenden Kinder und versuchte, sie zu beruhigen. Einige dankten Devin für seine Geistesgegenwart, andere begannen verspätet und vergeblich eine Verfolgungsjagd, die einen halben Häuserblock weiter endete. Ein Mann eilte zum Polizeirevier. Aber Devin bahnte sich einen Weg durch das Gedränge, nachdem er festgestellt hatte, daß kein Kind verletzt war, und ging so langsam wie möglich die Straße hinab, zum Schnellimbiß.

Seine Hände zitterten, seine Kehle war trocken. Und

obwohl er sich einzureden versuchte, es sei nur der selbstmörderische Trip einer Bierleiche gewesen, wurde er den Eindruck nicht los, die wilde Fahrt hätte nur ihm gegolten.

6

Die Halle von Oceantide Savings and Loan war kühl, fast lächerlich kalt, der Boden mit den Mosaikfliesen nach einer erst kürzlich erfolgten Reinigung feucht und gefährlich glitschig. Trotzdem beschloß Stump Harragan, die Annehmlichkeiten, die das Gebäude bieten konnte, voll auszukosten, ehe er wieder in die Hitze hinaustrat und auf den Pier zurückkehrte. Das Geld, das er mitgebracht hatte – die Einnahmen des vergangenen Abends, kaum der Rede wert – waren pflichtschuldig gezählt und deponiert worden. Ebenso pflichtschuldig hatte er mit allen Kassiererinnen geflirtet und dann ein unerwartet enttäuschendes fünfzehnminütiges Gespräch mit dem Bankleiter Samuel Planter geführt. Dieser vergeudete bereitwillig seine Zeit damit, denn Stump gehört nicht nur zu den besten Kunden der Bank – Harragan kannte den sturen, aufgeblasenen Mann auch noch als Dumbo Planter, von den schlechten Zeiten her, wo beide Anspruch auf den Thron des Chefs vom Southside-Terror erhoben hatten, drüben in Philadelphia.

Diese Tatsache war an der Jersey-Küste nicht allgemein bekannt, und Stump genoß die Höllenqualen, die er verursachte. Er fürchtete, eines Tages könnte dieses feige Spatzenhirn einen Fehler begehen. Natürlich war es schön und gut, daß sich der Gauner Dumbo am eigenen Schopf aus dem Rinnstein gezogen und in die erhabene Welt der schwarzen Mittelklasse bugsiert hatte – mit allem Drum und Dran, einem wöchentlich gestutzten Bart, dem gediegenen Akzent der US-Eliteuniversitäten und einem dreiteiligen maßgeschneiderten Anzug, in dem er das ausländische Bier verbarg, das er allabendlich konsumierte. Im großen und ganzen konnte Stump stolz auf Planter sein, wenn er an die gemeinsamen Wurzeln dachte. Aber der Mann neigte zu einer bedauerlichen Vergeßlichkeit, und Harragan erachtete als seine Pflicht, das mahnende Gewissen zu spielen, wann immer er in die richtige Stimmung geriet.

In dieser Stimmung befand er sich zwar auch heute, aber die Sticheleien, Anspielungen und sanften Warnungen hatten wie ein lächerliches Gewinsel geklungen und Dumbo geholfen, ihn zum erstenmal seit einer halben Ewigkeit zu übertrumpfen und ohne die geringste Reue in Selbstgefälligkeit zu schwelgen. Das mußte ein schlechtes Omen sein, und Stump bewegte die Schultern, um die gespenstische Kälte drohenden Unheils abzuschütteln. Dann trat er beiseite, als eine rotbackige Matrone im Paisley-Musterkleid an ihm vorbeiging und ihm mit einem kurzen Blick zu verstehen gab, sie würde einen Saukerl erkennen, wann immer ihr ein solcher begegnete.

Scheiße und Verdammnis, dachte er, Scheiße und Verdammnis.

Im Augenblick hatte er keine andere Wahl, als einem Laster zu frönen, das unweigerlich zum Tode führen mußte, wie ihm Zeit seines Lebens alle Ärzte von Georgia bis Jersey versichert hatten. Und so zog er eine halbgerauchte schwarze Zigarre aus der Hemdtasche, schaute auf das diskrete *Rauchen verboten*-Schild am falschen Marmor der Säule, an der er lehnte, und fischte ein zerkratztes Blechfeuerzeug aus den Shorts. Der Wachtposten am Eingang beobachtete ihn aufmerksam, und Stump zog eine große Show ab, klappte den Deckel hoch und strich mit dem

Daumen über das Rädchen, ehe er mit entsetzten, weit aufgerissenen Augen die Ermahnung über seinem Kopf bemerkte. Das Gesicht von seiner schönsten Märtyrermiene umflort, schleppte er sich mit schweren Schritten zum Ausgang, wo der Wächter höflich an seine Mütze tippte und der Drehtür einen Stoß gab, um ihn hinauszulassen.

»Danke, Sir.« Stump verneigte sich leicht. »Sie sind wirklich überaus freundlich.«

»Laß den Quatsch, Harragan«, wisperte der Mann grinsend. »Du bist mir immer noch zwanzig Piepen schuldig.«

Stumps abruptes Gelächter klang laut und schrill. Er trat auf die Straße und schnippte mit den Fingern – ein Wink des Himmels. Vielleicht wird das kein so übler Tag, dachte er. Der feiste Bastard schummelt am Spieltisch und erwartet auch noch, dafür bezahlt zu werden. Nun, warten tut einer kranken Seele gut... Und Chuck Gellers Seele war zweifellos krank, das konnte jeder Quacksalber schon von weitem sehen. Der aufgedunsene Kerl mit der wulstigen Nase war der mieseste Heuchler, den Stump kannte, und er würde sicher zahlen, früher oder später, nur damit der Typ ankam, um sich noch mehr zu holen. Und in der Zwischenzeit würde ihn die Vorfreude am Leben erhalten.

Unglücklicherweise hatte ihn Stump, die Vorfreude auf die Stimmung der Menge in der letzten Woche gar nichts genützt. Überhaupt nichts. Irgendwie ging es hier nicht mit rechten Dingen zu. Er konnte sich keinen Reim drauf machen. Die meisten Karussells waren halbleer, vom Riesenrad drang nicht einmal annähernd das richtige Gejaule herab. Und das erste, was er an diesem Morgen entdeckt hatte, waren drei fast durchgenagte Kabel gewesen. Hätte er den Strom eingeschaltet, ohne vorher alles zu checken, wäre der Pier in die Luft geflogen wie am 4. Juli.

Scheiße und Verdammnis.

Das großartigste Wochenende der Saison stand bevor,

inklusive des Volkstrauertags, und plötzlich benahmen sich die Leute, als wären sie arm wie die Kirchenmäuse.

Sekundenlang war er sogar versucht, seine Pläne für heute abend aufzugeben. Diese Pläne führten ihn nun schon einige Meilen weit auf einer Straße dahin, die er bisher zu dunkel für eine Reise gefunden hatte. Aber so, wie es jetzt aussah, würde er sich dabei wahrscheinlich selber umbringen, und dann würde sich Geller, dieser weiße Trottel, vor Lachen ausschütten.

Scheiße. Und Verdammnis.

Nichts klappt, gar nichts, dachte er mißmutig, während er um die Ecke bog; Scheiße und Verdammnis, ich sollte in den Ruhestand treten. Und ansonsten dachte er nichts, als ein Motorrad auf dem Gehsteig an ihm vorbeiraste und ihn gegen die Mauer warf.

»Hurensohn! Was, zum Teufel, ist jetzt schon wieder los?« murmelte Chuck Geller ärgerlich. Er stürmte durch die Drehtür der Bank, und da sah er das schnittige Motorrad mit dem Hinterrad auf die Bordkante hüpfen und um die Ecke sausen, wo Harragan verschwunden war. Verdammt noch mal, ständig passiert irgendwas.

Die eine Hand auf dem Griff seines Schießeisens, die andere auf dem Hut, bewegte er sich, so schnell es seine wankende Körperfülle zuließ. Ein Teil von ihm wußte, daß er seinen Posten nicht verlassen dürfte, einem anderen war das völlig egal, denn dort saß der alte Schwarze auf dem Pflaster, die Beine ausgestreckt, die Augen geschlossen, die Hände schlaff auf dem Beton.

»Jesus im Himmel«, sagte Geller leise, während er niederkniete und das Blut an der Wand sah. Bei dem Pech, das dieser Schwachkopf andauernd hatte, müßte er tot sein. »He, Stump, bist du okay?«

Das Motorrad hatte sich aus dem Staub gemacht, der

Gestank der Auspuffgase lag drückend in der Hitze. Der alte Mann rührte sich nicht.

Ein Schatten fiel über Geller, und er rief über die Schulter: »Holen Sie einen gottverdammten Doktor, ja?« Es war an der Zeit, Komödie zu spielen und sich eine weiße Weste zu verschaffen.

»Was geht hier vor, Mr. Geller? Warum haben Sie Ihren Posten verlassen?«

»Sind Sie blind, Kumpel? Der Mann ist verletzt. Holen Sie einen Arzt, bevor er abkratzt!«

Der Schatten bewegte sich nicht, und reine Verzweiflung veranlaßte Geller, sich aufzurappeln, wonach er dem Arschloch Planter gegenüberstand, dessen besorgte Miene an einen Schmollmund erinnerte. Der Bankdirektor starrte auf Harragan hinab, dann schaute er die Straße hinauf und hinunter, und schließlich schob Geller ihn ungeduldig aus dem Weg und kehrte ins Haus zurück. Mehrere Angestellte beobachteten ihn ängstlich, und er beauftragte die nächstbeste, die Polizei zu verständigen, und das Mädchen an ihrer Seite, einen Arzt zu rufen. Das, überlegte er und nickte sich selber zu, müßte meinen Arsch vor den Bullen retten.

Planter folgte ihm in die Halle, wischte sich die Handflächen pingelig mit einem Taschentuch ab und verzog angewidert die Lippen. »Er kommt zu sich«, erklärte er und steuerte sein Büro an.

»Was?« Geller gaffte ihm nach und trat einen Schritt nach vorn, den er sofort in eine Drehung umwandelte, ehe er eine Dummheit machen konnte. Harragan hin, Harragan her, dies war nicht der rechte Augenblick, um einen Boß niederzuschlagen. Einen schwarzen schon gar nicht. Daheim wäre der Esel nicht so leicht davongekommen; aber hier mußte man ihn wie einen normalen Menschen behandeln.

Verdammt; und das drei Tage, ehe seine Ferien begannen.

Stimmen auf der Straße lockten ihn wieder zur Tür hinaus, und er schlug seinen besten amtlichen Ton an, um sich einen Weg durch eine leise schnatternde Frauenschar zu bahnen, die den gestürzten Mann umringte.

Harragan stöhnte leise und öffnete die Augen. »Jesus...«

»Das war knapp, du Glückspilz. Alles okay?« Geller sah zu, wie Harragan seine zielstrebigen Finger zum Hinterkopf führte und wieder nach vorn holte, um auf eine dünne Blutlinie zu starren, die sich über die bleiche Handfläche zog. »Mann, du könntest jetzt tot sein. Beinahe wärst du zerquetscht worden.«

»Wo ist das Motorrad?«

Geller half ihm auf die Beine und versuchte, nicht zu grunzen. Stump war nämlich viel schwerer, als er aussah. »Weg. Ich weiß nicht, wo... Und wohin, zum Teufel, willst du jetzt gehen?«

Harragan schaute den Wächter an, als hätte der drei Köpfe. »Zur Arbeit. Ich muß mich um den Pier kümmern.«

Die Frauen protestierten und erwarteten von Geller, er würde den Idioten festhalten, bis ärztliche Hilfe eintraf. Aber erbost bedeutete er dem alten Schwarzen abzuhauen und verkündete lauthals, das würde Harragan noch bedauern, denn wahrscheinlich würde er tot umfallen, ehe er den Strand erreichte.

Eine der Frauen schnappte nach Luft, und Harragan winkte ihm, ohne sich umzudrehen.

Idiot, dachte Geller und schob sich durch die Menge zum Eingang der Bank zurück. Blöder alter Bastard. Hat überhaupt kein Hirn in diesem gottverdammten Schädel. Geht einfach davon. Aber warum regte er sich auf? Der alte Nigger hatte ihn um zwanzig Piepen betrogen, nicht zum erstenmal, und es war ihm scheißegal, ob der Trottel schnurstracks ins Meer marschierte, geradewegs zum gottverdammten Frankreich.

Dummer Bastard.

Wenn man's recht bedachte, waren sie alle dumm, und er würde nicht mal ein durchlöchertes Fünfcentstück für diese Bande geben. Die stolzierten herum, als gehörte ihnen die ganze Welt, und forderten einen dazu heraus, sie schief anzusehen, damit sie einen zur Schnecke machen konnten. Dumme Bastarde.

Die Stirn immer noch gerunzelt, nahm er wieder seinen Platz bei der Tür ein und zuckte mit den Schultern, als eine Schalterbeamtin fragend in seine Richtung blickte. Dann schaute er über die Schulter, durch das getönte Fenster, beobachtete, wie der Polizeiwagen bremste, und hörte dahinter die Sirene der Ambulanz. O Scheiße, dachte er, als dieser benebelte Kilmer aus dem Auto kroch, den Hut lüftete und mit einer dieser blöden blauhaarigen alten Frauen zu reden begann, die sofort einen beringten Finger in Gellers Richtung streckte. O Scheiße.

Planter kam wieder aus seinem Büro. Dafür wird Harragan zahlen, dachte Geller und überlegte, ob er diesen Bullen mit dem blutenden Herzen zu sich winken sollte, aber Planter stand gaffend in seiner Tür und übermittelte ihm ganz eindeutig einen Befehl. Also strich Geller seine Uniform glatt und kehrte auf die Straße zurück, marschierte zu Kilmer hinüber und wartete, beinahe in militärisch strammer Haltung, bis er Aufmerksamkeit erregte. Die Frauen wichen zurück.

Und als er gerade die erste der – nach seiner Meinung – durchaus glaubwürdigen Entschuldigungen vorbrachte, weil er den alten Bastard hatte gehen lassen, hörte er das Motorrad wimmernd auf die Summer Road rasen,

Bremsen kreischten schmerzlich, Metall kollidierte mit Metall. Kilmer stürmte an ihm vorbei, gefolgt von den Sanitätern. Geller zögerte, schaute zuerst zum Fenster der Bank, wo Planter stand, dann zur Straße, wo sich bereits der Verkehr staute.

Zum Teufel damit, entschied er und ging hinein. Das war zu heiß, um miterlebt zu werden. Er würde ohnehin alles in der Zeitung lesen.

Rauch aus einem brennenden Motor würgte Kilmer und zwang ihn zu husten. Er tastete nach einem Taschentuch in der Hüfttasche, während er den Schaden abzuschätzen und den Hergang des Unfalls für seinen späteren Bericht zu rekonstruieren suchte, für dessen Abfassung er sich später, im Polizeirevier mit der Klimaanlage, viel Zeit nehmen würde. O Gott, tat das weh! Hätte er die Möglichkeit, sich den Kopf abzuhacken, er würde es tun und das verdammte Ding kein bißchen vermissen.

Ein qualmender Lieferwagen mit schräger Stumpfnase stand quer über den nordwärts führenden Fahrspuren der Summer Road. Davor war ein Kleintransporter mit verchromten Seitenleisten in die entgegengesetzte Richtung geschwenkt, dahinter strömte Kühlerflüssigkeit aus einem Milchwagen auf den Asphalt, und der Fahrer saß auf der Straße und hielt sich den Kopf.

Das plötzliche Rauschen eines Feuerlöschers am Vorderteil des Lieferwagens zwang Kilmer zu einem Stolperschritt nach hinten, Glas knirschte laut unter seinen Füßen. O Gott, dieses Kopfweh! Genau wie heute morgen. Zuerst hatte er geglaubt, es wäre ein Kater, die passende Strafe für die kostenlosen Drinks auf den Planken. Nach der zweiten Schicht hatte er sich nicht besonders gut gefühlt und war sofort ins Bett gefallen. Aber da dieses Kopfweh andauerte und sich verschlimmerte, während die Sonne immer höher kletterte, wußte er, daß es kein Kater sein konnte. Es war nicht stechend, es war nicht dumpf, es war einfach nur *da,* und er konnte schon den ganzen Tag keine zwei zusammenhängenden klaren Gedanken fassen. Und nun mußte er sich um diesen Unfall kümmern. Das war zwar bei weitem besser als Devin Grahams Gefasel über irgendwelche Geister, aber bei Gott, er wollte nach Hause.

Eine Frau schluchzte laut, zwei zitternde Kinder standen neben dem Wrack ihres Lieferwagens, die Daumen fest in die Münder gesteckt, und der Vater knetete ihre Schultern. Der Mann schaute zu Kilmer herüber, wütend und verängstigt, und der Sergeant konnte den Blick nur erwidern und die Schmerzen wegblinzeln, die hinter seinen Augen brannten. Bitte, lieber Gott, flehte er, bitte, laß mich nachdenken.

Wenn man es recht bedenkt, entschied er, sind diese blöden Geister vielleicht gar nicht so schlimm. Wenigstens halfen sie ihm, die Schmerzen für eine Weile zu vergessen.

Eine Sirene peinigte seine Ohren, und er zuckte zusammen, als er die Stimmen der Sanitäter hörte, die unter den Lieferwagen zu dem Motorradfahrer spähten. Das Motorrad war auf die Ladefläche des Kleintransporters geflogen.

Ein Polizeiauto und der Streifenwagen der Verkehrspolizei trafen ein. Staub biß in Kilmers rechtes Auge, und er verfluchte es, ärgerlich rieb er daran und schüttelte den Kopf, als jemand fragte, ob er verletzt sei, dann trat er einen Schritt zurück und schaute nach unten. Er wußte, daß er irgend etwas tun müßte. Immerhin war er Sergeant und trug die Verantwortung für das, was nun hier passierte, und alles andere, womit der Boß nicht belästigt werden wollte. Also sollte er veranlassen, daß die Leute vernommen, die Verletzten ins Krankenhaus gebracht und die Zeugen eingesammelt wurden, ehe sie sich zerstreuten.

Das alles wußte er und konnte sich trotzdem nicht bewegen. Nicht einmal, als die Leiche des Motorradfahrers endlich ins Blickfeld gezerrt wurde und der zerdrückte Helm und das dunkle Rinnsal über dem zertrümmerten Visier zu sehen war.

An der Straßenecke vor der Bank erfüllte Betschwester Mary ihre Pflicht, wenn ihr auch klar war, daß Officer Kilmer nicht in ihre Richtung schauen würde. Das tat er selten; meistens behauptete er, sie würde den Touristen auf die Nerven fallen. Nicht, daß es eine Rolle spielte, was er dachte; es mußte geschehen. Gottes Werk war Gottes Werk, daran gab es nichts zu deuteln. Man durfte sich nicht davor drücken. Hin und wieder war es schmerzlich, manchmal sogar leidvoll. Aber wie man so schön sagt – man kann seinem eigenen Schatten nicht davonlaufen. Sie kratzte an der Haut rings um ihre Augenklappe, schob sie beiseite und rieb am Auge, dann räusperte sie sich, rang nach Fassung und legte eine Hand auf die Brust. Ohne das Publikum zu beachten, das sich auf dem Gehsteig versammelt hatte, erhob sie die Stimme zu einer Hymne und erschauderte in der plötzlichen Kälte, die von der Sonne herabwehte.

Auf dem Brettersteg hielt Kelly den Atem an, als sie ihre steife Schulter zu bewegen versuchte, und verfluchte den schielenden Idioten von der Erste-Hilfe-Station, der ihren Arm praktisch wie eine Mumie bandagiert hatte. Dieser Dreckskerl hatte sich aufgeführt wie einer dieser Fernsehärzte in den Sendungen, die ihre Mutter sah, während sie auf der Couch lag und ihren sogenannten ›Cocktail zum Aufwärmen‹ trank. Er hatte ihr auch noch eine Spritze gegen Tetanus geben wollen. Aber das wollte sie nicht, als sie sah, wie er mit der Nadel hantierte, und sie versprach mit gekreuzten Fingern, nach der Arbeit einen Arzt aufzusuchen.

Der Trottel hatte sich nichts daraus gemacht und sie sogar unter dem Vorwand einer ungeschickten ärztlichen Untersuchung zu betatschen versucht. Am liebsten hätte sie ihm die Brille von der dicken Nase geschlagen, um Hilfe geschrien und behauptet, er sei drauf und dran gewesen, sie zu vergewaltigen. Das wäre ihm recht geschehen. Er hatte nicht einmal saubere Fingernägel.

»Hier ist der Luftballonhimmel!« rief sie. »Gewinnen Sie in Opals Luftballonhimmel!« Ächzend betastete sie den Verband und wischte den Schweiß unter ihren Ponyfransen ab. In der rechten Hand schwang sie einen Pfeil und kicherte, als sie überlegte, ob es Tony etwas ausmachen würde, wenn sie dieses Ding durch Angies Arsch schob und das Gehirn seiner Schwester herausquoll und sich auf dem ganzen Strand verteilte. »Hier ist der Luftballonhimmel!« schrie sie.

Und trotz Jimmys Verbot schaltete sie ein Transistorradio ein; die Sirenen trieben sie in den Wahnsinn.

Auf dem Strand unterhalb von Harragans Pier schlenderte Mike durch die Menge, tat sein Bestes, um die halbnackten, posierenden Frauen nicht anzustarren, schob die Brust heraus und spannte die Beinmuskeln an. Er fühlte sich wie ein General, der seine Truppen inspizierte, und sekundenlang stellte er sich vor, wie es wäre, Medaillen an diese Brüste zu heften. Der flüchtige Gedanke, wie Kelly auf solche Fantasien reagieren würde, störte ihn nicht; sie war da hinten und er hier draußen, und das fand er wundervoll.

Dann sah er Mrs. Kueller auf einer Decke liegen. Ihre bereits gebräunte Haut schimmerte unter strömendem Schweiß und sah weich und warm aus. Tonys Schwester spielte mit ein paar anderen Bälgern am Rand der Brandung. Als er stehenblieb, mit einer Hand die Augen beschattete und vorgab, direkt hinter dem Kopf der Frau Ausschau nach einem Bekannten zu halten, stützte sie sich auf einen Ellbogen und nickte ihm lächelnd zu.

»Hi«, sagte er.

»Hallo, Mike.«

»Es ist sehr heiß hier.«

»O ja.«

Er trat von einem Fuß auf den anderen, bevor er ihr zuwinkte und weiterging. Einmal blickte er zurück, um festzustellen, ob sie ihn beobachtete, und da wischte ihre linke Hand etwas Sand von der Spitze einer Brust. »Ich habe frische Limonade«, sagte sie laut genug, so daß er es hören konnte, und zeigte auf eine Thermoskanne, die aus ihrer Strohtasche ragte. »Ich gebe dir sehr gern was davon. Du siehst aus, als könntest du einen kalten Drink gebrauchen.«

Beinahe kehrte er um. Aber als sich ihre Hand sanft auf ihren Bauch legte und von ihren Atemzügen gehoben und gesenkt wurde, grinste er albern und winkte wieder. Danach drehte er sich nicht mehr um, obwohl er wußte, daß sie ihn immer noch beobachtete.

Ihr Blick, den er im Rücken spürte, ließ ihn aus irgendeinem Grund frösteln. Und aus irgendeinem Grund wünschte er plötzlich, er wäre tot.

Tony floh aus dem Haus.

Unentwegt läutete das Telefon. Aber als er vorhin den Hörer abgenommen hatte, war niemand am Apparat gewesen.

Nur Störgeräusche und Knistern – der Klang eines fernen Feuers.

7

Intensive Essensgerüche zogen sich die Summer Road entlang, und während Devin dahinschlenderte, verstärkte sein Magen den Klageruf. Trotz der Sonnenbrille mußte er im grellen Widerschein der Fenster blinzeln, in den flimmernden Hitzewellen, die vom Pflaster aufstiegen. Abgaswolken hingen über den Autos der Sonnenjäger, die Parkplätze suchten. Als er die Imbißstube erreichte, war er dem Hungertod nahe, und er schloß bei einem kurzen Dankgebet die Augen, sobald ihn die Klimaanlage segnete.

An der Decke drehten sich Ventilatoren im Zeitlupentempo. Utensilien ratterten, Tassen klirrten auf Untertassen. Ein dünner Mann in Weiß schob einen Mop über den Fliesenboden.

Eine Zeitlang stand Devin vor der Kasse, nahm die Brille ab und wartete, bis sich seine Augen an das veränderte Licht gewöhnten. Dabei blickte er sich um, lächelte Charlene geistesabwesend an und hob eine Braue, um Sal Riccaro hinter der Theke stumm zu begrüßen.

Niemand schien den Unfall draußen auf der Straße gehört oder bemerkt zu haben. Bei dem Lärm hatte er sich umgedreht – ohne echtes Interesse, nur auf die ersehnte Mahlzeit, die Notwendigkeit, cool zu bleiben, konzentriert – und hatte nichts weiter zu sehen geglaubt als ein Kotflügelgerangel zwischen einem Lieferwagen und einem kleinen Laster. Und Marty daneben, die Fingerspitzen an den Schläfen, und Betschwester Mary vor der Bank, beim Absingen einer feierlichen Hymne.

Nun hörte er Schritte und leise Stimmen hinter sich und sah eine vierköpfige Familie die Eingangsstufen des Lokals hinaufsteigen. Er zuckte mit den Schultern, ging rasch durch den Mittelgang zu einer leeren Nische, nahm eine Speisekarte vom Stapel auf der Theke und setzte sich. Bevor er die Tagesspezialität ausmachen konnte, stand Charlene schon mit Block und Bleistift neben ihm, eine Hüfte vorgestreckt.

Sie hob eine Braue und zeigte mit ihrem Stift auf ihn. »Sie sehen ziemlich übel aus – falls ich mir diese Bemerkung erlauben darf.«

So viel ist also von den markigen, wettergegerbten Typen zu halten, dachte er.

»Mike Nathan ist gerade erst gegangen«, fuhr sie fort und berührte die Bleistiftspitze mit der Zunge. »Das ist ein Junge, der immer gut aussieht, in allen Lebenslagen, finden Sie nicht auch? Das muß an seinem Training oder sonst was liegen. So ist das nun mal, wenn man Arzt werden will. Wenn man aufs College geht, muß man gut aussehen für all die Professoren und Studenten.«

»Sparen Sie sich die Konversation, Charlene«, erwiderte er mit einem höflichen Lächeln, »bringen Sie mir einfach nur ein Sodawasser, einen gut durchgebratenen Hamburger mit allem außer Tomaten und ein paar Pommes frites. Und Schweigen.«

Sie schob die andere Hüfte vor und hob eine kräftig bemalte Braue. »Jesus, sind Sie verkatert oder sonstwas?«

»Weder noch«, protestierte er. »Zufällig fühle ich mich ausgezeichnet.«

»Klar.« Sie schaute sich im Lokal um, dann beugte sie sich hinab und zwinkerte. »Wie heißt sie denn, Devin? Kenne ich sie?«

Seine Augen verengten sich. »Ich will was zu essen, Charlene«, sagte er und klopfte mit einem Finger auf ihren Schreibblock. »Erinnern Sie sich?«

Sie richtete sich auf, schnalzte mit der Zunge und legte eine ganze Menge in ihren Hüftschwung, als sie ums Ende der Theke herumging und die Bestellung vom Block abriß. »Mit Ihnen macht's gar keinen Spaß mehr, Graham, wissen Sie das?« rief sie über die Schulter. »Ich glaube, Sie werden alt oder so was ähnliches.«

Ihre Stimme klang laut, zu laut, aber niemand wandte den Kopf. Und Devin gab keine Antwort. Charlene Iano war Sals Cousine zweiten Grades. Und wie Riccaro ihm einmal erzählt hatte, arbeitete sie jeden Sommer hier, weil ihre Mutter hoffte, früher oder später würde Charlene der Mann über den Weg laufen, der sie von daheim wegholen und – wenn das Glück mitspielte – nie wieder zurückbringen würde. Devin zweifelte daran. Selbst wenn sie nicht arbeitete, schien sie zu vergessen, daß das grelle, übertriebene Make-up, das sie bevorzugte, schon vor über einem Jahrzehnt eines natürlichen Todes gestorben war. Er hatte es längst aufgegeben, sich zu fragen, wie sie mit sauber geschrubbtem Gesicht und zur Abwechslung gebürstetem Haar aussehen würde.

Mindestens einmal pro Woche gelang es ihr, die mehr als subtile Anspielung zu äußern, sie würde sich gern nach Einbruch der Dunkelheit die Sehenswürdigkeiten von ihm zeigen lassen. Mit einem flüchtigen Grinsen überlegte er, wie Mike auf ihre Koketterie reagiert haben mochte. Tony würde erröten und sich irgendwie herausreden; Mike würde vermutlich einfach nur erröten.

Während er wartete, blickte er durch das getönte Fenster auf den Autoverkehr und die Fußgänger und runzelte die Stirn. Plötzlich kam es ihm vor, als wäre er um eine vertraute Ecke in eine unbekannte Straße gebogen – eine Straße, die nicht hierhergehörte. Aber da war nichts, worauf er den Finger legen konnte, kein einziger greifbarer Hinweis, der sich in die Hand nehmen und erforschen ließ. Die Gesichter waren dieselben wie immer, ebenso wie die Kleidung und der allgemeine Run auf den Strand. Seine Stirnfalten vertieften sich, und schließlich schrieb er diesen sonderbaren Eindruck dem Idioten zu, der die Kinder und ihn selbst beinahe über den Haufen gefahren hätte. Als Charlene ihm den Lunch servierte und ihn mit dem Ellbogen anstieß, grunzte er nur, um sein Mißvergnügen kundzutun.

»Verzeihen Sie bitte, daß ich auf der Welt bin«, sagte sie, wurde aber ignoriert.

Er aß, beobachtete, wie die anderen Gäste ihre Mahlzeiten hinter sich brachten, und unterschied die Einheimischen von den Urlaubern an der Art, wie sie beim Kaffee trödelten, geruhsam mit Sal und den Kellnerinnen scherzten und den Koch beschimpften, der kein einziges Mal in der Durchreiche erschien, um sich zu verteidigen.

Irgend etwas war anders. Er wußte nicht, was. Vielleicht die Stimme letzte Nacht und die Stimme, die er zu hören geglaubt hatte, als der Anrufbeantworter ausgeschaltet gewesen war.

Er hätte die Nachricht noch einmal abhören sollen, ehe er das Haus verließ, um Kilmer aufzusuchen – eine gute Möglichkeit, um festzustellen, daß er einiges mißverstanden hatte... Immerhin war er todmüde gewesen, voller Selbstmitleid, und er hatte Gayle vermißt.

Vielleicht; vielleicht nicht.

Wie beabsichtigt hatte er mit der Polizei gesprochen, und jetzt... Er wußte es nicht. Irgendwie war er nicht okay.

Er aß, ohne etwas zu schmecken, und er winkte nur, als Sal ihn entdeckte und mit den Lippen seinen Namen formte. Um sich zu entschuldigen, schüttelte er den Kopf. Er war nicht in der Stimmung für ein Gespräch, wollte nur essen und dann gehen; weiter nichts. Nur Essen in seinen Magen stopfen, damit der bis zum Dinner Ruhe gab, und gehen. Und er staunte ein wenig, als er sich erinnerte, daß dies sein freier Tag sein würde.

Das war es vielleicht, was ihm so anders erschien – er arbeitete tatsächlich nicht.

Ein Schulterzucken, nur im Geiste.

Den Teller wegschieben, den Bon nehmen und an der Kasse neben der Tür bezahlen. Paula war nicht da; ein neues Mädchen, das ihn nicht kannte und nur lächelte, weil das seine Pflicht war. Er erwiderte das Lächeln, weil er es wollte, und ging hinaus, fuhr zusammen, als er den Temperaturunterschied spürte, verfluchte stumm die Hitze, wandte sich nach links und ging davon.

Die Unfallstelle war geräumt. Wolkenschatten wogten und schlichen sich über die Straße, während der Himmel langsam seine Farbe verlor; die Brise, die nun einsetzte, brachte keine Erleichterung, pulsierte statt dessen wie ein mühsam arbeitendes, sterbendes Herz, wie ein langsamer Schlag ins Gesicht.

Devin berührte seine Stirn, dann betrachtete er sich im Schaufenster eines Drugstores. Er schwitzte. An einem Tag, nicht schlimmer als die anderen und besser als jene um die Mitte des Junis, schwitzte er, als würde er schon seit dem Morgengrauen herumlaufen, und als seine Knie weich wurden, ging er zur Hausecke und lehnte sich dagegen.

Ich bin krank, dachte er ungläubig, Jesus, ich bin krank. Und sobald er das dachte, verflog das Gefühl, sein Gesicht war trocken, und als er auf seinen eigenen Beinen stand, einen Arm leicht ausgestreckt, falls er sein Gleichgewicht verlieren würde, passierte nichts.

Er gab dem Hamburger die Schuld und eilte den Häuserblock entlang, zu einem kleinen Laden zwischen einer Immobilienagentur und einem Lebensmittelgeschäft. Ein rascher Griff nach seinem Haar, eine Handfläche strich das Hemd glatt, dann trat er ein und nahm die Sonnenbrille ab.

Es war ein Zeitungsladen, einer der beiden einzigen in dieser Stadt, niemals überfüllt, niemals völlig leer. Hier gab es keine Rush-hour. Die Kunden kamen aus den nahen Hotels, um Zeitungen oder Taschenbücher zu kaufen, die sie am Strand lesen wollten, Postkarten, Süßigkeiten, Magazine, Zigaretten, lauter Krimskrams, der die Taschen füllte und nie von zu Hause mitgebracht wurde. Hier roch es nach Tabak, nach Schokolade, nach den Kerzen auf dem Regal rechts von der Tür. Devin liebte das.

Es gab keine Musik, keine Radios, keine Kassetten, keine Videospiele mitsamt ihren Geräuscheffekten, keine Flipper mit infernalischen Glocken und schrillen Sirenen. Nicht gerade der richtige Ort, um zu schmökern, aber die Kunden schmökerten trotzdem – weil ihnen die friedliche Stille und das Lächeln der Frau gefielen, die hinter dem Ladentisch im rückwärtigen Teil des Ladens saß. Sie grinste, als sie ihn sah.

Er zwinkerte ihr zu und ging zu einem Regal mit Taschenbüchern, während sie einen alten Mann bediente, der sich anscheinend nicht zwischen einer Bruyère- und einer Maiskolbenpfeife entscheiden konnte. Auf stumme Art zeigte er sich schwierig und würde vermutlich noch weitere zehn Minuten verschwenden, ehe er seine Wahl traf. Das störte Devin nicht. Es verschaffte ihm eine Gelegenheit, sie ausgiebig anzusehen, ohne daß sie ihm sagen konnte, er solle nicht so gaffen. Er würde den Schwung ihres Haars betrachten, das von der hohen Stirn glatt zurückgebürstet war, die Form ihrer ›aristokratischen englischen Nase‹ wie er sie nannte, die Figur, nicht modisch dünn, sondern ihren eigenen Worten nach üppig – ›und keine dummen Witze bitte, ich bin eine Dame.‹

Der alte Mann ging; sie hatte ihm beide Pfeifen verkauft.

»Ich habe deine Nachricht bekommen«, sagte Devin, trat ans Ende des Ladentisches und lehnte sich dagegen.

»Wie spät ist es?« fragte sie, ohne ihn anzuschauen.

»Kurz nach drei, glaube ich.«

Sie schüttelte den Kopf. »Du bist ein Idiot, Devin.«

»Ja, vermutlich.«

Eine schlichte Goldkette schmückte ihren Hals, keine Ringe an den Fingern, keine Uhr am Handgelenk. Die beiden untersten Knöpfe ihres weißen Hemds waren offen, die Shorts saßen lose genug, um die Luft zirkulieren zu lassen, wenn sie umherwanderte. »Denkst du jemals daran, dich auszuschlafen?«

»Heute bin ich erst gegen Mittag aufgewacht.«

»Großartig, Graham! Ich verleihe dir eine Medaille.«

Sie lauschten auf das Schweigen.

»Nun, da du so lange auf warst – hat es dir irgendwas eingebracht?«

»Nein. Nur eine Lektion von Stump, das war alles.«

Sie schaute ihn von der Seite an. »Er will nur das Beste für dich, weißt du...«

»Er will, daß ich flachgelegt werde.«

»Wie ich sagte.«

Er konnte ihrem plötzlich direkten Blick nicht standhalten. Daran würde er sich nie gewöhnen, das wußte er – an ihre Freimütigkeit. Sein Leben lang hatte er von Frauen fantasiert, die sich ihm an den Hals warfen, wundervolle verbotene Dinge in sein Ohr flüsterten, mit allen seinen Körperteilen wundervolle verbotene Dinge taten. Doch das war nur Fantasie; das hatten ihm seine Eltern beigebracht, die beide im Teenageralter ausgewandert waren. Zumindest nur Fantasie, bis Gayle in sein Leben getreten war...

Sie legte einen zarten Finger auf sein Kinn. »Einen Penny für deine Gedanken«, sagte sie leise.

»Da gibt's nicht viel zu erzählen«, erwiderte er lächelnd. »Ich entsinne mich nur meiner glorreichen Vergangenheit, das ist alles.«

»Wirklich?« Sie verschränkte die Hände hinter dem Rücken, hob die Brust und eine Braue. »Willst du mir alles darüber gestehen, Seemann?«

»Jesus!« Er wandte sich ab, aber nicht, bevor er die Augenweide genossen hatte.

Sie lachte und umarmte ihn von hinten. »Du bist schon was Besonderes, Graham, weißt du das?«

»Und was bist du?«

»Frag mich nicht.«

Während ihre Wange an seinem Rücken lag, fühlte er sich getröstet und gleichzeitig unbehaglich. Ich versuche es, sagte er sich; er versuchte es ganz ernsthaft, aber manchmal konnte das Wort ›annähernd‹ nicht einmal annähernd ihr Verhalten beschreiben, wenn sie allein miteinander waren. Sekundenlang schloß er die Augen, ein Lächeln kam und ging. Er hatte noch immer keine Ahnung, ob er sie liebte, obwohl er sie schon seit Jahren kannte, obwohl er zwischendurch anderen Frauen begegnet war. Aber solange die Faszination anhielt, konnte er nicht von hier weggehen, das wußte er.

Sie ließ die Arme sinken, als ein sonnengebräuntes Paar eintrat, leise diskutierte und verstummte, sobald es merkte, daß es nicht allein war. Devin griff nach einem Schokoladeriegel, riß die Verpackung auf und begann zu knabbern, fand es interessant, wie die beiden in dem winzigen Laden umhergingen, Dinge ergriffen, wieder zurücklegten. In Büchern und Zeitschriften blätterten. Blindlings in kleine Spiegel starrten. Und schließlich, ehe sie gingen, wie aus einer Verlegenheit heraus Zigaretten und Kaugummis kauften, die sie eindeutig nicht haben wollten. Wortlos. Nur ein kurzes Lächeln für Gayle, als sie ihnen das Wechselgeld gab.

»O Mann«, sagte Devin.

»Was?«

»Hast du's nicht gesehen?« Er zeigte zur Tür.

»Klar. Am Ende dieses Tages dürften sie einen Sonnenbrand haben, der sie eine Woche lang in ihren vier Wänden festhalten wird.«

»Das meine ich nicht. Hast du's nicht gemerkt? Sie waren so still.«

Sie schloß ein Auge und zuckte mit den Schultern. »Und?«

»Ich weiß nicht.«

»Devin, bist du okay? Du wirkst selber so still.«

»Natürlich bin ich okay«, antwortete er hastig, denn er wollte nicht, daß sie ein Aufhebens um ihn machte. »Es ist nur – ich weiß nicht. Wirklich nicht.« Dann schaute er auf seine Uhr, um sich zu beschäftigen, und klopfte auf die Registrierkasse. »Ach, zum Teufel!«

»Was ist denn los?« fragte sie, als er zur Tür ging.

»Ich bin ein Idiot.«

»Das weiß ich. Und?«

»Die Kids. Irgend etwas nagt schon den ganzen Tag an mir, und gerade hab ich mich erinnert, daß ich sie heute nachmittag fotografieren soll. Am Strand. In zehn Minuten.«

Er hatte die Tür bereits geöffnet, als sie seinen Namen rief. Er drehte sich um und sah, daß sie die Finger in ihr Haar geschlungen hatte. »Die Kids«, sagte sie in absichtlich neutralem Ton.

»Genau. Ich hab's versprochen.«

Sie seufzte. Laut. »Und das Dinner?« Er blickte auf die Straße, dann wieder zurück zu Gayle, hob eine Hand und blinzelte, als sie zu lachen anfing. »Nein, du Schwachkopf, wir sind nicht verabredet. Ich bitte dich nur um ein Rendezvous.«

»Oh. Ja, sicher. Großartig. Ich werde... Jesus, jetzt muß ich noch mal nach Hause wegen der blöden Kamera.«

Sie schüttelte den Kopf. »Ich hole dich ab. Um sieben. Und sieh zu, daß du dann da bist, Graham, sonst spüre ich dich auf.«

Devin warf ihr eine Kußhand zu – eine Entschuldigung und eine vage Garantie – und eilte auf das Pflaster, checkte erneut seine Uhr und drosselte das Tempo. Er würde sich verspäten, nahm aber nicht an, daß es die Kids stören würde, nicht wirklich; so wie er sie kannte, würden sie vollauf beschäftigt sein, irgendwas spielen und sich auf die Übersiedlung ins College vorbereiten. Und an einem dieser Tage – wenn alles gutging – würde Gayle endlich verstehen, warum er sich so sehr für die Kids interessierte. Es war etwas, das er ihr nicht erklären konnte, nicht mit Worten; sie würde es ganz einfach erkennen müssen.

Er blieb kurz stehen, als ihm bewußt wurde, daß er ihr nichts von der Stimme erzählte hatte, und er kehrte beinahe um. Doch der Tag war zu schön, und er hielt es für besser, wenn er noch etwas mehr herausfand, ehe er mit Gayle darüber sprach. Falls es sich nur um Spekulationen handelte, wußte er, wie sie reagieren würde. *Du arbeitest zuviel, Devin, verdammt, du arbeitest zuviel.* Vielleicht stimmte das, aber er erreichte nichts mit der Kamera, zumindest nicht genug, um Befriedigung zu empfinden.

Ein plötzlicher Sprint über die Straße, ehe er die nächste Ecke erreichte – und er hielt den Atem an, für den Fall, daß der Motorradfahrer zurückkehrte und eine zweite Attacke wagte; ein weiterer Lauf, einen Häuserblock weit, bevor die Hitze seine Schritte verlangsamte. Er keuchte, weniger unter der Sonneneinwirkung als aufgrund seiner elenden Verfassung.

Und als er in die Straße einbog, die ihn nach Hause führen würde, entdeckte er etwas, das immer noch neben einer umgekippten Mülltonne lag, inmitten eines im Rinnstein verstreuten Abfallhaufens. Er verhielt seine Schritte, weil ein paar Leute daneben standen. Still. Sie gafften. Die Brise wehte über sie hinweg, ohne sie zu berühren.

Als er vorbeiging, blickte er nach unten und blieb stehen.

Der Köter, den er in der vorangegangenen Nacht im Unrat wühlen sehen hatte... Das Tier war tot, getrocknetes Blut zeichnete die Rippen nach, die Konturen der Schnauze. Niemand rührte sich. Devin schlug einem beleibten Mann auf die Schulter. »Hat irgend jemand die Polizei gerufen?«

Da gingen sie alle davon.

8

Die Düne überragte sie, als sie im Sand saßen, Kelly in der Mitte, mit lose flatterndem Haar. Da waren noch andere am Strand, bei Inseln aus Decken und Schirmen. Einige ritten in Schlauchbooten und Gummireifen über die Wellen; aber niemand spielte, es gab kein Wettrennen, keine Strandbälle, und kein einziger baute an der nassen Grenze der Brandung ein Schloß, das die Flut hätte belagern können.

Tony rutschte ungeduldig umher, fuhr sich durchs Haar, grinste spöttisch über Mike, der sein Hemd ausgezogen hatte, die Brust vorreckte, die Oberarmmuskeln spielen ließ und das Kinn anspannte.

Aber es war falsch, ganz falsch. Sie sahen aus, als säßen

sie am Fuß einer Gefängnismauer, kurz bevor sie eingesperrt werden sollten. Frustriert blies Devin die Backen auf, senkte langsam die Kamera und blinzelte heftig genug, um eine Träne hervorzupressen, versuchte die gewünschte Szene wenigstens vor seinem geistigen Auge heraufzubeschwören. Dann drehte er sie alle um, so daß sie dem Wasser den Rücken kehrten. Lächelte sie an. Nickte ihnen zu. Rahmte sie im Sucher ein und schüttelte in Gedanken den Kopf. Falsch. Alles falsch.

Verdammt wollte er sein, wenn er wußte, warum.

»He!« schrie Mike. »Ich muß nur mehr knapp fünfzig Jahre durchhalten, dann kann ich in den Ruhestand treten.«

Devin schlug ihnen vor, sich hinzuknien, während Kelly hinter ihnen stand. Er fragte sich, wie sie aussehen würden, wenn sie hingegossen auf dem nassen Sand lagen, die Füße von Wellen überspült, die Gesichter von Handflächen umgeben; oder hintereinander stehend, Tony vorn, Mike und Kelly zu beiden Seiten hervorgeneigt; nebeneinander laufend; auf den Fersen hockend, in den Himmel springend.

»Wenn ich lebensnah wirken soll«, klagte Tony, »dann brauche ich Angie, damit ich sie erwürgen kann.«

»Das ist nicht nett von dir«, meinte Kelly.

»Na, wenn schon!« brummte er.

Keiner von den anderen Badegästen beobachtete sie; die Rettungschwimmer trugen Tropenhelme und sahen auf ihren Hochsitzen aus, als würden sie schlafen.

Mike versuchte die beiden anderen am Arm zu halten, ein kreisförmiger Balanceakt, der alle zum Lachen brachte und innerhalb weniger Sekunden in den Sand warf; Kelly entnervend verführerisch, die Jungs flehend zu ihren Füßen; Tony mit Mike ringend, Kelly als temperamentvolle Schiedsrichterin; das Trio mit zusammengesteckten Köpfen, Devin auf dem Rücken, um die Gesichter einzufangen, die unter dem Himmel einen Heiligenschein bildeten.

»Ihr habt mir Eiscreme versprochen«, bemerkte Kelly schmollend, zeigte auf ihre bandagierte Schulter und starrte Tony herausfordernd an.

Eins nach dem anderen.

Vor dem Meer, den Dünen und Häusern, vor dem verschleierten nördlichen Horizont.

Ein Surfbrett glitt auf einer Welle heran, drehte sich langsam und fing sich, drehte sich wieder.

Dann kauerte Kelly im Sand, den hundert Meter entfernten dunklen Pier im Rücken, und Devin senkte die Kamera phasenweise, ließ sie am Riemen hängen, während er über ihre Schulter spähte, bis sie sich schließlich umwandte.

»Dev, sind Sie okay?« fragte Tony, trat neben ihn und beobachtete, wie Devin den Pier beobachtete. »Sie sehen irgendwie vergammelt aus.«

»Was du nicht sagst!« entgegnete Devin in ruhigem Ton.

Der dunkle Pier war zu dunkel, die restliche Welt zu hell, als wären die Pfähle Diebe von allem, was Farben besaß. Devin setzte sich, schraubte den Verschluß auf die Linse und schloß die Lasche der Kameratasche. »Das ist wirklich albern«, entschuldigte er sich, als sie rings um ihn in den Sand sanken. »Ich bring mich fast um, damit ich rechtzeitig da bin, ihr hängt herum und schwitzt euch halb zu Tode, und nun hab ich mein sogenanntes künstlerisches Genie allem Anschein nach dabei im Schrank gelassen.« Er lächelte müde und zuckte mit den Schultern. »Tut mir leid, Kids, ich dachte nicht, daß es so schwierig sein würde.«

»Kein Problem«, meinte Tony.

»Sind Sie überhaupt ein Profi?« fragte Mike mit einem Grinsen, das seine gebrochene Nase viel länger wirken ließ.

»Natürlich«, entgegnete Devin beinahe zornig und zog das Kinn ein, als er den Jungen zusammenzucken sah. »Nun muß ich mich schon wieder entschuldigen, Mike.« Ermattet hob er die Schultern. »Ich glaube, wir Erwachsenen nennen so was heutzutage ein heikles Thema.«

»Warum?« wollte Kelly wissen. »Ich habe diese Magazine und das ganze Zeug gesehen, und ich dachte, Sie wären berühmt oder so was.«

»Nicht ganz.«

»Aber all diese Bilder...«

»... sind nur Bilder«, unterbrach er sie und las Verwirrung in ihren Augen. Er räusperte sich, blickte in die Runde, verfolgte den Gleitflug einer Möwe über der Krone eines Brechers. »Ein Foto ist nicht dasselbe wie ein Bild. Ich will ein Foto von euch allen.«

Mike kratzte sich am Kopf. »Mann, wenn Sie mißgelaunt sind, ergibt es überhaupt keinen Sinn, was Sie reden.«

Devin zog die Knie an und schlang die Arme darum. »Doch. Es ergibt einen Sinn.«

»Wollen Sie wetten?«

Devin nickte. »Im Grunde ist es ganz einfach. Tony hat zum Beispiel dieses besondere Flair, das für ein Bild wichtig ist, er kann in einem einzigen Augenblick eine bestimmte Wirkung ausstrahlen. Früher machte man daraus Schnappschüsse. So nannte man das in der Steinzeit, als ich noch ein Junge war.« Er schob die Tasche zwischen seine Beine und hielt sie mit einer Hand fest. »Viele andere Leute haben Kameras, genauso wie ich, und alles, was sie bekommen sind Bilder.«

»So?« Mikes Tonfall verriet Langeweile.

Doch das war Devin plötzlich egal. Irgend jemand mußte es verstehen, und wenn es Gayle nicht war oder sein würde, dann vielleicht eines dieser Kids. Damit konnte er seine Rechnungen aber nicht bezahlen, und es würde ihm auch keine Ausstellung in einer Galerie einbringen. Aber hier in der Sonne spielte es auf einmal eine große Rolle. Mit einem Blick, der sie aufforderte, ihm wenigstens zuzuhören, beugte er sich vor und stocherte im Sand herum. »Ein Foto ist kein Schnappschuß. Es gleicht einem Gemälde, wenn es richtig gemacht ist, etwas das man in einem Museum sehen kann.«

»Aha – Kunst«, murmelte Mike.

»Genau«, bestätigte Devin und widerstand dem Befehl einer inneren Stimme, die nötige Bescheidenheit zu zeigen. »Nun ja, so was ähnliches. Aber statt Öl oder Acryl oder Wasserfarben oder was auch immer zu verwenden, arbeitet ein richtiger Fotograf mit Licht und Schatten, mit Farben, mit seinem Auge. Es ist keine Interpretation von dem, was er anschaut, er fängt es ein.« Unsanft klopfte er gegen seine Stirn. »Da drin sehe ich etwas, auch heute, und was ich sehe, versuche ich auf den Film zu bannen. Es ist ebenso ein Gefühl wie eine Vorstellung, falls ihr versteht, was ich meine. Ohne das Gefühl hat man nur ein Bild. Es mag hübsch oder eindrucksvoll erscheinen, aber es bleibt immer nur ein Bild.« Seine Hand schlug auf sein Knie. »Aber ich will keine Bilder, das ist der springende Punkt. Ich will...« Die Hand begann zu zittern, er ballte sie zu einer Faust, die über den Oberschenkel glitt. Er glaubte nicht mehr, daß er es schaffen würde. Das war der springende Punkt. Er spürte, wie sie ihn anstarrten, und bekämpfte die Versuchung, sich ein drittes Mal zu entschuldigen.

»Sie haben Glück«, meinte Riccaro leise. »Wenigstens wissen Sie, was Sie wollen.«

Rasch blickte Devin auf, aber Tony schaute bereits weg,

und er fürchtete, daß er etwas verloren hatte, etwas, an das er sich erinnern müßte. »Okay.« Abrupt richtete er sich auf und klatschte in die Hände. »Heute hab ich's vermasselt. Sagt mir, wann – und wir versuchen's noch mal.«

Mike blinzelte in die Sonne. »Das eilt nicht. Wir haben noch den ganzen Sommer Zeit.«

»Nein«, widersprach Kelly. »Nur mehr eine knappe Woche.«

Devin beobachtete die drei und sah, wie sich Tonys Miene verhärtete, wie Mikes Gedanken in die Ferne zu schweifen schienen, und er verkündete, ohne zu überlegen: »Heute nachmittag besuche ich Maureen Etler.«

Sie starrten ihn wieder an, in stummem Staunen, das bald in Schuldbewußtsein überging, und er erkannte, daß keiner von ihnen seit dem Begräbnis am Sonntag bei Julies Mutter gewesen war. Und als sie ihn – so schnell, wie er es erwartet hatte – subtiler Vorwürfe bezichtigten, erklärte er hastig, er wolle herausfinden, ob Mrs. Etler von ähnlichen Anrufen belästigt worden war wie er am Vortag, und nach dem Bild fragen.

»Bild? Was für ein Bild?« wollte Tony wissen. »Wovon reden Sie?«

Devin zog die Kameratasche näher zu sich heran und pochte in gebrochenem Rhythmus darauf, lauschte mit halbem Ohr dem Geschrei einer Kinderschar, die ins Wasser stürmte, mit dem anderen halben Ohr dem Wind, der über den Dünen zu rauschen begann. Es war unmöglich, das Bild zu beschreiben, und er entgegnete, sie könnten es sehen, wenn sie wollten, es sei eine Fotografie von Julie inmitten der Flammen.

Kelly biß sich auf die Unterlippe, und Mike schlang seinen Arm um ihre Schultern.

Mit geringerem Widerstreben erzählte Devin von der Nachricht, die jemand auf seinem Anrufbeantworter hinterlassen hatte. »Eine verdammt schlechte Art von Scherz«, fügte er in strengem Ton hinzu, nur für den Fall, daß einer von den dreien damit zu tun hatte. »Und wenn mir irgend jemand angst machen wollte – das ist ihm in der Tat gelungen. Ich habe sogar mit den Bullen geredet.«

Keiner lächelte, keiner sah beschämt aus. Ein Windstoß hob Sand empor, und Devin wandte das Gesicht zum Wasser.

»Kann ich mitkommen?« fragte Tony.

»Ich denke schon«, erwiderte Devin, obwohl er bezweifelte, daß das eine gute Idee war. Er schaute zu seiner Tasche hinab, um den Finger zu beobachten, der immer noch darauf klopfte. »Noch jemand?«

Beinahe schüttelte Mike den Kopf, dann nickte er, womit er Kellys Beispiel folgte, und Devin entschied, der jetzige Zeitpunkt wäre genauso gut wie jeder andere. Er stand auf, wischte den Sand von seinen Jeans und schaute wieder zum Pier, auf die Rippen des Dachs. Einige waren durchgebrochen, die meisten existierten noch. Und als er merkte, daß sie seinem Blick folgten, fühlte er sich nicht mehr ganz so elend. Sie wunderten sich ebenfalls. Und sie mußten erfahren, warum.

Das ebenerdige Haus stand in einer von Bäumen gesäumten Sackgasse – das letzte Haus einer Straße, dessen Schwarzdecke seit Jahren nicht mehr repariert worden war. Dahinter wucherte ein Gewirr aus steifem Schilf und sprödem Unkraut, das die Gebäude von der Küste trennte. Verschnörkelter Stuck und spanische Fliesen prägten das Haus, der Pfahlzaun bedurfte eines Anstrichs; die schmale Veranda und die vorderen Fenster verbargen sich hinter einer ungestutzten Eibenhecke und ungezügeltem Efeu an einem Spalier, im Garten zeigte sich an manchen Stellen nacktes Erdreich.

Devin wendete den Jeep in die Richtung des Stadtzentrums, aus dem er gekommen war, und schaltete den Motor aus. Er hatte diese Straße nie gemocht; sie war stets zu still gewesen, selbst wenn Menschen über den Asphalt gingen – nicht die Art von Schweigen, das in seinem Häuserblock herrschte, wenn die Nachbarn in der Abenddämmerung verstummten, wenn er auf seiner Schwelle sitzen und den Aufstieg des Mondes beobachten konnte; auch nicht die Stille nach Mitternacht, eine Ruhe, die in der Brise vor dem Morgengrauen lag... Hier gewann man sogar um die Tagesmitte den Eindruck, alle Häuser wären verlassen und die Spielsachen lägen nur zur Schau in den Gärten.

Die Etlers, Mutter und Tochter, hatten früher drüben in Trenton gelebt und waren vor acht Jahren, nach dem Tod des Vaters, an die Küste gezogen. Außer ein paar Dollars von seiner Versicherung hatte er ihnen nichts hinterlassen. Maureen arbeitete als Sekretärin für einen Anwalt; Julie hatte Princeton besucht, bis sie in diesem Frühjahr, in ihrem letzten Semester, vom College abgegangen war.

»Ich glaube nicht, daß jemand zu Hause ist«, wisperte Kelly.

»Wie kannst du das wissen?« Tony griff nach dem oberen Rand der Windschutzscheibe und zog sich hoch.

Devin beobachtete das Haus, die Hände immer noch am Lenkrad, und dachte, Maureen würde jeden Augenblick in der Tür erscheinen, die Besucher entdecken und hineinbitten. Schatten glitten über den Gehsteig, als die Brise wieder auffrischte. »Ich glaube, Gedankenübertragung würde hier nicht funktionieren«, meinte er leichthin, stieg aus, bedeutete den anderen mit einem Blick, erst mal zu bleiben, wo sie waren, und stieß das Gartentor auf. Die Angeln knirschten. Efeu raschelte. Ein Kiesel schlitterte unter dem Schuhabsatz weg.

Nachdem er an den Türrahmen geklopft hatte, betrachtete er die Veranda, blickte über das Geländer zu dem leeren Grundstück nebenan. Auf ihm verborgen wohnten irgendwelche Geschöpfe; nachts hatte er sie oft gehört und ihre Bewegungen beobachtet, wenn sich das Schilf im Wind beugte. Sie selbst hatte er nie gesehen, und er hielt sie für streunende Katzen. Aber Julie hatte ihm erzählt, sie wäre manchmal dahin gegangen, um einen Alptraum heraufzubeschwören, wenn ihr das Leben zu langweilig vorkäme. Er hatte gelacht. Und sie hatte nicht gelächelt.

Er klopfte noch einmal, schaute zu den Kids und zuckte mit den Schultern. »Hallo, Haus!« rief er, beschattete mit einer Hand die Augen und spähte durch das verbogene Gitterfenster der Tür. Niemand war in der Diele, soweit er das feststellen konnte. Und das schwache Licht, das durch das Küchenfenster hereinfiel, machte es unmöglich, dort hinten irgend etwas zu erkennen. Wie er wußte, lagen die Schlafzimmer links neben dem Wohnraum. »He, Maureen, hier ist Devin!«

Das Knirschen von Schritten im Gras, und Tony eilte vorbei. »Ich versuch's an der Hintertür«, sagte er, und Devin nickte.

Plötzlich fiel ihm ein, daß Maureen wahrscheinlich arbeitete. Sie hatte erklärt, sie würde Urlaub nehmen, aber möglicherweise war ihr das Haus, so klein es auch sein mochte, zu groß geworden, die Erinnerung zu bedrükkend. In knapp zwei Jahren hatte sie den Ehemann und die Tochter verloren. Es überraschte ihn, daß sie überhaupt hiergeblieben war; er hatte geglaubt, sie würde das Haus verkaufen und woanders hinziehen.

»Nichts.« Tony sprang über das Geländer der Veranda. »Ich wette, sie ist bei der Arbeit.«

»Daran habe ich auch gerade gedacht«, gab Devin verlegen zu, und sie kehrten zum Wagen zurück. Aber er konnte das Gefühl nicht abschütteln, daß er Maureen jetzt sehen müßte, ehe es zu spät war. Er hatte keine Ahnung, was ›zu spät‹ bedeutete, wenn er auch vermutete, es müßte mit seinem Gewissen und mit dem Foto zusammenhängen, und zwar auf ganz entschiedene Weise.

Der Schlüssel drehte sich im Zündschloß, der Jeep entfernte sich von der Bordkante, und Devin steuerte die Summer Road an und bog nach rechts, fuhr einen Häuserblock entlang und parkte vor einem neuen, von der Straße zurückversetzten Ziegelgebäude mit getönten Fenstern. Ein unauffälliges Schild erhob sich aus üppigem Gras. Ein paar Sekunden lang starrte er es an und spürte, wie die anderen ihn beobachteten. Er schlug ihnen vor, draußen zu warten, und die Mischung aus Scham und Erleichterung in ihren Gesichtern war so offensichtlich, daß er sich sehr beherrschen mußte, um nicht zu lachen. Sie wußten, sie müßten das Richtige tun, aber das brauchte nicht schon jetzt zu geschehen.

Sein Grinsen erlosch, sobald er über die Schwelle in die kühle Halle trat, deren glanzvolle Eleganz von hohen Pflanzen in Rotholzkästen an den Wänden angenehm gemildert wurde. Hinter einem aus Bauelementen konzipierten Schreibtisch saß eine Sekretärin, die höflich nickte, als er seine Sonnenbrille in die Hemdtasche steckte und auf sie zuging, und nach seiner Frage, ob Maureen noch im Büro sei, neuerlich nickte. Während sie den Telefonhörer abhob und auf einen Knopf drückte, bedeutete sie ihm, durch eine Tür hinter dem Schreibtisch in ein kleines, gediegen und komfortabel mit dunklem Leder und gedämpftem Messing ausgestattetes Wartezimmer zu gehen. Ölgemälde an den Wänden. Offene Jalousien an den Fenstern. Ein Teppichboden, dick genug, um darin zu versinken.

In seiner lässigen Kleidung fühlte er sich ein bißchen unbehaglich, und er stand immer noch, als eine Tür zur Rechten aufschwang und Maureen Etler eintrat. »Devin – was für eine nette Überraschung«, sagte sie, ohne die Hand auszustrecken.

»Hallo, Maureen.«

»Was kann ich für dich tun?«

Er lächelte bei ihrem Anblick, und gleichzeitig empfand er einen seltsam kühlen Kummer. Sie war die Frau, zu der sich ihre Tochter vermutlich entwickelt hätte – groß und schlank, selbstsicher, mit beinahe gemeißelten Zügen, die durch ein Lächeln weicher und durch ein Stirnrunzeln ebenso schnell schärfer wirken konnten. Jetzt war ihr Gesicht fast ausdruckslos.

Er deutete auf einen der beiden Ledersessel. »Ich wollte sehen, wie es dir geht«, erklärte er, als er sich setzte und die Beine übereinanderschlug.

»Gut.« Sie blieb bei der Tür stehen. Fast steif, beinahe förmlich.

Verwirrt beobachtete er sie. Sie hatte die Hände vor der Brust ineinandergeschlungen, trug ein korrektes Kostüm, und ihr Haar, einst lang und lockig, war nun im Nacken zu einem strengen Knoten zusammengesteckt, der ihr Gesicht schmaler und die Augen zu groß erscheinen ließ. Sie versteckt sich, erriet er, sie verschließt ihr Leid und weigert sich, es mit jemandem zu teilen. Seine Hände umklammerten die Armstützen. »Bist du okay?«

»Devin, es ist dir doch wohl klar, daß ich arbeiten muß«, entgegnete sie tonlos. »Ich weiß deinen Besuch zu schätzen, wirklich, aber...« Eine Geste, mehr eine kaum merkliche Kopfbewegung. »Ich habe nicht viel Zeit.«

Ehe er seine Verblüffung meisterte, wandte sie sich zum Gehen, und er konnte nur noch herausplatzen: »Es handelt sich um Julie.«

Ihre Hand umfaßte den Türknauf; sie blickte über die Schulter und wartete.

Verdammt, dachte er und wußte nicht recht, was er erwartet hatte. Das jedenfalls nicht. Ruckartig stand er auf, ging aber nicht zu ihr. Ein Gefühl zwang ihn, rasch hinter den Sessel zu treten – das Gefühl, sie würde ihm, wenn er sie jetzt – sei es auch nur freundschaftlich – berührte, die Augen auskratzen. »Gestern abend hinterließ jemand eine Nachricht auf meinem Anrufbeantworter«, begann er und wußte sofort, er würde die falschen Worte wählen, wie immer er es auch formulierte. »Die Frau gab sich als Julie aus.« Maureen starrte ihn nur an. Eine seiner Hände fuhr über die Messingknöpfe am Rand der Sessellehne, die andere strich durch das Haar, das sich über seinem Ohr kräuselte. »Natürlich treibt mich das fast zum Wahnsinn. Und als es mir heute morgen wieder einfiel, dachte ich sofort an dich. Ich machte mir Sorgen, denn ich fragte mich, ob du vielleicht auch belästigt wirst. Ich meine, ob du so alberne Mitteilungen bekommst. Oder womöglich treibt sich jemand bei deinem Haus herum und verunsichert dich.«

Ein Telefon surrte in der Halle.

»Julie ist tot.«

»Um Himmels willen, das weiß ich doch! Ich war dabei, erinnerst du dich?«

»Das ist nicht komisch, Devin.«

»Glaubst du, ich scherze über solche Dinge?« entgegnete er ärgerlich, packte die Lehne und schüttelte den Kopf. »Irgendeine dumme Gans hält sich für superoriginell, und das mißfällt mir gründlich. So was ist – krankhaft, und ich wollte nur wissen, ob du auch belästigt wirst.«

Maureen blickte immer noch über die Schulter, schloß die Augen, öffnete sie wieder und hob leicht das Kinn. »Meine Tochter ist tot, Devin. Ich bin allein.« Ihre Augen verengten sich, die Lippen verloren die Farbe. »Ich bin allein, und das will ich bleiben. Verstehst du? Es soll so bleiben.«

Er verließ den Sessel, streckte eine Hand aus. »Maureen, ich begreife deine Gefühle, aber glaub bloß nicht...«

»Sie hat Selbstmord begangen.«

Was immer er zu sagen beabsichtigt hatte, rang sich als Stöhnen aus seiner Kehle, und er sank beinahe wieder in die Lederpolsterung. »Was?« Ein Wispern, eine Forderung. Bei einem seiner wenigen Rendezvous mit Julie, ehe sie aufs College gegangen war, hatte Maureen ihm erzählt, ihr Mann habe sich in der Badewanne die Pulsadern aufgeschnitten und sei fünf Stunden später von ihrer Tochter gefunden worden.

Obwohl sie schwieg, war sie offensichtlich nicht bereit zu gehen. Statt dessen beobachtete sie seine Reaktion, ohne mit der Wimper zu zucken, ohne sich zu rühren.

»Maureen«, sagte er schließlich und dachte an das Bild in der Dunkelkammer, »das – das ist nicht wahr.«

Das Lächeln überraschte Devin und stieß ihn ab – ihre Lippen teilten sich, sonst nichts. »Wie der Vater, so die Tochter«, antwortete sie gelassen und entblößte die Zähne, als das Lächeln breiter wurde. »Sie lief da hinaus, um zu sterben, und sie wußte, daß es geschehen würde.«

»Bestimmt nicht«, protestierte er. »Sie sagte niemals...«

Ihr Blick brachte ihn zum Schweigen. »Doch, Devin. Sie sagte es hundertmal am Tag, und niemand hörte zu, ich nicht, du nicht, keiner ihrer Freunde.« Ein langer, gezischter Seufzer, während das Lächeln schwand und die Lippen sich schlossen. »Sie suchte keine Hilfe, sie wollte es uns nur mitteilen.« Und dann ging sie und machte leise die Tür hinter sich zu.

Ein Impuls bewog ihn, den Raum mit zwei Schritten zu durchqueren, doch dann drehte er sich mit einem Fluch um und stelzte in die Halle, durch die Haustür, blieb auf dem Gehsteig stehen. Seine Augen brannten im Sonnenschein. Er sah nichts als Weiß und darin schwebende konturenlose, formlose Gestalten. Vorsichtig ging er über das Pflaster und wischte mit den Füßen darüber, um dem Gras fernzubleiben, das er nicht ausmachen konnte. Er zwinkerte, bis das grelle Licht nachließ, zwinkerte wieder, als er die Sonnenbrille aufsetzte und auf Betschwester Mary hinabblickte. Sie schaute ihn an, unter der schlaffen Krempe ihres Strohhuts hervor, ein Auge vom grauen Star getrübt, das andere hinter einer Klappe versteckt, die sie seines Wissens nicht brauchte. »Beinahe hätten Sie mich über den Haufen gerannt, mein Junge.« Speichel glitzerte auf ihren Lippen. »Wollen Sie eine alte Dame einfach umwerfen?«

Normalerweise hätte er mit ihr gesprochen und sich ihre Geschichten aus einer märchenhaften Vergangenheit und ihre abergläubischen Hirngespinste angehört und ihr danach ein bißchen Geld gegeben, damit sie sich ein Essen im Restaurant leisten konnte, denn er wußte, daß sie nicht trank. Heute starrte er sie nur an, bis sie davonging. »Verzeih ihm, Herr«, betete sie aus voller, schmerzlich heiserer Kehle. »Laß mich dir sagen, wie er ist, damit du ihm leichter vergeben kannst.«

Mit wenigen Schritten war er beim Jeep und saß bereits am Steuer, als ihm bewußt wurde, daß die Kids ja auf ihn warteten. Sie vermieden es geflissentlich, ihn anzuschauen. Als hielten sie ihn für verrückt. Dann faßte er einen Entschluß und drehte den Zündschlüssel herum. »Habt ihr ein paar Minuten Zeit für mich?«

Sekundenlanges Schweigen, während der Verkehr vorbeirauschte, dann erwiderte Mike ernsthaft: »Das weiß ich nicht. Ich muß lernen, meine Stunden zu vermarkten. Kein Rabatt für Freunde. Nicht einmal für Sie.«

»Treffen wir uns zum Dinner?« Devin erinnerte sich an Gayle. »Morgen?«

»Okay.«

»Großartig. Tony lädt uns ein.« Und Devin lachte, als Riccaro lauthals protestierte. Erst wandte er sich zu ihm, dann nach hinten zu den anderen, während der Jeep Kies unter den Rädern hervorspuckte. Durch Seitenstraßen fuhr er zu sich nach Hause, und als sie dort ankamen, hatten alle rote Gesichter vom Lachen; keuchend stolperten sie durch die Tür und fielen auf die Couch. Trauer, dachte er, als er wartete, bis sie sich beruhigten, es muß Trauer sein, Julie hat sich nicht umgebracht. Sie kann es gar nicht getan haben. Es war keine Brandstiftung.

Als sich die Kids endlich hinreichend gefangen hatten, um ihm ihre Aufmerksamkeit zu schenken, setzte er sich auf die Kante des Couchtischchens und plazierte den Anrufbeantworter in seinem Schoß. »Hört zu«, war alles, was er sagte, und sie beugten sich bereitwillig vor.

»Mr. Graham, ich will mein Foto . . .« Die Stimme füllte den Raum, tötete die Sonne und veranlaßte Kelly, eine Hand auf den Mund zu pressen. Er ließ das Band mehrmals laufen, ignorierte die Blässe des Mädchens und Tonys wütenden Blick. Und als er selbst genug davon hatte, schaute er die drei erwartungsvoll an. »Warum nennst sie Sie Mister?« fragte Kelly schließlich.

Er stellte das Gerät beiseite und faltete die Hände zwischen den Knien. »Das war ein kleiner Scherz zwischen uns. Einem alten Mann wie mir gebührt ein gewisser Respekt. Zumindest hat sie das gesagt.«

Mike verdrehte die Augen. »Klar.«

»Aber sie ist es – oder eine verdammt gute Imitation.«

Tony stand auf und ging zum Fenster, die Finger in die Hüfttaschen gesteckt. »Was hat Mrs. Etler erzählt?«

»Nicht viel«, antwortete Devin und wußte nicht recht, ob es eine kluge Lüge war. Andererseits kam es nicht in Frage, ihnen von Maureens Behauptung zu erzählen, solange er diese unglaubwürdig fand. »Sie möchte nur eine Zeitlang in Ruhe gelassen werden. Das ist verständlich. Ich versicherte ihr, wir seien für sie da, falls sie uns brauche.« Noch eine Lüge; das störte ihn nicht.

»Ich hab sie letzte Nacht gesehen«, flüsterte Tony.

»Was?«

»Am Strand. Ich hab' Julie gesehen.«

»Das war ein dummer Traum«, fauchte Mike.

Devin wartete auf eine Erklärung; und als sie abgegeben wurde, lachte er nicht, obwohl Mike das offensichtlich erreichen wollte und über den Mißerfolg ebenso offensichtlich verärgert war. »Glaubt ihr etwa an Geister?« rief er.

»Es war kein Geist«, entgegnete Tony. »Es war Julie.«

»Sie ist tot!« schrie Mike. »Jesus Christus, Riccaro, sie ist tot!«

Devin stieß sich vom Couchtisch ab, wanderte in die Küche und lauschte dem Streit, der hinter ihm explodierte. Kelly nahm nicht daran teil. Aber als er den Kühlschrank öffnete, nur um sich irgendwie zu beschäftigen, sah er durch das Bücherregal, wie sie sich die Schulter oberhalb der Bandage rieb.

Nach einer wegwerfenden Geste in Richtung von Riccaros Rücken sank Mike in einen Sessel und schlug mit sanfter Faust auf den Tisch. »Wenn er spinnt, kann man nicht mit ihm reden«, meinte er mehr frustriert als ärgerlich. »O Gott, man kann einfach nicht mit ihm reden.«

»Es ist erst eine Woche her«, erinnerte ihn Devin.

»Das weiß ich.«

»Und so...«

»Jesus glauben Sie vielleicht auch an Geister?«

»Er kann sie nicht vergessen, Mike.« Devin setzte sich und schob seinen Sessel zurück, bis dessen Lehne die Wand berührte. »Sie hat ihm viel bedeutet.«

»Sicher, natürlich.« Mike ließ durchblicken, daß Julie kein Monopol auf Zuneigung besessen hatte. »Und deshalb ist er was Besonderes?«

»Vielleicht mochte er sie ein bißchen lieber als wir.«

»Quatsch.«

»Er hat ihren Geist gesehen.«

Nathan schüttelte den Kopf und dachte ein paar Sekunden lang nach, ehe er die Schultern hob. »Ich hatte also recht. Es war ein Traum.«

»Das spielt keine Rolle. Mag es ein Traum gewesen sein oder nicht – letzte Nacht sah er sie, und er glaubt, daß sie es wirklich war.«

»Und Ihr Anrufbeantworter? Meinen Sie, das ist ihre Stimme?«

Devin schaute den Jungen gedankenverloren an, dann stand er auf. »Ich möchte euch etwas zeigen.«

Tony wandte sich nicht vom Fenster ab, Kelly schaute über die Sofalehne und schüttelte angstvoll den Kopf. Nachdem Devin die Tür der Dunkelkammer geöffnet hatte, ließ er Mike den Vortritt. Das Metallregal an der rechten Wand enthielt Papiere, Kartons, Notizbücher und Manuskripte, Flaschen mit Chemikalien in ihren Schachteln oder daneben; neben der Tür lehnten Holz- und Chromrahmen; an der Rückwand standen zwei niedrige Aktenschränke, auf einem langen Tisch zur Linken stapelten sich die Utensilien für die Entwicklung und die Abzüge. Ein Telefon hing in der Nähe des Türrahmens.

Mike starrte das alles an und schwieg, während Devin die unterste Schublade eines Aktenschrankes aufzog, eine Mappe herausnahm und öffnete. Er hob den Kopf. Mike folgte ihm und schluckte, bevor er betrachtete, worauf Devin mit krummem Finger zeigte.

Es war ein sonderbares Bild – die obere Hälfte mit erstarrtem Rauch gefüllt, mit skelettartigen Balken und weißen Flammenzungen, die das Foto zerrissen wirken ließen; die untere Hälfte viel heller, Menschen rasten auf die Kamera zu, wichen vor ihr zurück, standen im Sand, die Hände erhoben, um die Gesichter vor Holz- und Glassplittern zu schützen, die wie Insekten über ihnen zu schweben schienen. Aber in der Mitte des Piers klaffte ein großes Loch in der Wand, und darin stand eine Streichholzfigur, die Arme halb ausgebreitet, den Kopf im Nacken, die Haare flatternd im Sturm, den das Feuer geboren hatte.

Mike beugte sich vor und zuckte sofort zurück, schluckte wieder und schaute in dem kleinen Raum überallhin, nur nicht auf Devin. »Wieso wissen Sie, daß sie's ist?«

Devin nahm eine Lupe vom Tisch und reichte sie ihm. »Sie war die einzige, die gefunden wurde. Es gab keine Spur von irgend jemand anderem.«

Widerwillig schaute Mike durch das Vergrößerungsglas und gab es dann wortlos zurück, mit gesenktem Kopf, eine Hand in einer Gesäßtasche. Wenige Sekunden später hörte Devin die drei leise reden, und als er die Mappe wieder an ihren Platz legte, zögerte er und hielt die Lupe über die Gestalt, die hinter dem Loch in der Wand stand, von den Flammen unberührt. Infolge der Vergrößerung wirkte das Gesicht irgendwie körnig, und obwohl die Züge wegen der Entfernung und der Hitze leicht verschwammen, war es eindeutig Julie Etler.

Und ebenso eindeutig lachte sie.

9

Es war idiotisch, wie ein Kloß auf der Couch zu sitzen und durch das Fenster zu starren, die sinkende Sonne im Gesicht. Es war idiotisch und führte zu nichts, aber es widerstrebte ihm, sich zu bewegen. Er hatte sich kaum geregt, seit die Kids gegangen waren – stumm, die Augen von Erinnerungen, die Gesichter von Schatten berührt. Sie hatten nichts zu ihm gesagt, als er endlich aus der Dunkelkammer gekommen war, und hatten ihn schweigend verlassen. Wenn Mike ihm auch unsicher zugewinkt hatte, ehe die Tür hinter ihm zugefallen war...

Er stand am Fenster und sah sie am Haus vorbeigehen, ohne daß sie in seine Richtung blickten, schob die Hände in die Hüfttaschen und beobachtete, wie die Nachbarn zum Essen heimkamen und wieder aufbrachen. Schließlich setzte er sich, diesmal, um die Nachmittagswolken zu betrachten, die von Westen herübersegelten, die Sonne erblinden ließen, ihr die Sehkraft wiedergaben und sie erneut blendeten.

Sie lachte. *Sie beging Selbstmord.* Sie lachte.

Ein Klopfen an der Tür.

Irgend etwas stimmte da nicht, und diese Untertreibung weckte beinahe ein lautes Gelächter in seiner Kehle. Verrückt. Es war verrückt. Entweder log das Foto, oder Maureen hatte gelogen, oder etwas anderes war falsch, das er nicht definieren konnte, etwas, das Geister wachrief und Telefone benutzte und ein Lachen auf das Gesicht einer jungen Frau zauberte, während sie verbrannte.

Er verspürte den heftigen Impuls, Maureen anzurufen, sie zu fragen, ob er kurz vorbeikommen und mit ihr reden könne, und herauszufinden, warum sie sich so schnell in Stein verwandelt hatte.

Verrückt.

Noch ein Klopfen, etwas stärker.

Irgend etwas – stimmte nicht.

Ein drittes Klopfen bewog ihn zu blinzeln und sich zu regen, aber der Anblick einer Möwe, die in die Straße bog und über der Bordkante in der Luft hing, hielt ihn fest. Sie wurde säuberlich vom Fenster umrahmt, starrte ihn an, beobachtete ihn, trieb hin und her, während der Wind in kräftigen Böen vorbeiwehte und Sand über den Garten fegte, um am Haus zu kratzen. An der Glasscheibe.

Die Tür schwang auf, und er wandte den Kopf. Er sah Gayle mit einem unterdrückten Fluch eintreten und die Tür hinter sich zuwerfen. Als sie ihn auf der Couch entdeckte, runzelte sie die Stirn, ihre Lippen bewegten sich; und als sie ihn genauer ansah, ging das Stirnrunzeln in Sorge über. Sie ließ ihre Handtasche auf den Tisch fallen, setzte sich neben ihn und schlang die Finger ihrer rechten Hand in sein Haar. Er holte tief Atem und roch den Gayle-Duft – Salzluft und Kerzenwachs, Sonnenlicht und Haut, und er versuchte sich vorzustellen, wie sie ihrem Leben ein Ende machte. Gas. Ein Rasiermesser. Ein Auto, das von der Brücke in die Bucht stürzte. Schlaftabletten. Ertrinken.

Feuer.

Schaudernd legte er einen Arm um ihre Taille, drückte sie an sich und schüttelte langsam den Kopf. Die Möwe war immer noch da. Schwebend.

»Sie hat es nicht getan«, sagte er schließlich, als die Sonne hinter den gegenüberliegenden Gebäuden verschwand, als das grelle Licht erlosch und die Wolken immer noch ankamen, endlos herangeschleppt vom Kielwasser des Windes.

Gayle fragte nicht, was er meinte. Sie rückte noch näher zu ihm, ihr Schweigen ermunterte ihn sanft, und er sprach mit einer Stimme, die zu alt klang, um ihm zu gehören. Er schaute sie nicht an, auch nicht auf die Möwe, sah nur sein eigenes Spiegelbild in der Fensterscheibe, Fragmente seines Ichs, die ineinanderflossen, als der Tag verebbte und die Häuser drüben dunkel und leer blieben.

Er erzählte von Julie, von ihrem Vater, von ihrer Mutter, von Maureens ungewöhnlicher Behauptung heute nachmittag im Büro. Und er erklärte, er wisse, daß die Frau sich täuschte (ein Räuspern), sie müsse sich irren, denn Julie sei zu jung gewesen und habe so viel besessen, wofür es sich zu leben gelohnt hätte (ein Räuspern), trotz aller Klischees; für ihn spielten die Sünden der Väter keine Rolle, denn er hatte Julie gut genug gekannt und wußte, daß sie verwirrt, aber nicht selbstmordgefährdet gewesen war; und wenn er sich täuschte, aller Wahrscheinlichkeit zum Trotz, hätte sie niemals den Pier zerstört, nur um sich selbst zu zerstören.

Er räusperte sich wieder, weil ein Dorn in seinem Hals steckte.

»Wieso weißt du es?« fragte Gayle.

»Es war keine Brandstiftung.« Er wandte den Kopf zu ihr, hielt die Luft an, und sie starrte kommentarlos in seine Augen. »Das hat Marty Kilmer gesagt«, erklärte er. »Es stand in der Zeitung.«

»Was dann?«

Er zuckte mit den Schultern. »Keine Ahnung.« Es freute ihn, ihre Stimme zu hören, denn er wußte Bescheid über sie. Sie hatte Julie nie gemocht, die zu jung und zu hübsch und meistens zu freizügig gewesen war. »Keine Ahnung. Anscheinend sind die Ermittlungen abgeschlossen.«

»Dann begreife ich nicht, warum dich das alles so sehr beschäftigt«, gestand sie hilflos, nahm die Finger aus seinem Haar und strich über seine Brust. »Aber ich kann mir denken, warum sich die Kids aufregen. Julie war nicht viel älter als sie, und sie glauben, sie werden ewig leben. Es muß ein Schock für sie gewesen sein. Alle jungen Leute sind entsetzt über den Tod.«

»Tony hat sie geliebt.«

Gayles Lippen verzogen sich zu einem Lächeln, das ihm das Gefühl gab, sie würde seinen Kopf tätscheln. »Das konnte sogar ein Blinder sehen, Darling. Er war unfähig, die Augen von ihr loszureißen. Aber das ist keine Erklärung für dein Verhalten.« Ihre Hand erstarrte. »Zur Strafe für diese Frage darfst du mich erschießen, aber – hast du sie auch geliebt?«

»Nein«, erwiderte er wahrheitsgemäß, ohne nachdenken zu müssen. »Sie war nur eine Freundin. Nein, nicht *nur* eine Freundin, sondern eine liebe Freundin, und sie wollte bei mir das Fotografieren lernen.«

»Du hast ihr nichts für den Unterricht berechnet, was?« Er antwortete mit einem Blick, und sie lächelte wieder. »Also gut – eine Freundin. Aber trotzdem – wieso bist du überzeugt, daß ihre Mutter unrecht hat?«

Langsam und unschlüssig, als ob Blei oder Angst in seinen Gliedern steckte, machte er sich von Gayle los, stand auf und blickte aus dem Fenster, auf die schwebende Möwe, die emporstieg und herabsank, hin und wieder die Flügel bewegte und ihn beobachtete. »Ich möchte dir ein Bild zeigen«, sagte er.

Mary ließ sich nicht entmutigen. Sie sang halbnackten Heiden, die kaum noch arbeiteten, das Lob der Heiligen und des Herrn vor, und diese Bürde nahm sie gern auf sich. Sie mußte es tun, denn an dem Tag, an dem sie verstummte, würde alles ringsum einstürzen und sie begraben, als wäre sie nichts weiter als ein Sandkorn in den Gezeiten.

Und so sang sie auf dem Brettersteg, um den Lärm des

Bösen in den Bars zu übertönen, und auf den Straßen sang sie, um die Geräusche der Autos zu übertrumpfen; und heute abend stand sie im Schutt am Eingang des dunklen Piers, hob beide Hände über den Kopf, um ihren Strohhut festzuhalten, ehe er herunterfallen konnte, begnügte sich dann aber mit der einen Hand, die genauso gut war wie die andere.

An dieses Ende der Promenade kamen nur wenige Leute, eigentlich kaum welche, weil die letzten Buden nichts anderes zu bieten hatten als die davor, und es gab keinen Grund, hier aufzutauchen, seit der Pier geschlossen war. Aber einige wanderten immer noch hierher, stocherten im verkohlten Holz am Eingang herum, versuchten zur anderen Seite hindurchzuschauen, blickten Mary manchmal an, die lachenden Augen voller Fragen.

Sie stand da, bis ihr Arm erlahmte und ein Windstoß vom Meer her Hut und Perücke aufbauschte. Während sie beides zurechtrückte, näherte sich ein Polizist – gerade, als die Sonne ihr letztes Licht verströmte –, schüttelte den lockigen Kopf und lüftete seinen Hut. »Mary«, begann er müde, »wie oft muß ich Ihnen noch sagen, daß Sie die Leute nicht belästigen sollen?«

»Ich belästige niemanden«, erwiderte sie, starrte zu ihm hinauf und fragte sich zum hundertstenmal, warum der Herr beschlossen hatte, einen so großen Mann zu erschaffen. »Ich tue nur, was ich tun muß, das ist alles.«

Er kratzte sich im feuerroten Haar und schüttelte wieder den Kopf. »Sie können nicht hierbleiben«, erklärte er sanft. »Sie müssen weitergehen.«

Sie richtete sich auf, wobei ihr gewaltiger Busen sich kaum unter den Muumuu-Falten abzeichnete. »Auch ich habe meine Rechte.«

Geduldig nickte er. »Das stimmt. Aber die anderen dürfen ebenfalls gewisse Rechte beanspruchen, und die Leute wollen Ihre Hymnen nicht hören, wenn sie nur herkommen, um sich zu amüsieren.«

»Die guten Zeiten sind vorüber«, behauptete sie feierlich.

Verwirrt legte er den Kopf schief. »Was?«

»Ich sagte, die guten Zeiten sind vorüber. Sehen Sie sich doch um! Sie wissen es ebensogut wie ich.«

Er seufzte und schnalzte mit der Zunge. »Großer Gott, Mary, gehören Sie womöglich zu diesen Verrückten, die sich einbilden, der Jüngste Tag stünde vor der Tür? Rufen die Leute zur Reue auf?«

Darüber dachte sie eine Weile nach, dann entschied sie, daß sie es nicht wußte und daß dieser freche junge Mann vermutlich nichts verstehen würde, ehe es zu spät war. Und sie konnte ihn nicht einmal davongehen lassen. Das wäre falsch gewesen. Sie mußte ihre Pflicht erfüllen, allen Gotteskindern gegenüber, und zu denen zählten auch die Polizisten. »Schauen Sie sich um!« riet sie und nickte weise. »Schauen Sie sich um, und dann behaupten Sie, diese Leute würden sich nicht amüsieren.«

Statt Marys Forderung zu erfüllen, setzte er die Mütze wieder auf und hakte die Daumen in seinen Gürtel. »Mary, ich habe schon den ganzen Tag gräßliche Kopfschmerzen, und meine Füße bringen mich um. Tun Sie mir einen Gefallen und verschwinden Sie von hier, ja?«

Sie schüttelte den Kopf.

»Verdammt, Mary!«

Ein milchiges Auge blinzelte, und sie stampfte mit einem gestiefelten Fuß auf. »Wollen Sie mich etwa einsperren, Marty Kilmer?«

Er mußte lachen und ärgerte sich darüber. »Um Himmels willen, Mary!«

»Genau!« Sie reckte einen Zeigefinger in die Luft. »Um des Himmels willen tu' ich das alles, vergessen Sie das nicht! Glauben Sie, es macht mir Spaß? In der ganzen Zeit, die ich dafür opfere, könnte ich mit dem Riesenrad fahren, meinen Durst mit einem köstlichen kalten Bier stillen oder am Strand sitzen und mich bräunen lassen. Glauben Sie wirklich, ich tu's zum Spaß?«

Eine Menschenmenge hatte sich angesammelt, wenn auch nur eine kleine, und Mary nahm den Hut ab und klatschte ihn gegen ihren Schenkel. Manchmal verstand Marty Kilmer überhaupt nichts, obwohl sie ihn weiß Gott schon gekannt hatte, als sein Haar noch nicht so albern aufgebauscht und er in der Schule ein schlimmer Anstifter gewesen war. Mittlerweile müßte er doch wissen, was sie tat. Ihr Auge schloß und öffnete sich.

Sanft griff Kilmer nach ihrem Arm. »Erschrecken Sie nicht«, bat er leise. »Ich flehe Sie an, Mary, gönnen Sie mir eine Atempause.«

Da begann sie zu singen, klopfte mit dem Fuß auf den Boden, schlug mit der freien Hand gegen ihre Hüfte und nickte dem Publikum zu, das im selben Rhythmus zu applaudieren anfing. Sie besaß eine schöne Stimme, eine der besten, die sie je gehört hatten, und sie kannte die Texte aller Hymnen aus allen Gesangbüchern, die ihr jemals vor die Augen gekommen waren, auswendig. Die langsamen trug sie niemals vor, denn die würden die Leute nur veranlassen zu grinsen und hinter vorgehaltenen Händen über sie zu tuscheln; aber die schnellen Lieder hörten sie sich an, dabei gerieten sie in Bewegung und gelegentlich sangen sie sogar mit, vor allem, wenn sie merkten, daß Mary ihren Hut nicht herumreichte.

Sie sang, und Marty Kilmer hob nur zum Zeichen seiner Kapitulation die Schultern, lehnte sich an eine der Buden und beobachtete die Zuhörer.

Sie sang, bis der Wind blies, und irgend etwas bewegte sich auf dem Pier.

Stump hielt sich am Schutzgeländer fest, während das Riesenrad ihn emportrug. Der offene Waggon schaukelte und knarrte, als wollte er hinabstürzen, sobald sich die Finger von der Stange lösen würden. Du wirst nicht sterben, sagte er sich energisch, du wirst nicht sterben, denn du bist in guten Händen, das weißt du.

Der Junge stoppte die Fahrt weisungsgemäß, als der Waggon den höchsten Punkt erreicht hatte. Die anderen Fahrgäste quietschten und zeigten nach unten und riefen nach ihren Freunden, die vor dem Rad standen, erschauerten in gespieltem Entsetzen und lachten, aber Stump schaute geradeaus und achtete nicht auf die Krämpfe in seinen Fingern oder die Füße, die sich gegen den Boden stemmten, als träte er auf die Bremse eines Autos, das über einen Klippenrand zu rasen drohte.

Er blickte zum östlichen Horizont, wo schwarze Luft mit schwarzem Wasser verschmolz, und schluckte, bis ihm die Trockenheit in seiner Kehle Einhalt gebot.

Du wirst nicht sterben. Du wirst nicht hinabfallen.

Unten erklang lebhafte Musik und mischte sich mit dem Lärm, aus dem hin und wieder Fragmente anderer Melodien flohen, ein oder zwei Töne, die ein lyrisches Lied versprachen, eine Nummer, die ein flüchtiges Bild aus der Vergangenheit heraufbeschwor.

Er saß da und starrte vor sich hin, tat sein Bestes, um das Gehirn von Gedanken freizuhalten, bis Schweiß sein Gesicht maskierte und ihm in die Augen tropfte. Dann hielt er den Atem an, hob einen steifen Arm, und das Riesenrad bewegte sich wieder.

Ein leise, zischendes Stöhnen, als sich der Nachthimmel zurückzog und der Brettersteg emporstieg, um das Meer zu verdecken, und er taumelte aus dem Waggon und lehnte sich an das Geländer, und es war ihm scheißegal, daß er von einem Ohr bis zum anderen grinste. Dazu hatte er allen Grund. Er hatte es wieder mal geschafft, er war bis ganz nach oben gefahren und kein einziges Mal in Panik geraten. »Wie lange?« fragte er den neugierigen Jungen, der eine Stoppuhr ins Licht hielt.

»Zwei Minuten und zehn Sekunden, Mr. Harragan«, lautete die Antwort.

Stump nickte ruckartig und schlug auf den Arm des Jungen, dann steckte er eine zitternde Hand in die Tasche und zog einen brandneuen Zehndollarschein hervor.

»Oh, danke, Mr. Harragan!«

»Schon gut.« Stumps Beine funktionierten wieder. »Morgen versuchen wir, ob's drei Minuten lang klappt.« Während er davonhumpelte und seinen linken Schenkel massierte, spürte er, wie der Junge ihm verwundert und verwirrt nachschaute. Das kümmerte ihn nicht. Sollte er ihn doch für betrunken halten oder glauben, er stünde unter Drogen. Das war Harragan völlig egal. Heute hatte er einen weiteren Schritt getan, um die luftigen Höhen zu erobern, und nächstes Jahr um diese Zeit würde er sicher zurückgewinnen, was er verloren hatte. Und sobald das geschah, in derselben Sekunde, würde er sich von Devin fotografieren lassen. Im Waggon. Ganz oben, stehend, beide Arme schwenkend, lachend, der König dieser gottverdammten Welt, und das gottverdammte Foto wollte er in seinem Wohnzimmer aufhängen, direkt über dem Kaminsims.

Jesus Christus, in ein paar Jahren würde er vielleicht sogar wieder in ein Flugzeug steigen können!

Allein der Gedanke ans Fliegen ließ ihn ein wenig schwindeln, und er sank auf eine der Bänke, die entlang des Piers standen – hauptsächlich von Vätern benutzt, deren Geduld zur Neige ging, und von Müttern, deren Füße abzufallen drohten. Er umfaßte seine Knie, holte tief Atem und beobachtete drei Kinder, die Karussell fuhren, in einem Boot, das normalerweise fünfzehn aufnahm.

Verdammt, er konnte es gar nicht erwarten, Mary zu erzählen, was er getan hatte.

Gayle ging von der Küche zur vorderen Tür. Devin beobachtete sie von der Couch aus, versuchte ihr Stirnrunzeln zu deuten, ihr Lächeln, dann wieder ein Stirnrunzeln. Ihre linke Hand hielt das Foto, die rechte bearbeitete den obersten Blusenknopf – öffnete und schloß ihn, öffnete und schloß ihn, dann sank der Arm und zupfte sinnlos an den Shorts.

»Du bist schön«, sagte er plötzlich.

Sie blieb stehen und sah auf ihn hinab. »Devin, das ist beängstigend.« Ein Finger klopfte auf das Bild, und als sie erkannte, was sie tat, ließ sie es auf den Couchtisch fallen und wich zurück. »Sie muß...« Gayle schüttelte den Kopf. »Anscheinend lag es am Feuer, es muß sie um den Verstand gebracht haben. Das ist die einzige Erklärung.«

»Okay. Aber selbst wenn ich das glaube, und da bin ich mir nicht so sicher, bleibt immer noch die Frage offen, was sie überhaupt auf dem Pier gemacht hat.«

Gayle ging wieder im Zimmer auf und ab, ehe sie sich auf die Rückenlehne der Couch hockte. »Nein, tut mir leid, da irrst du dich. Die Frage lautet, warum es so wichtig ist. Ich meine – du denkst doch nicht, daß sie ermordet wurde?«

»Nein, natürlich nicht.«

»Was dann?«

Er fühlte sich wie ein Narr, breitete hilflos die Arme aus und gab ihr mit dieser Geste zu verstehen, er könne nicht in Worte fassen, was er empfand. Gleichzeitig erkannte er, daß er sich mit diesem Fehlschlag selbst verurteilte. Sie würde das nicht akzeptieren; wenn sie auch nicht aus Missouri stammte – sie brauchte trotzdem Beweise.

Gayle knipste eine Lampe an, und das Fenster färbte sich schwarz, verschleierte sich an den Rändern im Schein einer Straßenlampe, als würde es von Frost überzogen. »Ich bin hungrig«, verkündete sie abrupt, schob seine Füße vom Couchtisch herunter und setzte sich vor ihn hin, die Hände auf seine Knie gelegt. »Es ist nach sieben, falls du das nicht mitgekriegt hast, und eigentlich sollte das ein Rendezvous sein.«

Er starrte sie an. »Aber...«

»Später«, befahl sie ruhig, aber streng. »Wir reden später darüber.«

Jeder Widerspruch war sinnlos. Sie kannten einander zu gut, und so richtete er sich auf, beugte sich vor und nahm einen Kuß entgegen, um die Abmachung zu besiegeln. Ein langer Kuß. Kaum gespürt und doch wohltuend.

»Ich zieh nur rasch das Hemd aus«, sagte er.

»Was? Du willst nackt mit mir ausgehen?« In gespieltem Entsetzen riß sie die Augen auf.

»Möchtest du das?« Er trat von der Couch weg, ehe sie ihn packen konnte.

»Ich möchte essen, falls es dich interessiert. Aber nicht im Summerview, verstehst du, Graham? Ich will kein stinkendes Fett, sondern ein richtig hübsches Restaurant, etwas im Touristenstil mit überhöhten Preisen.«

Nachdem er die Slipper ausgezogen hatte, schlüpfte er aus dem Hemd und den Jeans und stand vor seinem Schrank. Keine umwerfende Auswahl, aber sie kannte ohnehin schon alles, in sämtlichen machbaren Kombinationen, wovon keine auch nur den mittleren Standard modischen Schicks erreichte; und so entschied er sich für ein weißes Hemd, graue Hosen und Lederschuhe, die eine Politur gebraucht hätten. Als er ins Wohnzimmer zurückkehrte, stand sie vor einem großen Bild, das über dem Kamin hing – der Rand des Riesenrads und ein Waggon, gegen die Sonne fotografiert, die aus einer zerklüfteten Wolkenbank aufstieg. »Weißt du«, sagte sie, während er sich setzte und die Schuhe anzog. »Es gibt Tage, an denen das alles wirklich schön ist, und andere Tage, an denen es mich schrecklich deprimiert.«

»Und heute?«

Sie blickte über die Schulter, dann wandte sie sich wieder zu dem Foto und neigte den Kopf von einer Seite zur anderen. »Keine Ahnung...«

Er öffnete die Tür, um die Nachtluft zu taxieren, erschauerte in der Kälte und fragte sich, was denn los sein mochte, warum die Augustnächte plötzlich an den späten September erinnerten. Den Schaustellern auf der Promenade würde das mißfallen – wenn die Leute Windjacken trugen, aßen sie nicht viel Eiscreme und drängten sich nicht vor dem Glücksrad, um Stofflöwen zu gewinnen. Sie gingen rasch weiter, damit ihnen warm würde, und nicht einmal die kleinen Kinder drängten sich vor den Karussells. »Verdammt, ich werde eine Jacke brauchen.« Er schloß die Tür und drehte sich um. »Du wirst frieren in diesen Shorts.«

»O nein.« Sie ging zu ihrer Handtasche und zog einen pastellfarbenen Stoffstreifen heraus, den sie schwungvoll auseinanderschüttelte. »Voilà! Blitzschneller Schick!«

Während sie den Reißverschluß ihrer Shorts öffnete und sich an den Tisch lehnte, um herauszusteigen, bemerkte er: »Du meinst wohl blitzschnellen Sinnesrausch?«

»Den gibt's zum Dessert, Graham, und daß du das bloß nicht vergißt!«

Er lachte und beobachtete, wie sie in den Rock schlüpfte und mit einer Bürste durch ihr Haar fuhr. Als sie fertig war, nahm er sie in die Arme und hielt sie sekundenlang fest, sah, wie ihre Augen seine Temperatur annahmen, sah die Haut ihrer Stirn und die Lippen, bevor sie seinen

Hals berührten und sich wieder entfernten. »Hunger«, sagte sie.

Er holte ein Sportjackett aus seinem Schlafzimmer und griff nach den Schlüsseln. »Der Jeep wartet, Madame.«

»Nur, wenn du das Verdeck schließt.«

»Steaks?«

Gayle stöhnte. »Jesus, seit wann schwelgst du in dieser wilden Abenteuerlust?«

»Steaks«, beharrte er.

»Also gut.«

Er ließ das Licht brennen, zog die Vorhänge zu, dann versperrte er die Haustür hinter sich.

»He, Devin!« wisperte sie.

Lächelnd hob er den Kopf und sah die Möwe davonfliegen, schwarz im Nachtwind, wie eine Fledermaus.

»Was Sie brauchen«, sagte Stump zu dem Polizisten, der müde und in sich zusammengesunken auf der Bank saß, »ist diese hochprozentige Medizin, die ich aus dem Orient mitgebracht habe, als ich mit meiner Schwester dort war, Gott sei ihrer Seele gnädig.« Kilmer starrte ihn an, preßte die Fingerknöchel gegen eine Schläfe und Harragan beharrte: »Ich mein's ernst. Ohne meine großartige Arznei wird das Kopfweh nicht verschwinden.«

»Und was ist das für ein Mittel? Insektengift oder so was ähnliches?«

Der schwarze Mann grinste mit verfärbten Zähnen, die Kilmer den Magen umdrehten. »Machen Sie Witze? Insektengift?« Sein Gelächter klang freundschaftlich genug, doch die Augen blieben weit offen und lachten kein bißchen.

Kilmer kniff die Lider zusammen, legte die Stirn in Falten und schnappte nach Luft, als er spürte, wie etwas über seinen Nacken kroch. Seine freie Hand schlug danach, er drehte sich um, blickte auf seine leere Handfläche, versuchte aus der tanzenden Luft herauszupicken, was immer ihn angeflogen und gestochen hatte. Dann ließ er die Schultern wieder hängen, einen Arm auf die Lehne der Bank gelegt. Jesus, dachte er, es muß ein Tumor oder so was sein, in meinem Gehirn, und er frißt mich bei lebendigem Leib auf. Etwas Kühles drückte sich an seine rechte Hand – ein Glas, mit klarer Flüssigkeit gefüllt.

»Das Insektengift«, intonierte Stump, und diesmal lachten auch seine Augen.

»Scheiße.«

»Officer Kilmer, mißtrauen Sie mir nach all den Jahren?«

Ein Lächeln war die ungewollte Antwort. Mit übertriebener Vorsicht hob der Sergeant das Glas an die Lippen und schnupperte. »Großer Gott, Harragan!« Er nahm einen Schluck, riß die Augen auf, als eine sanfte Flamme in seinen Bauch strömte und wieder hochstieg, jetzt viel zahmer. »Was ist das?«

»Möchten Sie das wirklich wissen?« fragte der gebeugte Schwarze.

»Ich bin im Dienst«, entgegnete Kilmer streng. »Womöglich versuchen Sie mich in Schwierigkeiten zu bringen.«

Stump zuckte mit den Schultern und ging davon, als einer seiner Arbeiter um Hilfe bat.

Kilmer starrte auf das Glas, auf die Flüssigkeit und konnte nicht leugnen, daß die Kopfschmerzen nachgelassen hatten. Es wird mir nicht schaden, entschied er. Wer immer ihn beobachtete, würde glauben, es wäre Wasser. Er leerte das Glas. Und er fühlte überhaupt nichts.

Sie waren verschwunden. Alle, die sangen, und alle, die nur gafften, mitsamt dem allmächtigen Marty Kilmer, der ihr einen milden Warnblick zugeworfen hatte, ehe er davongeschlendert war, eine Hand auf dem Griff seiner schicken Bullenpistole. Alle verschmolzen mit der schwankenden Heidenmenge, die kaum in Marys Richtung blickte. Sie seufzte und stülpte sich den Hut auf den Kopf.

Zu lange, sagte sie sich. Sie hatte zu lange gebraucht, zu viele Lieder gesungen, sich mitreißen lassen vom reinen Glanz ihrer Stimme. Das passierte immer wieder, und jedesmal gelobte sie sich, mehr auf ihr Publikum zu achten, um dieses Versprechen stets von neuem zu brechen, wenn sie von der Kraft der Musik und der Worte ergriffen wurde.

Ein unberingter Finger mit schwarzem Nagel rieb unter dem Auge, glitt zur Schläfe hinauf. Und als sie sich zu den Buden an der rechten Seite wandte, um die Herausforderung der Schausteller anzunehmen, die ihren Gesang nicht mochten, weitete sich das Auge. Alle geschlossen. Das nahm sie ihnen nicht übel. Jeder, der hier sitzen und auf den dunklen Pier schauen mußte, den ganzen Tag, den ganzen Abend, Tag für Tag, verlor wahrscheinlich die Nerven. Schade, daß sie sich nicht an die alten Zeiten erinnerten.

Selbst jetzt wirkte der Pier massiv, trotz der Sperrholzschichten, vor die Pfosten genagelt, die den geschmückten Torbogen trugen, trotz der einen Platte, die ein wenig offenstand, wie eine Tür. Massiv wie jene Dinosaurierknochen im New Yorker Museum. Sie war einmal mit dem Bus hingefahren.

Mit einem langsamen, pfeifenden Seufzer dachte sie an die Tage, als der Pier geöffnet gewesen war, eine riesige glitzernde Halle mit winzigen Läden und Spielbuden zu beiden Seiten und einem spiegelblanken Boden, der sich bis zum Hintergrund erstreckte, zu drei polierten Doppeltüren über zwölf breiten Stufen. Als junges Mädchen war sie einmal durch eine dieser Türen gegangen und hatte zu ihrem Entzücken einen Zuschauerraum entdeckt, über dem Wasser schwebend. Ein Konzert, wenn die Erinnerung nicht trog, und unter den Geigen und Hörnern, den Holzblasinstrumenten und dem Schlagzeug das unablässige Meeresrauschen, wenn man aufmerksam genug lauschte...

Der Raum faßte nicht viele Leute, höchstens zwei- oder dreihundert, und sie glaubte sich zu entsinnen, daß er jeden Abend gefüllt gewesen war, manchmal mit von weither angereisten Besuchern, sogar aus Philadelphia. Orchester und Vaudevilles, Folk-Sänger und Komiker, Tiernummern, Versteigerungen, Wohltätigkeitsbälle und Tanzabende, bis man die Sitzreihen entfernte und der Pier zu sterben begann.

Mit den Zeiten hatte sich auch der Pier geändert. Und ehe er geschlossen worden war, hatte man ihn in ein gigantisches Lachkabinett umgewandelt. Sie war nie hineingegangen, hatte aber das Geschrei und Gebrüll gehört.

Ihr Blick wanderte zu dem filigranen Torbogen mit den zwei Spitzen, die einst tanzende Lichter gezeigt hatte; sie spähte durch die Lücke zum Eintrittskartenschalter in der Mitte, zu der gezackten Glasfront, die das Feuer überlebt hatte.

Was meinst du, o Herr, dachte sie. Es bringt nichts, wenn man einfach hier rumsteht.

Ein verstohlener Blick über die Promenade, um Ausschau nach dem großspurigen Kilmer und seinem blöden Haarschnitt zu halten – aber da schlenderten nur die Leute dahin, Kinder rannten umher, Ausrufer und Schaustellergehilfen wetteiferten mit der Musik, und über ihnen wartete die Nacht, über dem Lichtschleier, der seltsam gedämpft und seltsam schwach wirkte, allen Gesichtern die Gesundheit raubte und durch Wachs ersetzte.

Und der Wind kam aus dem Westen und sammelte sich über den Planken – kühl, fast kalt, und hätte sie nichts vom derzeitigen Monat gewußt, sie hätte geschworen, es sei Herbst, Spätherbst, wo alle Blätter und Blumen bereits gestorben waren. Der Muumuu schlug gegen ihre Beine, sie mußte den Hut mit einer Hand festhalten, und während sie mit einem Absatz auf den Boden klopfte, entschied sie, daß es heute nacht unklug wäre, am Strand nach Schätzen zu suchen. Sie würde nichts finden, denn sie könnte die Kälte nicht ertragen.

Sie brauchte Wärme, aber noch erschien es ihr zu früh, um heimzugehen. Dort war es leer. Zu leer. Außerdem brachte das Fernsehen heute abend nur Wiederholungen. Sinnlos, sich so was anzuschauen; sie hatte diese Sendungen schon hundertmal gesehen und kannte jede einzelne auswendig.

Holz knarrte. Als sie hinüberschaute, entdeckte sie eine lose hängende Sperrholzplatte. Viel Musik in jenen Tagen, erinnerte sie sich, während sie unschlüssig dastand. Es würde nicht schaden, die alten Zeiten wachzurufen.

Noch ein suchender Blick, kein Marty Kilmer, und dann war sie am Eingang des Piers und zwängte sich trotz ihrer Leibesfülle durch die Öffnung, ehe sie von irgend jemandem ertappt werden konnte. Wenigstens glaubte sie sich sicher vor neugierigen Blicken, und sie bezweifelte, daß irgend jemand ihr folgen würde. Die meisten, und sie hatte im Lauf des Tages sehr viele Leute im Sand gesehen, warteten auf den Einsturz des Piers. Sie beobachteten ihn, als wollten sie Zeuge eines Unglücks werden, aber diesmal wußten sie es schon vorher und würden womöglich Picknicks veranstalten, wenn es soweit war.

Heiden – lauter Heiden, und sie wußte nicht, warum sie überhaupt Gedanken an solche Personen verschwendete. Weil Gott auch diese Menschen liebt, beantwortete sie ihre Frage, richtete sich auf, schüttelte den Kopf und klopfte mit einem Stiefelabsatz auf das Holz, während sie überlegte, was sie nun tun sollte. »Am besten schaust du dich erst mal um, Mary«, sagte sie seelenruhig und streckte eine fleckige Hand nach hinten, um sicherzugehen, daß sich die Öffnung nicht geschlossen hatte.

Die Halle existierte immer noch, wenn auch fast unkenntlich unter herabgestürzten Balken und Schuttbergen; die Läden, die Glücksspielbuden und der kleine Eissalon in der Mitte der linken Reihe waren verschwunden, die grellen Farben, die Mary damals zum Blinzeln gezwungen hatten, verkohlt und abgeblättert. Sie sah kaum etwas, denn die Sterne schienen zwar durch das löchrige Glasdach und die Lichter von der Promenade durch die Lücken in den Wänden, drangen aber nur schwach bis zu ihr. Draußen helles Weiß wie dichter Nebel, wie eine Wolke; drinnen Schwärze wie eine mondlose Mitternacht, wie Schlaf ohne Träume.

O Gott, dachte sie, wie *leer* es hier ist. »Allmächtiger«, flüsterte sie, und der Klang ihrer Stimme mißfiel ihr. Furchtsam begann sie die erste Hymne zu summen, die ihr in den Sinn kam, vergaß deren Titel, suchte nach den richtigen Tönen, die zu flüchten schienen, der Absatz pochte schneller, die linke Hand umklammerte eine Faust voll Kleiderstoff.

Ein Friedhof, den Riesen aufsuchten, um zu sterben.

O Himmel, das ist nicht der rechte Ort für Mary, das ist überhaupt kein Ort. Schwarze, spröde Knochen, schimmernd aus eigener Kraft, ohne Hilfe des Lichts. Und noch etwas anderes. Etwas, das zuvor nicht dagewesen war.

»Oh«, sagte sie leise. Sie spürte es in der Art, wie ihre Lippen gefühllos wurden, von Eis erfüllt, noch kälter als der Wind, der es durch die Ritzen hereinquetschte; sie spürte es im lautlosen Klopfen ihres Stiefelabsatzes, und die Hymne, die sie singen mußte, wollte den trockenen Hals nicht verlassen, so oft sie sich auch räusperte; sie spürte es im Schwingen der Türen am anderen Ende der Halle und wußte nicht, wieso sie dorthin schauen konnte wußte nur, daß sie sich in eine noch dichtere Schwärze öffneten.

Asche regte sich. Ein schräggestellter Balken verlagerte sein Gewicht. Mit der rechten Hand schob sie die Augenklappe hoch, aber nichts wurde klarer, obwohl sie sich das Auge rieb und angestrengt in die Finsternis starrte.

Die Tür des Lachkabinetts öffnete sich, das Dunkel wurde grau. Das Geräusch von Flügeln. Das Geräusch von Krallen. Und die plötzliche Explosion eines Gestanks, der durch den Abfall wirbelte. Manches davon kannte sie, manches nicht, aber alles zusammen lockte Galle in ihren Mund, warf sie gegen einen Pfosten, machte ihre Augen wäßrig, ließ Speichel über ihr Kinn rinnen und die Fingernägel nach einer Bretterkante tasten. Weinen. Wimmern. Ein Riß im Oberarm. Der Hut flog ihr vom Kopf und segelte durch das Dach.

Etwas hier drinnen roch wie der Tod. Schwingende Fäuste, stampfende Stiefel. Etwas hier drinnen wisperte mit ihr.

Schließlich barst das Sperrholz und befreite Mary. Sie stolperte auf den Plankensteg hinaus, keuchend, mit hängendem Kopf, dann fühlte sie einen Schatten hinter ihrem Rücken und rannte schreiend davon – weg von der Promenade, auf den Sand, über den Strand nach Norden. Sie schaute nicht nach hinten, vergaß den Hut, achtete nicht auf die Wellen, die ihre Fußknöchel umspülten und die Funken unter ihren Fersen verschlangen.

Sie stürzte, als sie die Beine nicht mehr heben konnte, rollte auf den Rücken, als sie im Zischen von Schaum und

Wasser rings um ihr Gesicht nicht atmen konnte, schaute zum Nachthimmel auf und fühlte Flammen in ihrem Arm und fragte sich, ob es ihr gelingen würde, einen Arzt aufzusuchen, bevor sie starb.

Es interessierte sie nicht. Ich verdiene den Tod, war alles, was sie zu denken vermochte. Eine passende Strafe für ihre Sünde – weil sie nicht gebetet hatte.

Keine Minute, keine Sekunde lang äußerte sie auch nur ein einziges Gebet, als etwas kam, und sie im ›Haus der Angst‹ entdeckte – in ihrem Grab.

10

Sie hatten sich nicht geliebt. Gayle starrte dumpf auf die Kassenbelege, die Summen, die sie zu addieren versuchte, seit der Laden geöffnet war, trommelte mit einem Finger darauf, kaute an ihrem Bleistift. Sie hatten sich nicht geliebt. »Verdammt«, flüsterte sie und fegte die Zettel in eine Schublade unter der Registrierkasse.

Die geplante Verführung war bei einer geschmacklosen Mahlzeit aufgegeben worden, als die Ferne in Devins Augen das Gespräch, das Lächeln und den gelegentlichen Griff über den Tisch, um mit einem Finger ihren Handrükken zu streifen, Lügen gestraft hatte. Sie versuchte sogar, ihn zu einer Diskussion über Ken Viceroys Angebot zu animieren – die Chance, für ein angesehenes Magazin zu arbeiten, das fotografische Kunst förderte und publizierte. Um sich das Recht der Erstveröffentlichung zu sicher, würde Viceroy ihn um die ganze Welt schicken. Devin könnte reisen, wohin immer er wollte, und beliebig lange wegbleiben, wenn er mit Visionen zurückkehrte, nicht mit Schnappschüssen.

Als das nicht funktionierte und Devin nur vage reagierte, begann sie sich zu ärgern und war nahe daran, mit hoch erhobenem Haupt und ihrem Ego im Schlepptau aus dem Lokal zu marschieren. Kränkung und Selbstmitleid dauerten an, bis sie nach Hause fuhren.

Auf der niedrigen Brücke über der Bucht, zwischen der sternenlosen Nacht und dem schwarzen Wasser, sah sie Oceantide – Dunkelheit, wo Lichter hinter den Fenstern der Cottages blinken müßten, keine Scheinwerfer, die sich auf den Straßen bewegten, nur einen Schimmer über der Promenade, obwohl es Freitag war. Ein finsteres Band, das sich trotz brennender Straßenlampen bis zum Pier erstreckte, wie im Dezember, wenn alle Touristen verschwunden waren... Nur ein weißer Schleier markierte den Brettersteg.

Ein fragender Blick auf Devins Profil, das im Widerschein des Armaturenbretts kränklich wirkte, und sie sah verwirrt, beinahe schockiert, seine Müdigkeit. Die Kränkung ging in Besorgnis über. Er hatte so hart gearbeitet, verdammt hart, und sie wußte, daß er sich nun wie ein Ertrinkender fühlte. Irgend etwas fehlte in seiner Arbeit, irgend etwas hatte sich verflüchtigt, und je eifriger er danach suchte, desto weiter entfernte er sich davon. Um so mehr plagte er sich. Frust, die Müdigkeit der Verzweiflung. Deshalb wagte er nicht, Ken anzurufen und ihm zu sagen, er würde den Job übernehmen.

Vor ihrer Tür hatte er sie geküßt, um sich für den erfolglosen Abend zu entschuldigen. Sie hatte keinen Schlaf gefunden, an jenes Foto gedacht, an die Geschichten von Tonys Geist und dem Anrufbeantworter.

Ein distinguierter alter Mann schlenderte in den Laden, lüftete mit einer höflichen Verbeugung den Hut und starrte auf die Zeitungen am Gestell neben dem Fenster, ehe er mit den Schultern zuckte und hinausging.

Gayle hob eine Braue. Dann zog sie das Telefon hervor, das in einem Regal unter dem Ladentisch stand, besann sich anders und beschloß zu warten, bis Devin sich meldete. Aber sie würde nicht allzu lange warten. Bis zum Nachmittag wollte sie ihm noch Zeit lassen, ehe sie die nötigen Maßnahmen ergriff, um ihn zur Vernunft zu bringen.

Was immer da vorging, falls es überhaupt etwas gab außer Devins Argwohn – Julie trug die Schuld daran. Gayles Züge verhärteten sich für einen Moment, nahmen den Ausdruck eines Drachens an, und alle Schönheit schwand. Sie hatte die kleine Etler schon immer für ein eigensüchtiges, undiszipliniertes Balg gehalten. Natürlich war es weiß Gott ein Jammer, daß das Mädchen auf so entsetzliche Weise gestorben war, aber Gayle verstand beim besten Willen nicht, warum dieser glasklare Todesfall ihren Freund in eine so uncharakteristische Stimmung versetzt hatte. Das ergab keinen Sinn, es sei denn, er hatte gelogen und war tatsächlich Julies Liebhaber gewesen.

»Quatsch«, sagte sie zur Registrierkasse. Das hätte sie gemerkt. Devins Vorstellung von einem Pokergesicht bestand darin, ihr den Rücken zu kehren und das Thema zu wechseln.

Was am allerschlimmsten daran war – es beeinträchtigte seine Arbeit. Was am allerschlimmsten war – wahrscheinlich liebte sie ihn und litt an ihrer Eifersucht auf eine Tote, die seine Zeit im Übermaß beanspruchte.

Schließlich zerbrach ein schiefes Lächeln ihre Fassade. »Also – was denn nun, du dumme Gans?« Beides, gab sie zu.

Und wenn ihn die Lösung des vermeintlichen Rätsels um Julies Tod wieder hinter die Kamera bringen würde, mußte Gayle natürlich mitmischen, ob er es wollte oder nicht. Die Kids, vom College bedroht, liefen herum wie kopflose Hühner, ließen sich nur von Gefühlen leiten und demzufolge auch verwirren. Wenn sie es richtig machen wollten, brauchten sie einen Plan und mußten schrittweise vorgehen, um das Ziel zu erreichen.

»Mein Gott«, sagte sie zur Registrierkasse, »jetzt denkst du schon genauso wie sie.«

Aber da war Oceantide am vergangenen Abend. Und die Möwe. Und das Foto. »Also los, Gayle, tu's!«

Ein erleichterter Seufzer. Wenn es sein müßte, würde sie sogar den Laden schließen. Heute war ohnehin kaum jemand hereingekommen, und sie brauchte das Geld nicht. Fast alle Stadtbewohner wußten, daß sie beträchtliche Anteile mehrerer erfolgreicher Immobilienagenturen zwischen Oceantide und Cape May besaß, und ihr Einkommen ließ sie keinesfalls verhungern. Sie haßte es, Häuser zu verkaufen. Zeitungen und Süßigkeiten entsprachen viel eher ihrem Stil.

Ein weiterer Kunde trat ein, nickte lächelnd, sichtlich dankbar für den Segen der Klimaanlage, kaufte wortlos eine Ansichtskarte, prallte beim Hinausgehen gegen den Ständer, und ein paar Karten flatterten zu Boden. Sie stöhnte, hob sie auf und ordnete sie in die einzelnen Fächer ein. Dabei sah sie Betschwester Mary durch das Schaufenster hereinspähen. Ein Winken, ein Lächeln, doch die Frau reagierte nicht. Gayle zuckte mit den Schultern, kehrte ihr den Rücken, drehte sich wieder um und eilte zur Tür, als Mary davonging.

»Na, so was!« murmelte sie, während sie unter der gestreiften Markise stand und ihre Augen mit einer Hand vor der Sonne schützte. Zum erstenmal seit Jahren sah sie Mary Heims ohne Hut auf dem kurzen, schütteren, drahtigen Haar mit dem stumpfen Grauschimmer. Außerdem trug die Frau keine Tasche. Und als Gayle nach unten schaute, merkte sie, daß Mary auf bloßen Füßen ging, die paillettenbesetzten Stiefel waren verschwunden.

»Mary!«

Die Frau drehte sich nicht um, kein einziger Passant beachtete sie. Gayle machte einen unsicheren Schritt. – »Mary!« –, hob wieder eine Hand, um zu winken – »Mary, he!« – und ließ die Hand verwirrt sinken, als die Frau um eine Ecke bog, ohne stehenzubleiben. Geistesabwesend schlang sie die Finger in ihr Haar und kratzte sich am Kopf, ihr Blinzeln verwandelte sich in ein Stirnrunzeln. Ein weiteres Novum – Mary hatte ihr kein einziges Wort aus einer Hymne zugeworfen; das beunruhigte sie noch mehr als der fehlende Hut und die nackten Füße, und es genügte ihr, um in den Laden zurückzulaufen, ihre ursprüngliche Absicht fallenzulassen und Devin anzurufen.

Niemand meldete sich, der Anrufbeantworter war ausgeschaltet. Die Klimaanlage stotterte. »Untersteh dich!« befahl sie und zwinkerte verlegen, als sie sah, daß Tony Riccaro am Ladentisch stand, direkt vor ihr. Er trug ein weißes Hemd und saubere Hosen, an seinem Kinn klebte getrocknetes Blut, weil er sich beim Rasieren geschnitten hatte.

»Reden Sie oft damit?« Mit einem lässigen Lächeln blickte er zu dem Gerät über der Tür.

»Wenn's sein muß...« Sie wies mit dem Kinn auf seine Kleidung. »Sehr nett. Bewirbst du dich um einen Job?«

Vage zeigte er hinter sich. »Meine Mutter geht mit mir einkaufen. Sie behauptet, ich würde neue Sachen für's College brauchen.«

»College? College?« Sie schlug auf ihre eigene Wange, als wollte sie sich für ihre vermeintliche Vergeßlichkeit bestrafen. »Aber natürlich! Wie dumm, daß mir das entfallen ist. Bald bist du ein berühmter olympischer Ringer, und ich werde dich im TV sehen, was?«

Er zog den Kopf ein, und eine dunkle Locke fiel ihm in die Stirn. »Weiß ich nicht. Vielleicht.«

»Sicher bist du schon sehr aufgeregt. Ich nehme an, du bleibst nur mehr ein paar Tage da.«

Tony zuckte mit den Schultern. Und während sie ihn beobachtete und sich wunderte, weil Kelly bei diesem idiotischen Nathan blieb, obwohl sie den da haben könnte, hatte sie plötzlich eine Idee.

»Wann kommst du zurück, Tony? Ich meine, vom Einkaufen?«

»Keine Ahnung. Vermutlich wird's ziemlich lange dauern.« Er schenkte ihr ein Grinsen. »Sie braucht länger als der liebe Gott, um eine Entscheidung zu fällen.«

Gayle brach in Gelächter aus und lachte noch lauter, als sie sein Gesicht sah, denn sie war einmal mit Paula einkaufen gegangen und hatte sich geschworen, das nie wieder zu tun. »Okay, ich möchte dich um etwas bitten. Sprich mit Mike und Kelly. Ich kümmere mich um Devin, und morgen früh treffen wir uns alle hier im Laden. Nein, verdammt, Frances hat gerade Nachmittagsdienst, also muß es später sein – in der Kneipe deines Vaters, weil mir irgend jemand einen Lunch kaufen muß, okay?«

»Warum?«

»Julie...« Sie mußte sich sehr beherrschen, um nicht zusammenzuzucken, als sie sah, wie schmal seine Augen wurden. »Ich weiß alles darüber«, fuhr sie in sanfterem Ton fort. »Devin hat's mir gestern abend erzählt. Und ich will euch wirklich helfen. Verzeih mir, was ich jetzt sage – aber im Moment seid ihr Kids so durcheinander, daß ihr vor lauter Bäumen den Wald nicht seht. Ein ungetrübtes Auge wird euch sehr nützen.« Zweifel und Dankbarkeit lagen in seinem Blick, und sie fügte hinzu: »Okay. Und jetzt verschwinde, bevor deine Mutter mich umbringt.«

»Aber Miß Cross, Devin...«

»Ich habe gesagt, ich werde mich um ihn kümmern, ja? Sieh nur zu, daß auch die anderen ins Summerview kommen.«

Er öffnete den Mund – vielleicht, um zu protestieren, aber sie ging um den Ladentisch herum, nahm seinen Arm, führte ihn zur Tür und öffnete sie, dann gab sie ihm einen sanften Schubs. »Lauf los und mach deine Mutter glücklich.«

Stotternd schaltete sich die Klimaanlage aus. Mit einem Zischen fiel die Tür zu. Er sah Gayles Miene, als sie zu dem Gerät hinaufstarrte, und ging rasch davon. Seine Mutter erwartete ihn in der Kneipe, aber der Wunsch, Gayle Cross zu sehen, war auf einmal übermächtig geworden. Jetzt bereute er, daß er diesem Impuls nachgegeben hatte.

Ihre Absicht erleichterte ihn. Endlich würde etwas geschehen. Doch dieses wohltuende Gefühl verflog, als er sich fragte, ob sie wirklich ernsthaft interessiert war. Devin bedeutete ihr offensichtlich viel mehr als Julie.

Na und, überlegte er, während er die Straße überquerte. Wenn wir herausfinden, was da nicht stimmt – welche Rolle spielt es denn dann, was sie denkt? Er wußte es nicht, fühlte nur, daß es eine sehr große Rolle spielte.

Morgen ist erst morgen, erinnerte er sich. Heute – das war etwas anderes, der letzte Freitag daheim. Und er mußte in diese alberne County-Einkaufsstraße gehen und zusehen, wie seine Mutter die Nase über seine Wünsche rümpfte, mit ihm stritt, wenn er auf seiner Wahl beharrte, und schließlich davonging, mit einer angewiderten Mach-was-du-willst-Geste, die allen Leuten im Laden mitteilte, was für ein undankbarer Kerl er war. So endete jeder gemeinsame Einkaufsbummel, aber als sein Vater der Mutter vorgeschlagen hatte, Tony einfach Geld zu geben und allein loszuschicken, war sie nicht einverstanden gewesen. »Also wirklich, Sal, der Junge würde alles nur für Jeans ausgeben. Wie sieht das denn aus, wenn er auf dem College nur Jeans und T-Shirts trägt.«

Klar, Mom, dachte er, während er sich dem Schnellimbiß näherte. Wie kommt es bloß, daß du nicht entscheiden kannst, was ich mit meinem Leben anfangen soll? Angeekelt trat er gegen die Stufen, dann fuhr sein Kopf herum, als er Bremsen kreischen hörte und das unmißverständliche Knirschen aufeinanderprallender Stoßstangen.

Ein Mann im hellen Leinenanzug stieg aus einem Auto, dessen Hinterteil von einem Kombi versohlt worden war. Den fuhr eine Frau, die jetzt die Tür öffnete, und beide starrten auf Betschwester Mary, die gerade auf die Bordkante trat und die Stimmen hinter sich ignorierte. Sie schien geradewegs gegen die Mauer des Lokals zu laufen, drehte aber im letzten Moment ab um Tonys Arm zu pakken. »Tod«, flüsterte sie und legte den Kopf so schief, daß ihre Wange beinahe die Schulter berührte. »Kennst du ein Gebet, das dich vor dem Tod zu retten vermag?«

Er wußte nicht, was er tun sollte, konnte nur verneinen und versuchte, sich möglichst sanft zu befreien.

»Schade, mein Junge«, sagte sie. »Ich kenne auch keins.«

Ihre Hand glitt von seinem Arm, eine Sirene jaulte. Mary strich über ihren Busen und schlurfte davon, mit gesenktem Kopf. Die zerzausten Haare wippten wie geschwächte Sprungfedern. Er schaute zur Unfallstelle und sah den Mann gestikulierend auf einen Polizisten in kurzen Hemdsärmeln einreden, wobei er mehrmals auf die alte Frau zeigte und sich immer wieder zu der Kombifahrerin wandte, um sie zur Kooperation aufzufordern. Als sie alle in Tonys Richtung starrten, eilte er ins Lokal und entdeckte Charlene in einer Nische. Sie beobachtete die Szene auf der Summer Road und ließ ihren Kaugummi knallen.

Seine Mutter wartete am Ende der Theke, in sommerliches Weiß gekleidet, das kurze blonde Haar frisch gelockt. Ihr Profil schien einer zehn Jahre jüngeren Frau zu gehören. Er schüttelte Marys Berührung von seinem Arm ab, bewegte sich lautlos durch den Mittelgang und bedeutete dem Vater, seine Anwesenheit nicht zu verraten. Dann hielt er Paula von hinten die Augen zu. »Wer bin ich?«

Für einen kurzen Augenblick streiften ihre Hände die seinen. »Ein großer, dunkelhaariger millionenschwerer Fremder, der mich von all dem loseisen und entführen wird, vorzugsweise in die Wüste.«

»Erraten.« Er sank auf den Hocker an ihrer Seite. Und als sie ihn ansah, mußte er wegschauen. Da waren sie wieder, die Tränen, die sich stets hinter ihrem Lächeln verbargen und hinter ihren Worten lauerten. *Mein Baby,* sagten sie, und ihm war selber zum Weinen zumute.

Dann kam sein Vater herüber, ignorierte Paulas strengen Blick und gab ihm ein paar Geldscheine. »Wenn sie dich in Joe College umgekrempelt hat, kauf dir irgendwas Anständiges.«

»Sal!« mahnte sie.

»Ich hab zu tun, Schatz«, erklärte er und floh.

Tony zählte das Geld nicht; er faltete es zusammen, steckte es in die Tasche, stützte die Ellbogen auf die Theke und nickte, als Charlene fragte, ob er etwas trinken wolle.

»Wir werden uns verspäten«, warnte seine Mutter.

»Ich beeile mich, Mom. Es ist so heiß draußen, und ich sterbe.«

Sal schlenderte vorbei, fegte mit einem Tuch über die Kaffeemaschine, arrangierte Tassen- und Untertassenstapel, die das nicht nötig hatten. Tony beobachtete ihn, verblüfft über die väterliche Ziellosigkeit, dann schaute er die Theke entlang. Sonst war niemand da. In keiner der Nischen saß ein Gast. Die Mittagsstunde, der Beginn des letzten Wochenendes in diesem Sommer – und das Lokal war leer, bis auf die Familie.

»Vielleicht gibt's Preisnachlaß in den Casinos«, meinte sein Vater mit einem schmerzlichen Lächeln, als er wieder vorbeiging. »Sommerräumungsverkauf oder so was ähnliches.«

»Vermutlich.« Hastig leerte Tony das Glas, das Charlene ihm gebracht hatte. Er wollte plötzlich gehen, hinaus aus der Kneipe, hinaus aus der Stadt, an einem Ort sein, wo es Menschen gab, viele Menschen, die sich nicht wie Schlafwandler benahmen. »Gehen wir, Mom.« Er stand auf, nickte seinem Vater zu und hastete hinaus, um zu warten. Den Kopf vor der Hitze gebeugt, redete er sich ein, es würde nicht so schlimm sein wie befürchtet. Doch er machte sich etwas vor; es war ein weiterer Nagel zu seinem Sarg, ein weiterer Schubs, der ihn von daheim entfernte.

Vom Unfall war nichts mehr zu sehen, und er ging die Straße hinab, zum Auto seiner Mutter und stöhnte beim Anblick der geschlossenen Fenster. Ein Backofen. Das Glas wirkte fast weiß im grellen Licht, die Reifen sahen aus, als würden sie schmelzen. Er drehte sich um, blickte stirnrunzelnd in die Richtung des Lokals, wandte sich wieder zum Wagen und seufzte. Ein gottverdammter Backofen. Er zerrte an den Griffen; die Türen waren verschlossen.

Resignierend die Hände auf den Hüften, starrte er zur Kreuzung, beobachtete blicklos, wie der Verkehr vorbeiglitt, spürte ein Rinnsal aus klebrigem Schweiß an einer Schläfe. Er wischte es mit einem Ärmel weg, schaute wieder zur Imbißstube, um festzustellen, ob seine Mutter kam, und ließ sich dann auf einem Kotflügel nieder, um zu warten. Deshalb würde sie mit ihm schimpfen – *du zerkratzt den Lack, Tony* –, aber das war besser, als in der Hitze herumzustehen.

Und es verschaffte ihm eine weitere Gelegenheit, zu

überdenken, was Miß Cross gesagt hate. Irgend etwas beunruhigte sie, das war klar, aber sie glaubte wohl kaum, daß er Julie am Strand gesehen hatte. Sein Blick senkte sich auf das Pflaster. Vielleicht hatte sie selber etwas gesehen oder die Stimme im Anrufbeantworter gehört.

»Tony.«

Sein Kopf fuhr hoch, und er mußte seine ganze Selbstbeherrschung aufbieten, um sich nicht auf Mike zu stürzen, der vor ihm stand.

»Tut mir leid.« Grinsend hob Mike die Hände. »Ich wollte dich nicht erschrecken. Allmählich wird das zur Gewohnheit.«

Tony schaute wieder hinab, die Finger halb in den Taschen.

»Ich habe mit Miß Cross gesprochen«, erzählte Mike, worauf Tony nur nickte. »Gehst du zu diesem Treffen?«

»Warum nicht?« Tony spürte, wie Mike mit den Schultern zuckte. Ihm war zu heiß, als daß ihn irgend etwas interessieren konnte. Wo blieb seine Mutter? Wie lange wollte sie ihn noch schmoren lassen?

Schweigen, von Hitze belastet, die alles leblos und weiß machte.

»Ich muß weiter«, sagte Mike ein wenig widerstrebend. »Kelly wartet.«

Tony sah auf, ohne den Kopf zu heben. »Okay.«

Zum Abschied berührte Mike lächelnd Tonys Schulter und überquerte die Summer Road in einer Verkehrslücke, bemüht, seine Schritte nicht zu beschleunigen. Die Hüfte brachte ihn um. Seit er aus dem Bett gestiegen war, wurde der Knochen von einem winzigen Messer bearbeitet, und sobald er sich bewegte, traten die Qualen in den Hintergrund. Das ängstigte ihn. So etwas hatte er seit den ersten Tagen nach dem Bruch nicht mehr gespürt. Und er hatte niemandem ein Wort darüber gesagt, weil er nicht geröntgt werden wollte. Dabei würde sich womöglich etwas Schlimmes herausstellen, und das konnte er nicht gebrauchen. Nicht jetzt, so kurz vor der Reise in die Welt da draußen.

Als er den Eingang vom Surf'N Wind passierte, erinnerte er sich an den Tag, wo er Julie hier getroffen hatte – und an den letzten Abend. Das Foto. Julies Gelächter, das ihn auf dem ganzen Heimweg verfolgt hatte, bis in seine Träume; ein offener Mund, glänzende Zähne, Augen, die das Feuer ringsum widerspiegelten. Sie lachte, als glaubte sie nicht, sterben zu müssen, als hätte er ihr nur einen seiner Streiche gespielt, die ins Auge gingen.

Riccaro hatte es auch mitgenommen, das stand fest. Der Bursche sah aus wie nach einer schlaflosen Woche, und Mike bezweifelte, daß Miß Cross ihnen irgendwie helfen konnte. Er glaubte nicht einmal, daß er morgen in die Imbißstube gehen würde. Die Zeit war zu knapp. Er mußte packen, sich vergewissern, ob sein Flug gebucht war, und ein letztes Michael Nathan-Special planen, damit Oceantide ihn während seiner Abwesenheit nicht vergessen würde. Grinsend rieb er sich die Hände.

Es mußte ein guter Gag sein, er durfte nicht einfach nur herumschleichen und kleine Kinder halb zu Tode erschrecken. Etwas ganz Besonderes mußte es werden, etwas Einzigartiges, dem er seinen unverwechselbaren Stempel aufdrücken würde – ohne in Schwierigkeiten zu geraten.

Irgend etwas glühte in seinem Hinterkopf, und während er zur Promenade hinaufstieg, kitzelte er es ein wenig, um herauszufinden, wie es aussah. Als das mißlang, zuckte er mit den Schultern. Er würde es schon noch aus der Reserve locken, und dann würde nicht einmal Kelly über ihn lachen.

Am Eingang zu Harragans Pier zögerte er kurz, ehe er auf eine Bank kletterte, seine Hüfte verfluchte und über die langsam bewegte Menge hinweg zum Luftballonhimmel blickte. Und lächelte. Da saß sie auf ihrem Hocker, das Gesicht von verfilztem Haar umrahmt, einen Pfeil in der Hand. Schön. Aber ein bißchen müde, genau wie Tony. Ihre Lippen bewegten sich, um die Kundschaft zu animieren.

»Mein Junge, das ist kein Startplatz für Fallschirmspringer, sollte dir das entgangen sein, während du die Mädchen begafft hast?«

Mike drehte sich herum und hüpfte mit der erforderlichen schuldbewußten Miene von der Bank.

Stump schüttelte den Kopf. »Versuchst du dir das Leben zu nehmen?«

»Ich schau mich nur um, das ist alles.«

Der Schwarze schnaufte, um seine Verachtung für den Denkapparat eines Teenagers auszudrücken, zog ein Taschentuch hervor und putzte sich die Nase. »Reist du bald ab?«

»In ein paar Tagen.« Mike ließ sich auf die Bank fallen.

Räder ratterten auf Eisenbahnschienen; ein Ballon zerplatzte knallend, ein Kind weinte.

»Also, dann pack dein Zeug zusammen«, sagte Stump, bevor er davonging. »Und komm vorher noch mal her. Du kriegst alles umsonst, verstehst du? Den ganzen Abend, bis ich zusperre.«

Mike lächelte zum Zeichen seiner Dankbarkeit, aber der Mann hatte ihm bereits den Rücken gekehrt, und er sprang auf und steuerte Kellys Bude an. Das könnte der richtige Plan sein, dachte er. Ein Dutzend Schritte später hörte er einen schwachen Schrei. Er wandte den Kopf, um den Ursprung des Lautes zu finden, hielt eine Hand über die Augen und sah eine kleine Gruppe unten beim letzten Rettungsschwimmerposten, in der Nähe des dunklen Piers. Die Leute tummelten sich am Ufer, und er entdeckte den Rettungsschwimmer im Meer, mit einer Rettungsboje. Sonst konnte er niemanden im Wasser ausmachen, aber die Wellen stiegen hoch empor, und die Zuschauer zeigten nach draußen, und er stellte sich auf die Zehenspitzen, als würden ihm die paar Zentimeter, die er dadurch gewann, einen besseren Überblick verschaffen.

Der Rettungsschwimmer wippte hoch und glitt auf der anderen Seite einer Welle hinab. Zwei Jungen vom mittleren Posten schoben das Rettungsboot ins Meer, einer stieg hinein und ergriff die Ruder. Eine Pfeife ertönte, irgend jemand schrie durch einen Lautsprecher.

Als eine Hand seinen Ellbogen umfaßte, bewegte Mike sich nicht; die Berührung war zu vertraut.

»Siehst du was?« fragte Kelly.

»Nein. Vielleicht sind sie schon untergegangen.«

Sie erschauerte. »O Gott, hoffentlich nicht.«

Seine Hand wanderte zu ihrem Rücken, geistesabwesend kratze er daran, bis ihm das Sonnenlicht auf dem Wasser zuviel wurde, so daß er wegschauen mußte. Die Pfeife schrillte wieder auf, das Rettungsboot ritt über die Wellen.

»Komm, Kelly«, sagte er leise. »Wir können es später in der Zeitung lesen. Du hast die Kasse verlassen, und Jimmy wird dich erschießen.« Er führte sie zur Bude zurück und half ihr über die Theke. »Kriege ich einen Freiwurf?«

»Klar.« Sie gab ihm einen Pfeil. »Das ist heute meine einzige Möglichkeit, Kunden zu bekommen.«

»Erklär mir das genauer!« rief Frankie vom Glücksrad herüber. »Hallo, Nathan!«

Mike nickte nur. Er mochte Junston nicht und sein Lächeln noch weniger – es erinnerte ihn zu lebhaft an die Art, wie ein Arzt lächelte, bevor er die Injektionsnadel in die Haut stach.

Ein ferner Schrei. Der bärtiger Mann sprang behende über seine Theke und trottete zum Geländer. Mike beobachtete ihn, dann drehte er sich um, zielte und warf den Pfeil. Der Schuß ging daneben.

Kelly fächelte sich mit einer Zeitschrift Kühlung zu, und er berichtete, was Gayle Cross vor etwa einer Stunde gesagt hatte. Sie gab keine Antwort, er wagte einen zweiten Wurf und verfehlte abermals das Ziel. Dann sank er gegen die Theke und schob die Hände in die Taschen. »Was hältst du davon?« fragte er über die Schulter.

»Ich finde es dumm.«

»Was?«

»Es ist dumm.«

»Wie kannst du das behaupten?«

»Du hast gefragt, und ich habe meine Meinung geäußert.« Die Illustrierte bewegte sich noch schneller. »Sie ist tot, eindeutig, oder? Machen die Bullen Radau? Regt sich ihre Mutter auf? Das ist doch albern, Mike. Wir haben was Besseres zu tun, glaubst du nicht auch? Es gibt wichtigere Dinge, um die wir uns kümmern sollten.«

»Aber der Anrufbeantworter...«

»Ein schlechter Scherz – was sonst?«

»Miß Cross glaubt...«

»Das ist mir egal, okay? Ich muß den ganzen verdammten Tag hier draußen herumsitzen, wo ich praktisch nichts zu tun habe, muß heimgehen und packen und auch noch zuschauen, wie du jedem Weiberrock auf der Promenade schöne Augen machst...«

»He!« Endlich drehte er sich zu ihr um.

Ihr Gesicht war gerötet und verschwitzt. »Es stimmt, das kannst du nicht leugnen.«

»Um Himmels willen, ich bin nicht blind, oder?« stieß er hervor. »Darf ich denn nicht mal gucken?«

»Deine Blicke stören mich nicht«, fauchte sie, »aber die Gedanken, die dahinterstehen.«

»Jesus, wir sind doch nicht verheiratet.«

»Und wahrscheinlich werden wir das auch niemals sein. Sie knallte die Zeitschrift auf die Theke und packte eine Handvoll Pfeile. »Weißt du eigentlich, wie lange man braucht, um Arzt zu werden? Hast du auch nur die geringste Ahnung, was dir alles blüht?«

Verwirrt blinzelte Mike. Er wußte nicht, was überhaupt los war, und die Leute schauten herüber, weil er mit einem dummen Mädchen stritt, das Pfeilwürfe auf Luftballons mit Gewinnchancen verkaufte. Seufzend warf er die Arme hoch, schlug sich auf die Schenkel und ging davon, dann machte er kehrt und marschierte zurück. »Was habe ich denn bloß verbrochen?« fragte er mit tieferer Stimme als sonst, die innere Spannung verkrampfte seine Nackenmuskeln.

»Nichts«, erwiderte sie tonlos und starrte an ihm vorbei zum Strand.

»Und was hat dieser Witz über mein Medizinstudium zu bedeuten?«

»Das war kein Witz, Michael, sondern die Feststellung einer Tatsache.«

Auch jetzt fand er keine Worte, ging wieder weg, um erneut zurückzukehren. »Kelly...«

»Tod«, sagte eine Stimme hinter ihm.

Er wirbelte herum, heller Zorn verlieh ihm eine erhobene, schlagkräftige Faust. »Oh, um Himmels willen!« rief er angewidert, als Betschwester Mary so dicht zu ihm trat, daß sie ihn an die Theke preßte. Er nahm die Hitze wahr, die von ihr ausging, den Geruch, und wandte das Gesicht ab.

»Tod«, wiederholte sie und öffnete den Mund zu einem grotesken Lächeln, den Blick auf einen Punkt über seiner Schulter fixiert. »Sprecht ihr über den Tod?«

»Nein!« Abrupt verflog seine Wut, und er schaute zu Kelly, die auf die alte Frau starrte.

»Das solltet ihr aber.« Mary lächelte immer noch und wiegte den Kopf hin und her, als sie zurücktrat. »Das solltet ihr. Ich weiß nämlich Bescheid, mein Junge.«

Eine Sirene am anderen Ende des Strandes; keiner in der Menge, die an den Buden vorbeizog, bewegte sich schneller.

Mike rang sich ein Lächeln ab. »Ich habe keine Ahnung, wovon Sie reden, ich meine...«

Mary holte tief Atem, so langsam, daß er glaubte, sie würde umkippen. Ihr Gesicht hob sich zum Himmel empor, ihre Arme hingen schlaff hinab. »*Ich* weiß es«, verkündete sie, ein Kind, das ein Geheimnis hütet. »*Ich* weiß es.«

Frustriert und erfolglos überlegte er, wie er sie loswerden sollte, dann wandte er sich zu Kelly. »Wir sehen uns später. Ich glaube, wir müssen miteinander reden.«

»Tod«, sagte Mary.

»Es gibt nichts zu besprechen«, erwiderte Kelly und weigerte sich immer noch, seinem Blick zu begegnen. »Und morgen, bei dieser idiotischen Versammlung, brauchst du nicht mit mir zu rechnen. Ich habe nämlich einen Job, im Gegensatz zu einigen Leuten, die ich kenne.«

»Oh – Jesus!« schrie er, stapfte davon und stieß mit Junston zusammen, der gerade über die Theke in seine Bude zurückklettern wollte. »Passen Sie doch auf, wo Sie hintreten!« brüllte Mike. »Hier kann man ja nicht mal mehr in Ruhe rumlaufen!«

»Du meine Güte, was fehlt ihm denn?« fragte Frankie.

»Ich weiß es nicht, und ich kümmere mich auch gar nicht drum.« Kelly packte das Magazin und begann darin zu blättern. Sie sah nichts, fühlte nichts in den Händen, und als sie merkte, was sie tat, schleuderte sie die Zeitschrift quer durch die Bude. Ein jäher Schmerz in der Schulter, die Angies Pfeil getroffen hatte, und sie zuckte zusammen. Sie wollte weinen, wollte den Rolladen herablassen und Mike nachlaufen, ihm sagen, sie bereue ihr Verhalten, sie habe es nicht so gemeint und sei bereit, alles zu tun, damit er ihr verzeihe.

Und sie wollte Mary fragen, warum sie nicht in einer Irrenanstalt saß, verdammt noch mal, aber die Frau war verschwunden, und wo sie gestanden hatte, klaffte eine Lükke in der Menge, die niemand ausfüllte.

Eine Stunde, stellte Kelly nach einem Blick auf ihre Uhr fest, dann durfte sie gehen. Jimmy würde die Abendschicht übernehmen; und sie würde einen gemütlichen dunklen Winkel suchen, um sich auszuweinen.

Die Sirene heulte, hoch und tief. Kelly machte sich nicht die Mühe, zum Strand zu schauen. Das Meer war zu weit entfernt, und sie konnte nur hoffen, daß man die gefährdete Person inzwischen unversehrt aus dem Wasser gezogen hatte. Ein Radfahrer sauste vorbei, mit einer winzigen bimmelnden Glocke. »Hier ist der Luftballonhimmel!« rief sie lustlos. »Drei Würfe für einen Vierteldollar, nur im Luftballonhimmel!«

Ich mach mich nur selber zum Narren, entschied sie und nahm einen Schluck aus der warmen Coladose, die durch den Schweiß an ihren Händen noch wärmer wurde. Tag für Tag saß sie hier herum, verdarb sich den letzten Sommer daheim und machte sich zum Narren, während Mike herumspazierte, die Frauen auszog, flirtete und sich keinen Deut drum scherte, daß manche Leute ihren Lebensunterhalt verdienen mußten, daß manche Leute keine Eltern hatten, die sich wegen ihrer Rechnungen niemals Sorgen zu machen brauchen. Er würde einen Schock kriegen, wenn er herausfand, wie schwierig es war, Medizin zu studieren, keine albernen Witze mehr, keine dummen Streiche, keine Zeit mehr für was anderes als Leichen, die aufgeschnitten wurden, für Bilder von Eingeweiden.

Keine Zeit für Kelly. Sie runzelte die Stirn und versuchte, ihr letztes Gespräch mit Julie zu vergessen, fünf Tage vor dem Feuer. Vielleicht hätten die Dinge einen anderen Lauf genommen, wäre es nicht so verdammt heiß gewesen.

»O Gott, ich werde geröstet!« Julie trug einen praktisch unsichtbaren Badeanzug. Sie ignorierte die Blicke und Pfiffe, zwinkerte statt dessen Kelly zu und riet ihr, das T-Shirt ein bißchen naß zu machen und den Jungs einen weiteren Grund zu geben, herüberzukommen und ihr Geld zu verpulvern.

Kelly wurde rot, haßte sich deswegen, haßte Julie, die plötzlich in Gelächter ausbrach. »He, gefällt es Mike nicht, wenn er dich so sieht?«

Rasch wandte sich Kelly ab, um die Stofflöwen zu ordnen. »Ich weiß nicht. Danach hab ich ihn nie gefragt.«

Diesmal glich Julies Lachen einem Gackern. »Jesus, du bist dir seiner Gefühle doch sicher?«

Ein brüskes Nicken war die Antwort.

»Du gehst zu oft ins Kino, Kelly. Und dadurch verbringst du dein halbes Leben im Theater.«

»Wie meinst du das?«

»Du siehst zu viele Happy-Ends. Der Junge und das Mädchen gehen zusammen aufs College, studieren zusammen, ficken ein bißchen herum, machen zusammen ihren Abschluß, und danach führen sie ein glückliches Leben. Ist es nicht so?«

»Nein«, erwiderte Kelly mißmutig und wandte sich von den Stofftieren ab. »So ist es keineswegs. Ich bin nicht so dumm, Julie.«

»Doch, das bist du«, hatte Julie selbstgefällig behauptet. »Er sieht gut aus, dein Mike. Glaubst du, diese kalifornischen Mädchen werden ihm nicht an die Hose gehen?«

Da hatte Kelly sie angeschaut, die Augen argwöhnisch, halb geschlossen. »Bist du vielleicht interessiert?«

Julie drehte einen Pfeil hin und her. »Möglich.«

»Halt dich lieber zurück.«

»Oh, ist das eine Drohung?«

Kellys Temperament stand kurz vor einer Explosion. »Laß Michael in Ruhe, okay?«

Auf die Ellbogen gestützt, beugte sich Julie vor und warf den Pfeil zu Boden. »Kelly, wenn ich ihn haben will, dann nehme ich ihn, und wenn er mich will, kann er mich haben. Und glaub' mir, Kindchen – du kannst überhaupt nichts dagegen machen.«

Kelly hob eine Hand, um sie zu schlagen, ließ sie wieder sinken und umfaßte die Thekenkante. »Sei dir da bloß nicht zu sicher«, antwortete sie mit einer so gepreßten Stimme, daß es weh tat.

Die Augen weit aufgerissen, den Mund geöffnet, richtete sich Julie auf, dann zwinkerte sie ihr zu und wanderte davon. Ehe sie in der Menge verschwand, warf sie einen Blick zurück. »Willst du wetten, Kelly? Willst du wetten, daß er wirklich dir gehört?«

Sie hatte mit den Schultern gezuckt, ohne sich ernsthaft aufzuregen. Doch sie konnte es nicht vergessen, denn in jener Nacht und in allen folgenden Nächten hatte sie sich gefragt, wie es sein mochte, von einem anderen Mann berührt zu werden, den Atem eines anderen Mannes zu riechen. Einen anderen Mann in sich zu spüren. Sie überlegte, ob Mike so ähnlich dachte, an andere Frauen, und am Ende der dritten Nacht war sie davon überzeugt gewesen.

Happy-Ends.

Sie fühlte sich wie ein kleines Kind, wie eine gottverdammte Närrin. Und genau das konnte sie im Augenblick überhaupt nicht gebrauchen. Sie brauchte Ruhe, Zeit zum

Nachdenken, genug Zeit, um mit sich ins reine zu kommen, denn in knapp zwei Wochen würde sie ihr Zuhause verlassen – mit Mike dicht auf den Fersen. O Gott, dachte sie in plötzlicher Panik, o Gott, was habe ich bloß verbrochen?

Ein junger Mann – offensichtlich betrunken, was ihn ebenso offensichtlich überhaupt nicht störte – klatschte in die Hände, um ihre Aufmerksamkeit zu erregen, gab ihr einen Fünfdollarschein und verlangte lauthals sämtliche Pfeile. Kelly erfüllte seinen Wunsch und fand eine Beschäftigung, die es erforderte, sich tief unter die Theke zu bücken. Sie lächelte nicht, als sich ihre Ahnung bewahrheitete – mit einem Grunzen schleuderte er alle Pfeile auf einmal, die meisten regneten harmlos auf ihren Rücken herab. »Lassen Sie's lieber bleiben«, riet sie, während sie sich aufrichtete.

»He, ich hab noch einige Würfe frei!« beklagte er sich schwankend, sein Gesicht verzerrte sich. Er versuchte über die Theke zu klettern, aber sie legte energisch eine Handfläche auf seine Brust und stemmte sich mit aller Kraft dagegen. Schreiend stürzte er nach hinten, wälzte sich auf Hände und Knie und kam taumelnd hoch. Sie erwartete einen weiteren Angriff. Schnaufend rückte er seinen Kragen zurecht. »Biest«, murmelte er und trottete davon, wankte zur Reling, versteifte sich plötzlich und sank auf die Bank. Kelly starrte ihn an.

»Das kommt von der Hitze!« rief Junston hinter der Trennwand hervor. »Das ist schon der Vierte oder Fünfte, den ich heute in diesem Zustand sehe. Soviel Wasser da draußen – und trotzdem fallen sie um wie die Fliegen.«

Der Mann lag auf dem Bauch, das Hemd war aus den Shorts gerutscht, eine Sandale hing an den Zehen.

»Vielleicht müßte ich die Bullen rufen«, meinte sie.

»Vergiß es, Darling, die machen dich nur zur Schnekke.«

»Aber wenn er krank ist...«

Zwei ältere Frauen blieben neben der Bank stehen. Die eine beugte sich hinab und berührte den Nacken des Mannes, die andere eilte davon. Junston lachte. »Barmherzige Samariter – wenn man lange genug wartet, findet man immer einen barmherzigen Samariter.«

Ein entwichener Luftballon mit Mauseohren stieg vom Strand empor. Kelly konnte nicht aufhören, die Frau zu beobachten, die den Betrunkenen umschwirrte, seinen Körper herumdrehte und ausstreckte, ihren Hut abnahm und auf sein Gesicht legte. Dann setzte sie sich neben ihn und massierte seine Handgelenke. Ein Rettungsschwimmer blies in seine Pfeife.

Nun trat eine dunkle Gestalt vor Kelly. Sie blinzelte, wich zurück und errötete, als sie Devin erkannte, mit Kamerariemen um den Hals, das Gesicht von einem Westernhut überschattet. Das helle Hemd klebte feucht an seiner Brust. »Mike ist mir gerade über den Weg gelaufen«, sagte er und deutete mit dem Kinn nach rechts. »Er meinte, du seist verrückt, und da wollte ich mal vorbeischauen und dich mit kaltem Wasser begießen oder so.«

Sie lächelte verlegen.

»Bist du okay?« fragte er.

»Ja, natürlich«, erwiderte sie ohne Überzeugung und bückte sich, um die Pfeile aufzuheben, die der Betrunkene geworfen hatte. »Alles bestens.« Als sie sich wieder aufrichtete und das Haar über ihr Gesicht glitt, hörte sie das doppelte Klicken eines Auslösers, das Surren einer Kamera. »He!« Sie hielt nach Devin Ausschau, entdeckte ihn auf der anderen Seite der Promenade, strich sich das Haar aus der Stirn, und da machte er noch ein Foto.

»Ich werde diese Bilder ›Sklavenarbeit‹ betiteln«, erklärte er grinsend. »Möchtest du einen Abzug?«

Tränen brannten wie Säure in ihren Augen, und sie

wandte ihm den Rücken zu. »Nicht! Ich will das nicht.« Blinzelnd schaute sie zu den Stofftieren auf, die über ihr saßen und fragte sich, was los war, warum man sie nicht einmal mehr fotografieren konnte, ohne befürchten zu müssen, sie würde einem den Kopf abreißen. Sie zog ihr T-Shirt hoch, wischte sich die Lider ab, zerrte das Shirt wieder hinunter und holte tief Atem. »Tut mir leid.«

»Kein Problem. Es war meine Schuld. Ich hätte vorher fragen sollen.«

Ein scheues Lächeln. »Werde ich jetzt berühmt?«

Für eine Sekunde erstarrten seine Züge und arrangierten sich dann zu einem breiten Lächeln. »Wie alle meine Models. Aber du bist das hübscheste, Kell.«

Sie wollte, daß er jetzt aufhörte und weiterging und spürte neue Tränen, als er einen Pfeil aufhob, den sie übersehen hatte und von unten an die Wand warf. Ein Ballon platzte. Devin lachte, den Kopf in den Nacken gelegt. »Das erste, was ich heute hingekriegt habe – und ich weiß nicht einmal, wie.« Das Lachen kam stoßweise, als müßte er würgen. »Bekomme ich einen Preis?«

Mich, hätte sie am liebsten gesagt, und dieser Wunsch war so heftig, daß ihre Brust zu schmerzen begann. Aber statt dessen schüttelte sie den Kopf, und er seufzte wie ein Clown. »Vielleicht nächstes Mal.«

Sie öffnete den Mund, um etwas zu sagen, und die Worte zerkratzten ihren Hals, ohne zu erklingen; und bevor sie sich etwas ausdenken konnte, um ihn zurückzuhalten, erschien Jimmy Opal mit einer Brünetten am Arm, die Kelly das Gefühl gab, sie hätte keine bessere Figur als Angie Riccaro.

»Es ist soweit«, sagte der kleine Mann, wobei er unentwegt seine schiefen Zähne zeigte. »Check' die Beute, Mädchen, und dann kannst du verschwinden.«

Sie starrte ihn verwirrt an, hatte nicht gemerkt, wie die

Zeit vergangen war, und stotterte irgend etwas, als Devin sagte, sie würden sich morgen treffen. Er berührte ihren Arm mit einem Finger und hielt die Kamera hoch. »Das ist kein Witz. Wenn das Bild okay ist, darfst du's als erste anschauen.«

Und dann wanderte er weiter, wich Frauen mit Kindersportwagen und winzigen Geschöpfen aus, die beschlossen hatten, mit seinen Knien zu kollidieren, schlängelte sich durch die Menge. Und der barhäuptige Mann, der schlaff auf den Planken saß – neben einem anderen, der ihm die Stirn mit einem nassen Lappen abwischte – fiel ihm kaum auf. Für heute hatte er genug gesehen. Er studierte ein halbes Dutzend entlang der Promenade verteilter Thermometer, dann gab er den Versuch auf, zu begreifen, warum das alles geschah.

Es war heiß, aber nur sommerlich heiß; nicht feuchter, als man es an der Küste erwarten konnte; und niemand schien sich in mühsamere Aktivitäten zu verstricken, als schattige Plätzchen zu suchen. Mit seinem Cowboyhut kam er sich wie ein Idiot vor, doch nachdem er dem vierten oder fünften Opfer eines Hitzeschlags begegnet war, hielt er es für besser, nichts zu riskieren.

Vorhin war er in Gayles Laden gewesen, um sich für seine Unaufmerksamkeit am vergangenen Abend zu entschuldigen. Sie hatte den Hut erheiternd gefunden und ihn so oft geküßt, daß er rot geworden war. Dann erzählte sie ihm von der Versammlung, die sie für den nächsten Morgen plante. Und er verließ das Geschäft – dankbar, weil sie nicht versuchte, mit Gelächter über sein Unbehagen hinwegzugehen, und von der Frage bewegt, ob sie vielleicht von Anfang an recht gehabt hatte, ob er zuviel aus alldem machte und seine Zeit besser dafür verwenden sollte, seinen Lebensunterhalt zu verdienen.

Er konnte keinen Entschluß fassen und verbrachte den

restlichen Tag damit, in Lottoläden zu schauen, in Skee-Ball-Hallen, Einkaufspassagen und Höhlen, wo Pokereno gespielt wurde. Hauptsächlich, um kühle Luft zu suchen, manchmal, um ein Foto zu schießen. Schließlich wanderte er an den Strand. Dort fiel eine Frau in einem Bingo-Salon seufzend von ihrem Stuhl. Dumpf schlug ihr Kopf auf dem Boden auf, und das Geräusch drehte Devin den Magen um.

Nun wollte er das Tageslicht noch nutzen, um ein paar Aufnahmen vom ›Haus der Angst‹ zu machen. Nackt vor dem Himmel. Brutales Dunkel über dem Meer. Darauf war er bei einem Gespräch mit Stump gekommen, über nichts, über alles, und nun starrte er über die Köpfe der Badegäste hinweg zu dem düsteren Pier. Er wollte nicht versuchen hineinzugehen. Nur die Fassade, vom Sand und der Promenade aus, vielleicht auch von unten.

Die Menge lichtete sich. Familien zerrten Sonnenschirme und Kinder vom Strand, heim zum Essen. Wolken – teilweise an der Unterseite mit Grau beschwert – hingen über dem Wasser, als die Brise umsprang. Noch roch man keinen Regen, aber die Luft war kühler. Ein Ballon hüpfte und tanzte im Wind über die Planken, bevor er über den Häusern hochgetragen wurde und zur Bucht hin verschwand.

Und je näher er zu der Feuerruine kam, desto langsamer ging er, erinnerte sich an Zeiten, in denen er in das Lachkabinett draußen über dem Wasser geschlendert war, um sich selbst in Zerrspiegeln zu fotografieren. Als ein Bodenbrett unter ihm nachgegeben hatte, war er fluchend eine Etage tiefer gefallen. Damals hatte er entschieden, daß Lachkabinette besser den Kindern vorbehalten blieben, die mehr Humor besaßen.

Noch näher – noch langsamer. Er suchte nach Blickwinkeln und Bildausschnitten, ließ seine Augen die Arbeit der Linse leisten, während sein Gehirn pausierte; ließ seinen Instinkten freien Lauf, von der Fantasie angestachelt.

Geschwungene, verbogene Deckenbalken; getönte Glasscheiben, wunderbarerweise immer noch an ihrem Platz; gezackte Löcher in Wänden, die nicht zu den Lükken auf der anderen Seite paßten. Schwärze, die das Weiß der Sonne nicht reflektierte, auch nicht die Wasserwellen, die Farben jener, die noch am Strand verharrten, um einen letzten Anflug von Bräune einzufangen.

Und Betschwester Mary stand vor dem Eingang, ohne Hut und Stiefel.

Fünfzig Meter von ihr entfernt, hob er die Kamera ans Auge, schüttelte im Geist den Kopf, als er nicht genug vom Pier sah, um der Szene einen Hintergrund zu geben, preßte sich an eine schmale Wand, die zwei Buden voneinander trennte, duckte sich und wartete, bis ein Skateboard-Fahrer vorbeisauste.

Sing, Mary, befahl er ihr stumm und trat vor, immer noch gebeugt; sing für mich, Schätzchen, und ich kaufe dir das beste Essen an der Küste.

Der Auslöser klickte, die Kamera surrte, und Devin ging zur Mitte der Promenade; ein Klicken, ein Surren; auf das Geländer gestützt, nur Mary und die Ecke des Piers; Klikken; Surren; zurück zur Mitte, wo er stehenblieb, als die Frau plötzlich auf die Knie fiel, als wäre sie von hinten niedergeschlagen worden.

»He!« sagte er leise und begann zu laufen.

Sie sank nach vorn, auf die Hände, der Kopf sackte hinab, und der Wind riß an einer Sperrholzplatte, wie an einer Tür, die lose in den Angeln hing.

»He, Mary!« rief er, stieß einen Mann beiseite, und trat einen Tennisball weg, hatte freie Bahn und noch knapp vierzig Schritte vor sich. »Reißen Sie sich zusammen, Mary!« Zu dick, dachte er, sie ist zu dick für dieses Wetter, für ihr Alter. Eine Herzattacke. Erschöpfung. Vergeblich versuchte er sich an Erste-Hilfe-Prozeduren zu erinnern, lief schneller, während sie am Boden landete, die Arme vor sich ausgestreckt, die Finger tasteten nach dem Sperrholz.

Er schlang sich den Riemen der Kamera um den Hals, kniete neben der alten Frau nieder. »Immer mit der Ruhe, Mary, ich bin's, Devin« – und griff nach ihrer Schulter. Sie bebte, und er wandte das Gesicht ab, als Sand und Staub vom Pier heranwehten. »Alles wird wieder gut.« Er schaute zur Promenade zurück, rief um Hilfe, bat die Leute, einen Polizisten zu holen oder die Ambulanz zu rufen, versuchte, Mary auf den Rücken zu wälzen.

Sie rührte sich nicht. Der Wind blies. Mit beiden Händen umfaßte er ihre Schulter, und mit einer gewaltigen Anstrengung, die ihm ein Grunzen entlockte, gelang es ihm endlich, sie umzudrehen. Sie trug keine Augenbinde mehr, hatte beide Lider fest geschlossen, die Brust hob und senkte sich, eine nackte Ferse trommelte auf eine Planke. Ein bleiches Gesicht, farblose Lippen, ein Doppelkinn, mit Sand bedeckt, der am Schweiß klebte...

»Mary – Jesus, ich weiß nicht...«

Ihre linken Finger schnellten über ihren Bauch und umklammerten sein Handgelenk, er stöhnte vor Schmerz und wollte sich losreißen. »Mary, nicht – ich bin's, Devin. Um Himmels willen, lassen Sie mich...«

Die Augen öffneten sich. »Tod«, ächzte sie.

Aber er konnte ihr nicht sagen, daß sie sich irrte, daß man ihr helfen würde.

»Keine Gebete«, fügte sie hinzu. »Ich weiß es. *Ich* weiß es.« Dann bog sie den Kopf nach hinten, als versuchte sie das ›Haus der Angst‹ zu sehen, der Hals spannte sich an, die Ferse hämmerte, die Hand fuhr hoch, um sich in die Luft zu krallen. Aber er konnte nicht denken, denn ein

Auge leuchtete in reinem Weiß, das andere tiefrot. Und das Fleisch schälte sich von ihren Wangen, schwarz verfärbt.

11

Bald danach erschien Marty Kilmer, das Gesicht vom Laufen gerötet. Heftig keuchend schlang er einen Arm um Devins Schultern, zog ihn von Mary weg. Er blickte auf das Hemd, das über dem Gesicht der Toten lag, sagte aber nichts dazu. Devin hörte ein paar Fragen, wie zwischen sporadischen Störgeräuschen eines Radios, und ein paar einsilbige Antworten, während er zurückwich, die Kamera an die nackte Brust gepreßt.

Die Brise war kälter. Er konnte nicht wegschauen. Irgendwie wirkten die Lichter heller.

Er konnte den Blick nicht von Mary und dem schmutzigen Schwarz ihrer Fußsohlen abwenden.

Neugierige begannen zum Nordende der Promenade zu strömen, als die Sirenen zurückkehrten, als ein Rettungswagen eine Rampe hinauffuhr und mit kreisender Leuchte anhielt. Ein stämmiger Sanitäter plazierte seine medizinischen Geräte neben der Toten, hob ihren Rock hoch und drehte mit einem rauhen Atemzug den Kopf zur Seite; auch sein Partner sah hin, und beide starrten auf Devin, ehe sie die hintere Klappe der Ambulanz öffneten und eine Bahre herausholten.

Man unternahm keinen Wiederbelebungsversuch. Devins Zähne klapperten. Leise Stimmen stellten Fragen, und er zwang sein Gesicht in die Richtung der Dünen, als er spürte, daß die Leute ihn ebenso beobachteten wie die Aktivitäten der Sanitäter.

Er dachte nicht nach. Er konnte nicht denken. Und seine Finger fesselten sich selbst mit dem Kamerariemen, eine Reaktion, die er nicht wahrnahm, bis sie zu prickeln anfingen. Er befreite und bewegte sie, um den Blutkreislauf wieder in Gang zu bringen, und ignorierte die stechenden Schmerzen. Ein Windstoß ließ den Saum des Muumuus flattern, und es sah so aus, als versuchte Mary emporzuschweben. Kein anderer bemerkte es. Devin schloß die Augen.

Kurz danach erschienen drei weitere Polizisten in einem Streifenwagen. Mit einem Grunzen und einem flinken Blick kam Kilmer allen Fragen zuvor und postierte sie nahe der Ambulanz, um die Zuschauer fernzuhalten. Dann kam er zu Devin und beobachtete an seiner Seite, wie der Wagen die Bahre verschluckte.

»Muß ich mitkommen?« fragte Devin, während die Ambulanz über die Rampe zur Straße hinabfuhr.

Kilmer schüttelte den Kopf. »Es sei denn, Sie sind mit ihr verwandt.«

»Nein.«

Der Sergeant nickte, bedeutete ihm, dazubleiben, wandte sich zum dunklen Pier und betrachtete das Loch in der Sperrholzbarriere. Er trat näher, spähte hindurch, zuckte mit einer Grimasse zurück und schwenkte eine Hand vor seinem Gesicht. Er spuckte aus, schüttelte den Kopf und sah zu dem Torbogen mit den beiden Spitzen hoch, die das Licht der Promenade kaum erreichte.

Nicht nachdenken, sagte sich Devin, nicht nachdenken.

Als der Polizist zurückkehrte mit ausdrucksloser Profi-Miene, drückte Devin die Arme gegen die Rippen und zwang sich, zu erschauern, die Kälte aus seinem Innern hinauszuschütteln, den klappernden Zähnen Einhalt zu gebieten. Ein langsamer Atemzug. Er blies die Backen auf und stieß leise die Luft aus.

Nun fragte Kilmer: »Was ist passiert?« und Devin wußte es nicht.

Stump verschmähte ein Gebet in letzter Minute und hob beide Hände über den Kopf. Er zitterte so heftig, daß er umzukippen fürchtete. Aber das Zittern ließ bald nach. Die Nachtluft trocknete seine Handflächen. Er klatschte in die Hände und wußte, daß er wie ein Wahnsinniger oder ein Totenschädel grinste, und es war ihm vollkommen gleichgültig. Das erste Mal; zum erstenmal seit Jahren hatte er die Sicherheitsstange losgelassen, ohne auf seine Zunge zu beißen. Sogar seinen Schrei hatte er verschluckt. Dann könnte er der Welt beweisen, daß er kein zu alter Hund war, um einen großartigen neuen Trick zu lernen.

Zum Teufel mit Dumbo Planters Ego-Trip, *das* hier war der wahre Triumph.

Als er die Menge entdeckte, die sich am anderen Ende der Promenade drängte, senkte er langsam die Arme. Lichter wirbelten. Eine Sirene. Er blinzelte in die nächtliche Brise, vergaß, wo er war, beugte sich nach links, versuchte deutlicher zu erkennen, was dort geschah, die Ursache dieses Anblicks und der Geräusche zu ergründen. Als sich der Waggon neigte und knarrte, schnappte Stump nach Luft, schaute direkt hinab und sah mit aufgerissenen Augen die winzigen Menschen, die unter ihm in einer ruhigen Schlange standen, sah die Oberköpfe und sonst nichts und verlor beinahe jeden Tropfen und Bissen seines Dinners.

Hurensohn, dachte er, packte wieder das Geländer und schluckte die Nachtluft; Hurensohn, du wirst dich nicht wie ein Tattergreis aufführen, du blöder Scheißkerl.

Seine Augen blieben geschlossen, während er seinen Atem regulierte; dann öffneten sie sich, als die Sirene wieder ertönte. Eine Rauferei, überlegte er, oder ein Diebstahl, oder ein betrunkener Trottel, der außer Rand und Band geraten ist – irgendeine Dummheit, die heutzutage einfach dazugehört. Und er war froh, daß keiner dieser Widerlinge auf seinem Pier Ärger zu machen versuchte. Sie wußten es besser. Eine einzige Lektion, und sie wagten es nie mehr, sich mit einem weißhaarigen Schwarzen einzulassen, der sie alle mit einer Hand von den Planken werfen konnte.

Sie wußten es besser. Und er wußte es auch; er nutzte seine Glückssträhne. Er nickte, das Riesenrad drehte sich.

Als der Waggon den Boden erreichte, stieg Stump aus, stolzierte grinsend zu dem Jungen und gab ihm einen Zehndollarschein, wehrte den entzückten Dank ab, schlenderte davon und ignorierte die bebende Schwäche in seinen Beinen. Es waren keine vollen drei Minuten gewesen – vier ewige Sekunden hatten gefehlt. Trotzdem erschien ihm diese Leistung wie ein Markstein, und er würde Mary oder dem Bullen davon erzählen, wann immer sie vorbeikamen, wenn das Freitagsgedränge nachließ. Inzwischen wollte er sich ein bißchen was von dem Insektengift genehmigen, das er Kilmer am vergangenen Abend kredenzt hatte.

Das würde ihn nicht von dem Grauen befreien, das sich in seinem Magen festgefressen hatte, aber für ein bißchen Linderung sorgen, ganz sicher.

Ein geliehenes T-Shirt aus Kilmers Spind im Keller des Polizeireviers, ein abgewetzter Polstersessel in einem winzigen Büro, helle Wände, der schrille Klang von Schreibmaschinen und einem Fernschreiber – und irgend jemand schrie irgend jemand anderem zu, er solle sich schleunigst auf den Weg machen, zu einer Keilerei in einer Bar an der Summer Road.

Devin betrachtete den schlichten Metallschreibtisch und

Kilmer, der dahinter saß. Es war nicht Martys Tisch, wie er wußte, und er erinnerte sich vage an einen Mann im zerknitterten Anzug, der erklärt hatte, sie könnten seinen Platz benutzen, bis das Protokoll fertig wäre – »aber jammert nicht die ganze Nacht hier rum.«

»Ich bin mir nicht sicher«, sagte Devin, während Kilmer einen Füllhalter über liniertem Papier zückte.

Die Welt kehrte zurück, als er seinen Sinnen erlaubte, wieder zu atmen – der Geruch von Kaffee und Plastik, eine Klimaanlage, die nur ein bißchen härter arbeitete als die Hitze in diesen vier Wänden. Feuchte Wände, stickig, als hätten die isolierten Fenster den Juli wiedergefunden und wollten ihn gefangenhalten. Kilmer war zwar größer und kräftiger als Devin, aber das geliehene T-Shirt drohte ihn zu erwürgen, und er zupfte immer wieder am Halsausschnitt, um sich Luft zu verschaffen.

»Sie haben niemanden gesehen, der sie vielleicht niedergeschlagen hat?«

Devin schüttelte den Kopf.

»Sie ist einfach hingefallen?«

»Genau.«

Kilmer zündete sich eine Zigarette an, drückte sie sofort wieder aus, zündete sofort eine neue an und starrte darauf, ehe er sie an die Lippen führte.

Devin schilderte noch einmal, woran er sich zu erinnern glaubte – den Abschied von Kelly, mit einem Versprechen verbunden, die Verfolgung Marys mit seiner Kamera, wie er sie hatte stehen und dann stürzen sehen und sich neben sie gekniet hatte, zu Beginn ihres Sterbens. Das Geräusch ihrer Ferse auf der Planke. Das Geräusch des Meeres. Einem Mann, den er schon einige Jahre kannte, sagen zu müssen, er habe nicht die leiseste Ahnung, was zu ihrem Tod geführt hatte... Kilmer zuckte nur mit den Schultern, rieb einen Finger unter seiner Nase, murmelte irgend etwas von einem Arzt. Trotzdem fragte er noch einmal, ob ihr vielleicht jemand Säure ins Gesicht geschüttet habe.

Devin schüttelte den Kopf.

»Möglicherweise vom Pier her«, schlug Kilmer vor, den nur mehr ein ganz schwacher Hoffnungsschimmer erfüllte. »Durch dieses Loch. Da schaute sie doch hin, nicht wahr?«

»Ja. Und vielleicht war's so. Allerdings – bei welcher Säure würde es so lange dauern, bis die Wirkung einsetzt? Wahrscheinlich war nicht so viel Zeit verstrichen, wie ich dachte. Aber ich hätte doch sicher was merken müssen, meinen Sie nicht?«

Der Sergeant zuckte wieder mit den Schultern. *Ich bin ein Bulle, Kumpel, und du machst Fotos, wer, zum Teufel, kann da was wissen?*

Devin verlagerte sein Gewicht, zog die Beine unter den Sessel und kreuzte die Knöchel. »Was haben sie im Pier gefunden?«

Kilmer blinzelte verwirrt. »Was?«

»Im Pier«, wiederholte Devin. »Haben Ihre Leute im Pier irgendwas gefunden?«

»Nein, nur Abfall. Lauter Mist, den man endlich wegräumen müßte, bevor sich irgend jemand da drinnen das Genick bricht.« Der Polizist verdrehte die Augen. »Scheiße. Tut mir leid.«

Devin sagte nichts. Er wußte, daß Kilmer log; seit dem Feuer hatte niemand das ›Haus der Angst‹ durchsucht.

Kilmer räusperte sich lautstark. »Kannten Sie sie schon lange?«

»Jeder kannte sie.«

Paillettenbesetzte Stiefel, ein großer Strohhut, eine rauhe Stimme, die irgendwie Klarheit gewann, sobald die Hymnen begannen. Betschwester Mary. Mary Louise

Heims für jene, die schon lange genug hier lebten, um zu wissen, daß ihr ehedem reicher Vater für ein knappes Jahr Bürgermeister dieser Stadt gewesen, daß ihre Mutter bei einer Regatta vor der südkalifornischen Küste ertrunken und daß Mary mit jemandem verheiratet worden war, an den sich niemand mehr erinnerte. Keiner kannte das Schicksal des Ehemanns, niemand konnte sagen, ob es Kinder gab.

»Vielleicht versteckte sich jemand unter den Brettern«, mutmaßte Kilmer. »Und als sie stürzte – mit dem Gesicht nach unten, nicht wahr? – warf er ihr etwas ins Gesicht?«

»Einfach so?« Devins Skepsis drückte sich in einem Stirnrunzeln aus. »Hat er gewartet, bis irgendwer vorbeigekommen und umgefallen ist? Außerdem – das Holz war nicht verbrannt, nur Mary.«

»Wenn man krankhaft veranlagt ist, benimmt man sich nicht wie ein normaler Mensch.« Doch der Tonfall des Sergeants verriet, daß er selbst nicht an seine Theorie glaubte.

Devin hielt die Kamera im Schoß, drehte sie hin und her, wickelte den dünnen schwarzen Riemen darum und zog ihn wieder herunter.

»Wäre es möglich, daß Sie ein Foto von ihm haben?« Kilmer zeigte mit dem Füllhalter auf den Apparat.

»Da war keiner«, beharrte Devin und verstummte, als er an Julie und das Feuer dachte.

Ungeduldig pochte Kilmer mit der Feder auf das Formular, das er auszufüllen versuchte, und seufzte laut, explosiv. »Und ihren Hut haben Sie auch nicht gesehen?«

Devin hob die Brauen. »Was?«

»Ihr Hut. Ich meine – das Ding, das sie immer trug. Es war nicht da. Wissen Sie, was damit passiert ist?«

»Nein!« fauchte Devin. »Ich hab den blöden Hut nicht gesehen. Und ich weiß auch nicht, wo ihre Stiefel sind, und die verdammte Augenklappe hab ich ihr bestimmt nicht weggenommen.«

»Okay, Dev, nehmen Sie's nicht so tragisch, ich frag ja nur.«

Das Telefon läutete. Der Polizist zögerte, bevor er sich meldete, sah Devin kurz an und kritzelte etwas auf das Papier. Als er den Hörer auflegte und angewidert mit den Augen rollte, stand Devin vor dem Tisch. »Muß ich noch dableiben?« Er wußte, daß das Formular nun eine offizielle Eintragung aufwies, und der Kaffeegeruch machte ihn krank.

»Nein«, sagte Stump mit schwacher Stimme.

Samuel Planter, in einem engen Polohemd und maßgeschneiderten Shorts nickte ernsthaft, wenn auch ohne großes Mitgefühl. »Gerade hab ich's gehört, von da drüben.« Eine Hand mit einer kalten Zigarre wies vage zum dunklen Pier. »Vermutlich ein Herzanfall. Ich bin gerade mit Laureen spazierengegangen, und da haben wir's erfahren.«

Bestürzt schüttelte Stump den Kopf und sank langsam auf eine Bank. »Ich glaub's nicht. Ein Herzanfall? Jesus, ihr Herz war besser als meins, verdammt noch mal.« Worte, ohne innere Hitze ausgesprochen. Er starrte auf seine Tennisschuhe mit den Schmutz- und Ölstreifen hinab.

Planter schnaufte, strich über sein Kinn und beobachtete mit kultiviertem Amusement die Freitagabendbummler. »Hattest du vielleicht was mit der weißen Lady, Harragan, weißt du, was unter dem komischen Ding war, das sie ständig anhatte?«

Stump sah auf. »Halt den Mund, Dumbo, ich bin in Trauer.«

Lachend warf Planter die Zigarre zum Strand hinab. »Ein verrückter alter Mann und eine wahnsinnige alte

Frau. O Gott, Stumpie, das wird Laureen gefallen. Du mußt mal zu uns kommen, wenn du Zeit hast, und ihr alles erzählen.«

»An irgendeinem kalten Tag, Dumbo.«

Planter ging davon, lachte laut und schüttelte den Kopf, blieb unter den Clownsfiguren stehen und blickte über die Schulter. Lachte noch lauter, warf die Arme hoch und verschwand in der Menge.

Stump rührte sich nicht. Das Riesenrad knarrte.

Eine zittrige Unterschrift auf der getippten Version seiner Aussage, ein freundliches Schulterklopfen, ein gemurmelter Dank für seine Hilfe, und dann stand Devin endlich draußen, blinzelte, erschauerte kurz und dachte dümmlich, daß er zu Fuß nach Hause gehen mußte, weil er nicht im Jeep gekommen war.

Zwei Blöcke weiter südlich blieb er stehen, drehte sich halb um, dann setzte er seinen Weg fort. Vielleicht hätte er ein bißchen länger ausharren oder zumindest fragen sollen – was? Ein Herzinfarkt? Mord? Ein Unfall? Vielleicht hätte er warten sollen, um etwas mehr über die arme Frau zu erfahren. Von Medizin verstand er nicht viel, aber immerhin genug, um zu wissen, daß man – was immer mit dem Gesicht und den Augen der dicken Frau geschehen war – noch einige Zeit brauchen würde, um das eindeutig festzustellen.

Er blieb wieder stehen. Wenn überhaupt...

Mary hatte keine Familie; niemand verlangte Erklärungen, und Kilmer sah nicht so aus, als würde ihn der Fall sonderlich interessieren – jedenfalls nicht über die offiziellen Grenzen hinaus.

Er drückte die Kamera an die Hüfte, klickte mit der Zunge gegen den Gaumen und erkannte, wie er die restliche Nacht verbringen würde.

Aber zunächst mußte er Gayle erzählen, was er vorhatte. Er beschleunigte seine Schritte, in der Hoffnung, sie noch am Arbeitsplatz anzutreffen, doch als er den Laden erreichte, hatte ihre Angestellte bereits den Abenddienst übernommen. Auf seine Frage antwortete sie mit einem desinteressierten Schulterzucken, sie nehme an, Gayle sei sofort nach Hause gegangen. Sie habe keine Nachricht hinterlassen. Devin bat, das Telefon benutzen zu dürfen, und Frances Kueller erwiderte: »Warum nicht? Schließlich und endlich ist's ja nicht *mein* Geld.«

Ungeschickt griff er über den Ladentisch, zog den Apparat zu sich heran und ignorierte die Tatsache, daß ihm die Frau nicht auswich, sondern eine Berührung geradezu herausforderte. Wie an den meisten Abenden dieses Sommers, an die er sich erinnern konnte, war sie angezogen, als wollte sie eine Party besuchen. Sie trug ein luftiges Kleid, vorn tief ausgeschnitten, im Rücken gar nichts, und ihr Haar war so raffiniert frisiert, daß es fast natürlich wirkte. Er hatte schon hundert Gerüchte über sie gehört – meistens aus Gayles Mund, auch ein süffisantes Flüstern von seiten Stumps. Hin und wieder, wenn die Dinge nicht wunschgemäß liefen, wenn er keine Lust auf lange Gespräche verspürte, war er versucht herauszufinden, ob es stimmte, was man über Fran sagte, ob sie die Ehe nicht so ernst nahm, wie ihr Mann glaubte.

Aber nicht heute abend.

Obwohl sie die Ellbogen auf die Registrierkasse stützte und ihn beobachtete, ohne zu blinzeln, die Wangen kokett in die Handflächen geschmiegt. Leise summte sie vor sich hin, die Lippen gekräuselt, ein manikürter Finger pochte an die Schläfe. Ohne irgendwas zu enthüllen, sorgte sie dafür, daß ihm das Kleid so viel zeigte, wie er wollte.

Er wählte Gayles Nummer, wandte das Gesicht zur Straße und rümpfte die Nase über Frans Parfüm – und steigerte das Rümpfen zu einer ärgerlichen Grimasse, als der Anrufbeantworter klickte und seine Botschaft verkündete. »Tut mir leid, Gayle, aber das Treffen morgen müssen wir vergessen«, erklärte er nach dem Summton. »Mary ist tot, und ich glaube, sie wurde umgebracht. Heute abend arbeite ich, und morgen früh geh' ich ins Krankenhaus, um zu sehen, was passiert ist. Gib den Kids Bescheid.«

»Mary?« Mrs. Kueller richtete sich auf, eine Hand am Hals. »Meinen Sie die Frau in diesem – wie nennt man das doch gleich? In diesem gräßlichen Kleid mit dem Hut? Sie ist tot?«

Er nickte.

»Du lieber Himmel!«

»Ich weiß«, erwiderte er und sagte sich, daß er gehen müsse.

Sie ordnete ein paar Papiere, die Arme eng am Oberkörper. »Da sieht man mal wieder, wie kurz das Leben ist« Mit einem traurigen Lächeln sah sie auf.

Er wußte, wohin sie seinen Blick lenken wollte, und verfluchte sich selbst, weil er der Verlockung erlag, verfluchte sich noch einmal, weil ihm gefiel, was er sah. Sie lächelte neutral – nun lag alles Weitere bei ihm –, und er tat sein Bestes, um sich nicht zu räuspern, als er ihr eine gute Nacht wünschte und hinausging. Die Versuchung, dachte er, Gott rette mich vor der Versuchung, und lachte leise, sobald ihm bewußt wurde, daß er log. Gayle würde ihn ermorden, wenn sie es jemals herausfand – vorausgesetzt, es gab irgend etwas, für das sie zu töten bereit war.

O Jesus, Graham! Er stand auf dem Asphalt und klopfte mit einem Finger gegen die Kamertasche. Einige Teenager kamen vorbei, schauten ihn an, die Mädchen kicherten, und als er weiterging, sah er sein Spiegelbild in einer Schaufensterscheibe – T-Shirt und Cowboyhut, einen Fotoapparat in der Hand. Er grinste, schüttelte den Kopf. Dann zog er den Hut tiefer in die Stirn und wankte ein paar Schritte die Straße hinab, ehe er beschloß, mit dem Unsinn aufzuhören; an diesem Abend hatte er sich schon einmal zum Narren gemacht, und das genügte vollauf.

In der Mermaid Lounge auf der Promenade saß Stump an der Bar und starrte in das Scotch-Glas, mit dem er sich seit über einer Stunde befaßte. Chuck Geller hockte neben ihm und suchte den überfüllten Raum nach Frauen ohne Begleitung ab, stieß Stump ab und zu an und lachte vor sich hin. Seine Uniform war durch ein enges, kurzärmeliges Hemd, karierte Hosen und spitze Halbschuhe ersetzt worden, das glatt zurückgekämmte Haar reflektierte die bunten Glühbirnen rings um den Spiegel hinter der Theke.

»Mann, ist das nicht Klasse!« sagte der Wachtposten von der Bank schließlich und zeigte auf ein Mädchen in BH und Shorts. »Was meinst du, Stump? Wollen wir uns ranmachen?«

Stump schaute sie an – ein Kind, kaum mehr als ein Kind –, stand auf und goß Geller den Scotch über den Kopf.

Die Dunkelkammer, geduldiges Warten, bis die Chemikalien in der Lösung ihre Wirkung taten... Er stand im dumpfen Rotlicht, hörte keine Geräusche von draußen und erkannte, daß er immer öfter zum Aktenschrank hinüberblickte, zum untersten Schubfach.

Ich will mein Foto haben.

Mit nichts anderem hat es zu tun, dachte er, als er wegschaute – und wieder hinschaute. »Verdammt«, wisperte er und kniete langsam nieder, mit knackenden Knien, zuckte zusammen, als die Schublade auf knirschenden, verbogenen Schienen herausglitt, nahm die Mappe mit dem Bild heraus und hielt es ins Rotlicht.

Schwarzer Rauch und weißes Feuer, die Spitze seines Zeigefingers glitt über die Oberfläche und verharrte an der Stelle, wo Julie war.

Ich will mein Foto wiederhaben.

Und lang nach Mitternacht stand er vor dem offenen Kühlschrank, rieb sich den Nacken und starrte in die Fächer – Sodawasser und Bierdosen, Käse und Gemüse und eine halbgegessene Tafel Schokolade. Die Tür klappte zu, ehe er merkte, daß er sie losgelassen hatte, und er trat zurück, schaute sich in der Küche um, ohne zu wissen, was er wollte, wußte nur, daß es ihm etwas mitteilen würde, wenn er es sah.

In der linken Hand hielt er eine Mappe, die er nun auf den Tisch warf, bevor er die Schränke über der Spüle öffnete, einen nach dem anderen, den Inhalt inspizierte, bis er eine Keksschachtel herauszog, sich setzte, sie aufmachte und etwas in den Mund schob.

Kauen ohne Schmecken. Schlucken und wieder Kauen.

Es war kalt im Haus. Nur die Lampe hinter der Couch brannte, warf einen Lichtkegel an die Zimmerdecke, der von allen Seiten das Dunkel anzog.

Ein plötzlicher Luftzug vom Fenster her wellte die Vorhänge, ein plötzlicher Windstoß ließ die Gardinenringe an der Stange rasseln. Als der Lärm – aneinanderschlagende Gebeine, knarrende Zweige – erstarb, brauchte Devin eine Weile, um das Scharren an der Tür zu vernehmen. Anscheinend versuchte jemand, einen Schlüssel ins Schloß zu stecken.

Er legte den Kopf schief, um besser zu hören. Es war verdammt verführerisch, sich vorzustellen, ein Nachbar käme nach einem Trinkgelage heim und wollte ins falsche

Haus. Doch das Scharren dauerte an, in langsamem Rhythmus und zielstrebig, und verstummte, als er aufstand und einen Krümel vom Kinn wischte.

Der Wind schwoll wieder an, trockener Sand trommelte gegen die Wand und veranlaßte Devin, scharf nach rechts zu blicken. Und ebenso schnell zur Tür zurück.

Jemand war da draußen. Die Vorhänge schimmerten und bauschten sich. Er ging um Tisch und Stuhl herum, durchquerte den Raum so geräuschlos wie möglich, blieb bei der Couch stehen, legte eine Hand darauf und lauschte. Hörte nichts. Starrte auf die Tür, als könnte er hindurchblicken, auf die Schwelle, die Zufahrt, die Straße; forderte den Türknauf heraus, sich zu drehen, während er die Möglichkeit erwog, eines der Kids würde ihm einen späten Besuch abstatten; ließ die Hand sinken, formte sie zu einer lockeren Faust, öffnete sie wieder, krümmte erneut die Finger und preßte sie an den Schenkel.

Jemand war da draußen. Er wußte nicht, warum er das dachte, wußte nur, daß es stimmte; er spürte die Luft jenseits der Tür, und die war gefüllt – auch das fühlte er.

Jemand war da draußen und versuchte hereinzukommen.

Es begann wieder zu scharren, zart, schüchtern und so langsam, daß es kein Zweiglein oder Blatt in den Fängen des Windes sein konnte. Erst oben in der Nähe des Knaufs, dann tiefer, bei der Schwelle – etwas nicht besonders Spitzes, über das Holz gezogen, fast erstickt vom Wind, der die stoßweisen Attacken aufgab und stetig durch den Zaun jenseits der Dünen zu blasen begann und die Dachrinnen singen ließ, den Salzgeruch des Marschlands herantrug, den Sand, dessen Krallen sich einen Weg über den Asphalt und die Türschwelle bahnten.

Ein Scharren. Und der Wind. Und eine Adrenalinwoge, die Devin zur Tür jagte. Er umfaßte den Knauf, drehte ihn aber nicht herum, lehnte sich statt dessen gegen das Holz und legte ein Ohr daran. Lauschte – auf den Wind; fühlte – daß jemand draußen war. »He!« rief er. »Sie haben das falsche Haus erwischt!«

Der Griff am Knauf festigte sich, für den Fall, daß ihn jemand von außen zu drehen versuchte. Ein Scharren – so dicht an Devins Ohr, daß er den Kopf wegriß und schluckte. »He!«

Ein Scharren.

»Wer ist da?«

Ein Scharren.

Schließlich riß er die Tür auf, trat rasch zur Seite, den freien Arm erhoben, die freie Hand zur Faust geballt, und der Wind stürmte ins Zimmer, warf die Lampe um, zischend und funkensprühend starb das Licht. Papier raschelte, wehte spiralenförmig umher; die Mappe auf dem Tisch flog auf, Fotos verstreuten sich auf dem Boden.

Devin zog den Kopf ein und trat hinaus, vergaß alle Vorsicht – wütend, weil er sich in seinem eigenen Haus so lange hatte festhalten lassen. »He!« rief er, sah niemanden im Garten, niemanden auf der Straße. Er lief nach links, spähte um die Ecke, rannte zurück, an der Vorderfront des Hauses vorbei, starrte in die Gasse, dann weiter bis zur nächsten Straße, wo ein Staubwirbel aus dem Rinnstein zur Laterne hochstieg.

Niemand.

Und als er aufblickte, war der Himmel dunkel – keine Sterne, kein Wind, die Luft erfüllt von Sand, der ihn zwang, zu blinzeln und den Mund zuzuklappen. Schließlich kehrte er ins Haus zurück, und warf die Tür hinter sich zu.

»Idiot«, murmelte er, sowohl zu sich selbst, als auch zu dem Witzbold. Auf der Suche nach seiner Taschenlampe, die er im Schlafzimmer verwahrte, stieß er zweimal mit dem Schienbein gegen Kanten. Mit dem Hilfsgerät gewappnet, hob er die Stehlampe auf, schraubte eine neue Glühbirne hinein, hielt den Atem an und lächelte, als der Schalter das Licht aufflammen ließ.

Ein Blick zur Tür, dann begann er das Chaos zu beseitigen, das der Wind angerichtet hatte, und fühlte sich immer noch wie ein Narr. Zuletzt warf er die Fotos auf den Küchentisch und setzte sich, um sie zu betrachten. Sie hatten sich nicht verändert.

Mary, zum dunklen Pier gewandt, aus verschiedenen Blickwinkeln, Mary beim Sturz, die Arme immer noch erhoben – nichts von Bedeutung, nichts, was er Marty Kilmer zeigen konnte. Soweit Devin das festzustellen vermochte, hatte sich niemand in Marys Nähe aufgehalten, zumindest nicht im Umkreis von zehn Metern; die wenigen Leute, die irgendwie in ein paar Bildausschnitte geraten waren, bewegten sich in die andere Richtung, auf die Kamera zu.

Er legte die Bilder zusammen und wieder auseinander; und als ein zweiter und dritter Check nichts weiter ergaben als einen zornigen Fluch, holte er die Lupe aus der Dunkelkammer und hielt sie über jede einzelne Aufnahme, begann mit der alten Frau, die auf den Knien lag, und hörte mit dem Foto auf, wo sie links zu sehen war und die Fassade des dunklen Piers rechts. Nichts.

Gar nichts; und das letzte Bild war nicht makellos. Staub auf der Linse oder Devins drängende Eile hatten Lichtflekken am Eingang des dunklen Piers erzeugt, wo sich das Sperrholz geteilt hatte. Es sah so aus, als wäre das Negativ beschädigt worden.

Seufzend lehnte er sich zurück, massierte seinen Nakken und bewegte die Schultern, erklärte seinem sich strekkenden Schatten an der Wand, es sei nun wirklich an der Zeit, ins Bett zu gehen und ein bißchen zu schlafen. Morgen mußte er früh aus den Federn, wenn er in die Klinik gehen und herausfinden wollte, was Mary getötet hatte. Danach würde er Gayle besänftigen. Sicher war sie wütend, weil er ihre Versammlung abgesagt hatte; je länger er darüber nachdachte, desto größer wurde seine Überzeugung, daß dieses Treffen nichts bewirken würde. Den Kids mochte es vielleicht helfen und ihnen den Eindruck vermitteln, nun würde endlich etwas geschehen. Aber im Grunde würde nichts dabei herauskommen.

»Morgen wirst du Ken anrufen«, sagte er, während er aufstand und die Bilder einsammelte, »und mit ihm über den Job sprechen, und du mußt aufpassen, daß er im Klartext mit dir redet. Das ist dein Problem. Deshalb machst du so viel Aufhebens um die Sache – weil du Angst hast, du läßt dich einwickeln.«

Devin schloß die Mappe und griff nach oben, um die Deckenleuchte auszuschalten, dann senkte er langsam den Arm. »Staub?« fragte er den Tisch. Er schlug die Mappe noch einmal auf, das beschädigte Foto lag zuoberst. Die Augen mit einer Hand beschattet, schob er die Lupe darüber.

Wind. Geruch von Regen.

Gebeugt stand er da, bis seine Wirbelsäule protestierte; dann rannte er in die Dunkelkammer, packte die Negative, suchte das heraus, was er brauchte, und kehrte damit zum Tisch zurück.

Keine Kratzer – aber da war etwas in dem Loch, wo irgend jemand die Sperre aufgerissen hatte. Er rieb sich die Augen, betrachtete noch einmal das Foto, rieb wieder über seine Augen, weil sich die Konturen verschleierten.

Licht und Schatten, schwarz und weiß. Da war etwas. Und schaute heraus. Ein Gesicht.

12

Kurz vor der Morgendämmerung senkten sich die grauen Wolken herab, die Temperatur kühlte ab, die Flut stieg, und die Nebelfetzen und -schleier, die in den Rinnsteinen verharrten und über dem Asphalt schwebten, wurden im ersten Tageslicht von Nieselregen zerrissen. Ein schwacher, unangenehmer Schein, der auf den Wohnzimmerboden eher kroch als fiel, hob reliefartig die Form der Couch und der Sessel hervor, ohne durch das Bücherregal in die Küche zu dringen.

Die Lampen brannten nicht. Devin, ein Bein über eine Armstütze gehängt, schaute zum Couchtisch, aber er sah die Bilder nicht, die darauf verstreut lagen. Alle zeigten dasselbe Foto, in verschiedenen Größen, bis zur stärksten Vergrößerung, die er hatte machen können, ohne die Konturen zu verlieren. Auf keiner einzigen trat das Gesicht klarer hervor.

Unerwartet gähnte er, wischte mit dem Fingerknöchel über die Lider, rieb müde an seiner Brust und schaute nach rechts, aus dem Fenster. Der Schatten seines Hauses verdunkelte immer noch das gegenüberliegende Gebäude. Einige Möwen flogen umher. Herabfließende Tropfen zeichneten Streifen auf die Glasscheibe. O Gott, dachte er, das ist fast ein Gebet.

Er wollte nachdenken. Aber sein Gehirn schweifte immer wieder ziellos hin und her, zu benebelt vom Schlafmangel, um einen Gedanken länger als ein paar Sekunden festzuhalten. Er hatte bereits versucht, Marty zu erreichen, um ihm von seiner Entdeckung zu erzählen. Doch der Polizist im Nachtdienst war keine Hilfe und unfähig gewesen, den Sergeant mittels Walkie-Talkie oder Autofunk aufzuspüren. Mindestens dreimal hatte Devin im Revier angerufen, soviel er sich entsinnen konnte. Und wer immer beim letztenmal am Apparat gewesen war, hatte ihm befohlen, die Polizei nicht mehr zu belästigen; es gäbe genug zu tun, auch ohne daß Devin die Leitungen blokkierte. Als er Martys Namen erwähnte, lachte der Mann und legte auf.

Bei Marty zu Hause hatte sich niemand gemeldet. Und Devin wußte, was Gayle sagen würde, wenn er versuchte, sie nach Mitternacht anzurufen.

Das Antlitz spähte zwischen Sperrholzfragmenten hervor. Augen und Lippen, kaum auszumachen, verschmolzen mit der Schwärze, als wären sie selber schwarz; kein Hinweis auf das Geschlecht, das Alter undefinierbar – aber er war überzeugt, daß dieses Gesicht existierte, und zwar keineswegs in seiner Fantasie. Deshalb mußte Marty informiert werden.

Er bewegte sich, zog das Bein von der Armstütze und ließ es zu Boden fallen. Sein Hals fühlte sich an, als wäre er mit Schleim vollgestopft, den kein Husten lösen konnte; die Augen mußte er zwingen, offenzubleiben. Die Arme erschauerten fröstelnd unter einer Gänsehaut. Lieber Gott, ich will schlafen. Er brauchte seinen Schlaf, aber er bezweifelte, daß er ihn finden würde, solange dieses Gesicht in so vielen verschiedenen Größen auf dem Tisch lag.

Schlaf... Er gähnte ausgiebig und zuckte zusammen, als seine Kiefer knackten.

Etwa eine Stunde, entschied er schließlich, stemmte sich aus dem Sessel hoch, wankte und hielt sich an der Lehne fest. Nur eine Stunde, damit er wieder einen klaren Kopf bekam. Wenn er Kilmer in seinem jetzigen Zustand mit den Bildern konfrontierte, würde er vermutlich in der Ausnüchterungszelle landen.

Das Telefon läutete.

»Jesus!« schrie er und trat erschrocken einen Schritt zurück. Eine Hand fuhr zur Brust; er blickte zum Fenster, um das Tageslicht zu taxieren. Wer immer zu einer so unchristlichen Stunde anrief, verdiente keine Antwort.

Immer noch leicht schwankend, ging er zum Tisch, schaltete den Anrufbeantworter ein und stellte den Lautsprecher an. Dann lauschte er seiner Stimme, die dem Anrufer mitteilte, er sei nicht zu Hause. Er haßte den Klang, hatte gelaubt, er würde sonorer sprechen, mehr im Shakespeare-Stil. Während er zum Schlafzimmer ging, knöpfte er langsam sein Hemd auf und hörte kaum zu, bis er den Rand der Trennwand erreichte.

»Mr. Graham ...«

Er wirbelte so schnell herum, daß seine Schulter gegen die scharfe Kante des Bücherregals stieß. Vorsichtig rieb er über die schmerzende Stelle und beobachtete das rote Blinklicht, das ihm verriet, daß nun die Person am anderen Ende der Leitung redete.

»Mr. Graham.«

Er bildete sich das nur ein, weil er vor Übermüdung groggy war. Seine Gedanken irrten umher.

»Mr. ...«

»... Graham, bist du beschäftigt?«

Sie stand herausfordernd in der Tür, eine Hüfte schief, an einem Arm eine Schultertasche, in der anderen Hand ein Kameraetui. Ihr Badeanzug kam ihm sehr hell vor – er mußte zweimal hinschauen, um festzustellen, daß sie nicht nackt war – und klein genug, um den Wunsch zu wecken, sie würde etwas anderes tragen.

Trotzdem grinste er, nickte ihr zu und trat beiseite. »So ziehst du dich also an, wenn du Besuche machst?« Er bedeutete ihr, hereinzukommen. »Und nenn mich lieber Mister, verdammt noch mal, sonst tratschen die Nachbarn.«

Er zwinkerte ihr zu, als sie zur Couch ging und ihre Sachen darauf warf, bevor sie sich setzte. Ihr Arm streckte sich auf der Lehne aus, und sie schlug die Beine übereinander, der rechte Fußknöchel ruhte auf dem linken Knie.

Plötzlich wurde ihm bewußt, daß er kein Hemd trug. Heute morgen war er – was äußerst selten geschah – vom Putzfimmel befallen worden und hatte das Haus zielstrebig mit Mob, Besen, Staubsauger und Staublappen attackiert. Als es an der Tür geklopft hatte, war er gerade im Bad gewesen, auf Händen und Knien, mit einer Scheuerbürste. Lauge tränkte seine abgeschnittenen Jeans. »Willst du was trinken?«

Sie schüttelte den Kopf.

»Essen?«

Dieselbe Reaktion.

»Macht's dir was aus, wenn ich mir einen Drink genehmige?«

Sie hob die Schultern, so langsam, daß er nicht sicher war, ob sie sich überhaupt bewegt hatte. Aber als ihre Miene ihm sagte: *Tu, was du willst, mich stört's nicht,* eilte er in die Küche, nahm eine Dose Sodawasser aus dem Kühlschrank, schaute zu seiner Besucherin zurück und blies die Backen auf. Seit April kam sie regelmäßig zu ihm. Das hatte eine Woche, nachdem sie vom College abgegangen war, angefangen. Wenn er im Haus der Etlers gewesen war, um Maureen zum Dinner abzuholen, hatte deren Tochter Interesse an seiner Arbeit bekundet, nicht an den Fotos selber, sondern an deren Entstehung. Mit Maureens Segen hatte er Julie gezeigt, wie sie ihre teure Kamera behandeln mußte, und ihr die Tricks der Belichtung und der Scharfeinstellung beigebracht.

Ihre Mutter hatte einmal scherzhaft bemerkt, Julie würde für ihn schwärmen; diese Möglichkeit leugnete er nicht, bezweifelte aber, daß es eine Rolle spielte.

»Was kann ich für dich tun?« fragte er, als er ins Wohnzimmer zurückkehrte. Er sank in einen Lehnstuhl, beugte sich vor und versuchte das Ausmaß der nackten Haut, die sie ihm zeigte, zu bagatellisieren. Seine Verlegenheit erschien ihm albern. »Möchtest du wieder mal Unterricht bei mir nehmen?«

»Warum gehst du nicht mehr mit meiner Mutter aus?«

Die Frage verblüffte ihn, und er zuckte davor zurück, beinahe so, als hätte Julie ihn geschlagen. »Wie, bitte?«

Sie lächelte flüchtig. »Ich will nur wissen, warum du nicht mehr mit meiner Mutter ausgehst, das ist alles. Kein großes Problem, nur – ich glaube, sie vermißt dich.«

Er nahm einen Schluck, um seine Antwort hinauszuzögern. »Ich weiß nicht«, erwiderte er schließlich. »Es hat eben einfach aufgehört. So was passiert manchmal.«

»Es ist die Frau in dem Laden, nicht wahr? Miß Cross?«

Er hob die Dose an die Lippen und trank wieder. »Ich sehe sie hin und wieder.« Er hütete sich zu lächeln. »Julie, Maureen ist deine Mutter, sicher, aber...«

»Das gibt mir nicht das Recht, mich einzumischen.«

Jetzt war seine Antwort ein sanftes Lächeln.

»Klar.« Sie ahmte seine Haltung nach, drückte ihre Arme an den Oberkörper, um ihre Brüste zusammenzupressen, so daß sie über dem BH herausquollen. »Es war immer so nett, wenn du bei uns warst«, flüsterte sie und blickte zu Boden. Dann schaute sie ihn an, ohne den Kopf zu heben. »Ich hab gelogen.«

Er nickte nur.

»Es ist mir egal, was meine Mutter tut.«

Devin wartete. Unter anderem waren es die Spannungen im Etler-Haus gewesen, die ihn vertrieben hatten. Maureen verstand nicht, warum Julie ein Princeton-Diplom in den Wind geschlagen hatte. Und Julie konnte niemandem begreiflich machen, warum sie eines Morgens ohne die leiseste Ahnung erwacht war, wie ihr Leben nach dem Studienabschluß weitergehen würde. Das hatte sie erschreckt, vom Campus verscheucht und in ihr eigenes Bett zurückgejagt.

»Ich möchte, daß du mich fotografierst.«

»Großer Gott ist das alles?« fragte er lachend. »Deshalb hättest du nicht so eine Show abziehen müssen. Du weißt, wie gern ich dir diesen Wunsch erfülle.«

Sie hatte ihm von ihrer Angst erzählt. An dem Tag, an dem er das Riesenrad fotografiert hatte. Und er konnte ihr nichts weiter sagen, als daß man lernen mußte, mit seiner Angst zu leben, damit zu ringen, damit ins reine zu kommen, ehe man den Verstand verlor. Man hatte keine andere Wahl. Das beeindruckte sie ebensowenig wie ihn selber. Es war ein fadenscheiniger Ratschlag gewesen, fast so, als hätte er ihr erklärt, wenn sie eines Tages erwachsen sei, würde sie verstehen, was er meinte. Als wäre sie erst zehn und hätte nach dem Tod gefragt.

»Nackt«, sagte sie.

»He, Moment mal!«

Langsam stand sie auf, ohne ihn aus den Augen zu lassen, und strich mit den Handflächen über ihre Hüften, ein Bein leicht zurückgestellt. Dann drehte sie sich zur Seite und blickte über die Schulter. »Nicht schlecht, das mußt du zugeben, was? Hast du jemals drüber nachgedacht, wie ich aussehe?«

»Ich weiß, wie du aussiehst, Julie«, erwiderte er streng.

»Sie wissen, was ich meine, Mr. Graham.«

»Julie, um Himmels willen...«

Er hatte keine Ahnung, wie sie das hinkriegte – jedenfalls stand sie in der nächsten Sekunde vor ihm, zwang ihn, sich zurückzulehnen, und bewegte blitzschnell die Schultern. Der BH lag nun auf ihrer Taille, die Brüste waren so gebräunt wie der restliche Körper. »Nur für mich selbst«, sagte sie. »Ich werde es niemandem zeigen.«

Er schüttelte den Kopf. »Nein.«

Ein paar Zentimeter näher, ihre Beine berührten seine Knie. »Ich bin nicht gerade häßlich.«

Er schaute ihr geflissentlich in die Augen. »Das weiß ich. Und ich weiß auch, daß du heute nicht ganz dicht bist oder ein verdammt flüssigen Lunch hinter dir hast. So oder so, Julie, die Antwort lautet immer noch nein.«

Ihr Stirnrunzeln ließ sie zwanzig Jahre älter wirken, die Linien um ihre Augen vertieften sich. »Du haßt mich.«

»Sei nicht so dumm.«

»Du hattest nie was dagegen, wenn ich hierherkam...«

»Du wolltest wissen, wie ich Fotos mache.«

»... du hast getan, als würdest du mich begehren.«

»Niemals – das weißt du.«

»Und jetzt...« Sie breitete die Arme aus, forderte ihn heraus, sie zu betrachten, die Wölbungen ihrer Brüste, den flachen Bauch, die kindlichen Hüften, die langsam von einer Seite zur anderen schwangen. »Und das alles läßt du dir entgehen?«

Devin sprang so abrupt auf, daß sie zurücktreten mußte. Sie stemmte die Hände in die Taille, als sie merkte, daß er sie nicht berühren, nicht festhalten, nicht an sich ziehen wollte. »Was lasse ich mir denn entgehen?« fragte er fast grausam. Er griff an Julie vorbei, nach ihrer Tasche und der Kamera, und dabei gab er ihr zu verstehen, daß es ihm egal war, ob er ihren Körper streifte oder nicht. »Dich zu fotografieren? Oder mit dir zu schlafen?«

»Was auch immer«, entgegnete sie und schaute auf ihre Brüste hinab.

»Ich will weder das eine noch das andere«, sagte er mit absichtlich ausdrucksloser Stimme. Er hielt ihr die Tasche und den Fotoapparat hin, bis sie den BH wieder angezogen hatte und die Sachen entgegennahm. »Und falls ich dir weiterhin Unterricht geben soll, treffen wir uns besser am Strand.«

»Okay«, erwiderte sie, scheinbar unbeeindruckt von der Zurückweisung. »Wie du willst, Devin.« Mit übertrieben wiegendem Gang schlenderte sie zur Tür, öffnete sie und blickte zurück. »Ich werde meiner Mutter erzählen, Sie hätten sich nach ihr erkundigt, Mr. Graham.«

»Tu das, Julie. Sag ihr, ich rufe demnächst mal an.«

»Und, Mr. Graham«, fügte sie kokett hinzu, »ich will immer noch...«

»... mein Foto haben.«

Der Apparat klickte, als die Verbindung unterbrochen war, und Devin ertappte sich dabei, wie er auf die Tür starrte. Seine Schulter schmerzte, an der Stelle wo er gegen das Regal gestoßen war. Eine Sekunde später füllte das Freizeichen den Raum, und er rannte beinahe zum Telefon, um den Lautsprecher auszuschalten. Er spielte die Aufzeichnung nicht noch einmal ab. Statt dessen ging er ins Schlafzimmer, zog sich bis auf die Shorts aus, fiel auf den Matratzenrand und versuchte herauszufinden, was er wirklich gehört und was ihm sein umnebeltes Gehirn vorgegaukelt hatte. Wäre es zum erstenmal geschehen, hätte er gewußt, was er denken mußte; jetzt konnte er nur durch die offene Tür zur Couch starren, zu dem Gerät dahinter.

Dann sank er langsam nach rückwärts und beobachtete das Licht- und Schattenspiel an der Zimmerdecke, bis sich seine Augen schlossen...

Er träumte, er würde über den Strand laufen, über brennenden Sand, und die lautlosen Flammen versengten seine Beine und Fußsohlen. Er spürte keine Schmerzen. Schließlich taumelte er und stürzte.

Er träumte, daß er auf einer Sandbank stand, hundert Meter vor der Küste, während die Flut zu steigen begann und die Wellen seine Kniekehlen anstupsten, und er konnte den fernen Strand nur anschauen, weil er das Schwimmen verlernt hatte.

Er träumte von einem Gesicht im ›Haus der Angst‹, von einem Gesicht, das zurückwich, als er darauf zuging, und sich im Schatten bewegte, der von keinem erkennbaren Licht geworfen wurde, und über den Schutt glitt wie rückwärts fließendes Wasser, bis es eine Höhlenöffnung erreichte, darin verschwand und ihn allein ließ in der Finsternis, wo er nichts sah und nichts hörte außer seinem eigenen Atem und das Geräusch von Krallen hinter sich auf dem Boden.

Als er erwachte, lag er zusammengerollt in der Matratzenmitte, die Knie an die Brust gezogen, die Hände unter dem Kinn zusammengepreßt. Es gab keinen Übergang – er sah sich einer Höhle gegenüber, der offenen Tür.

Es dauerte einige Minuten, bis er merkte, daß das Rotlicht des Anrufbeantworters blinkte, und er brauchte eine weitere Minute, um die Glieder zu strecken, sich zum Bettrand zu wälzen und aufzustehen. Mit einer Entschlossenheit, die beinahe Wadenkrämpfe hervorrief, nahm er frische Sachen aus dem Schrank und ging ins Bad. Er schaute das Licht nicht an. Jetzt nicht. Auch später nicht, als er seine Jacke vom Küchenstuhl nahm und ins Wohnzimmer trat. Noch immer nicht, als er eines der Fotos vom Tisch nahm und in einen braunen Umschlag steckte, als er Kilmers Namen schrieb.

Er blickte nicht auf seine Uhr. Wenn er das Beweisstück bei der Polizei abgegeben hatte, wollte er die Klinik aufsuchen.

Später. Vielleicht würde er sich später anhören, wie Julie Etler ihm erneut sagte, was sie wünschte.

Aber jetzt nicht. Wenn er es täte, wenn er den Lautsprecher einschaltete und auf den entsprechenden Knopf drückte und der Stimme lauschte – *ich will mein Foto haben* –, würde er schreien.

Um neun wurden die Läden geöffnet. Um zehn war die Summer Road ein Echo des Novembers – wenige Autos, noch weniger Fußgänger, die Straßenlampen noch eingeschaltet, die Verkehrsampeln von Halos umgeben. Ein paar Minuten nach zwölf schwand das Echo, und das Wochenende vom Tag der Arbeit begann, der Samstag, für die meisten der letzte Tag, bevor sie anfangen mußten, ihre Sachen zu packen. Der Himmel hatte zwar nicht aufgeklart, aber die Wolken waren beträchtlich dünner, und die Temperatur stieg so schnell, daß die Pfützen und nassen Gehsteige bereits trockneten. Dichter Verkehr füllte die Summer Road wie am 4. Juli. Passanten eilten über das Pflaster, Einkaufstüten in den Armen, Familien und Paare drängten zum Strand.

Im Summerview Diner flackerten die Neonwellen gerade hell genug, so daß man etwas sehen konnte, spröde klirrte das Geschirr, das Kratzen einer Gabel erinnerte an einen Nagel, der über Eisen gezogen wurde; das Zischen der Kaffeemaschine, der Lärm eines gefallenen Tellers, das Wispern – das alles wirkte angemessener als normale Gespräche.

Weil Mike nichts Besseres zu tun hatte, versuchte er zu belauschen, was Charlene zu einem Gast am anderen Ende der Theke sagte, hörte aber nur ein Summen, ein jähes Gelächter und wieder ein Summen. In angewiderter Langeweile kräuselte er die Lippen und schaute zum fünfzigstenmal in fünf Minuten aus dem Fenster. Für ein paar Sekunden weckte ein großer Luftballon seine Aufmerksamkeit, den die Brise über den Gehsteig jagte. Anscheinend war das Ding zu schwer, um sich höher als ein paar Zentimeter vom Boden zu erheben. Nachdem es von der Stoßstange eines Autos abgeprallt war, wurde es von den

Eingangsstufen der Imbißstube in die Flucht geschlagen, versuchte wieder hochzusteigen, sank dann in eine verdunstende Pfütze, wo es bebend kreiste, bis es schließlich von einem Windstoß aus dem Blickfeld getragen wurde.

Er seufzte, ließ die Fingerknöchel knacken, erwog, seine Schuluniformjacke auszuziehen und besann sich anders, weil die Klimaanlage unentwegt surrte.

Wieder seufzte er und rückte vom Fenster weg – so weit es ihm möglich war, ohne gegen Tony zu stoßen – und wünschte, irgend jemand würde irgendwo irgend etwas sagen, bevor er zu lachen anfing wie in einer Kirche, wo die Dinge manchmal zu ernst und feierlich wurden. Vermutlich lag das an seinen Nerven, am Wetterumschwung und an der Tatsache, daß Miß Cross nicht mehr als ein Dutzend Worte gesagt hatte seit ihrer Erklärung, Devin sei zur Klinik gegangen. Ob sie das ärgerte oder nicht, konnte er nicht feststellen – er selbst war jedenfalls ziemlich erleichtert. Er hatte gar nicht herkommen wollen und geplant, sein letztes Wochenende in der Heimat am Strand zu verbringen und für möglichst dunkle Sonnenbräune zu sorgen, ehe er nach Kalifornien reiste. Aber das verdammte Wetter hatte diese Idee bereits im Keim erstickt, dann war Tonys Anruf gekommen, und nun saß er in der Falle.

Er dachte an Kelly, und nach einem weiteren Rundblick entschied er, daß es gar nicht so schlimm war, hier rumzuhängen. Am letzten Samstag in dieser Saison würde Opal ihr bestimmt nicht freigeben.

»Ich kann euch versichern«, begann Miß Cross, eine Handfläche unter dem Kinn, die ihren Mund teilweise verdeckte, »daß es in meinem Leben schon schönere Samstage gab. Allein in diesem Jahr zwanzig bis dreißig...«

Als er sie anschaute, zwinkerte sie, grinste breit, und es

gelang ihm, zurückzulächeln. Sie war gar nicht so übel, wirklich nicht, wenn er auch – abgesehen von ihrer Figur und der Art, wie sie sich anzog – nicht verstand, warum sich Devin mit ihr abgab. Irgendwie erschien sie ihm – nicht ganz richtig. Warum das so war, wußte er nicht genau. Es lag nicht am Geld, das sie bekanntermaßen im Überfluß besaß, und die wenigen Male, an denen sie ein bißchen aus sich herausging, konnte man wunderbar mit ihr lachen; aber sie hatte irgendwas an sich, etwas, das die Leute auf Distanz hielt, etwas, das er nicht zu definieren vermochte. Etwas, das ihm das Gefühl gab, sie würde nicht zu seinem Freund Devin passen.

In seiner Jeansjacke saß Tony zusammengesunken über einem Glas Sodawasser, das er kaum angerührt hatte, zuckte mit den Schultern und legte den Kopf schief. »Vielleicht kommt er bald.«

Mike sah ihre Augen, während sie sich mit einem halben Lächeln zu Riccaro wandte. Sie blickte den Jungen nicht nur an, sie belauerte ihn – als erwartete sie, Tony (oder er selbst) würde plötzlich über den Tisch springen und versuchen, ihr die Kleider vom Leib zu reißen. Nein. Das stimmte nicht – sie erweckte den Eindruck, nicht zu wissen, was einer der beiden verdammt noch mal im nächsten Moment tun würde und wie sie darauf reagieren sollte. Das verwirrte ihn. Den nicht immer freundlichen Sticheleien Kellys zufolge war er ein offenes Buch, und Tony... Scheiße, Tony war eben Tony, was sollte man sich da groß den Kopf zerbrechen?

»Nein«, entgegnete sie schließlich, »vorerst nicht.« Ihre Augen richteten sich auf die Kaffeetasse, die unberührt blieb, seit Charlene sie serviert hatte. »So, wie ich ihn kenne, wird er die Klinik nicht verlassen, ehe er irgendwas herausgefunden hat.« Ein Kopfschütteln. »Tut mir leid. Unser Treffen ist offenbar ein Reinfall.«

»Daran sind Sie nicht schuld«, meinte Tony. »Sie konnten es nicht wissen.«

Plötzlich rutschte Mike wieder in die Ecke, die Fensterscheibe an seiner Schulter fühlte sich immer wärmer an. Er mußte etwas unternehmen, sonst würde irgend jemand *ihren* Namen erwähnen. »Erinnerst du dich an den Staubmantel, Tony?« fragte er, beobachtete Miß Cross und spürte, wie sich sein Freund entspannte.

Tony grinste. »Ach Gott, ja! Das hatte ich fast vergessen.«

»Was?« Gayle lächelte, höflich und verwirrt.

»Es fiel mir nur ein, weil Devin in der Klinik ist«, sagte Mike. »Das war damals so ähnlich.«

Das Lächeln blieb, die Augen verlangten eine Erklärung.

Er strich mit einem Finger über seine Stirn. »Wir waren noch Kinder, als ich mir die Hüfte brach, und Tony durfte mich nicht im Krankenhaus besuchen. Das verstieß gegen die Regeln, obwohl der eine praktisch im Haus des anderen wohnte.«

»Ich bekam einen Wutanfall, als meine Eltern mir sagten, ich dürfe nicht hingehen.« Langsam drehte Tony sein Glas herum. »O Gott, ich dachte, meine Mutter würde mich umbringen.«

»Sein Vater war damals ganz verrückt auf den Wilden Westen und hatte alles, was dazugehört – einen Cowboyhut und Stiefel und einen dieser langen weißen Staubmäntel, die bis zu den Knöcheln reichen. Meistens sieht man sie in italienischen Western.«

Sie nickte. »Ja, ich weiß.«

»Eines Tages besuchten mich alle vier, meine und seine Eltern. Mr. Riccaro stand am Fußende des Betts und sah aus wie Clint Eastwood, und plötzlich fuhr dieser Kopf aus dem Mantel hervor und streckte die Zunge raus.«

Lachend lehnte sich Tony zurück und sah zur Decke hinauf. »Mike hat sich fast angeschissen. Und beinahe hätte er geschrien.«

»Nein.« Mike boxte ihn in den Arm. »Aber die Schwestern flippten völlig aus, als sie's rausfanden.« Er kicherte, lachte, kicherte wieder. »Er klebte an Mr. Riccaros Hüfte, verstehen Sie, und die vier waren dicht gedrängt durch den Korridor gegangen, so daß die Schwestern nichts gemerkt hatten.«

Tony trank einen Schluck, lachte, wischte sich den Mund und das Kinn ab. »Sicher haben Sie meinen Dad noch nie verängstigt gesehen, Miß Cross, aber als diese Schwester...«

»Wütend wie der Teufel und zweimal so breit, ohne Witz.«

»... mit ihm zu schimpfen anfing, dachte ich, die würden ihn hinter Gitter bringen.«

Mike konnte nicht zu kichern aufhören. »Sie warfen ihn raus. Irgendein Arzt kam ins Zimmer und sagte: ›He, Cowboy, reiten Sie mal zur North Forty.‹ Ein Fausthieb auf den Tisch, der Gayle zusammenzucken ließ. »Meine Mutter wollte vor Gericht gehen. Mann, die hätten Sie mal sehen sollen!«

Das Gelächter schwoll an und verebbte, und Tony warf beinahe sein Glas um, aber Gayle griff über den Tisch und zog es weg. Mike versuchte, sich zu beruhigen, seinen Schluckauf zu bezähmen und staunte, als Miß Cross den Kopf schüttelte. Er räusperte sich mehrmals und zwang sich zu einer ernsten Miene, was ihm nicht ganz gelang. »Devin ist auch so – das hab ich vorhin gemeint. Tony wollte wissen, wie's mir ging, und verließ sich nicht auf die Geschichte, die ihm erzählt wurde. Er mußte es mit eigenen Augen sehen, nicht wahr?«

»Genau«, bestätigte Tony.

»Und so...« Mike hob eine Hand und begriff nicht, warum bei Miß Cross noch immer nicht der Groschen fiel.

Ihr Mund öffnete sich, aber es kam nichts heraus. Sie wandte sich zum Fenster, das Kinn wieder in der Hand, und er beobachtete, wie ein Lichtschimmer über ihr Gesicht glitt. Sie versteht es einfach nicht, dachte er.

Charlene tauchte auf, um den Tisch abzuräumen und Bestellungen für noch mehr Kaffee und Sodawasser entgegenzunehmen. Bevor sie davonging, zwinkerte sie ihm zu. Er hoffte, daß Tony das nicht gesehen hatte. Das würde ihm gerade noch fehlen – von Riccaro genauso attakkiert zu werden wie von Kelly.

Aber wenigstens redeten sie nicht von...

»Julie«, sagte Tony, nachdem Charlene um das Ende der Theke gebogen war.

Scheiße, dachte Mike und kräuselte wieder die Lippen. Scheiße. Aber ehe er sich einen Witz oder einen Fluch ausdenken, einen Löffel fallen lassen oder andere Ablenkungsmanöver durchführen konnte, sprang ihm das Flakkern einer Bewegung ins Auge, und er schaute aus dem Fenster. Auf der gegenüberliegenden Straßenseite stand eine Frau in einem formlosen Regenmantel unter der gestreiften Markise eines Drugstores, der Imbißstube den Rücken zugekehrt, einen zusammengeklappten Schirm in der Hand. Der zerschnitt und zerhackte die Luft, als wäre seine Besitzerin in ein Gefecht mit ihrem Spiegelbild verwickelt. Er sauste immer schneller umher, bis er nur noch ein verschwommenes Etwas war, ein Blutfleck, der den Regen beschmutzte. »He, schau dir das mal an!« sagte er.

»Jesus, Mike...«

»Nein, schau hin!« Er spürte, wie Tony sich halb von der Bank erhob, und sah, daß sich auch Miß Cross zum Fenster wandte – im selben Augenblick, als die Frau auf die Auslage des Ladens einstach. Erwartungsvoll hielt er den Atem an. Sie beugte sich vor, neigte sich zurück, stach wieder zu. Niemand auf dem Gehsteig beachtete sie.

»Verrückt«, meinte Tony und setzte sich wieder.

»Allerdings. Sie wird die Scheibe zerbrechen...«

Da drehte sich die Frau um, das Regenschirmschwert wie eine Keule über dem Kopf erhoben.

Die Luft blieb in Mikes Lungen stecken und fühlte sich an wie ein Klumpen aus Rasiermessern. »Mein – Gott...«

Miß Cross unterbrach ihn, indem sie über den Tisch griff, seinen Arm packte und so fest drückte, daß er sie anstarrte. Sie war wachsbleich, ein Schweißtropfen quoll von ihrer Stirn und glitt den Nasenrücken hinab. »Nein«, leugnete sie in einem fast lachenden Wispern, und ehe er ihr versichern konnte, sie habe keine Halluzinationen, ließ sie ihn los und glitt aus der Nische. Tony beschwerte sich, als sein Freund ihn wegschob. Doch er machte Platz, und so konnte Mike ihr im gemäßigten Trab folgen, wobei er Riccaros Frage, was denn, zum Teufel, los sei, ignorierte. Sekunden später hörte er, wie der andere Junge ihm folgte, und sie erreichten dicht hinter Gayle den Gehsteig.

»Miß Gross!« rief Mike und trat neben sie. »Miß Cross, ich glaube nicht, daß wir...«

»Schauen Sie doch!« Sie zeigte über die Straße, und er gehorchte. Die Frau war immer noch da, der Schirm immer noch in ihrer Hand, aber nun hatte sie ihn aufgespannt und hielt ihn so tief, daß sie ihr Gesicht nicht sehen konnten. Mit schnellen Schritten ging sie zur Ecke, drehte die Schultern, als schaute sie nach allen Seiten, dann überquerte sie die Nebenstraße und eilte weiter. Noch rascher, fast im Trab.

»Ich verstehe das nicht.« Mike blinzelte in den Regen, dann starrte er bestürzt auf Gayle hinab. »Ich hab sie *gesehen,* ich... Miß Cross, sie war es, ich hab sie gesehen.«

»Ein Trick«, bemerkte Tony, der hinter ihnen stand,

und sie wandten sich zu ihm. »Ich meine, eine Sinnestäuschung. Sie hat eine gewisse Ähnlichkeit mit Mary, und deshalb haben wir sie mit ihr verwechselt.«

Mike wollte den Kopf schütteln, aber ein Regentropfen verirrte sich in seinen Nacken, und so erschauerte er statt dessen und folgte Gayle in die Imbißstube zurück. Sie ging sehr schnell und hatte bereits die halbe Länge des Mittelgangs bewältigt, als er durch die Tür trat.

Es war keine Sinnestäuschung; er hatte nämlich ausgezeichnete Augen. Bevor diese Frau den Schirm aufgespannt und sich irgendwie verkleinert hatte, war sie Betschwester Mary gewesen, darauf konnte er schwören und wetten. Doch er weigerte sich, daran zu glauben, denn anderenfalls wäre die Stimme in Devins Anrufbeantworter Wirklichkeit, ebenso wie Tonys Geist, und er wußte verdammt gut, daß Geister nicht mitten am Tag mitten auf dem Gehsteig rannten und Schwertkämpfe mit Schaufenstern ausfochten. So was gab's nicht. Das gab's einfach nicht.

Devin stand vor dem Jeep und versuchte sich fachkundig zu verhalten, während er im Motor herumstocherte, an diesem Draht zupfte, auf jenes Stück Metall klopfte und beschwörende Worte vor sich hinmurmelte – in der Hoffnung, das gottverdammte Ding würde anspringen, ehe er seinen Stolz hinunterschlucken und eine Werkstatt anrufen mußte.

Niemand hielt an, um ihm zu helfen. Der Jeep stand am sandigen Randstreifen der Straße, am Westende der Brükke, die über die Bucht führte, und die Autokolonne erstreckte sich bis nach Oceantide und gut zwei Meilen landeinwärts. Sie bewegte sich zügig, gerade schnell genug, um vor seinen Augen zu verschwimmen, wenn er sie anstarrte und sich fragte, wo, zum Teufel, die Leute alle herkamen und wo, zum Teufel, sie Parkplätze finden würden. Kombis, Lieferwagen, Limousinen, hin und wieder ein Kabrio, mit Kindern und Wasserbällen vollgestopft; Geschrei und Gelächter, Rockmusik und Gitarren. Fetzen von alledem, vom Fahrtwind fortgerissen. Schließlich ging Devin um den Jeep herum und lehnte sich an das Metallgeländer, das den Straßenrand vom Meer trennte.

Es war heiß. Schweiß klebte an seinem Hemdkragen. Er hatte seine Sonnenbrille nicht mitgenommen und mußte blinzeln, damit seine Augen nicht brannten. Ich gehöre nicht zu den von Gott Auserwählten, dachte er düster.

Bei seiner Ankunft im County Hospital, kurz vor neun, hatte er beabsichtigt, eine leitende Persönlichkeit aufzuspüren, ein paar simple Fragen zu stellen und wieder zu gehen; was er vorgefunden hatte, war ein Chaos gewesen – die Folge einer Massenkarambolage auf dem Garden State Parkway, nur wenige hundert Meter entfernt. Niemand von den Ärzten und Schwestern nahm sich die Zeit, um mit ihm zu sprechen, oder zeigte auch nur die geringste Bereitschaft dazu. Als er schließlich beschlossen hatte, die Leichenhalle auf eigene Faust zu suchen und irgend jemanden, der dort arbeitete, in die Enge zu treiben, verirrte er sich im Gewirr der Korridore und unzulänglichen Wegbeschreibungen, die er vom überlasteten Klinikpersonal erhielt. Und obwohl er wußte, daß er seiner Sache nicht diente, indem er die Beherrschung verlor und Leute anfauchte, die in offizieller Funktion zurückfauchten, konnte er nicht anders. Sein kurzes Nickerchen war schlimmer gewesen als überhaupt kein Schlaf, und er fühlte sich, als würde er Sandsäcke auf den Schultern tragen.

Als er endlich einen kühlen, stillen, widerhallenden schmalen Kellerraum aufgestöbert hatte, waren die Leichenhallenwärter genauso beschäftigt wie die Ärzte und Schwestern in den oberen Etagen. Man forderte ihn auf, sich in den Korridor zu setzen. Er setzte sich. Er wartete. Nach über einer Stunde verlor er erneut die Geduld und stürmte durch eine doppelte Schwingtür in ein Büro, wo ihm ein kräftiger Mann in schmutzigem Weiß empfahl, gleich wieder zu verschwinden, wobei er nicht einmal aufblickte.

»Ich will mich nach Mary Heims erkundigen«, sagte Devin.

Der Wärter, der in Formularen blätterte und am Ende eines Kugelschreiber kaute, versuchte den Eindringling mit einer Handbewegung zu verscheuchen. »Sie ist tot.«

»Wie ist sie gestorben?«

»Wie soll ich das wissen? Ich bin kein Arzt.«

»Schauen Sie nach.«

Der Mann stand beinahe auf, während er sich über das Möbelstück beugte, das ihm als Schreibtisch diente. »Sind Sie ein Verwandter?«

»Nein.«

Seufzend verdrehte der Wärter die Augen. »Geben Sie's auf.«

»Verdammt...« Devin trat einen Schritt vor. »Gestern abend ist eine Frau getötet worden, und ich...«

»He, sind Sie ein Bulle?«

Devin schüttelte den Kopf.

»Dann hauen Sie ab, Kumpel. Die alte Frau ist tot, und wir haben nicht genug Platz, um sie hierzubehalten, okay?« Die Augen des Mannes verengten sich. »He, sind Sie Reporter?«

Devin schüttelte den Kopf. »Ein Freund.«

»Also, dann hören Sie mal zu, *Freund.* Fragen Sie einfach die Bullen. Ich habe keine Zeit...«

Eine Bahre wurde hereingerollt, ein blutiger nackter Fuß hing unter einem blutbefleckten Tuch hervor. Devin schnappte nach Luft und ging, eine Hand auf den Magen gepreßt, und sein Zorn verflog beinahe, als er den Aufzug zu finden versuchte, ohne zu stolpern.

In der Halle schrie eine Frau nach ihrem Sohn. Auf dem Parkplatz beugte sich ein weinender Mann über eine Motorhaube.

Und kaum hatte sich Devin in den ostwärts strömenden Verkehr eingeordnet, als der Jeep auch schon anfing, Geräusche von sich zu geben. Bei zwei von den vier Ampeln vor der Brücke starb der Motor ab, als Devin über eine Kreuzung rasen wollte, um einem sich rasch verdichtenden Stau zu entrinnen. Kurz vor der Brücke stotterte das Vehikel so gräßlich, daß er es mit einem gebrüllten Fluch an den Straßenrand steuerte. Hilflos hatte er mit angesehen, wie es verendet war, und gar keine Gelegenheit mehr gefunden, den Zündschlüssel herumzudrehen.

Devin trat gegen die runden Kiesel, die aus dem Sand ragten. Über eine Stunde hatte er gebraucht, um hierherzukommen, und nun würde die blöde Karre keine einzige Meile mehr schaffen.

Er hätte daheim bleiben sollen. Er hätte im Polizeirevier auf Marty warten sollen, statt das Foto einfach nur abzugeben. Er hätte sich ausschlafen sollen, bevor er aus dem Haus gestürmt war. Und er hätte vermutlich schon die ganze Zeit wissen müssen, daß sich niemand außer ihren Freunden um Betschwester Mary kümmern würde. Im Krankenhaus wollte man sie so schnell wie möglich loswerden, das stand fest; keine Neugier, kein Gefühl, daß da irgendwas nicht stimmte. Sie war tot, also wollte man sie draußen und unter der Erde haben und das Formular mit ihrem Namen in irgendeinen Aktenschrank zwängen.

»Scheiße«, sagte er leise.

Ein Auto hupte ihn an. Mit einem Seufzer und einer Geste – dramatisch genug, um von allen Verkehrsteilnehmern auf dem Highway verstanden zu werden – schlug er die Motorhaube zu. Er vergewisserte sich, daß der Schlüssel in seiner Tasche steckte, dann trat er auf den schmalen Fußgängerweg, der zum anderen Ende der Brücke führte. Zunächst mußte er eine Werkstatt auftreiben, den Jeep abschleppen und reparieren lassen. Danach würde er ins Summerview gehen, zehn oder zwölf Liter Eistee trinken und jeden beschimpfen, der ihm zuhörte. Und anschließend wollte er Marty anrufen. Hoffentlich hatte das Foto den Sergeant hinreichend beeindruckt, um ihn zu zielstrebigem Handeln zu veranlassen.

Nicht, daß Devin dran glaubte. So, wie die Dinge heute liefen, würde Marty ihm wahrscheinlich verbal auf die Schulter klopfen, einen Urlaub empfehlen und auflegen, ehe er zu lachen anfing.

In der Brückenmitte warf ihn der Fahrtwind eines vorbeibrausenden Lieferwagens beinahe über das niedrige Geländer. Und als er die Jacke auszog und über die Schulter schlang, schleuderte irgend jemand einen leeren Pappbecher auf ihn. Halsstarrig senkte er den Kopf, als er das andere Ufer erreichte und mehrmals von einer Hupe angeplärrt wurde. Eine Zeitlang hielt das Vehikel mit ihm Schritt, bis er schließlich mit erhobener Faust herumwirbelte.

Es war Gayle. Sie beugte sich über den Beifahrersitz, eine Hand am Lenkrad, und versuchte in ihrer Fahrspur zu bleiben. »Soll ich dich mitnehmen?« rief sie.

Einige Sekunden verstrichen, ehe er sich entspannt genug fühlte, um einzusteigen. Sofort justierte er eine Düse am Armaturenbrett und ließ sich von der Klimaanlage ins Gesicht blasen.

»Bist du okay?« fragte sie und beschleunigte, um den Abstand zwischen ihrem Wagen und dem Vordermann zu verringern.

»Das willst du doch gar nicht wissen.«

»Wunderbar!«

Er schaute, dann griff er hinüber, um ein Zucken an ihrem Augenwinkel zu besänftigen. »Ist die große Versammlung gut verlaufen?«

»Überhaupt nicht. Ich meine, die Jungs waren da, aber...«

Er richtete sich auf. Ihr Kinn zitterte, die Halsmuskeln waren verkrampft, als würde sie die Zähne zusammenbeißen. »He«, sagte er leise. »Bist du okay?«

»Das weiß ich noch nicht, Dev. Wir sahen... Ich meine, ich hab mir eingebildet, Mary gesehen haben.«

Er blinzelte – nur einmal, ganz langsam. »Was?«

Sie nickte, und er schaute durch das Rückfenster. »Ich verstehe.«

Ihr Fuß stieg auf die Bremse und wechselte dann zum Gaspedal über. »Devin Graham, wenn du jetzt sagst, daß du mir glaubst, fahre ich von dieser verdammten Brücke in die Tiefe.«

Zunächst sagte er gar nichts. Er sank nur in sich zusammen und verschränkte die Arme vor der Brust. Das Rauschen des Verkehrs, das Rauschen des Meeres. »Heute morgen bekam ich einen Anruf«, erzählte er schließlich. »Es war kein Witz. Es war Julie.«

13

Mike saß unbehaglich in der Nische, verwirrt und ein bißchen verängstigt, und befahl sich, nicht herumzurutschen. Vor über fünfzehn Minuten hatte Gayle ihre Handtasche gepackt, und sie waren gegangen. Riccaro hatte ihn beauftragt, hier zu bleiben, während sie der Frau folgten; und wenn er auch glaubte, Gayle hätte ihm zugewinkt, als ihr Wagen in den Verkehrsstrom geglitten war – er konnte nicht sicher sein.

»Was bedeutet das alles?« fragte Charlene neben seiner Schulter, worauf er zusammenzuckte.

»Nichts«, antwortete er geistesabwesend und reckte den Hals, in der Hoffnung, die Rückkehr der beiden zu beobachten. »Da war nur jemand, den wir kennen.«

»Ist ja auch egal.« Sie sammelte Teller und zerknüllte Papierservietten ein. »Willst du noch irgendwas?«

Er zwang sich, auf die verlassene Kaffeetasse und Tonys volles Sodawasserglas zu schauen, und wußte, wie dumm er dabei wirken mußte. »Nein – ja. Pommes frites.«

»Super«, meinte sie sarkastisch, eine Hüfte vorgeschoben. »Du bestellst keinen Lunch, hast wahrscheinlich auch nicht gefrühstückt, und jetzt möchtest du Pommes frites haben. Und so was nennt sich Doktor.«

Er riß den Kopf hoch, um sie anzustarren, aber da war sie schon gegangen und rief die Bestellung in die Küche. Dann sah er auf seine Hände. Sie bebten, und er umfaßte die Tischkante, so fest er konnte. Keine Geister, erklärte er ihnen.

... Foto ...

Eine Sinnestäuschung, genauso, wie's Tony gesagt hatte.

... will mein ...

Er wollte Arzt werden, und ein Arzt wußte, daß die Toten tot bleiben, mehr steckte nicht dahinter, und die Frau, die vorhin davongerannt war, hatte sich nicht in Luft aufgelöst. Warum also das ganze Getue?

Seine Finger schmerzten, aber er ließ den Tisch nicht los, nicht einmal, als Charlene ihm gegenüber in die Nische rutschte. Nach ein paar Sekunden bedeckte sie seine Finger mit ihren warmen Händen. Er blickte auf und las nichts als Sorge in ihren Augen, die sein Gesicht musterten. »Bist du wirklich okay, Doc?«

Er wollte sie wieder anschreien und ihr sagen, sie solle sich um ihren eigenen Kram kümmern, aber er tat es nicht; ihre Haut war so weich und roch schwach nach Puder. Er schenkte ihr ein angestrengtes Lächeln. »Ja, ich glaube schon. Ich bin nur erkältet, das ist alles. Es liegt sicher am Wetter.«

Sie wies mit dem Kinn auf den Pommes frites-Teller. »Iß lieber was, Doc. Wie wär's mit einem Hot dog als Beilage? Auf meine Rechnung.«

Das Lächeln entkrampfte sich. »Okay. Du hast mich überredet.«

Eine Bö peitschte Sand gegen das ovale Fenster. Mike schnitt eine Grimasse, schaute hinaus und schnappte nach Luft, als er Kelly auf den Eingangsstufen der Imbißstube entdeckte, eine Hand auf dem Türknauf. Sie blickte direkt zu ihm herüber. Er wollte ihr winken, aber Charlenes Hände lagen immer noch auf seinen.

Kelly sah es. Abrupt klappte sie den Kragen ihres offenen Regenmantels hoch, stapfte zum Gehsteig hinab, blieb kurz stehen, um ihn noch einmal anzustarren, und stelzte davon.

Charlene wandte sich zum Fenster und ließ ihn hastig los. »Oh...«

Er wußte, er müßte Kelly nachlaufen und erklären, was hier passierte. Aber als er sich ihre Reaktion vorstellte, den Streit, der mit Sicherheit ausbrechen würde, schüttelte er resigniert den Kopf und schob sich ein Kartoffelstäbchen in den Mund. »Nicht so wichtig«, meinte er, schaute wieder nach draußen und murmelte: »Frauen.«

Charlene kicherte. »Allmählich kommst du zur Vernunft, Doc.«

Der Teller war fast leer, als der Hot dog ankam. *(Nein, es kann nicht Mary gewesen sein),* und Mike hatte den Hot dog fast verspeist (Tote laufen nicht herum), als Gayle ihren

Wagen wieder an der Bordkante parkte. Während er kaute, erwartete er, daß jemand ausstieg, doch das geschah nicht. Schatten über den Vordersitzen. Die Türen blieben geschlossen. Voller Angst vor neuen Problemen rannte er zum Ausgang, lächelte Charlene dankbar zu, wartete in der kleinen Vorhalle und schnippte mit den Fingern, versuchte, die beiden mittels Telepathie zur Eile anzutreiben.

Endlich stieg Gayle aus, und auf der anderen Seite Devin. Mike wartete, aber Tony tauchte nicht auf.

»Willst du irgendwohin gehen?« fragte Devin mit einem gezwungenen Lächeln, während er die Tür öffnete. Er nahm Mike am Arm, führte ihn ins Lokal zurück und bestellte bei Sal ein paar Liter Kaffee, dann verschwand er in der Herrentoilette, sobald Mike zu warten versprochen hatte.

»Was ist passiert?« wandte sich Mike an Gayle, als sie in der Nische auf die Bank sank. »Wo steckt Tony? Was ist los?«

»Einen Augenblick noch...«

»Ich habe keine Zeit mehr, ich muß gehen«, erklärte er ungeduldig und griff nach seiner Windjacke. »Kelly...«

»Ich weiß.« Gayles ärgerlicher Blick verriet, daß sie andere Sorgen hatte als den Zwist eines Teenagerliebespaars. »Ich weiß.«

»So?« Er setzte sich. »Wirklich?« Sie war erbost, das merkte er, und sein eigenes Temperament drohte zu explodieren, während sie gemächlich in ihrer Handtasche nach Zigaretten fahndete.

Sie zündete sich eine an, blies Rauch zur Decke empor und starrte auf die Tür der Herrentoilette. »Wir konnten sie nicht finden. Die Frau, meine ich. Wir sind fast bis Seaside gefahren und haben keine Spur von ihr gesehen.« Mike rutschte unruhig umher, und sie erzählte weiter. »Auf dem Rückweg trafen wir Kelly. Ich bremste, Tony stieg aus und sprach mit ihr. Dann erklärte er mir, sie habe behauptet, du würdest eine Kellnerin umgarnen, und ging mit ihr davon. Um sie zu beruhigen.« Gayle strich sich durchs Haar. »Seid ihr eigentlich ganz sicher, daß ihr aufs College wollt?«

Mike gab keine Antwort. Er fragte sich, auf welche Weise Tony dem Mädchen Trost spenden würde, und mußte mehrmals angestoßen werden, ehe er zum Fenster rückte und Platz für Devin machte. »Und – Sie haben diese Frau nicht gesehen?«

»Das hab ich doch schon gesagt«, erwiderte Gayle.

Mike schaute auf Devin und wieder zu ihr. »Aber vorhin war sie da drüben. Weit kann sie nicht gekommen sein.«

»Als wir zum Polizeirevier kamen«, berichtete Gayle gottergeben durch einen Qualmschleier hindurch, »war sie bereits verschwunden. Wir suchten ein paar Nebenstraßen ab, aber...« Sie beugte sich vor und stieß eine weitere Rauchwolke aus, die vor ihrem Gesicht hängenblieb. »Offenbar ist sie in irgendein Haus gegangen. Vielleicht in eins von den Geschäften – die ich allerdings nicht gecheckt habe.«

Mike nickte skeptisch. »Mag sein...«

»Eine andere Möglichkeit gibt es nicht«, entgegnete sie in scharfem Ton.

Doch er spürte, daß sie es selber nicht glaubte, und ihre Augen flehten ihn an, nicht zu widersprechen, zumindest jetzt nicht.

Devin seufzte laut auf und versuchte, sich eine Zigarette aus der Packung anzuzünden, die in seiner Hemdtasche steckte. Die Zigarette war gebrochen, und als er das endlich merkte, warf er sie wütend in den Aschenbecher. »Großartig! Dieser ganze gottverdammte Tag war ein einziger Witz. Jesus, ich hätte im Bett bleiben sollen.«

Mike starrte auf die zerkrümelten Zigarettenreste und hörte nicht zu, während Gayle etwas über das Wetter murmelte und Devin mit einem bellenden, humorlosen Gelächter antwortete. Nachdem Charlene den Kaffee serviert hatte, blies Devin über seine Tasse hinweg. Mike beobachtete, wie gekräuselter Dampf hochstieg, wie der Fotograf eine neue Zigarette hervorzog und zwischen Daumen und Zeigefinger zwirbelte.

»Ich glaube, Riccaro kommt nicht zurück«, sagte Devin.

Mike starrte aus dem Fenster, grunzte eine Entgegnung und versuchte, nicht zu grinsen. Seine Hände lagen in seinem Schoß, zu Fäusten geballt, gegen die Schenkel gepreßt. Er wußte es. O Gott, er wußte, was gerade passierte.

Gayle riß ein Streichholz an und hielt es über den Tisch. Eine Sekunde lang starrte Devin benommen darauf, dann schüttelte er den Kopf und steckte die Zigarette wieder ein.

»Was machst du mit dem Jeep?« fragte sie.

»Ich erschieße ihn«, brummte er.

Endlich gestattete sich Mike ein Lächeln. »Das Benzin ist Ihnen wohl ausgegangen, was?«

»Das würde mich nicht überraschen, Kumpel, glaub mir.« Devin schüttelte den Kopf, holte langsam Atem und schaute auf seine Uhr. »Jetzt sitzt dieser überbezahlte Hurensohn gerade in der Werkstatt, und wenn alles vorbei ist, muß ich wahrscheinlich meine Mutter verpfänden, um ihn zurückzubekommen. Jesus!«

Mike ertrug es nicht länger. Er entschuldigte sich zweimal, bevor Devin ihn aus der Nische ließ, schenkte Gayle ein wissendes Lächeln und stürmte aus dem Lokal. Obwohl die Luft warm war und allmählich heiß wurde, animierte ihn seine Erleichterung sehr bald zu einem lockeren Trab. Devin hatte es ja gesagt – es war ein Witz.

Tony und Kelly, vielleicht sogar auch Gayle, wollten's ihm heimzahlen, weil er so oft Katastrophen heraufbeschworen hatte. Ein passender Abschluß dieses letzten gemeinsamen Sommers, dachten sie wahrscheinlich – lesen wir Mike die Leviten. Er lachte laut auf. Wie schön! Wirklich schön, so gut gemacht, daß er unglaublicherweise drauf reingefallen war. Er spielte, aber wenn er's herausfand, würde er sie zum Dinner einladen und ihr Blumen kaufen und alles, was ihr Herz begehrte.

Auf der Promenade angelangt, ging er schnurstracks zu Harragans Pier. Sie hatten ihren Spaß gehabt; jetzt war er an der Reihe.

»Ich weiß nicht, was ich dir sagen soll« wiederholte Tony zum vierten- oder fünftenmal. »Ich war nicht dabei, aber es kann nicht so sein, wie du denkst.«

»Verdammt«, stieß Kelly zwischen zusammengebissenen Zähnen hervor, »er hat's mit dieser – mit deiner Kusine getrieben. Ich hab's doch gesehen, Tony, das war keine Halluzination.« Sie ging sehr rasch, rannte beinahe, und es kam ihm so vor, als müßte er ein durchgegangenes Pony einfangen.

»Nicht so schnell, Kell!«

Sie beachtete ihn nicht. Tony konnte sich nicht vorstellen, was, zum Teufel, Mike eigentlich verbrochen hatte, aber sie mußte schon vorher in schlechter Stimmung gewesen sein – noch ehe sie beobachtet hatte, was immer Charlene seinem Freund antat. Das merkte er an Kellys angespannten Wangenmuskeln, den schmalen Lippen, der Art, wie sie die Ponyfransen von ihren Augen wegwischte.

»Ich gehe nicht nach Kalifornien«, sagte sie unvermittelt.

Langsam bewegte sich eine Autoschlange zwischen den

beiden und der Promenade dahin, eine Menschenschar trottete die Rampe hinauf.

»Zumindest nicht mit ihm.«

»Hör mal, Kelly, gehen wir zum Summerview zurück, ja, sie warten auf uns. Und...«

»Der Campus wird niemals groß genug sein, Tony. Nie!«

Er sagte kein Wort. Seit über einem Monat sah er das kommen, und es überraschte ihn nur, daß sie so lange gebraucht hatte, um einzusehen, welch ein Fehler es wäre, zusammen mit Mike zu studieren. Am Fuß der Rampe hielt er sie fest und drehte sie zu sich herum. Ihre Wangen und die Nasenspitze waren gerötet, die Unterlippe bebte vor Wut oder Empörung.

Sie war schön.

»Wolltest du's ihm heute sagen?«

Sie hob die Schultern. »Ich weiß nicht. Irgendwann.«

»Er wird ausflippen, Kell.«

»Das bezweifle ich. Er wird jammern, aber auf dem Teppich bleiben.«

Tony lächelte. »Willst du darauf wetten?«

Und ehe er sich's versah, legte sie die Stirn an seine Brust und schlang die Arme um seine Taille. Seine eigenen Hände wußten nicht, was sie tun sollten, er schaute von einer Seite zur anderen und hoffte, niemand von den gemeinsamen Bekannten würde sie so dastehen sehen. »Kell...«

Sie hob den Kopf; eine Träne glitzerte in ihren Augen. »Julie hatte recht.« Der Schmerz dieser Erkenntnis war nur allzu deutlich. »Sie hat es vorausgesagt.«

Tony wußte nicht, wovon sie redete, aber der Name erinnerte ihn an die Frau mit dem Schirm, und er wollte sich gerade aus Kellys Armen befreien, als ihn eine neue Überraschung erwartete – sie küßte ihn. Kein langer Kuß, auch kein kurzer, aber ein Kuß, der ihn wissen ließ, daß sie noch etwas anderes auf dem Herzen hatte.

Als sie ihn losließ, zeigte sie keine Verlegenheit; sie nahm seinen Arm und zog ihn die Rampe hinauf. Sagte nichts. Blinzelte in den Meereswind und dirigierte ihn nach Süden, wo sie zu den Bänken wanderten und träge gegen die Planken traten. Noch zweimal versuchte er, sie zur Umkehr zu bewegen, aber sie blieb hartnäckig – sie wollte nicht zurück, ehe sie dazu bereit war. Und so gab er sich schließlich geschlagen, in der Hoffnung, weder Gayle noch Mike würden irgend etwas ohne ihn unternehmen.

»Was ist dort eigentlich los?« fragte sie und nickte in die Richtung der Imbißstube.

Er hatte nicht das Gefühl, ihr eine schlaflose Nacht zu bereiten, wenn er es verschwieg. Trotzdem schilderte er die Ereignisse, abwechselnd in Verteidigungshaltung und aggressiv, je nach den anklagenden Pfeilspitzen ihrer Augen. Auf eine Erklärung verzichtete er, denn es gab keine. Die Frau war dagewesen und dann verschwunden, und es fiel ihm beängstigend leicht zu glauben, daß es sich tatsächlich um Betschwester Mary handelte. Kelly blickte über ihre Schulter zum dunklen Pier, schüttelte den Kopf und umfaßte Tonys Arm noch fester. »Verrückt.«

»Wem sagst du das?«

»Miß Cross – hat sie auch gesehen?«

»Alles. Die ganze Szene. Es war Mike, der...«

»Das hast du schon erwähnt. Ich will nichts von ihm hören, nur von dir.«

»Was soll mit mir sein?« Er umrundete sie wie ein Kind, das vor seinen Eltern gehen will. »Ich hab dir ohnehin schon alles erzählt.«

Ein geparkter leerer Kindersportwagen trennte sie; der kleine Junge, der hineingehörte, stand mit seinen Eltern am Geländer, zeigte aufgeregt zum grauen und heftig bewegten Meer. Brecher schlugen gegen den Strand, entledigten sich zischend ihrer Toten und Sterbenden.

»Weißt du, was ich glaube?« begann Kelly. »Ich glaube, wir werden alle verrückt. Nur noch wenige Tage bleiben uns in dieser Stadt, und wir führen uns auf, als wäre es das Ende der Welt. Wir treiben einander zum Wahnsinn, jagen uns die Wände hoch.« Eine Faust boxte in die Wolken. »Und das hilft uns allen nichts.«

Sie blieben stehen, um eine Bande quietschender Kinder vorbeizulassen, die über die Stufen zum trocknenden Strand hinabrannten. Unter lautem Gelächter bildeten sie augenblicklich zwei temperamentvolle Teams für ein Touch Football-Match. Tony beobachtete sie stirnrunzelnd, dann wandte er sich zu den Schaustellerbuden. Alle waren geöffnet, überall standen Kunden, ganze Schlangen, und keiner wirkte allzu geduldig.

Er zog Kelly näher zu sich. Das Heulen und Kreischen, das von Harragans Pier herüberdrang, übertönte die Brandung und den Wind; Musikklänge aus offenen Bars kollidierten und bekämpften einander; und er mußte wieder zum Himmel aufschauen, um sich zu vergewissern, daß die Sonne nicht hinter den Wolken hervorgeschlichen war, als er gerade nicht hingesehen hatte.

»Das Jahresende«, sagte Kelly und bohrte sanft einen Finger in seine Brust.

»Was?«

Sie zeigte auf die Menge, die sich rasch verdichtete. »Ich meine das Ende der Ferien. Alle sind fest entschlossen, Narren aus sich zu machen, weil sie am Dienstag wieder arbeiten müssen.« Sie hielt einen Mantelärmel unter ihre Nase. »Und wir gehen aufs College. O Gott, wäre das nicht himmlisch, wenn wir nie wieder eine Schulbank drücken müßten?«

Alle Lichter brannten, und der Tag war immer noch düster genug, um ihnen ein halbherziges Funkeln zu verleihen. Harragans Clowns gackerten vom Tonband. Abrupt erstarb der Wind, die Hitze kehrte zurück, ohne Sonne. Hemden wurde aufgeknöpft, Jacken ausgezogen, und Tony trug seine über der Schulter.

Zweimal waren sie die ganze Promenade entlanggewandert, von Harragans bis zum dunklen Pier, und er konnte Kelly noch immer nicht veranlassen, mit ihm zur Imbißstube zurückzugehen. Er wollte wissen, was Devin über Marys Tod erfahren hatte; er wollte wissen, ob inzwischen irgend jemand eine Erklärung für die vermeintlichen Geister gefunden hatte; und er wollte in wachsender Verzweiflung verhindern, hier auf dem Rummelplatz mit Kelly gesehen zu werden. Sie war aus dem Regenmantel geschlüpft, hatte ihn zusammengefaltet, in einen Plastikbeutel gesteckt und in die Hüfttasche ihrer Jeans gestopft; sie trug Tennisschuhe und ein kariertes Männerhemd mit Perlmuttknöpfen. Hin und wieder wehte ihr das offene Haar ins Gesicht, das nicht mehr von Kälte gerötet war. Und als sie zu einer Bude rannte, um Sodawasserdosen zu kaufen, verdammte er Julie sekundenlang, weil sie ihm die körperliche Liebe beigebracht hatte.

Als sie zurückkam, wandte er geflissentlich den Blick von ihren Brüsten ab. Sie reichte ihm eine Sodawasserdose, und dabei streiften ihre Finger seine Hand, die er so hastig zurückzog, daß ihm die Dose beinahe entglitt.

»Bald muß ich wieder zu arbeiten anfangen«, sagte sie und umfaßte seinen Ellbogen. »Gehen wir woanders hin.«

Devin zündete sich eine Zigarette an und drückte sie fast sofort wieder aus. Als Charlene ihm die zweite Tasse Kaffee brachte, verbrannte er sich fast die Zunge. ›Lausig‹, entschied er, war ein völlig falsches Wort für diesen Tag; ›katastrophal‹ schien die Situation eher zu treffen.

Als Mike gegangen war, grinsend wie ein Idiot, ohne den Witz zu erklären, hatte sich Devin unwillkürlich gewundert, was in den Köpfen der Kids vorgehen mochte. »Ich glaube«, sagte er schließlich, »junge Liebe muß eine Höllenqual sein.«

Gayle antwortete nicht, und er starrte in seine Tasse. Sie sprach kaum, seit sie ihn von der Straße aufgelesen hatte, abgesehen von ihrem Bericht über die Frau. Sie hatte ihn nicht nach Mary gefragt, und nach Nathans Aufbruch war sie stiller denn je.

Er erschauerte, als die Klimaanlage über seinen Kopf hinwegwehte. »Redest du nicht mehr mit mir?«

Mühsam brachte sie ein Lächeln zustande. »Tut mir leid.« Devin berührte ihre Finger. »Schieß los«, bat er leise.

Mit der rechten Hand zupfte sie geistesabwesend am Blusenkragen, die linke klopfte gegen die Kaffeetasse und ergriff dann einen Löffel, um langsam darin zu rühren. »Ich versuche zu entscheiden«, sagte sie mit besonderer Betonung, als müßte jedes einzelne Wort genau ins Schwarze treffen, »ob ich gesehen habe, was ich gesehen habe, oder ob mich der ganze Quatsch in deinem Haus bewogen hat, etwas zu sehen, das es gar nicht gibt.« Er wußte nichts zu erwidern, und sie fuhr fort: »Ich bin nicht unvernünftig, das weißt du. Aber...« Sie ließ den Löffel fallen und umfaßte ihre Oberarme. Rasch kam Devin auf die andere Seite des Tisches, setzte sich zu ihr und legte einen Arm um ihre Schultern, den sie nicht abschüttelte. »Hätte Mike es nicht gesehen...«

»Was hattest du vor?« fragte er.

Verwirrt schaute sie ihn an.

»Heute nachmittag«, erinnerte er sie. »Wenn das alles nicht geschehen wäre – welchen großen Plan wolltest du verwirklichen?«

»Oh.« Ein schiefes Lächeln, ein flüchtiges Lachen. »Eine Expedition zum Pier.«

»Was?«

»Um zu beweisen, daß dort alles in Ordnung ist. Keine Geister, keine Zombies, gar nichts.« Sie lehnte sich an ihn. »Ich wollte versuchen, Kelly eine Scheißangst einzujagen, damit sie zugibt, daß jener Anruf von ihr gekommen ist.« Wieder lachte sie, diesmal halb erstickt. »Dann hättest du eingesehen, welchen Unsinn du treibst, und wieder zu arbeiten angefangen.«

Er starrte über ihren Kopf hinweg auf die Straße, auf die Fußgänger, die mit vollbepackten Armen vorbeieilten, auf die Autos und Motorräder und Lieferwagen und Laster, die hupend die Fahrspuren füllten. Währenddessen hörte er Sal und Charlene und Paula von den Nischen zur Theke und zur Küche und wieder zurücklaufen, das elektronische Bimmeln der Registrierkasse, wo das neue Mädchen die Bons sammelte und das Wechselgeld herausgab. »Und jetzt?«

Gayle folgte seinem Blick zur Straße. »Jetzt glaube ich, daß es dir endgültig gelungen ist, mich zu erschrecken, Graham.«

Einige Minuten lang saßen sie schweigend nebeneinander und schauten nur hinaus, bis Devin in seinen Taschen nach Geld zu kramen begann, um die Rechnung zu begleichen. Er warf die Scheine auf den Tisch und nahm Gayles Hand. »Gehen wir.«

»Wohin?«

»Erst mal holen wir den Jeep. So wie die Dinge laufen, würde es mich nicht überraschen, wenn Mike recht behalten würde, wenn mir tatsächlich das Benzin ausgegangen wäre, ohne daß ich's gemerkt habe.«

Als sie auf der Straße vor Gayles Auto standen, fragte sie: »Und danach?«

»Dann gehen wir beide zu diesem gottverdammten Pier und schauen uns an – was immer es zu sehen gibt.«

Sie antwortete nicht, setzte sich ans Steuer, und nach einem halben Dutzend frustrierender Minuten hatten sie die nordwärts führende Fahrspur erreicht. An mehreren Kreuzungen regulierte die Polizei den Verkehr, der sich langsam dahinwälzte – durch unachtsame Fußgänger und Autos behindert, die sich von der falschen Seite her einordneten, und von einem überhitzten Kombi, der von zwei so heftig lachenden Männern geschoben wurde, die sich vor Lachen kaum noch auf den Beinen halten konnten.

Devin warf seine Jacke auf den Rücksitz, krempelte die Hemdsärmel hoch und fragte sich, wer diese Hitze eingeschaltet hätte. Seine Mutter nannte so was ›Lungenentzündungswetter‹ – Temperaturschwankungen, die verwirrte Leute veranlaßten, sich falsch anzuziehen. Angesichts seiner Pechsträhne erwartete er, am nächsten Morgen mit einer Sommererkältung aufzuwachen, die bis Mitte Dezember andauern würde.

Um eine Familie anzutreiben, die gemächlich über die Straße schlenderte, stützte sich Gayle auf die Hupe. Der Mann spähte lächelnd durch die Windschutzscheibe; das jüngste Kind tippte sich an die Stirn und kicherte.

»Zu Fuß wäre ich schneller«, beklagte sich Devin ein paar Minuten später.

»Hast du's so eilig?«

Die Finger seiner linken Hand trommelten auf sein Knie. »Keine Ahnung. Ich glaube nicht.«

»Dann entspann dich und erklär mir, was du dir von diesem Pier versprichst.«

»Du wolltest auch hingehen«, erinnerte er sie.

»Klar, weil Julie dort gestorben ist.«

»Mary ist auch dort gestorben, Gayle. Irgend jemand

versteckt sich da drin.« Und er erzählte von dem Foto, von dem Gesicht, das er gesehen hatte. Unklar, mit verschwommenen Konturen. »Aber irgend jemand war ganz sicher dagewesen.«

»Um Himmels willen!« Gayle schrie beinahe, rammte fast das Auto des Vordermanns. »Jesus, Devin, warum hast du's nicht der Polizei gezeigt?«

»Das habe ich getan. Auf dem Weg zur Klinik war ich dort und zeigte es einem der Jungs, die nicht dabeigewesen waren. Er behauptete, er würde nichts sehen.« Er legte eine Hand leicht gegen das Armaturenbrett, als sie rasch auf die Bremse treten mußte, um einem Kabrio auszuweichen, das von der mittleren Fahrspur nach rechts bog. »Als ich ihm vorschlug, eine Lupe zu holen, meinte er höflich, ich vergeudete nur seine Zeit.«

»Eine Lupe«, wiederholte sie tonlos.

Er griff über die Rückenlehne, um seine Jacke nach vorn zu zerren, und zog ein zusammengefaltetes Foto aus der Brusttasche. »Es ist schwer zu erkennen. Beinahe hätte ich's selber übersehen. Ich habe einen Abzug für Marty dagelassen. Vielleicht wird er...«

Sie warf einen Blick herüber, als er das Bild hochhielt und zuckte mit den Schultern. »Devin...«

»Es ist da, Gayle«, beharrte er mit ruhiger Stimme.

»Dann müssen wir Marty finden«, sagte sie und beschleunigte so plötzlich, daß er überrumpelt wurde. »Wir zeigen's ihm und überlassen ihm die Entscheidung, ob irgendwas unternommen werden sollte.«

»Diese Frau!«

Sie stützte sich wieder auf die Hupe.

14

Harragan stand neben dem Eingang zu seinem Pier, die Hände tief in den Taschen. Die Menge schob sich an ihm vorbei, die meisten Leute machten sich nicht die Mühe, ihm einen Blick zu gönnen. Männer mit lauten, Frauen mit schrillen Stimmen, tanzende, hüpfende Kinder, die nachdrücklich Aufmerksamkeit forderten. Zwei von seiner Crew saßen am Eintrittskartenschalter, zwei bei jedem Karussell, und die letzteren Teams hatten mehrmals gefragt, ob die Fahrtzeiten verkürzt werden könnten, die Warteschlangen seien zu lang. Anfangs hatte er das abgelehnt, aber jetzt machte er sich Sorgen. Wenn ein puterroter Vater zu ungeduldig wurde, wenn ein aufgeregtes Kind sich vorzudrängen versuchte, würde es eine Revolte geben.

Das alles entnervte ihn. Er hatte die Menschenmassen am Tag der Arbeit schon oft beobachtet und drei Jahrzehnte lang mit angesehen, wie die letzten Sommerenergien bei eintägigen Explosionen verbraucht wurden; aber diesmal war es anders. Das war mehr als ein Freudenfest zum Ende der Saison, und es frustrierte ihn, daß er die Situation nicht definieren konnte.

Langsam ging er über den Pier und hätschelte seinen schmerzenden Rücken, indem er sich weiter als sonst vorbeugte. Ein Ohr lauschte dem Geräusch der Maschinen, der Rest seiner Person hielt nach Betrügern und Dieben Ausschau, nach den Idioten, die den Massenandrang zu nutzen suchten, um ihre Deals mit Drogen und anderem zu verschleiern.

Als er das Riesenrad erreichte, keuchte und schwitzte er, lehnte sich ans Geländer und wünschte, er könnte darüberspringen, ins Meer. Sicher war es kühler da unten, wo die Wellen die Flut hinter sich herzogen. Und stiller, trotz der donnernden Brecher.

Er zupfte sein Hemd von der Brust weg, wischte mit einem Ärmel sein Gesicht ab und schaute mit zusammengekniffenen Augen auf das Wasser. Die Schwimmer riskierten es, in die Unterströmung zu geraten. Viele waren gut hundert Meter von der Küste entfernt. Einige hingen in Gummireifen, noch mehr saßen auf Flößen. Einige Segelboote forderten dahinter den Wind heraus, sie umzuwerfen.

Der Schatten des Riesenrades fiel über Stump. Er schnaufte, kratzte sich am Kopf, floh in eine Ecke und blickte zum Strand. Der Tag hatte sich wieder erhellt, Dekken waren ausgebreitet, Sonnenschirme aufgespannt, nacktes Fleisch sonnte sich. O Gott, betete er, ich möchte noch mal zwanzig sein, das ist alles, was ich mir wünsche, nur noch ein einziges Mal.

»Es sieht so aus, als würdest du doch noch durch den Winter kommen, Stump.«

Er schaute Planter nicht an. Das brauchte er nicht. Der Mann würde wie immer maßgeschneiderte Sachen tragen, auch an einem solchen Tag. Und irgendwo zwischen den Buden würde Laureen, cool und gertenschlank, wie verrückt flirten bis ihr Gatte sie wieder für sich beanspruchte, in das Haus auf dem massiven Pfahlwerk zurückbrachte und dort festhielt, bis er sie wieder einmal vorzeigen wollte.

Planter schnippte mit den Fingern, zu keinem besonderen Rhythmus. »Die Leute sind ziemlich aufgedreht, findest du nicht auch?«

Stump grunzte nur.

»Irgendwie hab ich das Gefühl, die Polizei wird heute noch alle Hände voll zu tun kriegen, meinst du nicht?«

»Mag sein.«

Planter berührte Stumps Arm. »Bist du böse oder sonstwas?«

»Nein, mir ist nur heiß. Und ich denke an die Ruhe, die wir am Dienstag genießen werden.«

Zu Stumps Überraschung stimmte Planter zu. »Es ist einfach gräßlich, weißt du das? Man holt zwar eine ganze Menge aus dieser Stadt raus, aber diese gottverdammte Stadt hängt sich an einen ran wie ein gottverdammter Haushund oder so was ähnliches. Scheiße und Verdammnis, ich glaube, ich werde bald mit Laureen in die gottverdammten Berge ziehen.«

Stump schob sich vom Geländer weg, ohne es loszulassen. »Bist du betrunken, Dumbo?«

Planter lachte – ein offener Mund, ein abrupter Laut. »Nein, aber ich glaube, ich hab dieses Nest hier verdammt satt.«

Ehe Stump antworten konnte, winkte ihm der Banker zu und drängte sich in die Menge zurück, ein Blatt das in einem Wirbelstrom verschwand.

Das Gewühle machte Stump bald schwindlig, und er wandte sich wieder zum Strand. Zwei Rettungsschwimmer standen auf ihren Hochsitzen, ein dritter marschierte am Wasserrand entlang blies wie ein Verrückter in seine Pfeife, und niemand beachtete ihn. Direkt unter Stump lehnte ein junger Mann an einem Pfeiler, seine Freundin neigte sich zu ihm und ließ eine Hand über seine Brust gleiten. Ein kleines Mädchen weinte, ein Hund jagte die Wellen.

Über und hinter sich hörte er das Geschrei der Riesenradfahrer, die nach ihren Freunden riefen, nach den Möwen, die wie Habichte über ihren Köpfen kreisten. Der Generator hustete. Ein Fluch, als jemand über ein loses Kabel stolperte.

Ich weiß, was es ist, dachte er plötzlich – die Augen weit aufgerissen, dann ganz schmal. Jetzt weiß ich es.

Ein Finger klopfte auf seine Schulter.

»Was gibt's denn?« fragte er ärgerlich, ohne sich umzuwenden.

»Haben Sie Devin heute schon mal gesehen, Stump?«

Ein Seitenblick; es war Marty Kilmer, in einer Uniform voller Schweißflecken, den Hut in den Nacken geschoben.

»Nein.«

»Sind Sie sicher?«

»Ja.«

»Verdammt!« Stirnrunzelnd starrte Kilmer auf die Badegäste hinab. »Der Trottel brachte mir ein Foto von Marys Mörder, dann rannte er davon, der Idiot. Was, zum Teufel, denkt er sich eigentlich?«

Das interessierte Stump nicht. »Marys Mörder! Was meinen Sie?« Er ließ das Geländer nicht los, aber sein Kopf drehte sich, bis der Sergeant an seine Seite trat. »Soviel ich gehört habe, ist sie an einem Herzanfall gestorben.«

»Ja, nun – vielleicht, vielleicht auch nicht. Aber es war jemand da drüben, als sie starb. Vielleicht wurde ihr Säure ins Gesicht geschüttet, ich weiß es nicht. Und ich werde es nicht wissen, bevor ich Devin finde, diesen Idioten.«

Stump leckte sich über die Lippen. »Ich sag's ihm, wenn ich ihn sehe.« Er leckte sich noch einmal über die Lippen. »Säure?«

Kilmer zuckte mit den Schultern, und Harragan hätte ihn am liebsten an der Kehle gepackt und erwürgt. Er umklammerte das Geländer noch fester und hielt den Atem an, solange er konnte.

»Das ist mir nur so herausgerutscht«, erwiderte Marty. »Erzählen Sie's nicht rum, okay?«

»Natürlich nicht.« Säure? Marys Mörder? Stump starrte über den Strand hinweg zum dunklen Pier und mußte die Augen zusammenkneifen, um Einzelheiten zu erkennen. Flimmernde Hitze zog vom Wasser und vom Sand herauf, ließ die Ruine verschwimmen und schwanken, verlieh ihr eine unangemessene Tiefe. Er dachte an die Atmosphäre, die vor einem Gewitter in der Luft lag – plötzlich so verdammt klar, daß man jedes Detail eines dreihundert Meter entfernten Hauses oder Baums sehen konnte, und dann auf einmal so dunkel, daß man fast schwören würde, es sei Mitternacht. Kurz vor dem Regen. Kurz vor den Blitzen...

»Stump, ist alles in Ordnung mit Ihnen?«

Nach ein paar Sekunden nickte er.

»Trinken Sie lieber ein Glas Wasser, alter Junge. Die Sonne ist zwar nicht rausgekommen, aber bei dieser hohen Temperatur kann man gar nicht vorsichtig genug sein.«

Stump nickte wieder und hielt den Kopf gesenkt. Der Sergeant beobachtete ihn, wartete auf ein Wort, dann kehrte er ihm rasch den Rücken und bahnte sich einen Weg durch die Menge. Er hatte gehofft, der Alte würde ihm ein bißchen was von diesem Insektengift anbieten. Das würde ihm helfen, klar zu denken. Aber heute hätte er genausogut mit einem Baumstamm reden können. Um Himmels willen, so was hatte ihm gerade noch gefehlt. Erst Devins kleine Überraschung und jetzt das. Wahrscheinlich würde er noch ein Dutzend Raufhändel schlichten müssen, ehe er die Promenade erreichte. So lief das nun mal an diesem Tag – jedes einzelne widerliche Arschloch im ganzen Staat kroch aus seinem Bau, um diesen Samstag in Martys Privathölle zu verwandeln.

Eine knappe Stunde früher hatte es direkt vor dem Polizeirevier Stunk mit Koksern gegeben; jemand hatte ein paar Softbälle durch die bunten Fenster der Methodistenkirche geworfen; Chuck Geller hatte sich festnehmen lassen, betrunkener als zehn Seeleute zusammen, und behauptet, er sei unter dem Brettersteg von Nymphomaninnen attackiert und ausgeraubt worden; dazu vier Verkehrsunfälle, sechs Vermißte, Bombenalarm in der Kindertagesstätte der Heilsarmee an der Summer Road nahe der Brücke.

Um nicht den Verstand zu verlieren, mußte er aus dem Revier fliehen, und er benutzte das Foto als Vorwand. Nicht, daß er den Zeilen Glauben schenkte, die Graham hinterlegt hatte. Erst nach fünfminütigem Studium der Aufnahme war er soweit gewesen, sich einzubilden, er würde ein Gesicht sehen. Aber auf dem Zettel stand, es gäbe noch andere Abzüge, vielleicht etwas klarere. Und Marty mußte immerhin damit rechnen, daß der Fotograf eine miese Sensation inszenierte. Womöglich würde Devin genug Lärm machen, um die Anwälte auf den Plan zu rufen, die wie die Fliegen über das Erbe der armen Mary kriechen würden, um Gewinn daraus zu schlagen.

»O Jesus«, murmelte Marty voller Ekel vor sich selbst. Wenn irgend jemand so etwas versuchen würde, wäre es Geller, nicht Devin. Der war trotz all seiner Sünden zu verdammt ehrlich und verantwortungsbewußt, um sich so eine blöde Intrige auszudenken.

Ein Ellbogen traf ihn in den Rücken. Marty wirbelte herum und konnte sich gerade noch beherrschen. Beinahe hätte er eine junge Frau niedergeschlagen, die mit drei kaum den Windeln entwachsenen Kindern kämpfte. Er lächelte, sie hob die Schultern, um sich zu entschuldigen. Eines der Kinder übergab sich, und er ging davon.

Durch das Gedränge. Langsam. Die Bänke absuchen, den Strand, die Leute, die alle Rampen verstopften, die Buden. Er hatte kaum ein paar Meter zurückgelegt, als er beschloß, seinen eigenen Rat zu befolgen, und in eine Bar schlüpfte, wo ihm der Barkeeper ein schnelles kleines Bier servierte. Der Drink kühlte ihn ab, und er machte sich rasch wieder auf den Weg, ohne die Ausweise der Kids zu kontrollieren, die in der Kneipe an den Tischen saßen, lachten und tranken. Marty akzeptierte das.

Und sobald er wieder auf den Planken stand und sich das Gesicht mit einem Taschentuch abwischte, hatte er sich selber einen zwanzigfachen Narren genannt. Wenn Devin überzeugt war, der Killer – oder wer auch immer – hätte sich auf dem anderen Pier versteckt, lag es nahe, daß er etwas noch Dümmeres versuchen würde – zum Beispiel selber in die Ruine zu gehen und sie zu durchstöbern.

Obwohl der dunkle Pier abbruchreif war. Obwohl sich die bewußte Person, wer sie auch sein mochte, immer noch dort herumtreiben konnte.

Etwas später gab er es auf, Skateboards und brüllenden Bälgern auszuweichen, und stieg die Stufen zum Strand hinab. Er blieb in der Nähe des Bretterstegs, und obwohl es ihm nicht leichtfiel, durch den Sand zu gehen, verschaffte ihm das wenigstens eine Gelegenheit, die Badeanzüge genauer zu betrachten. Vor allem die an den Körpern derjenigen Frauen, die ihn genauso freimütig anstarrten, wenn er vorbeischlenderte.

Gute Chancen, sagte er sich, zog den Bauch ein und rückte den Hut zurecht; ergreif' deine Chancen, wo du kannst, Kilmer, vielleicht hast du Glück.

Er lachte und wandte blitzschnell den Kopf um, so daß ihn niemand sah, und ebenso flink trat er unter die Planken in den grauen Schatten, wo er am anderen Ende, an einer Betonmauer, eine Gestalt liegen sah. Großartig, dachte er. Seine Hand glitt zum Revolver.

Langsam ging er weiter, benutzte die Pfeiler, um sich voranzuschieben und wartete, bis sich seine Augen an die Streifen aus Licht und Dunkel gewöhnt hatten, die hier unten die Luft spalteten und den Sand abhielten. Dann blieb er stehen und rief: »Jesus, könnt ihr nicht wenigstens warten, bis es finster wird?«

Tony, der im Schatten saß, an die Wand gelehnt, und Kellys Kopf im Schoß hielt, stieß sie mit einer geflüsterten Warnung weg und rappelte sich hoch. Kelly setzte sich nur auf und wischte sorgsam den Sand von ihrem Hemd. Dabei schaute sie Kilmer an, als wäre er ein Problem, mit dem sie sich im Augenblick nicht befassen konnte.

Er ignorierte den Blick und strich mit einer großen, schweren Hand über sein Gesicht. »Habe ich an einem solchen Tag noch nicht genug Ärger, Riccaro? Muß ich dir und deiner Freundin jetzt auch noch eine Lektion erteilen?«

Nervös klopfte Tony auf seine Jans. »Wir haben nichts getan.«

»Ich weiß«, entgegnete der Polizist. »Und sie ist nur deine Kusine, nicht wahr?«

Lachend stand Kelly auf, lachte noch lauter, als sie Tonys Miene sah, und schlug die Hände vors Gesicht.

»Habe ich was Komisches gesagt?« fragte Kilmer.

Tony spürte plötzlich in seiner eigenen Kehle ein Gelächter aufsteigen, schüttelte den Kopf, dann nickte er und sagte: »Sie sollten mal meine Kusine sehen.«

»O Gott, macht bloß, daß ihr von hier wegkommt!« befahl der Sergeant müde und winkte ihnen. Ohne zurückzublicken, stapfte er weiter, in einem großen Bogen auf den Sonnenschein zu.

»Du lieber Himmel!« keuchte Kelly, lehnte sich schwer an Tony, dann richtete sie sich auf und drückte einen feuchten Kuß auf seine Wange. »Hast du sein Gesicht gesehen?«

»Aber wir haben doch gar nichts getan!« beharrte er.

»Überhaupt nichts, Sherlock«, bestätigte sie ausdruckslos und schaute zu den dunklen Gestalten hinauf, die über ihren Köpfen dahingingen. »Ich muß jetzt zur Arbeit. Jimmy bringt mich so oder so um, aber ein Dollar ist ein Dollar, nicht wahr? Wir sehen uns heute abend.«

Tony zuckte mit den Schultern und rührte sich nicht, als sie ihn noch einmal küßte und davonrannte, mit dem grellen Licht verschmolz wie ein plötzlich sterbender Schatten. Er wartete ein paar Minuten, um sicherzugehen, daß sie nicht zurückkehren würde, dann setzte er sich in Bewegung, blieb unter dem Brettersteg, strich über die Grundfesten der Konstruktion, die all die Buden und Bars trug.

Das klappte kein bißchen. Dieser letzte Tag verlief ganz anders als vorgesehen, und er würde verdammte Schwierigkeiten kriegen, wenn Mike davon erfuhr. Was bald geschehen würde, denn da sich Kelly in einer so merkwürdigen Stimmung befand, würde sie bei der nächstbesten Gelegenheit alles ausplaudern.

Und das war nicht fair, denn sie hatte die ganze Zeit nur hier gesessen. Geredet. Geträumt. Wünsche geäußert. Herauszufinden versucht, auf welche Weise sich die Dinge in wenigen Tagen ändern würden. Sie hatte ihm sogar erlaubt, über Julie und die Frau mit dem Schirm zu sprechen. Doch mit der Art, wie ihre Hände in den Sand schlugen, gab sie ihm zu verstehen, daß sie noch immer nichts davon wissen wollte. Dann rutschte sie hinab und streckte sich aus, die Hände über dem Bauch gefaltet, den Kopf in Tonys Schoß, und er mußte kerzengerade dasitzen, damit sie die Reaktion nicht spürte, die ihr Haar über seinen Schenkeln verursachte.

Einmal, nur ein einziges Mal fragte er sich, ob er den Nerv haben würde, seine Hand zu ihren Brüsten hinabwandern zu lassen, aber eine Kinderschar, die zwischen den Pfosten Fangen spielte, hielt ihn gerade noch rechtzeitig zurück. Und ehe er wieder Mut faßte, war Kilmer gekommen, um sie beide zur Schnecke zu machen, obwohl sie gar nichts getan hatten.

Nichts klappte, gar nichts. Er hob eine leere Bierdose auf und schleuderte sie gegen die Mauer, steuerte auf die erste Treppe zu, die er entdeckte, und stieg zur Promenade hinauf. Die Hitze war schlimmer, noch viel schlimmer als zuvor; und als er die nächste Rampe erreichte, schwitzte er so stark, daß sein Haar an den Schläfen und am Nakken klebte. Seine Mutter würde einen Anfall bekommen, wenn sie ihn so sah, aber es blieb ihm nichts anderes übrig, als in die Imbißstube zurückzukehren. Er nahm nicht an, daß Gayle oder Devin noch immer dort saßen. Doch sein Vater würde vielleicht wissen, wohin sie gegangen waren.

15

»Nach links!« befahl Devin plötzlich. Sie erreichten die Kreuzung kurz vor dem Polizeirevier, der Verkehr bewegte sich nicht viel schneller als die Passanten. Abrupt setzte er sich auf und zeigte über das Lenkrad hinweg. »Nach links – jetzt!«

Ohne nachzudenken, schaltete Gayle das linke Blinklicht ein und schaute erst in den Rückspiegel, als ihr Hintermann wütend hupte. »Aber wir sind doch fast schon da, Dev.« Ihr Mundwinkel hob sich. »Möchtest du hinten parken? Dort gibt's keinen Eingang – erinnerst du dich?«

»Nein.« Langsam rieb er über seine Wange. »Vergiß es. Marty wird ohnehin nicht dasein, jetzt nicht. In diesem ganzen Durcheinander hat er sicher alle Hände voll zu tun.«

Sie sagte nichts. Ein gepeinigter Verkehrspolizist ohne Hut sah ihr Blinklicht. Und als er sie mit seinem starren Blick nicht veranlassen konnte, sich anders zu besinnen, zuckte er mit den Schultern und versuchte, die südwärts führende Fahrspur hinreichend freizumachen, so daß Gayle von der Summer Road abbiegen konnte. Die Fußgänger mißachteten seine Anweisungen, schlängelten sich zwischen den Autos hindurch, grinsten sie an, forderten sie mutwillig zum Weiterfahren heraus.

»Verdammt, das wird eine Stunde dauern, bis wir den nächsten Zentimeter schaffen«, beschwerte sich Gayle. »Warum steigst du nicht aus? Wir treffen uns später.«

»Ich hab's dir doch schon gesagt – wir gehen nicht hin. Wenn Marty mit mir reden wollte, hätte er mich benachrichtigt.«

»Dev, um Himmels willen!«

Er schüttelte den Kopf; es war ihm egal. Nun wollte er nur noch nach Hause und ein paar Sachen holen, bevor sie zum Pier gingen. Kilmer würde ihm nicht helfen, und es war verrückt gewesen, sich einzubilden, der Polizist könnte etwas für ihn tun.

Das einzige Geräusch im Auto war das Blinklicht – klick – *klick* –, und es zerrte an Devins Nerven. Erst vor wenigen Minuten hatte er zwei junge Männer an einer Straßenecke beobachtet, die Möwen über den Geschäften fotografierten. Dabei war er auf den Gedanken gekommen, er müßte schlüssigere Beweise für die Tatsache vorlegen, daß sich zum Zeitpunkt von Marys Tod jemand auf dem dunklen Pier aufgehalten hatte. Dann würde sich Kilmer gezwungen sehen, etwas zu unternehmen. Jetzt, nicht später, wenn er mehr Zeit finden und nicht so abgelenkt sein würde. Falls die Polizei den Pier wirklich abgesucht hatte, war sie sicher nicht besonders gründlich vorgegangen; was für eine Rolle spielte

Betschwester Mary denn schon? Sollte sich eine bereits überlastete Polizei ihretwegen ein Bein ausreißen?

Das Auto rückte zentimeterweise weiter. Klick*klick*.

Wen immer er auf dem Foto entdeckt hatte – es handelte sich wahrscheinlich um einen Obdachlosen. Ein paar arme, heimatlose Penner lebten mehr schlecht als recht in den Ruinen. Auf den verkohlten Planken konnte es kaum gemütlich sein, von appetitlich ganz zu schweigen, und unter dem Pier wäre es besser gewesen. Aber das schlechte Wetter hatte die ausgebrannten Räume vielleicht verlockend erscheinen lassen. Vielleicht war Mary schon früher einmal drin gewesen, hatte das Versteck des Penners entdeckt, und beim nächsten Wiedersehen war er in Panik geraten.

Der Wagen bewegte sich wieder, der Motor stockte und starb beinahe ab.

Vielleicht verwahrte der Mann irgendwelche Sachen auf dem dunklen Pier, die Beute von Warenhausdiebstählen, vielleicht steckten alle seine Habseligkeiten, die er als seine kostbarsten Schätze betrachtete, in braunen Papiertüten. Vielleicht.

Devin streckte den linken Arm auf der Rückenlehne des Fahrersitzes aus, die rechte Hand legte er leicht auf die Brust, der Daumen trommelte gegen das Brustbein, klick*klick*, der rechte Fuß klopfte auf den Boden, klick*klick*, und als er das Radio einschaltete, um Musik zu hören, ertönten nur pulsierende Störgeräusche.

»Sonnenflecken«, murmelte Gayle und knipste den Apparat wieder aus. »Das verdammte Ding weigert sich zu funktionieren, seit ich es gekauft habe.«

Das Tageslicht erhellte sich, wenn auch kein Himmel zu sehen war. Nun pochte Devins linker Daumen – klick*klick* – auf Gayles Nacken, bis sie den Kopf wegriß. Er beobachtete, wie sich ihre Fingerknöchel am Lenkrad weiß färbten, sah, wie steif sich ihre Lippen bewegten, als sie vor sich hinfluchte und den schwitzenden Polizisten beschwor, ihr mehr Spielraum zu verschaffen.

»Da«, wisperte er und deutete auf eine Verkehrslücke. Bevor der Bulle sie hindurchwinken konnte, fuhr sie los, schneller, als sie durfte, beschleunigte, sobald sie die fast leere Querstraße erreichte, und ignorierte das verzweifelte warnende Pfeifen, das schrill hinter ihr herblies. Devin beäugte ihr Profil. Sie war nicht bereit, den Blick vom Asphalt zu nehmen. Dann bog sie wieder nach links und steuerte die Dünen an. Helles Tageslicht. Zwei Möwen schwebten tief über der Schwarzdecke dahin und landeten flatternd auf einer umgekippten Mülltonne. Ihre Köpfe waren erhoben, die Augen blinzelten nicht. Aber Devin blinzelte und beugte sich vor. Er glaubte, durch einen Nebel zu fahren. »Nicht so schnell, Gayle.«

Das Auto schwenkte ein wenig nach links, überquerte die Mittellinie und schwang wieder zurück.

»Gayle!«

Helles Tageslicht, weiße Fingerknöchel. Er legte eine Hand auf ihren Schenkel und drückte ihn sanft. »Gayle, du wirst ins Marschland donnern. Immer mit der Ruhe. Wir haben's nicht so eilig.«

Eine Möwe flog vor die Windschutzscheibe und drehte kreischend ab. Die Dünen lagen direkt vor ihnen, der Zaun bildete ein schwarzes Band und zwang Devin, hinzuschauen, wegzuschauen, wieder hinzuschauen und zu schlucken, als er erkannte, daß die unregelmäßige Silhouette dem ›Haus der Angst‹ glich. Immer mit der Ruhe, ermahnte er sich selber; immer mit der Ruhe, es ist nur die Hitze.

Ein Baseball auf der Straße. Gayle überfuhr ihn. Sandschleier wehten über den Asphalt, wirbelten ihnen entgegen, wirbelten davon. Die Dünen wirkten so hoch, die Lücken im Zaun wurden verblüffend breit.

»Gayle!«

Sie zuckte zusammen, schnappte nach Luft, trat auf die Bremse, und er wurde gegen die Tür geworfen, als das Auto seitwärts schlitterte und quer über der Fahrspur stehenblieb, die Windschutzscheibe zur Gegenfahrbahn gewandt. Eine zitternde Hand stellte den Motor ab. »Ich weiß nicht...«, begann Gayle. »Ich...«

Mit wild um sich schlagenden Armen richtete er sich auf und hoffte, sie würde lachen und die Spannung lockern. Als sie es nicht tat, berührte er ihre Schulter, und sie sah ihn mit großen Augen an, leckte sich über die Lippen und schluckte. Er schenkte ihr ein unsicheres, schiefes Lächeln, und sie lehnte sich sekundenlang an ihn, bevor sie sich wieder aufsetzte und ihr Haar glattstrich. Ein gekrümmter Finger glitt über das Lenkrad, hin und her, hin und her.

»Ich muß – ich war in Gedanken woanders«, bot sie ihm als Entschuldigung an.

»Wo?« fragte er leichthin. »In Kanada?«

Ihr eigenes Lächeln war nicht mehr als eine flüchtige Muskelzerrung.

»Warte hier«, sagte er. »Ich bin gleich wieder da. Nur eine Minute, ja?«

Ein langer Augenblick verstrich, bevor sie nickte, und er berührte noch einmal ihre Schulter, ehe er die Tür öffnete.

Helles Tageslicht. Das Tosen der Brandung, als würde sie direkt hinter dem Haus rauschen. Und der Lärm – blecherne Musik, gedämpfte Schreie, von der westwärts wehenden Brise so deutlich herangetragen, daß er sich einreden mußte, die dunkel vor seinen Augen tanzenden Staubkörner würden sich nicht in Geister verwandeln.

Nachdem er sich noch einmal zu Gayle gewandt und ihr beruhigend zugezwinkert hatte, beschattete er mit einer Hand die Augen, lief zur Tür und kramte in seinen Taschen nach den Schlüsseln, ehe ihm einfiel, daß er das Haus am Morgen bei seinem Aufbruch nicht abgeschlossen hatte. Drinnen angelangt, hatte er kaum drei Schritte in die Richtung der Dunkelkammer gemacht, als das Telefon läutete. Er schaute hin. Es läutete wieder.

Mit strengem Kopfschütteln und gerade ausgestrecktem Arm stieß er die Tür der Dunkelkammer auf, ging geradewegs auf den Aktenschrank zu und riß die Mappe heraus, die Julies Bild enthielt. Er wußte nicht, warum er es an sich nehmen wollte, vergeudete aber keine Zeit, faltete es zweimal zusammen und steckte es ein.

Und erstarrte, als er eine Stimme im Wohnzimmer hörte.

Ich hab' den Anrufbeantworter nicht laufenlassen, dachte er, als er aus der Dunkelkammer trat; ich weiß, daß ich ihn nicht laufengelassen habe.

»Devin, bist du da?«

Ich hab's nicht getan.

Es war Viceroy, und in seiner Stimme schwang keine schmeichelnde Freundlichkeit mit. »Hör mal, Devin, es dauert schon zu lange. Das weißt du ebensogut wie ich. Du mußt dich bald entscheiden, ist das klar? Und da ich dich nicht verlieren will, komme ich am Dienstag zu dir. Dienstagnachmittag. Und sieh zu, daß du auch wirklich da bist, verstanden?«

Er ging zur Tür, den Blick von der Kameratasche angelockt, die auf dem Tisch lag.

»Devin – *Mr. Graham* – das ist lächerlich. Du weißt, daß ich nur dein Bestes will, und ich weiß, daß ich dich für mein Magazin haben möchte, und ich werde dich holen. Bis Dienstagnachmittag.«

Er schob mit einem Bein den Couchtisch beiseite, packte das Gerät und schwang es hoch über den Kopf. Das Kabel straffte sich. Er riß daran, taumelte rückwärts, bis die Leitung aus der Wand gerissen wurde und der Apparat beinahe seinen Händen entglitt.

Mr. Graham, ich will mein Foto wiederhaben.

So kraftvoll wie möglich schleuderte er das Gerät gegen die Wandleiste, sah, wie es hochhüpfte und zu seinen Füßen zurückrutschte. Die Klappe war aufgesprungen, die Kassette herausgerutscht. Er hob den linken Fuß und stieß mit der Ferse nach unten, einmal, zweimal, bis sein Bein zu schmerzen begann.

»Mr. Graham ...«

Dann packte er die Kamertasche und rannte aus dem Haus.

16

Tony stürzte sich auf die Theke, beugte sich hinüber und schaute auf Charlenes Kopf hinab. »Bist du sicher?«

Mit einem übertriebenen Seufzer schob sie einen Stapel schmutziges Geschirr in den Plastikeimer, den Sal später nach hinten zur Spülmaschine tragen würde, sah auf und nickte. »Ganz sicher. Sie sind einfach gegangen und haben keine Nachricht hinterlassen. Warum? Hätten sie das tun sollen?«

»Verdammt.«

Sie richtete sich auf, blies sich das Haar aus dem Gesicht und griff nach hinten, um ihre Wirbelsäule zu massieren. »Jesus, heute war's hier mörderisch.« Sie blickte sich im Lokal um, holte tief Luft und verdrehte die Augen. »Ich muß den Alten fragen, ob ich nächstes Jahr eine Gehaltererhöhung kriege. Wenn er mir keine gibt, wird meine Mutter zu ihm ins Haus ziehen.«

Er lächelte nicht, lachte nicht, hielt nach seiner eigenen

Mutter Ausschau und beobachtete, wie sie einen Gast mit Strohhut zu besänftigen versuchte, der ärgerlich auf den Ventilator der Klimaanlage und dann auf seinen Suppenteller zeigte. Nach ihrer Miene zu schließen, hatte Tony das Gefühl, sie würde dem Kerl die Suppe über den Kopf schütten, wenn er noch länger Ärger machte.

Es war sinnlos, es noch einmal mit dem Vater zu versuchen; der half in der Küche aus und hatte Tony bereits zweimal erklärt, er könne aus Zeitmangel keine Fragen beantworten.

»Willst du eine Nachricht hinterlegen, falls sie zurückkommen?« erkundigte sich Charlene.

Mike war nicht zu Hause; er hatte bereits angerufen. »Nein, ich glaube nicht.«

Sie zuckte mit den Schultern, nahm einen Bestellblock und ging absichtlich langsam die Theke entlang, während eine Frau mit einem Löffel gegen ihr Glas klopfte.

Verdammt, dachte Tony, eilte wieder nach draußen und wandte das Gesicht vom Tageslicht ab, das ihn blendete. Schließlich zog er seine Sonnenbrille aus der Tasche. Die half, aber nicht viel, und er versuchte dem Widerschein auf dem Gehsteig und der Strahlkraft des Himmels auszuweichen, als er nach einer vielversprechenden Verkehrslücke fahndete. Mit Seitwärtsschritten bewegte er sich langsam nach Norden, straffte die Schultern, wann immer er glaubte, einen Weg über die Straße gefunden zu haben, und stöhnte wütend, wenn sich die Autoreihe wieder schloß.

Seine rechte Hand klopfte gegen den Schenkel. An der Straßenecke tänzelte er auf der Stelle, hüpfte von der Bordsteinkante und sprang wieder hinauf.

Sie gingen zum Pier. Das spürte er an der Art, wie sich die Härchen an seinen Armen zu sträuben begannen, wie die Handflächen prickelten. Sie gingen zum Pier, sie gingen in die Ruine – ohne ihn.

Sobald die Ampel wechselte und der Bulle auf die Motorhauben der Autos hämmerte, um sie zu stoppen, stürmte Tony auf die andere Seite und dann geradewegs zum Strand. Es würde nichts nützen, bei Gayles Geschäft anzuhalten; das hatte er bereits nach der Trennung von Kelly getan, es war geschlossen.

Eine Frau, um mehrere Größen zu üppig für ihren Badeanzug, stieß mit ihm zusammen, fauchte ihn an und marschierte davon. Er starrte ihr nach, ignorierte die Ellbogen, die ihn anrempelten, die undeutlichen Kommentare, die zu ihm herüberwehten. Dann lief er weiter, konnte kaum an die Menschenmasse auf dem Gehsteig glauben. Es waren so verdammt viele, daß er mehrmals auf die Straße ausweichen mußte, um ein gedrosseltes Tempo zu vermeiden. Offenbar war heute der ganze Staat in Oceantide versammelt. Wahrscheinlich die gesamte Ostküste.

Auf den Veranden der Pensionen waren alle Schaukelstühle besetzt, die älteren Leute fächelten sich schweigend mit Zeitschriften Kühlung zu, die dunklen Brillengläser reflektierten nichts.

Und am Strand kroch die eine Hälfte der Leute unter dem Brettersteg hindurch, während die andere den Weg über die Rampen nahm. Ein Gewühle. Brüllendes Gelächter. Arme und Beine, die sich wie in alten Filmen im Fernsehen bewegen, dachte Tony, als würden zwischendurch Schritte oder Einzelbilder fehlen.

Ohne Zögern rannte er eine Rampe hinauf, als ein Kampf zwischen zwei Paaren ausbrach, die gleichzeitig versuchten, ihre Sonnenschirme und Picknickkörbe durch das Pfahlwerk zu zwängen. Er schüttelte den Kopf, bemühte sich, längsseits der Holzstruktur zu bleiben und bog so schnell wie möglich um die Ecke. Nach Norden schaute er nicht, wollte den dunklen Pier nicht sehen, noch nicht.

Falls Devin und Gayle schon in der Ruine waren, hatte er nicht die Absicht, allein hineinzugehen, und er wußte beim besten Willen nicht, was ihn daran hinderte.

Er kam an einem dicht umdrängten, lärmenden Imbißstand vorbei und schluckte, um nicht würgen zu müssen, als der Geruch von Hot dogs, Senf, Sauerkraut und Ketchup seine Nase füllte; eine Bude, vor der Dutzende Kinder Schlange standen, um mit Luftpumpen Wasser in Clownsmünder zu spritzen; ein schmaler Eingang zu einer Einkaufspassage, die den Großteil des Gebäudes dahinter einnahm; eine Bar, aus der wilde Musik und offenbar übermütiges Gelächter quer über den Strand wehten, getragen von Wellen aus Bierdunst.

Irgend jemand rief seinen Namen, und er winkte, ohne sich umzublicken.

Die Brandung dröhnte laut, aus voller Kehle. Er brauchte nicht hinzuschauen, um zu wissen, daß die Wellen höher als sonst emporstiegen, der Sturm die Flut vor sich hertrieb, das Wasser kälter und tiefer war und an den Beinen der Schwimmer riß.

Frankie Junston drehte sein Glücksrad, mit rotem Gesicht und dunkel verschwitztem Bart. Keuchend blieb Tony stehen, an die schmale Wand gedrückt, die das Rad vom Luftballonhimmel trennte. Mehrere spanischstämmige Kunden inspizierten die Pfeile, wogen sie in der Hand, wickelten Tauschgeschäfte ab und scherzten, alle mit Stirnbändern aus gefalteten Tüchern. Sie sprachen so schnell Spanisch, daß er kein einziges Wort ausmachen konnte.

Er spähte um die Ecke. Kelly saß auf ihrem Hocker, eine Dose Sodawasser in der Hand. Feucht klebte das Hemd an ihr. »Hi«, sagte er, und sie zuckte zusammen, schwang eine Faust hoch, formte mit den Lippen die Drohung, sie würde ihm den Schädel abreißen.

Frankie schrie, er habe einen Gewinner, und drückte auf den Knopf einer Hupe.

»Hast du Mike gesehen?« fragte Tony mit erhobener Stimme, um sich Gehör zu verschaffen.

Kelly schüttelte den Kopf.

»Weißt du, wo er ist?«

Sie wandte sich für einen Augenblick ab, lange genug, so daß er seine Frage bereute. »Ich glaube...«

Die Hupe plärrte wieder. Die Spanier begannen zu werfen. Alle auf einmal. Ein Dutzend Pfeile in schwirrender Salve bohrte sich in die Bretter und traf überhaupt nichts. Sie brüllten vor Lachen und schütteten weitere Vierteldollars auf die Theke.

Tony gab es auf und ging davon, versuchte Kelly zu bedeuten, er würde später wiederkommen. Entweder sah sie ihn nicht, oder sie ignorierte ihn. Plötzlich wollte er sich nicht mehr mit ihren Launen, ihren ständig wechselnden Stimmungen belasten. Ihr gottverdammter Versuch, mit ihm zu spielen, während sein gottverdammter Freund schon in drei Tagen aus seinem Leben verschwinden würde...

Ein Mann ließ mitten auf der Promenade ein perlenbesetztes Akkordeon erklingen, einen steifen Filzhut zu seinen Füßen. An seiner Seite lag ein keuchender Schäferhund. Die Melodie brillierte in schnellem Rhythmus, und die Leute wiegten die Köpfe im Takt, aber keiner blieb lange genug stehen, um eine Münze fallen zu lassen.

Kopfschmerzen erblühten in Tonys linker Schläfe und verlangsamten seine Schritte, sobald der Luftballonhimmel hinter ihm lag. Er rieb mit der Handkante über die pochende Stelle. Dabei streifte er die Sonnenbrille von der Nase und fing sie mit einer Hand in der Luft.

Er mußte Mike finden. Allein würde er keinesfalls auf den dunklen Pier gehen, nicht einmal, wenn Gayle und

Devin schon dort waren. Jemand mußte ihn begleiten, jemand, der ihm den Rücken deckte.

Bei Harragans Betrieb bog er scharf nach links und schob sich durch die Menge. Stump saß am Ende seines Piers auf einer Bank, neben sich eine Schar von Kindern, die Eiscreme und Zuckerwatte aß und mit den Beinen baumelten.

»Hi, Mr. Harragan«, grüßte Tony, als er den alten Mann erreichte.

Harragan sah auf im grellen Tageslicht, ein Auge fast geschlossen, und nickte.

»Haben Sie Mike gesehen?« fragte Tony und reckte den Hals hoch, um über die Menge hinwegzuschauen. »Mike Nathan?«

»Nein.«

»Verrückt.«

Harragan lachte. »Du meinst ›verdammt‹, was? Oder vielleicht ›Scheiße‹?«

Tony wußte nicht, was er sagen sollte.

Stump ließ eine Handfläche die Brust hinabwandern, über den Schenkel und schlug sich auf das Knie. »Du und deine Gang, ihr könnt umsonst bei mir fahren. Der letzte Tag und dieser ganze Quatsch – du weißt schon. Also, Freifahrten, so viele du magst.«

Hilflos schwenkte Tony eine Hand. »Oh, vielen Dank, Mr. Harragan. Vielleicht später, okay? Jetzt muß ich erst mal Mike finden. Ich glaube...«

Ein Schrei klang auf, ein paar hundert Stimmen jubelten, und er schaute über das Geländer. Hinüber zum dunklen Pier. Leute drängten sich am anderen Ende des Strandes, doch er war zu weit entfernt, um festzustellen, was dort geschah.

Harragan erhob sich und trat steifbeinig ans Geländer. Neugierig folgte ihm Tony, blieb neben ihm stehen und sah nun, daß die Leute, die über den Sand rannten, unter dem Pier verschwanden. Das Absperrungsseil war niedergerissen, und er beobachtete, wie ein Warnschild ins Meer geworfen wurde.

»Idioten«, murmelte Harragan. »Dieser verdammte Schuppen kann jeden Tag einstürzen und diese Idioten unter sich begraben.« Wütend kratzte er sich am Kopf. »Das sind Idioten, mein Junge, jeder einzelne ist ein Idiot, und ich will verdammt sein, wenn ich mich auch nur einen Deut drum schere.«

Tony blinzelte. Der Widerschein von Öl und Sand und Wasser trieb ihm trotz der Sonnenbrille Tränen in die Augen. Auch als er den Kopf wandte und zur Seite schaute, blieben die Umrisse des Piers verschwommen, als würden sie allmählich verblassen. »Ich muß Mike finden«, sagte er zum Abschied, und Harragan nickte.

»Ich sag's ihm, wenn ich ihn sehe. Und vergiß nicht – ihr könnt kostenlos bei mir fahren.«

Tony eilte davon, hielt sich dicht am Geländer und beobachtete die Leute, stoppte bei jedem Karussell, um zu sehen, ob Mike damit fuhr. Er schnippte mit den Fingern. Wann immer er stehenblieb, klopfte sein Schuhabsatz auf die Planken. *Hurensohn,* dachte er, als er das Riesenrad erreichte und ihn nirgends entdeckte. *Verdammt,* dachte er, als er sich einen Weg durch das Gedränge bahnte, Familien und Trios trennte und sekundenlang unschlüssig unter den schrill lachenden Clowns eine kleine Pause einlegte.

Ein pochender Absatz. Grelles Tageslicht. Fingerschnippen. Ein Dutzendmal trat er auf der Stelle, bis er zu einem Sprint ansetzte, der ihn zum Luftballonhimmel zurückführte. »Ich gehe zum ›Haus der Nacht‹«, erklärte er Kelly, bevor sie sich wieder von ihm abwenden konnte. »Wenn Mike kommt, sag' ihm, daß ich dort bin, okay?«

Dumpf starrte sie ihn an.

»Kell, hörst du mich?«

»Das kannst du nicht«, erwiderte sie.

»Und ob ich das kann! Bis später.«

»Tony!« rief sie ihm nach. »Tony, dieser Pier ist abbruchreif! Du wirst dir weh tun!«

Er rannte wieder, diesmal etwas langsamer, schlüpfte zwischen den Leuten hindurch. Als ihm die Sonnenbrille vom Gesicht geschlagen wurde, blieb er nicht stehen, um sie aufzuheben. Plötzlich sah er Angie an Fran Kuellers Seite dahinwandern, eine Eiscremetüte in der Hand. Er floh zur anderen Seite, so weit er konnte, und riskierte einen Blick über die Schulter, um festzustellen, ob sie ihn bemerkt hatten.

Abrupt blieb er stehen und stieß gegen eine Bank, die ihn gegen das Geländer schleuderte. Es war nicht Mrs. Kueller. Es war Julie, die seine Schwester an der Hand führte.

Julie Etler, und sie lachte.

17

Charlene packte Mikes Arm, zerrte ihn ans Ende der Theke, bevor er protestieren konnte, und schob ihn durch die Schwingtür in den schmalen gekachelten Korridor, der zu den Toiletten für die weiblichen Gäste und die Angestellten führte. Er fand keine Zeit, um auch nur ein Wort zu sagen, aber in der Stille dieses kurzen kühlen Flurs dachte er einen Augenblick lang, sie würde sich die Kleider vom Leib reißen und ihn zu Boden werfen. Er wich an die Wand zurück.

Trotz der surrenden Klimaanlage war ihr Gesicht gerötet, Schweiß glänzte auf ihren Wangen und der Stirn. »Dieser Schuppen«, stieß sie zwischen tiefen Atemzügen hervor und fegte eine verirrte Locke von ihren Augen weg, »ist ein verdammtes Irrenhaus, weiß du das? Eine Klappsmühle, Nathan, und ich bin kein Informationsdienst, verstehst du?« Mühsam keuchte sie, leckte sich über die Lippen und drehte den Kopf zur Seite, als wollte sie ausspucken, dann sah sie ihn wieder an. »Ich hab's satt, von diesen Rüpeln angeschrien zu werden, die sich einbilden, sie könnten meinen Arsch anfassen, wann immer ich ihnen eine Tasse Kaffee serviere. Und ich bin diese gottverdammten Väter leid – *Väter*, um Himmels willen, die auf meine Titten hinabzustarren versuchen, während die netten kleinen Gemahlinnen ihre gottverdammten Ansichtskarten zählen.«

»Charlene«, begann er, »hör mal, ich...«

Ärgerlich wenkte sie ihren Bestellblock, um ihn zum Schweigen zu bringen. »Ich hab's satt, daß mein Onkel mich anschaut, als würde ich jede Minute sterben, nur weil ich keinen Hurensohn von Ehemann habe, einen von diesen Widerlingen da draußen. Und ich bin's leid, daß meine Mutter mich jedes Jahr hierherschickt, weil sie glaubt, ich würde irgendeinen gottverdammten Millionär finden.«

»Char...«

»*Und*«, fuhr sie fort und bohrte einen Finger in seine Brust, »ich hab's satt, darauf zu warten, daß du mich endlich mal ausführst, okay, Nathan! He, ich bin keine schöne Frau, das weiß ich genausogut wie du. Ich hab Augen im Kopf und einen Spiegel. Ich bin nicht das, was man ein erstklassiges Stück Arsch nennt, das weiß ich, glaub mir. Aber du lieber Gott, Nathan, ich bin auch nicht alt genug, um deine Mutter zu sein. Also? Was sagst du dazu?«

In seiner Panik blickte er zur Tür, durch die beiden

nachgemachten Bullaugen, und betete darum, Mr. Riccaro möge erscheinen und ihn vor dieser Frau retten, die zu lange in der Hitze gewesen war. Niemand kam. Er hob die Hände, und zu seiner Überraschung trat sie dazwischen und ließ ihn ihre Brüste spüren. Seine Arme fielen nach unten, verzweifelt rieben die Finger über die Handflächen.

»Nun?« fragte sie.

»Hör mal, ich will nur wissen...«

»Ich weiß, was du wissen willst«, unterbrach sie ihn mit gepreßter Stimme. »Und ich will auch was wissen, okay? Ich meine, bin ich so verdammt häßlich oder was?«

Am liebsten wäre er davongelaufen, doch er konnte nicht von ihren Augen wegschauen, die hin und her irrten, als würde sie jeden Quadratzentimeter seines Gesichts taxieren. Da waren Linien unter dem Make-up, Müdigkeit umgab die Lippen. Und er wagte nicht, auf ihre Brüste hinabzustarren, wegen der Dinge, die sie soeben erzählt hatte.

»Nein«, sagte er schließlich, als sie ihm das Kinn entgegenreckte, um eine Antwort zu fordern.

»Gut. Dann kauf' mir heute abend einen Hot dog, okay? Einen einzigen beschissenen Hot dog auf der Promenade, und ich werde eines glücklichen Todes sterben und dich nie wieder belästigen, was ich sowieso nicht könnte, weil du am Dienstag aus meinem Leben verschwinden wirst, falls du das vergessen hast.«

»Charlene, ich...« Eine Mutter und ihre Tochter kamen durch die Schwingtür, die Frau warf ihnen einen sonderbaren Blick zu, ehe sie das Kind in die Toilette scheuchte. »Jesus, Charlene.«

Da war eine Träne. Er glaubte es nicht. Sie schimmerte im Winkel des linken Augens, bis Charlene blinzelte, und verschwand.

»Okay.«

»Schön«, entgegnete sie kurz angebunden.

»Gut.« Und er nickte.

»Er sucht dich.«

Mike hob wieder eine Hand, erinnerte sich gerade noch rechtzeitig an vorhin und ließ sie wieder fallen. »Er tut – was?«

Genervt schaute Chrlene zur Toilettentür, zum Ausgang und dann wieder auf Mike. »Bist du taub, Doc? Ich habe gesagt, er sucht dich.«

»Hat er dir das erzählt?«

Sie holte tief Atem und trat näher zu ihm, als Mutter und Tochter in den Flur zurückkehrten. Mike lächelte die beiden höflich an und traf Anstalten, ihnen zu folgen, aber Charlene ergriff seinen Arm und bedachte ihn mit einem Blick, der ihm zu versteinern befahl. »Nein, hat er nicht«, wisperte sie barsch. »Aber so, wie er nach dir gefragt hat und dann rausgerannt ist, nehme ich an, daß er dich sucht.«

»Weißt du, wohin er gegangen ist?«

»Glaubst du, ich bin eine Hellseherin?« antwortete sie und schrie beinahe. »Jesus, Nathan, nein! Er kommt rein, fragte nach Devin und dieser Lady und nach dir, dann läuft er raus. Seid ihr Jungs auf Aasgeierjagd oder was?«

Da wußte Mike Bescheid und riß sich los.

»Denk an meinen Hot dog, Nathan.« rief sie ihm nach, als er durch die Schwingtür stürmte. Ihre Stimme brach. »Verdammt, wage es bloß nicht, mich zu versetzen!«

Er eilte durch den Mittelgang, und Mr. Riccaro schaute ihn schief an. Mike winkte ihm zum Abschied zu, schloß kurz die Augen, während er praktisch auf die Straße galoppierte. Erst an der Ecke verlangsamte er das Tempo, wegen der Hitze und der Fußgängermassen, die sich weigerten, ihm Platz zu machen.

Der Pier. Tony ging zum Pier.

So wie Devin und Gayle geredet hatten, als er gegangen war, würden sie früher oder später den dunklen Pier ansteuern, und Tony begleitete sie. Oder er folgte ihnen. Das spielte jetzt keine Rolle. Dieser Idiot ging wahrscheinlich da hinein, ohne sich drum zu kümmern, daß der Schuppen jeden Moment einstürzen konnte, und nun mußte irgend etwas unternommen werden, ehe sich der Trottel umbrachte.

Außerdem würde Tony den Schlußgag verderben, den Mike mit Harragan arrangiert hatte. Der alte Mann hielt ihn zwar für verrückt, wollte aber mitmachen, solange niemand Schaden nahm.

Der Verkehrspolizist blies in seine Pfeife. Mike grinste vor sich hin. Es würde großartig sein, nicht so spektakulär, wie er's gern gehabt hätte, aber trotzdem nicht übel. Eine kleine Fahrt mit dem Riesenrad, das – sobald sie die Spitze erreichten – seinen Geist aufgeben würde. Nach ein paar Minuten würde Harragan ihnen erklären, sie müßten herunterklettern. Tony würde in die Hose scheißen, Kelly die Nationalgarde auf den Plan rufen. Mike plante wirklich und wahrhaftig den Abstieg zu beginnen und zu sehen, wie lange sie brauchen würden, um ihm das auszureden.

Jesus, war das kindisch. Aber es würde Spaß machen.

Auf der anderen Straßenseite angekommen, ging er geradewegs zum Strand. Vielleicht wußte Kelly irgendwas über die Expedition auf den dunklen Pier und wollte mitkommen, sei's auch nur, um Riccaro dran zu hindern, sich ein blödes Bein zu brechen. Aber Mike hatte nach der Ecke nur ein Dutzend lange Schritte gemacht, als ihn etwas in die Hüfte stach. Er schnappte nach Luft, blieb stehen, riß vor Entsetzen die Augen auf. Tränen blendeten ihn, bis er sie mit dem Handrücken wegwischte. »Was, zum Teufel...«, sagte er und schaute zu seiner Hüfte hinab, als erwartete er eine Antwort. »Was...«

Der Schmerz wiederholte sich, und beinahe knickten seine Knie ein. Rasch griff er nach dem nächsten Telefonmast, schlang den Arm darum und ließ den Kopf hängen. Nein, dachte er, schluckte und rieb über die Hüfte, so fest er konnte.

»Widerwärtig«, sagte eine Stimme.

Er sah auf, ein Mann und eine Frau eilten Arm in Arm vorbei. Die Lippen der Frau waren gekräuselt, der Mund des Mannes spitzte sich zu, als wollte er ausspucken.

Wie eine Nadel. Sie stach durch den Knochen, von einer Flamme erhitzt, drehte sich langsam, ganz langsam, bis er schließlich zu Boden sank, an den Pfosten glehnt, den er immer noch umarmte, ignorierte einen Splitter, der sich in seine Schulter grub. »Gott, o Gott.« Er schluchzte.

Langsam. Langsam. Jetzt arbeitete sich ein Schwert mit stumpfer Klinge durch die Stelle, wo der Knochen damals gebrochen war. Mike schmeckte Blut. »Jesus, bitte!« Er verschluckte einen Schrei. Der Gehsteig unter ihm vibrierte, während ein Lastwagen vorbeibrauste.

Ein Bein angezogen, das andere ausgestreckt und den Fuß an den Reifen eines geparkten Autos gelegt, stemmte er sich mit aller Kraft dagegen, versuchte den Schmerz durch seinen Schenkel, die Wade, die Sohle und nach draußen zu zwingen.

Und da war der Schmerz weg. Es dauerte eine Weile, bis Mike das merkte, und dann warf ihn die Erleichterung fast auf das Pflaster. Schweiß tropfte von seiner Nasenspitze, vom Kinn, rann über Rücken und Brust und ließ ihn erschauern, als die Brise endlich wieder wehte. Seine Kehle war trocken, wann immer er schluckte, und er spürte den Arm nicht, der ihn am Telefonmast festhielt. Die Innenseite seiner Wange brannte, wenn er hineinbiß.

»Gott«, wisperte er und wartete, bis er sicher war, daß der Schmerz nicht zurückkehren würde, dann rappelte er sich auf. Ein wellenförmiges Schwindelgefühl bewog ihn, den Pfosten immer noch zu umschlingen, ein Rülpsen ließ Galle emporquellen, die er in den Rinnstein spuckte. Dann machte er sich auf den Weg zur Promenade. Er humpelte, doch das kümmerte ihn nicht. Als der Schweiß auf seiner Haut trocknete, erschauerte er. Sanft rieb er seinen Magen und besänftigte ihn, während er immer tiefer Luft holte, um seine Herzschläge zu verlangsamen.

Erst als er die erste Rampe erreichte, die zur Promenade hinaufführte, merkte er, wie verrückt sich die Menschenmassen benahmen. Sie sausten zwischen dem Geländer und den Buden hin und her, lachten mit weit aufgerissenen Mündern, schlugen mit beiden Händen in die Luft und aufeinander, eilten beinahe im Trab von einem Ort zum anderen – als hätte jemand eine Sperrstunde für den Strand bekanntgegeben, als dürften sie nichts versäumen. Wenn sie die Treppen hinaufsprangen, nahmen sie immer zwei Stufen auf einmal, und auf der anderen Seite sprangen sie in den Sand hinab, ohne vorher nach unten zu schauen.

Eine Weile stand er da und beobachtete sie verwirrt, bevor er zum Luftballonhimmel ging. Dort warteten die Leute in dichten Dreierreihen. Mikes Miene mußte seine Verblüffung ausgedrückt haben, denn Frankie Junston, im Augenblick ohne Kundschaft, beugte sich über die Theke und wies mit dem Kopf auf die Nachbarbude. »Unglaublich, nicht wahr?«

Mike starrte ihn dümmlich an, bis die Worte in sein Bewußtsein drangen. »Ja, das finde ich auch.«

»So geht's schon zu, seit der Regen aufgehört hat. Ich kam nicht mal dazu, mittags was zu essen.«

Applaus für einen zerplatzten Ballon.

Ein Teenagerquartett schob Mike beiseite und legte Vierteldollars auf die numerierten Vierecke. Junston schaute noch einmal zu ihm herüber, zuckte mit den Schultern und drehte sein Glücksrad, wobei sein Geschwätz genauso mechanisch klang wie das Surren der Maschine.

Es dauerte fast fünfzehn Minuten, bis sich die Menge hinreichend lichtete, so daß Mike an Opals Bude herantreten konnte, und weitere zwanzig, bis Kelly imstande war, ihm ihre Aufmerksamkeit zu schenken. Die Regale waren fast leer, alle größeren Stofftiere waren verschwunden. »Ich habe auf dich gewartet«, sagte sie, ordnete die Pfeile und wich seinem Blick aus. Dieses Wiedersehen bereitete ihr offenbar Unbehagen.

»Tony«, entgegnete er kurz angebunden, während sich neue Kundschaft näherte.

Kelly sammelte das Geld ein und händigte den Leuten die Pfeile aus. »Vor einiger Zeit war er hier. Er hat dich gesucht«

Er beugte sich näher zu ihr. »Was hat er gesagt? Weißt du, wohin er gehen wollte?«

Sie war den Tränen nahe. Seine Hüfte pochte wieder.

»Zum Pier.« Sie zeigte hinüber. »Ich tat mein Bestes, um ihn zurückzuhalten, aber...« Eine frustrierte Hand bewegte sich in die Richtung der Kunden. »Ich hab's versucht, ehrlich, Mike. Doch er rannte einfach davon, bevor ich was unternehmen konnte.«

Die Pfeile flogen. Luftballons platzten. Ein schrilles Kreischen am Strand, die Pfeife eines Rettungsschwimmers, ein Menschenstrom, der zum Geländer drängte, das Rattern und Rasseln der Karussells auf Harragans Pier.

»Komm mit mir«, sagte er plötzlich und streckte die Hand aus.

»Mike, das geht nicht...«

Ein Mann unterbrach sie, der ein Geschenk für sein Kind verlangte. Sie starrte ihn an, schaute auf Mike, dann fegte sie die restlichen Preise aus dem Regal und gab sie allen Leuten in ihrer Reichweite. Sie kletterte über die Theke, griff nach einer Schnur, um den rostigen Stahlrollden herabzulassen. »Tut mir leid«, entschuldigte sie sich immer wieder, »tut mir leid, wir haben geschlossen... Mike, zieh am anderen Ende, das Ding ist so schwer... Tut mir leid, wir haben geschlossen.«

Niemand beklagte sich, sie gingen einfach weiter.

»Kelly, willst du dir's nicht noch mal überlegen? Opal wird dich umbringen.« Mike half ihr, den Rolladen herunterzulassen, und sah zu, wie sie ihn versperrte. »Du könntest deinen Job verlieren.«

»Nein, Jimmy wird begeistert sein. Außerdem ist das fast der letzte Tag.«

»Und das Geld?« ermahnte er sie.

»Das ist in Sicherheit.« Sie zerrte am Rolladen, um sicherzugehen, daß er fest verschlossen war, dann steckte sie den Schlüssel ein. »Komm!« Drei Schritte später sah sie auf Mikes Bein hinab. »Mein Gott, du hinkst!« Er nickte, und sie nagte an der Unterlippe, legte eine Hand auf seinen Arm. »Bist du okay?«

Er schaute zum dunklen Pier. »Ich weiß nicht. Sag's mir.«

18

Devin wollte etwas sagen, wollte Gayle an die Attraktionen erinnern, die das ›Haus der Angst‹ einst geboten hatte, von Kindern und Eltern erzählen, die abends in Scharen hierhergekommen waren, um sich auf rollenden Fässern halbtot zu lachen, den Rampen mit den Falltüren auszuweichen und auf dem schrägen Weg durch die Mitternachtshalle zu wandern. Dort spürten sie, wie sich Fledermäuse in ihren Haaren verfingen, Spinnen krochen über ihre Wangen, kühle Luft von irgendwo wirbelte um ihre Beine und stieg bis zur Taille hoch; plötzlich erhellte sich das Dunkel, und ein schrecklicher Affe sprang auf sie zu, ein Mann im langen Umhang, mit einem Dolch bewaffnet, ein Ungeheuer, ein Dämon mit großen Augen und Krallen statt Händen; sie lauschten der unheimlichen, manchmal atonalen Musik, die ihnen überallhin folgte, sobald sie die Tür am Treppenabsatz passiert hatten, den Schreien anderer Besucher, die bereits tiefer in die Finsternis eingedrungen waren, das nervöse Gelächter jener, die sich endlich in Sicherheit glaubten; und sie fühlten das Meer unter sich, das gegen das Pfahlwerk donnerte und nach Opfern schrie, die den falschen Ausgang wählten, das im Sturm heulte und die Wände erzittern ließ, so dick sie auch sein mochten.

Da drüben zur Linken wollte er ihr zwischen einem automatischen Wahrsager und einer Maschine zum Kräftemessen den kleinen Laden zeigen, wo Zauberei verkauft worden war, von Münzen- und Tüchertricks bis zu Kristallkugeln, in denen das Gesicht einer Zigeunerin, die gackernd und zwinkernd die Zukunft weissagte; und rechts neben dem einzigen Eiskiosk, eine Bude, wo man Halloweenmasken erwerben konnte, lebensgroß, mit echtem Haar, den Buckligen und King Kong, das Phantom und die Bestie, Kreaturen, die niemals außerhalb der Türen des Piers existierten, nur in den Träumen, die immer erst nach Mitternacht begannen; und da oben, kurz vor der Treppe, die zur Mitternachtshalle führte, verkaufte man den Besuchern, die zum Ausgang zurückwankten, Süßigkeiten – Eiscreme und Kuchen und Schokolade – in

Form von Gliedmaßen und Organen und undefinierbaren Dingen, die für viel später verwahrt wurden, wenn die Hände und Lippen zu beben aufhörten.

Er wollte Gayle auch berichten, wie er Maureen hierhergeführt hatte, aus einer Laune heraus, zum Spaß, um herauszufinden, wie jung sie immer noch waren. Geduldig hatten sie an einer der drei Doppeltüren Schlange gestanden, mit nachsichtigem Lächeln auf die schwachen Schreie gelauscht, mit gespieltem Schaudern das Stöhnen und Kettengerassel gehört und Lichter durch die Lücken im schwarzen Anstrich der Glasscheiben funkeln sehen. Sie waren nicht hineingegangen. Maureen hatte genug, als ein kurzer Stromausfall das ganze Gebäude verdunkelte und nur noch trübe Sterne durch das facettierte Glasdach hereinschienen. Das hatte sie entnervt, und sie hatte entsetzt überlegt, was mit ihnen geschehen würde, wenn sie jetzt da drinnen gefangen wären. Bei den Monstern. Er hätte sie nicht umstimmen können. Und so waren sie gegangen. Den Rest des langen Abends hatten sie in einer Bar verbracht, einem schlechten Jazzquartett zugehört, verwässerte Cocktails getrunken und über alles geredet, nur nicht über den Ort, an dem sie soeben gewesen waren.

Er holte wieder tief Luft und erschauerte, als Kälte in seine Lungen drang und ihn sekundenlang glauben machte, er könnte Dunstwolken vor seinem Mund sehen. Seine linke Schulter schmerzte ein bißchen unter dem Gewicht der Kameratasche. Er verschob den Riemen, bewegte die Schulter, blickte hinter sich zum Loch im Sperrholz, nach vorn zum Eintrittskartenschalter und der Messingplakette am Boden, begann sich zu wundern. Seine Augen verengten sich.

Es war dunkel, nicht so dunkel, daß sie nichts sehen konnten, aber das Dunkel reichte aus, um Kanten und

Winkel zu verbergen, die Stellen, wo die Bodenbretter nach dem Feuer vielleicht eingestürzt waren. Das dürfte nicht sein. Tageslicht müßte durch all die Löcher im Dach hereinfallen, durch die Lücken im Holz, und die Schutthaufen müßten sich ebenso zeigen wie die Spuren eines Menschen, der den Pier als Unterschlupf benutzt haben könnte.

Es war still, nicht so still, daß sie ihre eigenen Atemzüge gehört hätten, aber die Stille reichte aus, um alle Geräusche auf der Promenade zu verschlucken. Das dürfte nicht sein. Die Außenwände waren teilweise geborsten, an manchen Stellen zusammengebrochen, an anderen auswärts geneigt. Man müßte die Stimmen, die Musik, die Schritte, das Dröhnen der Karussells vernehmen.

Sie hörten nur das Meer.

In seiner Rechten hielt er die Kamera, das elektronische Blitzlicht funktionsbereit, den Riemen lose um das Handgelenk geschlungen. Er schaute auf, von einer Seite zur anderen, auf Gayle, die ihre Hände in die Taschen gesteckt hatte und zu frieren schien. »Was denkst du?« fragte er schließlich. Leise. Eher um seine Stimme erklingen zu lassen als um einer Antwort willen.

Sie sah ihn an, sah wieder weg. »Ich denke, es wäre besser gewesen, du hättest mich nicht zu dieser Expedition überredet.«

»Ich?«

»Du. Wenn ich jemals lebend hier rauskomme, werde ich behaupten, ich sei gekidnappt worden.«

Er lächelte, ohne es zu spüren, nahm er ihre Hand und führte sie weiter. Ein paar Sekunden lang leistete sie Widerstand, dann seufzte sie und ging mit ihm, murmelte etwas Unverständliches vor sich hin. Hart pochten ihre Absätze auf die Bretter.

Der Boden war relativ sauber, sie mußten über keine allzu großen Gegenstände steigen und auch keine umrunden. Hin und wieder ein Stück Holz, ein rostiger Türriegel. Sie seufzte wieder und zog eine Taschenlampe aus ihrer Hüfttasche, die sie auf ihr Betreiben hin an einer der Buden gekauft hatten. Die Lampe war aus Plastik, mit schmaler Spitze. Gayle knipste sie vorerst nicht an, klopfte nur damit gegen ihren Schenkel.

Am Kartenschalter blieben sie stehen und wunderten sich laut, daß die Glaswand nur teilweise zerbrochen war und zackige Löcher aufwies, ohne herausgefallen zu sein. Dahinter war es dunkel. Devin kauerte sich neben die Plakette. Die Stelle unterhalb des Simses, wo sie festgenagelt gewesen war, wirkte wie ihr Geist, und er merkte, daß die Flammen das Haus kaum versengt, das Messing überhaupt nicht berührt hatten. Ein Finger stieß dagegen.

Devin erhob sich wieder und zuckte zusammen, als sein Knie knackte – ein Pistolenschuß in der Stille. Dann zeigte er zur Mitte, hinter den Schalter, zu seiner Rechten. »Da drüben war sie.«

Das Wehen von Asche im Dunkel, das Zischen einer vorsichtigen Schlange.

»Großartig«, meinte Gayle.

»Hör mal...«, begann er.

»Nein.« Sie ließ seine Hand los und schaltete die Taschenlampe ein. »Deshalb bin ich nicht hier. Du hast gesagt, da sei ein Gesicht gewesen, und wir könnten einen Penner finden. Okay. Suchen wir den armen Teufel, und dann machen wir, daß wir von hier wegkommen.«

Der Lichtstrahl durchfuhr das Dunkel, verschmolz Weiß mit Schwarz, und enthüllte nichts außer Asche und aschgraues Holz, verkohlte, ineinander verkeilte Ballen, Glasscherbenhaufen und -stapel. Alle Buden und Läden waren verschwunden, völlig abgebrannt, nur ein paar Beschlagnägel waren noch zu sehen. An manchen Stellen hatte der Wind den Boden sauber gefegt, an anderen mit Splittern, aus dem Dach gelöst, bestreut.

Devin folgte Gayle, einen halben Schritt schräg hinter ihr, die Kamera an die Brust gedrückt. Er umrundete dunkle Gebilde, duckte sich unter herabhängendem Holz, paßte auf, um nicht zu heftig gegen irgend etwas zu stoßen, nicht zu kraftvoll aufzutreten, wenn er die Löcher im Boden mehr ahnte als sah.

Einmal blieb er stehen und ließ Gayle weitergehen. Er wollte irgend etwas spüren, vielleicht die Ausstrahlung von irgend etwas wahrnehmen, das ihm einen Hinweis geben könnte. Doch er fühlte nur feuchte Kälte, nur Gayles Angst, und wußte, daß da etwas falsch war.

Es dürfte nicht so sein. An einem Ort, wo Geräusche und Lichter erstickt wurden, dürften Kälte und Angst nicht falsch sein.

Gayle richtete die Lampe auf ihn, und er hob eine Hand, um die Augen zu beschatten. »Komm«, sagte sie. »Auf diesem Pier kriege ich eine Gänsehaut.«

»Er ist tot.«

»Das interessiert mich nicht.«

Eine Scheibe vom Glasdach ragte aus dem Boden, die Ecke steckte tief im Holz, wie eine Pfeilspitze. Devin ging ein paarmal drum herum, kratzte sich am Kinn, wollte das Glas nicht berühren, dann setzte er seinen Weg fort, bis er die Stelle erreichte, wo Julie seines Wissens gestorben war. Er berührte seine Hosentasche, schaute nach unten, biß behutsam auf die Innenseite seiner Unterlippe, versuchte den jetzigen Eindruck mit dem in Einklang zu bringen, was er durch die Linse gesehen hatte. Als er direkt nach oben blickte, war das Dach verschwunden; er versuchte, durch eine Lücke zu spähen, die er in der Wand entdeckte, aber mehrere Balken und anderes Gerümpel verwehrten es ihm, näher heranzutreten.

Er konnte die Außenwelt nicht sehen, konnte den Strand nicht sehen.

»Was hältst du davon?« Gayle drehte sich um, und er zeigte zum zerbrochenen Dach hinauf, zu den durchlöcherten Wänden – auf den vergeblichen Versuch des Sommers, hereinzudringen.

Eine weiche Brise – warm, nicht unangenehm – wehte eine Haarsträhne vor Gayles Augen, die mit einem Fluch wieder nach hinten geschüttelt wurde und wieder nach vorne glitt. »Ich weiß nicht.« Ihre Stimme brach beinahe. »Devin, das ist albern. Da ist nichts. Gehen wir.«

»Noch nicht.« Er deutete mit dem Kinn zur gegenüberliegenden Seite und schlug diese Richtung ein, die Kamera schußbereit, Gayle mit der Lampe neben sich.

»Weißt du, woran mich das erinnert?« fragte sie, dicht bei seiner Schulter.

»Woran?«

»An eine Scheune.«

»Du machst Witze.«

Eine Tür, in der Mitte entzweigebrochen, lag über einer entschwundenen Schwelle. Der Messingknauf glänzte, als Gayle mit dem Lichtstrahl darauf zielte. »Wahrscheinlich werde ich jeden Moment von Tauben angegriffen, die sich zwischen den Deckenbalken verstecken«, meinte sie. »Die Vögel werden mich so erschrecken, daß ich völlig überschnappe, und irgendwo draußen wir eine Zillion Geigen erklingen und dem Publikum ebenso große Angst einjagen.« Verständnislos schaute er sie an, und sie fragte: »Um Himmels willen, gehst du nie ins Kino?«

Das Bedürfnis, mit ihr zu schimpfen, erstarb sofort, als er ihr Gesicht sah, den Lichtschein, der heftig zitterte, obwohl sie den Arm ganz ruhig hielt.

»Eine Scheune«, sagte er.

»Genau«, bestätigte sie.

Versehentlich stieß er gegen ein Stück Holz, das an der Wand lehnte. Als es weder umfiel noch die ganze Ruine zum Einsturz brachte, atmete Devin erleichtert auf. Er spürte, wie auch Gayle sich entspannte. Vorerst wird nichts passieren, dachte er.

Bald stieß er gegen andere Balken, andere Schuttberge, dirigierte den Lichtstrahl mit einem Grunzlaut und einem Nicken, oder er zeigte mit der Kamera in die gewünschte Richtung. Er suchte nach Spuren, die beweisen konnten, daß jemand hier gewesen war – jemand, dessen Gesicht er mit seiner Linse eingefangen hatte.

Eine Möwe kreischte. Und das Meer.

Aus einer Wand ragte ein halbes Dutzend Regale, aber er entsann sich nicht, zu welchem Laden oder Stand sie gehört hatten. Die Regale waren leer, und er entdeckte keine einzige Spinnwebe darin.

Als sie die Treppe erreichten, trat Gayle gegen Aschenhaufen, und er war inzwischen zu der Überzeugung gelangt, die Ruine würde nur wegen des dichten Staubs in der Luft das Tageslicht verbergen. Er spürte, wie sich ein Hustenreiz regte, seine Kehle fühlte sich belegt an, und er vermutete, daß das Licht irgendwie gebrochen wurde, wodurch der Eindruck entstand es würde nicht existieren.

»Nun, das wär's wohl«, bemerkte Gayle, eine Hand in die Hüfte gestemmt. »Glaubst du nicht auch? Ich habe jedenfalls nichts gesehen. Wenn hier wirklich ein Penner war, ist er mittlerweile verschwunden.» *Wenn*, besagte ihr Tonfall, *überhaupt jemand hier war.*

Devin wies mit dem Kinn zur Tür über der Treppe. »Und da oben?«

»Kommt nicht in Frage.«

»Warum nicht?«

Sie warf ihm einen Seitenblick zu. »Warst du jemals da drin?«

»Natürlich.«

»Na also.«

Er wartete, dann verstand er, was sie meinte – daß es da oben zu viele Trickböden, Tricktüren, Trickfenster und Trickspiegel gab. Womöglich hatte ein Teil von alldem das Feuer überstanden, und deshalb würde es kein Landstreicher riskieren, in irgendeine Falle zu geraten. Wenn hier jemand wohnte oder sich im Dunkel verkroch, würde er in der Haupthalle bleiben.

»Okay.« Er steckte die Kamera ein und spürte, daß sie ihn beobachtete, sah das schwache Lächeln. »Was ist los?«

»Graham, ich glaube, du bist tief enttäuscht?«

Unwillkürlich erwiderte er das Lächeln. »Es ist eine Art Antiklimax, das muß ich zugeben.«

»Was wolltest du denn sehen?«

Er wurde ernst. »Ich weiß nicht...« Und er zog Julies Bild hervor, faltete es nicht auseinander, klopfte damit gegen seine Handkante. »Ich bin mir nicht sicher.«

»Was immer es war, es ist nicht hier.« Sie nahm seinen Arm und zog ihn mit sich. »Wir haben uns dumm verhalten, und von jetzt an werden wir klug und überlegt handeln.«

»Zum Beispiel?«

»Wir geben Marty das Foto, vergessen die Stimmen und den ganzen anderen Quatsch, und du führst mich zum Dinner aus.«

Er grinste. »Schon wieder?« Was das Bild betraf, war er unschlüssig.

»Das letzte Mal warst du nicht richtig da, erinnerst du dich?«

Devin nickte und zuckte mit den Schultern, dann blieb er plötzlich stehen, drückte ihre Hand und blickte zurück.

»Was hast du denn?« fragte sie.

»Hör doch...«

Sie legte den Kopf schief. »Ich höre nichts.«

»Ja, ich weiß.«

Sie hätten etwas hören müssen, aber die Haupthalle blieb still. Die Kälte wurde eisig, die Brise böig.

»Devin«, wisperte Gayle.

Nicht einmal das Meer...

Zögernd trat Tony auf die Sperre zu, wich zurück und drehte sich in einem flinken, engen Kreis um. Schließlich schnippte er mit den Fingern, wütend auf sich selbst. Das war idiotisch. Es gab keinen Grund, warum er sich da nicht hineinwagen sollte, um Himmels willen, nicht den geringsten Grund, und außerdem waren Devin und Gayle drin. Also würde er nicht allein sein.

Ein Schritt vor. Idiotisch. Ein Schritt zurück.

Das Ganze ist einfach unwirklich, dachte er. Jesus, er führte sich auf wie Angie.

Seine Schwester, die mit Julie über die Promenade gegangen war... Beinahe hätte er geschrien. Wäre er nicht gestolpert und stehengeblieben, hätte er das wahrscheinlich auch getan. Dann hätten sie sich zu ihm umgewandt, und er hätte gesehen, daß es gar nicht Angie war, sondern ein unbekanntes Kind.

Und es war keinesfalls Julie gewesen.

Doch, sie war es, flüsterte ihm irgend etwas zu. Er schüttelte die Stimme ab und starrte auf das Sperrholz, die Lükke, die ihn hineinlassen würde. Ein Schritt vor, ein Schritt zurück.

Es war nicht Julie.

Doch.

Vor den Schaustellern brauchte er sich nicht zu produzieren, denn da gab es keine; alle Buden in der Nähe des dunklen Piers waren geschlossen. Warum, wußte er nicht, und im Augenblick interessierte ihn das auch gar nicht. Jedenfalls waren die stählernen Rolläden heruntergelassen und versperrt. Und niemand ließ sich blicken. Nicht einmal die Touristen.

Tony holte tief Luft, schob die Schultern nach vorn und machte vier große Schritte zu den Stufen, die zum Strand hinabführen. Dort tummelten sich ganze Heerscharen von Urlaubern, immer mehr kamen hinzu, während der Himmel aufklarte, und das Absperrseil, das die Gefahrenzone markierte, lag zertrampelt im Sand. Kinder rannten um die Pfähle unter dem Pier herum, ein paar Männer standen mit ihren Kameras am Wasserrand, die Rettungsschwimmer hatten es aufgegeben, die Leute vom Meer fernzuhalten.

Nirgends entdeckte er einen Polizisten, hatte aber erst vor wenigen Minuten beobachtet, wie Marty Kilmer geduckt unter die Planken gegangen war. Er hatte mit Geschrei gerechnet, mit Kindern, die aus dem Schatten ins Freie stürmen würden, aber nichts dergleichen war geschehen, und jetzt drangen sie immer tiefer ins Dunkel vor, als wollten sie den Pier herausfordern wie einen angeketteten Hund.

Tony rieb sich die Nase, streckte den Hals und bewegte die Schultern. Die Hände in den Taschen, kehrte er zum Eingang zurück und starrte auf das Loch, durch das Devin in die Ruine gelangt sein mußte.

Ich bin wirklich ein blöder Scheißkerl, dachte er. Das muß so ungefähr das Dümmste sein, was ich je in meinem Leben gemacht habe. Seine Eltern rackerten sich in der Imbißstube ab, damit er nächste Woche aufs College gehen konnte. Und statt ihnen zu helfen, statt sich wirklich ins Zeug zu legen, stand er hier vor einem gottverdammten Wrack, zu feige, hineinzugehen, weil er sich einbildete, einen Geist gesehen zu haben. Jesus... Ich meine – o Jesus!

Er blickte den Brettersteg zu seiner Rechten entlang, sekundenlang verwirrt, weil die Menschenmassen nicht auf ihn zuströmten. Die Leute drängten sich am nächsten geöffneten Stand, wo Souvenirs verkauft wurden, aber sie kamen nur bis zu der Treppe, von der er gerade hinabgeschaut hatte. Sie waren neugierig, zeigten auf den dunklen Pier, aber niemand sah Tony an, niemand näherte sich. Ich muß die Krätze oder so was ähnliches haben, dachte er mißmutig und ermahnte sich, endlich einen Entschluß zu fassen, ehe er hier alt und grau würde und stürbe.

Und dann erblickte er Mike und Kelly. Nathan hinkte stärker als sonst, und Kelly schien sich zu ärgern. Sekundenlang wollte er davonlaufen – hinunter in den Sand, über den Strand nach Hause. Er wußte nicht, ob er Nathan gegenübertreten konnte, wegen der Tat, die er beinahe begangen hätte.

Dann winkte Kelly aufgeregt und eilte zu ihm, Mike folgte ihr, so schnell er konnte.

»Denk gar nicht erst dran!« befahl sie Tony mit scharfer Stimme, packte sein Handgelenk und drehte sich zu Nathan um. »Sag es ihm, Mike, um Himmels willen! Sag ihm, daß er da nicht hinein darf!«

»Sind sie drin?« fragte Mike.

Tony hob die Schultern. »Weiß ich nicht. Ich bin noch nicht reingegangen. Wahrscheinlich schon.«

»Ihr seid total verrückt!« rief Kelly schrill. »Wenn sie sich nun anders besonnen haben? Wenn sie gar nicht drinnen sind?«

Mike schlenderte zur Barriere, stocherte mit dem Finger im Sperrholz, umfaßte den Rand des Lochs und spähte hindurch. »Finster.«

»Ich hab auch schon reingeschaut.« Tony schlenderte zu ihm. »Man muß hineingehen, wenn man was sehen will.«

Kelly stemmte die Hände in die Taille. »O Gott...« Sie kam zu ihnen und schrie: »Devin! Gayle! Seid ihr da drin?«

Tony starrte sie an, als hätte sie den Verstand verloren, und kam sich unglaublich dumm vor, weil er nicht selber auf diese Idee verfallen war. Dann rief auch er nach den beiden, ebenso wie Mike, doch sie hörten keine Antwort, kein Echo, und das Stimmengewirr der Menge begann wie das Meeresrauschen zu klingen.

»Zum Teufel, was kann uns schon passieren?« meinte Mike.

»Dieser gottverdammte Schuppen stürzt womöglich ein, *das* kann passieren!« fauchte Kelly und schlug auf seinen Arm. »Bist du völlig übergeschnappt, Michael Nathan! Willst du dir auch noch die andere Hüfte brechen, du Idiot!«

Tony begriff nicht, warum sie so hysterisch war, warum sie von einem Fuß auf den anderen trat und aussah, als würde sie jeden Augenblick zu weinen anfangen. Er spähte wieder durch die Öffnung. »Ich glaube, du hast recht«, sagte er zu Mike, zuckte aber mit den Schultern, um gewisse Zweifel zu bekunden.

»Klar.« Und bevor Kelly ihn festhalten konnte, schlüpfte Mike durch die Lücke.

Tony wartete, und Kelly wandte sich ab, um davonzugehen, das Gesicht gerötet. Ihre Brust hob und senkte sich, von der Mühe bewegt, einen Schrei zu unterdrükken.

Dann schob Mike seinen Kopf aus der Öffnung und grinste. »Hier ist es finster wie Scheiße, Riccaro, aber ich bin nicht gestorben.«

Tony grinste zurück und konnte nur einen Schritt machen, bevor Kelly seinen Arm umklammerte. Er riß sich los, starrte sie an, fast bereit, sie niederzuschlagen, doch dann sah er, wie ihr Blick nach rechts glitt, zum Strand. Ihr Mund öffnete sich, wurde wieder zugeklappt, und sie zupfte an seinem Ärmel, bis er ihr folgte.

»He!« Mike zwängte sich durch die Öffnung. »Was ist denn los? Wohin geht ihr?«

Kelly stand auf der obersten Stufe und zeigte hinab, dann griff sie mit derselben Hand nach Mike.

»Was meinst du, Kell?« fragte Tony.

Die Leute waren immer noch da. Mehr denn je. Alte Männer in offenen Hemden und Sandalen, noch ältere Frauen mit Strohhüten, Mädchen in knappen Bikinis, Jungen, die ihre Sonnenbräune mit strahlend weißen Badehosen betonten. Und in der Mitte des Strandes eine große Frau mit drahtigem Haar und Strohhut, in paillettenbesetzten Stiefeln. Sie sang, und ihr Publikum tanzte im Rhythmus der Hymne.

»Sie ist es«, flüsterte Mike. »Jesus Christus, wir haben uns nicht getäuscht.«

Sie konnten die Worte und die Melodie über dem Lärm der Brandung nicht hören, die gegen den Strand schlug, über dem Händeklatschen, dem Geschrei und Gelächter.

Tony sah Tränentropfen auf Kellys Wange, sah sie den Kopf schütteln, als sie zurückzuweichen versuchte.

»Was – was sollen wir tun?« Mike wandte sich zu ihnen, schnitt eine Grimasse vor Schmerzen, eine Hand auf die Hüfte gepreßt.

Die Leute tanzten in einem großen Kreis, dessen Nordbogen unter den Pier reichte. Sie sangen, schwenkten die Arme, wiegten die Köpfe hin und her, hoben die Knie und Füße. Betschwester Mary nickte feierlich und breitete die Arme aus, als wollte sie alle an sich drücken. Langsam drehte sie sich, bis sie zur Promenade blickte. Sie hielt inne, die Menge tanzte weiter. Tony sah ihren Mund unter der schlappen Hutkrempe, aber die Augen nicht, und plötzlich wollte er das auch gar nicht. Tot, dachte er, sie ist tot.

»Tony«, sagte Mike heiser.

Helles Tageslicht. Tony sah auf und blinzelte. Jetzt bildeten die Wolken einen Schleier, der den ganzen Himmel in Sonne verwandelte, ohne den Schatten Konturen zu geben oder Dunkel unter die Planken und die Schirme zu werfen.

»Tony.« Mike klopfte ihm hart auf den Arm.

Kelly ließ beide los und trat zurück. Sie schluckte mehrmals. Ihr Blick wanderte zur Promenade, zu ihren Schuhspitzen.

Tanz. Ein langsamer Tanz.

»Tony, schau!«

»Ja, ich hab Augen im Kopf!« stieß er hervor.

»Nein«, sagte Mike, und Tony merkte, daß Nathan woandershin deutete. Zum Pier. »Schau mal! Dort!«

Tony hob eine Hand, um die Sonne abzuwehren, und konnte nicht finden, was sein Freund ihm zeigen wollte. Nur der Pier. Verkohlt und abbröckelnd und ... Er blinzelte, wischte mit dem Finger über ein Auge. Blinzelte noch einmal und neigte sich zur Seite, um die Stelle, wo Devin während des Feuers Julie fotografiert hatte, besser zu überblikken. Ein Loch in der Wand, das zuvor nicht dagewesen war.

Keines der Löcher war zuvor dagewesen. Und das Schwarz wurde schwärzer, je heller das Tageslicht leuchtete.

Die Menge tanzte, Mary sang und drehte sich wieder.

Als Kelly zu wimmern begann, eilte Mike zu ihr und legte einen Arm um ihre Taille. Sie lehnte sich an ihn, verbarg ihr Gesicht an seiner Brust. Ihre Knie stemmten sich gegen seine Beine, um ihn in Bewegung zu setzen, doch er rührte sich nicht.

Tony zögerte, wollte zu ihnen gehen und herausfinden,

wieviel von dem, was er gesehen hatte, an der Hitze lag und wieviel Wirklichkeit war; und im Zögern beobachtete er, wie sich das erste Brett löste. »Mein Gott!« schrie er. Es schälte sich von der Wand, als würde es von jemandem gezogen, eine über sechs Meter lange Planke, die zwei andere mitriß.

Langsam. Und ein langsamer Tanz.

Er formte mit den Händen einen Trichter vor dem Mund und stieß einen Warnschrei aus. Aber niemand hörte ihn, weder die Frauen noch die Männer, auch nicht die Kinder, die sich dem Kreis angeschlossen hatten, Schaufeln und Eimer schwangen und bunte Gummireifen, die Seepferdchen oder Nixen darstellten, hinter sich herschleiften.

Ein verzweifelter Blick zu den beiden anderen, dann raste er die Treppe hinab, sprang in den Sand und begann zu laufen. Er blickte zum Holz empor, das sich vom Pier löste. Wenn dieser einstürzte, würde er mindestens ein Dutzend Tänzer unter sich begraben, das wußte Tony. Er stolperte, gewann das Gleichgewicht wieder und richtete sich auf, wurde von irgend jemandem umgeworfen, der hinter einem Pfeiler hervorstürmte und mit ihm kollidierte, beide Arme schwenkte und ausrutschte und beinahe selber hinfiel, kurz bevor er den Kreis erreichte.

Tony, auf Händen und Knien, wollte gerade weiterlaufen, als noch jemand an ihm vorbeisauste. Marty Kilmer. Und Tony erkannte im ersten Mann einen der Wachtposten von der Bank, wo er seine Ersparnisse für das College deponiert hatte. Offensichtlich war der Bursche betrunken, konnte sich nicht in gerader Linie voranbewegen, und Kilmer, ohne Hut, in offener Uniformjacke, machte keine viel bessere Figur.

Chuck Geller erreichte den Kreis im selben Augenblick, in dem sich die erste Planke losriß und langsam stürzte.

Ein langsamer Tanz. Betschwester Mary sang, und das Holz traf den Wächter auf den Rücken, schleuderte ihn vornüber in den Sand, rasch breitete sich Blut unter dem Nacken aus. Schlitternd kam Kilmer neben ihm zum stehen. Tony hatte sich inzwischen aufgerappelt und gaffte, hörte über dem Lärm den Polizisten rufen. »Hilfe! Irgend jemand muß Hilfe holen! Der Mann ist verletzt!«

Tot, dachte Tony, während er sich halb zur Treppe wandte. Der alte Knabe ist tot.

Eine zweite Planke fiel und prallte von Kilmers Schulter ab, streckte ein halbes Dutzend nieder. Blutend lagen sie im Sand, niemand hörte zu tanzen auf, um ihnen zu helfen. Der Kreis brach nicht auseinander.

Der Boden fing zu beben an. Ganz leicht. So leicht, daß Tony es kaum spürte und zunächst glaubte, es läge an den stampfenden Füßen der Tänzer, die zu Hunderten immer tiefer in die Schatten unter dem Pier eindrangen. Andere kamen hinzu, und zum erstenmal konnte er die Gesichter deutlich sehen. »O Jesus«, wisperte er und rannte die Stufen hinauf. »Der Pier fällt auseinander!« rief er Mike zu. »Komm, wir müssen Devin holen!«

Kreischend versuchte Kelly, ihre Freunde zurückzuhalten.

Noch eine Planke stürzte herab, weitere zwölf Tänzer wurden durch neue ersetzt.

Harragan stützte sich auf die Reling, ignorierte die Karussells, die Kunden, das Gedränge und Geschwätz der Passanten hinter seinem Rücken. Mit beiden Händen beschattete er die Augen, sein linker Fuß stand auf der unteren Stange. Sechs Blöcke entfernt. Manchmal wirkten sie wie sechs Meilen. Trotzdem sah er, daß dort etwas geschah – etwas, das eine große Anzahl von Badegästen unter den dunklen Pier lockte.

Zu viele Körper versperrten ihm die Sicht, zu viele wild bewegte Körper.

Er wischte mit einer Handfläche über sein Gesicht, wischte es noch einmal ab, rieb über seine Nase, wich zurück und spürte, wie sein Magen ihm empfahl, nicht so dumm zu sein, das ginge ihn nichts an; er trat noch weiter zurück, bis er gegen eine Bank stieß, dann wirbelte er herum und ging davon, so schnell er konnte. So schnell es die Hitze zuließ.

Irgend etwas geschah da drüben.

Marty kniete neben Geller und versuchte den dumpfen Schmerz in der Schulter abzuschütteln, die von der Planke getroffen worden war. Er schmeckte Salz, Säure blubberte in seinem Bauch. Energisch blinzelte er ein paarmal, um die Tränen aus seinen Augen zu verscheuchen. O Gott, wie weh das tat... Jetzt schmeckte er Eisen und Galle, und er drehte Chuck auf den Rücken, wußte, daß der Mann tot war. Dann schaute er zu den Tänzern auf, sah die Gesichter und wandte den Blick ab.

Dieser gottverdammte Stand steht unter Drogen, sagte er sich und rückte von Gellers Leiche weg, jeder einzelne in dieser gottverdammten Menge. Die sind verrückt, tanzen wie die Idioten; der Chef wird einen Scheißwirbel machen. Aber Marty weigerte sich, die Frau in der Mitte allzu genau zu betrachen, er fragte sich nur, woher sie die Stiefel der armen Mary hatte.

Idioten. Unter Drogen. Was einer der Gründe sein mußte, warum sie so aussahen, als stünden sie Todesängste aus.

Tony quetschte sich durch die Öffnung, und zuckte zusammen, als eine scharfe Kante über seinen Rücken kratzte, und verengte die Augen im trüben Licht. Kelly folgte ihm, Mike bildete die Nachhut.

Aufgeregt schaute Tony nach rechts, sah aber kein Loch, wo sich die Bretter gelöst hatten, und das verwirrte ihn. Er blickte nach vorn in die Haupthalle, sah den Eintrittskartenschalter, die Plakette und eine Gestalt daneben. »Devin«, sagte er und trat einen Schritt vor.

Kelly ermahnte ihn flüsternd zur Vorischt.

»Devin?« Seine Stimme war tonlos, kein Echo erklang.

Die dunkle Gestalt kam auf ihn zu, das Gesicht überschattet, und Schatten formten den Körper. Er drehte sich zu seinen Freunden um und spürte, wie sich seine Hände zu Fäusten ballten. »Devin?«

Eine zweite dunkle Gestalt näherte sich von der anderen Seite des Kartenschalters her. Mike schob Kelly hinter seinen Rücken, aber sie umklammerte seine Taille. Tony wechselte einen Blick mit ihm, und sie hielten die Stellung, auf Zehenspitzen, für den Fall, daß sie blitzschnell die Flucht ergreifen müßten – wenn sie auch nicht ohne Devin und Gayle davonlaufen würden.

Dann war die erste Gestalt nahe genug herangekommen, so daß man sie sehen konnte, ohne die Augen zusammenzukneifen, und Tony öffnete die Fäuste, bewegte die Finger und versuchte einen erleichterten Seufzer zu unterdrücken. »Sie haben nicht geantwortet«, warf er Devin vor. »Sind Sie okay? Und Miß Cross?«

Devin nickte. »Ich habe dich nicht gehört.«

Gayle stand neben ihm. »Wir haben überhaupt nichts gehört.«

»Aber...«

»Der Pier fällt auseinander«, unterbrach Mike seinen Freund. »Ich glaube, jemand ist verletzt, vielleicht sogar tot.«

Devin starrte sie alle an, und Tony deutete zur Südwand. »Da drüben ist eine Menge Holz runtergedonnert, erst vor wenigen Minuten. Ein Mann wurde getroffen, auch ein paar Kinder – ich weiß es nicht genau.« Er wollte hinübergehen, um ihnen die genaue Stelle zu zeigen, aber Devin hielt ihn am Arm fest.

»Nichts!« warnte er. »Da liegt zu viel Abfall rum.«

»Um Himmels willen«, platzte Kelly heraus, »wir müssen von hier verschwinden, Leute! Diese ganze verdammte Ruine stürzt ein!« Sie nahm Mikes Hand, zog ihn zum Ausgang und fluchte, als er sich nicht so schnell bewegte, wie sie wollte.

Und dann sagte Tony: »Schaut doch!« Er fror, er fürchtete sich, und obwohl er den anderen folgen wollte, konnte er sich nicht von dem Licht abwenden, das hinter den Eingängen zur Mitternachtshalle zu glänzen begann. Weißes Licht. Helles Tageslicht. Es strahlte durch alle Öffnungen, wo einst Türen in den Angeln gehangen hatten, doch das zerbrochene Glasdach wurde nicht davon berührt. Ein Licht, intensiv genug, um ihn blinzeln zu lassen, aber auch so weich, daß er den Schatten einer Frau auf der obersten Stufe sah.

Ohne nachzudenken, rannte er auf sie zu, ohne die Schreie zu vernehmen, die hinter ihm explodierten.

Er lief, ohne um sich zu blicken, und hörte Mary fragen: *»Kennst du ein Gebet, das dich vor dem Tod zu retten vermag?«*

»Los!« befahl Devin, wirbelte Mike herum und stieß ihn zum Ausgang. »Haut ab von hier, verdammt noch mal, alle! Ich hole ihn!«

Er stürmte hinter Tony her, verfluchte die Dummheit des Jungen und überlegte, wer, zum Teufel, diesen Lichtzauber in der Mitternachtshalle inszenierte. Zwischen zwei Schritten erwog er die Möglichkeit, Michael könnte seine Hände im Spiel haben, und verwarf diesen Gedanken sofort wieder. Mike würde es nicht wagen, hier hereinzukommen, nur um einen seiner Gags vorzubereiten; vielleicht war es die salzige, feuchte Meeresluft, die eine so verblüffende Wirkung auf die Elektrizität ausübte. Doch er mußte auch diese Theorie aufgeben, denn der Strom war längst abgeschaltet worden.

»Tony!« kreischte Kelly.

Devin wich einem herabfallenden Holzstück aus, prallte mit dem Schienbein gegen ein zweites und fuhr fluchend herum, blieb lange genug stehen, um zu sehen, daß ihm die anderen folgten. Er schrie beinahe, hob eine Faust, um sie zurückzuscheuchen, und rannte weiter. Im selben Augenblick erreichte Tony die letzte Stufe und den ersten Eingang, auf der linken Seite.

»Tony!«

Der Junge hielt inne und schüttelte den Kopf, als wäre er verwirrt.

»Tony, warte!«

Er blickte über die Schulter auf Devin, und er sah Tränen. »Ich habe Angst!« rief der Junge. »Devin, ich habe Angst!«

Schlitternd stoppte Devin am Fuß der Treppe, während Tony durch den glaslosen Türrahmen trat und im Licht verschwand.

Weißes Licht und Kälte, in Streifen zersplittert, als würden Schatten hindurchwandern.

Mike rannte vorbei, ehe Devin einen Arm ausstrecken konnte, um ihn zu bremsen, stürmte durch die mittlere Öffnung und schrie nach seinem Freund.

Weißes Licht und Kälte, anschwellend und verebend wie der Puls eines Sterbenden.

Es gelang ihm, die Arme um Kellys Taille zu schlingen und zu verhindern, daß sie Mike nachlief. Schreiend trat sie nach ihm, und bevor Gayle eintraf, um ihm zu helfen, biß Kelly in seinen Unterarm, und er ließ sie los.

Ins weiße Licht, keine Schatten. Und über seiner Schulter wisperte eine Stimme: »*Jetzt kannst du mir mein Foto geben.*«

19

Feuer.

Da war ein Feuer gewesen. In den Zeitungen stand, die Flammen seien über dreißig Meter hoch gestiegen. Meilenweit hatte man den Rauch gesehen. Über ein Dutzend Menschen hatten bei ihrem Fluchtversuch geringfügige Verletzungen erlitten.

Und eine junge Frau war gestorben. Im Feuer.

Devin kniete in der Haupthalle, die Kamera gegen seine Brust gepreßt. Wiegte sich vor und zurück. Starrte ins Licht. Gayle kauerte neben ihm, einen Arm um seine Taille gelegt, murmelte etwas, flüsterte etwas. Nasses, verfilztes Haar erweckte den Eindruck, Risse würden sich durch ihre Stirn ziehen. Er spürte sie. Er roch sie, verstand aber ihre Worte nicht; die waren nur wirre Laute, und sie selbst glich einem dunklen Schatten, denn das Licht hinter den Türen drang nicht bis hier herunter, in die Schwärze.

Morgen rufe ich Ken an, dachte er. Ich rufe an, und wir reden, und vielleicht übernehme ich den Job. Zum Teufel, wenn er's mir zutraut, vielleicht schaff ich's wirklich. Verdammt, zurückkommen und wieder zu Hochzeiten gehen, das kann ich später immer noch. Was soll's zum Teufel!

Ein Wispern, das ihn festhielt. Das Feuer.

Ich schaff's... Ich bin... Ich... Er wiegte sich vor und

zurück. O Gott, o Gott, o Gott, o Gott. O Gott, bitte, hilf mir. Ich habe...

Er spürte, wie der Boden erbebte, als das Meer im Pfahlwerk hochstieg; er spürte, wie die Kälte zunahm, während das nur mehr schwache Licht langsam in Schwärze überging; er spürte Splitter, die sich in seine Knie gruben. Gayles Arm an seinem Hemd, eine scharfe Kamerakante, die in seine Brust stach. O Gott, ich habe...

Das erste Licht, Tonys Licht, flackerte auf und erstarb. Devin erstarrte, mit offenem Mund. Gayle umfaßte ihn noch fester, ihre freie Hand strich sein Haar nach hinten, hielt inne, um seinen Nacken zu massieren, glitt über seine Schulter zur Wange, zum Kinn. Als er sie ansah – und es tat weh, den Kopf zu wenden – bewegte sie immer noch die Lippen, und er wußte, daß da Worte waren, konnte sie aber noch immer nicht hören.

Das mittlere Licht – Michael – seufzte und erlosch.

Ich könnte dir einen Antrag machen, sagte er zu ihr, ohne es auszusprechen. Ich nehme an, wir könnten heiraten, und ich kenne dich gut genug, um zu wissen, daß du mir was von deinem Geld geben würdest, und dann könnte ich mich selbständig machen, wo immer ich will, mit meinen Linsen und dem Stativ und dem Blitzlicht und allem anderen, was ich immer mit mir rumschleppe. Das würde ich hinkriegen, zum Teufel, und Ken zeigen, was ich mache, und er könnte ein paar Fotos veröffentlichen, verdammt noch mal, und vielleicht eine Galerie auftreiben, die meine Bilder ausstellen würde. Ja, zum Teufel, das könnte ich. O Gott, ich habe...

Er begann sich wieder zu wiegen, diesmal schneller, und sie hielt seine Schultern mit beiden Händen fest, mit Fingernägeln, die beinahe in seinem Fleisch schmerzten; und er versteinerte und starrte sie an und fragte, was, zum Teufel, sie da machte. Doch er konnte sich nicht rühren. O Gott. Er konnte kaum atmen. O Jesus. Er konnte beim besten Willen nicht mit ihr reden.

Und er konnte den Kids nicht nachlaufen. O Gott.

»Ich fürchte mich«, sagte er.

»Fürchte dich nicht«, sagte sie gleichzeitig. »Alles ist okay, Dev, alles ist okay, fürchte dich nicht.«

Endlich schwand das weiße Licht, endlich war alles schwarz.

Sie erhob sich halb und zerrte an ihm, bis er auf den Beinen stand und endlich schluckte, endlich etwas hörte und sich so schrecklich schämte, daß er sie nicht ansehen konnte. Nicht einmal als sie versuchte, sein Kinn zu ergreifen und seinen Kopf herumzudrehen. »Komm!« drängte sie. »Wir holen Marty. Er wird uns helfen.«

Devin schob sie weg und ließ die Kamera an dem Riemen baumeln, den er in der Hand hielt. Er hatte Angst, vermochte nicht weiterzugehen, aber auch nicht zu fliehen, solange die Kids immer noch da drinnen waren. Angelockt. Getrieben. Zum Teufel, was für eine Rolle spielte das schon? Sie waren da drin, und er konnte nicht davongehen, weil sie ihm zu sehr vertrauten. Jesus, ich fürchte mich...

»Verdammt, Dev, wir müssen von hier verschwinden – jetzt! Wir dürfen nicht länger auf sie warten. Sie sind in Schwierigkeiten, verstehst du das nicht? Wir müssen Hilfe holen!«

»Die Lichter«, begann er, als würde er laut denken. »Die Lichter sind – etwas... O verdammt, ich kann keinen klaren Gedanken fassen!«

Sie trat an seine andere Seite, stellte sich vor ihn, ein frustrierter Tanz, und nahm seine Wangen energisch in die Hände. »Hör mir zu, Devin. Hier stimmt was nicht. Du weißt, daß ich recht habe. Es ist dieser Pier, Dev. Um Himmels willen, gehen wir! Holen wir Hilfe!«

Er schaute sie an und beobachtete, wie sich ihre Augen mit Tränen füllten, wie sich die Haut über ihren Wangenknochen spannte, sah über ihrer Schulter die Lichter einmal aufblitzen, ehe sie wieder erloschen.

»Die Kids«, sagte sie. »Dev, die Kids.«

Sanft klopfte er auf ihre Schulter, ganz schnell, benutzte die Berührung, um die Nebel aus seinem Gehirn zu jagen, dann griff er in seine Tasche und zog das Foto heraus. Er faltete es auseinander und bat sie, die Taschenlampe einzuschalten. Als sie sich weigerte, starrte er sie an, bis sie gehorchte, und sie schauten auf die Stelle, wo Julies Gesicht war, so winzig, daß sie kaum mehr als einen Fleck sahen, etwas Weißes.

Ja, dachte er. »Ja«, sagte er und zeigte auf die Stelle. »Ja, das muß es sein.«

»Was?« fragte Gayle und blickte von der Fotografie in sein Gesicht. Plötzlich kehrten hinter ihr die Lichter zurück. Und starben. »Was denn?« Sie fuhr sich durchs Haar, mit zu Klauen erstarrten Fingern.

»Sie lacht nicht.«

»Was?« Ihre Stimme klang sehr hoch. »Devin, wovon, zum Teufel, redest du?«

»Auf dem Bild, Gayle. Auf dem Bild. Jesus, ich habe mich geirrt.«

Eine Hand hob sich, wollte ihn schlagen und sank herab, als er das Foto vor Gayles Nase hielt. »Okay«, sagte sie, »okay. Aber wie willst du das wissen? Du siehst sie doch nicht einmal.«

»Ich bin hier«, erklärte er und deutete mit dem Kopf zu der Stelle, wo man Julie gefunden hatte. »Ich bin jetzt hier, und ich weiß es.«

Gayle umklammerte ihre Oberarme, blickte zum Glasdach auf, leckte sich über die Lippen und kaute daran. »Ich gehe jetzt, Devin, ich hole Marty.« Sie wartete auf eine Antwort, er gab ihr keine. »Okay. Du bleibst hier, ja? Bleib da, wo du bist, rühr dich nicht vom Fleck. Ich komme sofort zurück, mit Leuten, die jeden Quadratzentimeter dieses Piers absuchen werden.«

Die Taschenlampe wurde in seine Hand gedrückt, und er wirbelte herum, als Gayle an ihm vorbeieilte, aber er versuchte nicht, sie aufzuhalten. Auch sie fürchtete sich, und er erkannte, daß er sie niemals dazu bewegen würde, ihn in die Mitternachtshalle zu begleiten.

Er lächelte sekundenlang. Die Mitternachtshalle.

Was für ein dummer, offensichtlicher Name, und wie er die Kinder früher erschauern lassen und die Erwachsenen zum Grinsen gebracht und den ganzen grellen Pier in einen viel unheimlicheren Ort verwandelt hatte, als es den Tatsachen entsprach! Ein Gruselkabinett. Ein Haus voller mechanischer Plastikhorrorfiguren. Blitzende Lichter. Knirschende Maschinen. Blecherne Schreie vom Tonband, und das Knurren der Monstren klang, als würde Draht durch eine lange Dose gezogen. Ein Liebestunnel für Fußgänger. Und am Ausgang konnte man Süßigkeiten in Form menschlicher Herzen kaufen.

Devin schaute Gayle nach, bis sie vom Dunkel der Halle verschluckt wurde, wandte sich wieder zur Treppe und betrachtete Julies Bild, faltete es zusammen und steckte es in die Tasche zurück. Dann stieg er nach oben, mit langsam schlurfenden Schritten, die Staub und Asche um seine Fußknöchel wirbelten, bis sich die Hosenbeine seiner Jeans unten hellgrau färbten. Nun mußte er hineingehen, egal wie er sich fühlte, und wenn Gayle nicht lief, so schnell sie konnte, wenn Marty nicht schon jetzt mit einer Armee draußen stand, würde Devin allein hineingehen.

Er konnte nicht warten. Julie lachte nicht. Und sie hatte sich auch nicht umgebracht.

Gayle rannte gegen den Eintrittskartenschalter, ehe sie ihn sah. Der Zusammenprall mit der Ecke warf sie auf die Knie, ein Splitter bohrte sich in ihre linke Hand, und sie trat gegen die Zelle, als sie sich aufrappelte. Bei dieser Bewegung wandte sie sich in die andere Richtung, und sie konnte Dev nicht sehen. Auch nicht die Taschenlampe. Ein Schluchzen verwandelte sich in einen Fluch. Eis lag unter ihrer Brust. Haß auf ihren Verrat jagte sie durch die Öffnung, und sie taumelte unter dem Angriff des hellen Lichts und des schrillen Lärms, der ihren Rücken an das Sperrholz schleuderte, als wäre sie geschlagen worden.

Sie schnappte nach Luft, versuchte die Tränen aus ihren Augen zu schütteln, dann trat sie vor und schluchzte laut auf. Der Splitter. Sie hob die verletzte Hand und versuchte ihn herauszuziehen, doch ihre Finger schlossen sich nicht, die Nägel packten nicht zu, und sie kniff die Augen zusammen, bemühte sich, ihre innere Ruhe wiederzufinden.

Jemand griff sanft nach ihrem Handgelenk. Der Schmerz war brennend und kurz, der Splitter glitt heraus.

»O Gott«, sagte sie erleichtert und sah zu, wie Stump Harragan an ihrer geschwollenen Haut saugte. Beinahe hätte sie ihn geküßt. »Stump wir müssen jemanden holen. Devin – die Kids...« Und sie zeigte nach hinten. »Überall waren Lichter, und Tony – ich glaube es war Tony, Jesus, ich kann mich nicht erinnern – rannte mitten hinein, ins Licht, meine ich und dann Mike, und er humpelte und...«

Stump nahm wieder ihr Handgelenk und drückte es, bis sie sich beruhigte. »Angst«, sagte er.

»Was?« Du lieber Himmel, dachte sie, noch ein Verrückter.

Er setzte sich in Bewegung, und sie folgte ihm, ließ sich zur Strandtreppe führen. Da sah sie die Tänzer – noch mehr als zuvor, Hunderte, Gayle konnte sie nicht zählen.

Und uniformierte Polizisten, mit Sand und Blut bedeckt, knieten neben Dutzenden, die neben dem Pier lagen. Zwei Ambulanzen standen da unten, und sie beobachtete, wie zwei weitere über eine Rampe auf die Promenade fuhren.

Die Tänzer klatschten in die Hände, sangen Hymnen und warfen die Arme in die Luft. Der Anblick nahm ihr den Atem, und sie sank gegen Harragan, ließ sich weiterführen, zurück zu den Buden, wo sie sich befahl, nicht mehr zu zittern, tief und hastig Luft holte, ein paarmal, und sekundenlang glaubte, sie würde in Ohnmacht fallen.

»Ich hab's gesehen«, erzählte Stump, während er den Sanitätern nachschaute, die mit Bahren zum Strand liefen. »Heute morgen sah ich's so klar und deutlich, wie ich jetzt Sie sehe. Alle, all diese Narren. Ich konnte es nicht verstehen. Ich tat mein Bestes, aber ich konnte es in dieser ganzen verdammten langen Zeit nicht verstehen.«

»Stump, wir müssen Marty holen«, beschwor sie ihn. »Devin ist...«

Er schaute sie an, den Kopf schief gelegt, die Augen weit geöffnet. »Die haben Angst, junge Lady. Wissen Sie, was das bedeutet? Man sieht es in ihren Augen. Alle fürchten sich.« Zum Pier gewandt, fuhr er fort: »Da drinnen ist es. Und es wird sie töten.«

»Jesus Christus!« Mit aller Kraft schlug sie auf seine Schulter. »Wollen Sie mir nicht zuhören?«

»Ich hab's gehört«, erwiderte er gelassen.

»Aber dann – um Gottes willen...«

»Er ist da drin?«

»Das habe ich ihnen doch gesagt.«

Harragan blickte zum Torbogen mit den beiden Spitzen auf und schüttelte den Kopf. »Oh, du meine Güte.«

Gayle neigte sich zu ihm und fühlte, wie sich ihr Arm anspannte und die Hand zu einer Faust wurde, die an ihrer Seite bebte.

»Oh, du meine Güte.«

Da ließ sie ihn stehen und kehrte zur Treppe zurück. Rasch inspizierte die Polizei die Verwundeten. Die Tänzer schlängelten sich in das Pfahlwerk und wieder heraus. Marty Kilmer war nicht da; zumindest sah sie ihn nicht. Und als sie um Hilfe schrie, drehte sich niemand zu ihr um. Ihre Zähne begannen zu klappern.

Ein Tänzer sah sie und winkte. Helles Tageslicht, und sie sah den Himmel, gestaltlos und weiß. Ein langsamer Tanz.

Und da erkannte sie, daß Harragan recht hatte – jeder einzelne sah aus, als würde er von Todesängsten gepeinigt. Auch die Leute, die sie auf der Promenade stehen sah, am Geländer – verwirrt von den Ereignissen. Manche zuckten mit den Schultern und wandten sich ab, einige kletterten über die Stange und sprangen in den Sand, andere stiegen langsam über die Stufen hinab, um sich den Tänzern anzuschließen.

Gayle wußte, das hätte sie entnerven und in die Flucht nach Hause schlagen müssen, aber statt dessen strich sie über ihre Hüfte und ging wieder zu Stump. »Ich kann nicht hier draußen bleiben«, sagte sie, ohne ihn anzuschauen. »Wenn mir niemand hilft, muß ich zurückgehen. Devin... Ich muß zurückgehen.«

Er gab keine Antwort.

»Sie kommen doch mit mir?«

Stump schüttelte den Kopf. Sie versuchte nicht, ihn umzustimmen. Und sie zuckte auch nicht zusammen, als sich ein Teil des Piers unten am Wasser vom Rest abspaltete.

Ein langsamer Sturz. Ein langsamer Tanz.

»Sie wissen, was es ist«, sagte Harragan, während sie ihn verließ, und sie nickte, ohne zurückzublicken. »Dann wissen Sie auch, daß ich sterben würde, wenn ich da hineinginge«, fügte er hinzu.

Sie nickte wieder. Es spielte keine Rolle. Und sie war nicht erstaunt, als sie plötzlich in einem Schatten fror und am geschmückten Torbogen den Namen des Piers schwarz aufglühen sah.

Stump schaute ihr nach und schlug sich auf die Brust um seiner Feigheit willen, dann rannte er zurück zu seinem eigenen Pier, zurück zum Riesenrad.

Marty sah die Planke am Strand aufschlagen, während sich eine Welle kräuselte und gegen den Sand donnerte. Das Holz wurde hochgehoben, umhergeworfen und -gewirbelt und zerschmetterte mindestens vier Menschen die Beine, ehe es ruhig auf dem Wasser dahintrieb. Er versuchte nicht, ihnen zu helfen, und dachte immer noch, daß er tanzen müßte.

Angie hielt Mrs. Kuellers Hand, ein Teddy-Tuch um den Hals gewunden, und glaubte, ihre Mutter zu sehen. Es war nicht wichtig. Sie tanzte.

Er stand am Mitteleingang und starrte ins Schwarze. Bunte Staubkörnchen funkelten vor seinen Augen. Der Türpfosten bestand aus Holz, das er für Eis hielt; die Kamera schwang an ihrem Riemen, ein Pendel, das er stoppte, denn es fühlte sich so an, als würde es von einer magnetischen Kraft nach drinnen gezogen.

Er mußte hinein, mußte die Kids holen.

Obwohl er sich zu erinnern versuchte, fiel ihm nicht ein, was dicht hinter dieser besonderen Schwelle lag. Vor seinem geistigen Auge erschienen nur die kurzen, schmalen Gänge, denen man folgte, wenn man durch die Tür trat – links, wo Tony verschwunden war, vermutlich zum rollenden Faß; der Weg zur Rechten führte zur Falltür, der mittlere zu den Monstren und Mördern, die aus Nischen sprangen und von der Decke herabfielen.

Vielleicht. Vielleicht nicht.

Nur eins wußte Devin mit Sicherheit – früher oder später verschmolzen die Gänge miteinander, also konnte man sich nur aussuchen, welchen Nervenkitzel man zuerst erleben wollte.

Also gut, dachte er, fang an alter Junge, bevor der Butzemann dich auffrißt.

Während er immer noch nach Anzeichen von Bewegungen jenseits der Türen Ausschau hielt, wickelte er vorsichtig den Riemen um die Kamera und legte sie auf den Boden. Da drinnen würde er sie nicht brauchen, und er mußte beide Hände frei haben – für alles, was ihm begegnen mochte. Er schaute nicht nach hinten – Gayle würde kommen oder auch nicht, und es spielte überhaupt keine Rolle, ob sie Hilfe holte oder nicht.

Ich weiß es, hatte Mary gesagt.

O Gott, Mary, dachte er, nicht einmal deine Hymnen konnten dich retten.

Für ihn stand es nun fest, daß sie an jenem Nachmittag nicht erklärt hatte, von *wem* sie getötet worden war, sondern *wovon*. Sie hatte vom Pier gesprochen. So wie er mußte sie hereingekommen sein und gesehen haben, was hier wohnte; und sie war gestorben, weil der Pier nicht sie wollte, sondern jemand anderen. Denn bevor Betschwester Mary eingetreten war, hatte sich Betschwester Mary nicht gefürchtet.

Was konnte es sein? Er war sich nicht sicher.

Geister und Stimmen. Dunkel und Licht. Kompliziert genug, um unmöglich zu sein; real genug, um zu töten.

Was konnte es sein? Vielleicht nichts, dachte er. Vielleicht verlor er ganz einfach nur den Verstand.

Er berührte seine linke Hüfttasche, in der Hoffnung,

das würde ihm Glück bringen, und hielt sich am Türrahmen fest, während er die Schwelle überquerte. Dann wartete er auf irgendein Ereignis.

Nichts geschah. Das Licht hier drin war so trüb wie in der Haupthalle, reichte aber aus, um ihm die schwarzen Streifen an den Wänden zu zeigen, die Fußspuren am Boden, die Biegung weiter vorn, hinter der, wie er wußte, die erste Falle lauerte.

»Tony!« rief er, ohne mit einer Antwort zu rechnen. »Mike? Kelly, ich bin's, Devin!«

Als er den Pfosten losließ, fragte er sich, ob die Angst lebte. Da draußen, am Strand unter der heißen Sonne, wo die Kinder im Wasser spielten, war das unvorstellbar – da draußen. Angst ist ein Gefühl, eine Reaktion, manchmal ein Schutz vor Gefahren, manchmal ein Vorwand, wenn man fliehen will. Sie lebt nicht. Die atmet nicht und hinterläßt keine Spuren im Sand, denen man folgen kann.

Aber er hatte Julies Stimme gehört, und die anderen hatten Mary Heims gesehen, und niemand vermochte zu erklären, warum sie auf solche Weise gestorben war.

Mary wußte es. *Ich weiß es.*

Und letzten Endes hatte Julie es auch gewußt, denn Julie lachte nicht. Er berührte wieder die Hüfttasche.

»Julie?« wisperte er.

Der Mund, die Augen, ihre innere Haltung; im Feuer lachte sie nicht. Im ›Haus der Angst‹ schrie sie.

20

Kurz hinter der Schwelle vernahm er die Stimmen des dunklen Piers – Bretter und schräge Wände und verbogene Planken und geschwächte Balken knarrten und stöhnten in unregelmäßigem Rhythmus, leise, manchmal laut, manchmal mit gedämpftem Knirschen, als rollte ein hohler Mühlstein langsam über Felsen, um langsam zu Kies zerrieben zu werden.

Und der Kontrapunkt eines Sopranwindes, der klagend hinter den Wänden dahinjagte, oberhalb der niedrigen, dunkel gestrichenen Decke, um die Kurven, die Devin nicht sehen konnte – ein Wind, der voranschnellte, als würde er laufen, der innehielt, als wollte er warten, und in der Ferne viel tiefer klang, als erwartete er beim ersten Anzeichen eines Schreis, gerufen zu werden; und das Meer, beständig und wogend, wie eine Herde von Bestien unter Devins Füßen, die mit ihren Schritten die Zeit maßen, es prallte gegen die Pfeile und zischte im Sand.

Schritte. Ein Zeitmaß.

Mit den Fingern seiner rechten Hand streifte er die nächstbeste Wand, feucht und glatt, und eilte zu der scharfen Kurve des Korridors, mehrere Meter weiter vorn. Der Durchmesser des Ganges betrug etwa anderthalb Meter. Das Licht war gerade hell genug, und er sah, daß er keinen Schatten hatte und daß ihm kein Schatten folgte, aber es kam ihm so vor, als wanderte er durch eine herbstliche Abenddämmerung – Einzelheiten verschwammen oder existierten nicht, Gebilde wehten umher und verschwanden, und er klopfte immer wieder mit einem Finger gegen die Holzwand, um sicherzugehen, daß sie noch da war, trat kraftvoll auf, um sich zu vergewissern, daß er nicht schwebte. Oder nichts zum Meer hinabfiel, das darauf wartete, ihn zu fangen.

Er blieb stehen – *bleib ganz ruhig, Devin* – und befahl sich, einfach nur seinen Weg fortzusetzen, sich nicht die Zeit für Gedanken zu nehmen; nur so konnte er seinen drohenden Wahnsinn zähmen, das Grauen, das er sich eingestanden hatte und das er nun irgendwie im Zaum hielt. Im Augenblick genügte es, daß er hier war, daß er den Versuch wagte. Doch als er die Biegung erreichte, zögerte er, atmete tief durch den Mund ein, seine Füße bewegten sich, ohne ihn nach vorn oder rückwärts zu tragen. Er beugte sich vor und schaute in einen schwarzen, sich verjüngenden Tunnel.

Seine Handflächen waren kalt, der Nacken fühlte sich steif an. Irgend etwas umspannte seine Brust und ließ nicht nach, bis er sich vorneigte und die Fäuste gegen die Rippen preßte. Er spürte sein Herz; es trommelte. So rasch er auch blinzelte, er konnte seine Augen nicht von einem schwachen wäßrigen Brennen befreien. Ein Daumen rieb über die Haut darunter, zog daran, verzerrte das Blickfeld, rief Tränen hervor, die er abwischte. Obwohl sie den brennenden Schmerz wegspülten.

Er erschauerte, und sein Magen begann, sich umzudrehen; seine Zunge wollte nicht aufhören, die Lippen zu befeuchten. O Gott.

Das Meer; und er wußte ohne die Gnade des Zweifels, daß er sich in der Kehle einer großen Bestie befand und zu den brodelnden Säuren in ihrem Bauch glitt, die ihn vernichten würden. Unmöglich, anzuhalten. Unmöglich, kehrtzumachen und zu fliehen. Er glitt nach vorn und hinab, und sein Körper bebte unter einem Eissturm, der vorübergehend in seiner Brust tobte.

»Bleib ruhig, ganz ruhig.« Seine Stimme klang plötzlich so laut, daß er fast lachte, als er sich seinen Gesichtsausdruck ausmalte.

Es besänftigte ihn, sich fest an die Wand zu pressen. Er stieß einen geräuschvollen Atemzug aus, der an ein Knurren grenzte, strich mit den Handflächen über das Gesicht und wischte sie am Hemd trocken. Sorge trieb ihn voran, aber eine Zeitlang widerstand er ihrem Drängen, auch der Verlockung, einen Plan zu schmieden. Das war unmöglich. Wie konnte er den Kampf gegen etwas planen, das er nicht kannte? Wie konnte er Ereignisse voraussehen, wenn er im Dunkel tappte? Statt dessen entfernte er sich von der Wand und ging mutig weiter, mutiger, als er sich fühlte, suchte den Boden nach Anzeichen jener mit Schnappschlössern versehenen Falltüren ab, die sich in besseren Zeiten unter seinen Füßen geöffnet hatten, so daß er lachend durch einen glatten, gewundenen Metallschacht in einen Raum voller Kissen und Clownsgelächter gerutscht war.

Maureen hatte die Monstren gefürchtet, wie er sich entsann.

Aber da war nichts außer den verblassenden Spuren von den Sohlen anderer Leute. Inseln aus bewegtem Sand, tiefhängende Wolken aus grauem Staub, wie Bodennebel im Frühling – Wolken, die davonwirbelten und sich bei jedem seiner Schritte von neuem bildeten.

Ein Luftzug durch eine Ritze in der Decke, eine eisige Ranke an seiner Wirbelsäule. Er massierte seine Schultern, um sie zu wärmen, rollte die Ärmel hinab, knöpfte die Manschetten zu und fühlte sich kein bißchen erwärmt.

Zehn Schritte, und er blieb wieder stehen, runzelte verwirrt die Stirn, klopfte nachdenklich auf seinen Schenkel. Blicklos starrte er auf den Boden. Nein; nach dieser langen Zeit müßte er irgend etwas erreicht haben, ein Markenzeichen der Mitternachtshalle – eine Falltür, das rollende Faß, die erste Nische, aus der ein Ungeheuer sprang, von schriller Musik begleitet. Doch die Wände und der Boden regten sich nicht, kein Umriß, das Dunkel ließ nach, als würde er ein schwaches Licht ausstrahlen.

Hinter ihm war Schwärze. Unter ihm das Meer. Ein Schritt weiter. Ehe ihm bewußt wurde, was er tat, wanderte seine Hand zur Hüfttasche und pochte gefühllos gegen das Foto – *sie schrie*.

Der Wind blies, ohne ihn zu berühren, immer noch hinter den Wänden verborgen, pirschte sich von oben heran, während die Decke knarrte und knackte. Luftschlangen aus Staub kräuselten sich über seinen Schultern. Die linke Handkante strich über seine Nasenlöcher, ganz fest, als wollte er sich kratzen, und er begann sich zu fragen, was das Ding, das hier hauste, aus der Reserve locken könnte. Ein Schrei? Ein Name? Sollte er Zuflucht beim Aberglauben suchen und einen Zauber finden, eine Formel, um einen Dämon heraufzubeschwören?

Das Gesicht.

Wieder ein Luftzug, um seine Fußknöchel gekettet.

Kann die Angst leben?

Sekundenlang schloß er die Augen, während er versuchte, das Gesicht zurückzuholen, das er auf dem Foto von Mary eingefangen hatte, aber wie auf dem Bild sah er nur helle Punkte, bleiche Flecken, die anzeigten, wo sich die Augen befanden, vielleicht die Nase, vielleicht der Mund. Ein Gesicht, das Marys Todeskrämpfe auf den Planken beobachtet hatte. Auch ihn? Wartete es jetzt auf ihn?

Verdammt, wer war das? Was in Gottes Namen war es?

Devin kniff blutlose, schmale Lippen zusammen. Noch ein Schritt, noch einer, und er ging weiter. Diesmal spazierte er beinahe dahin, denn er begann die Beherrschung zu verlieren. Er liebte es nicht, die Maus zu mimen, ein Jagdwild zu sein. Seit er erwachsen war, spielte er mit seinen eigenen Träumen Fangen, und das hatte er allmählich satt.

Julie, rief er in die Stille, warum, zum Teufel, hilfst du mir nicht?

Der Tunnel erreichte eine neue Ecke, und er umrundete sie, ohne innezuhalten. »Kelly!« Seine Stimme verlor gegen die Stimme des Piers und das Knirschen des Meeres; ohne Echo stürzte ihr Name in die Tiefe.

Und falls es lebte oder auch nur teilweise – was hatte es hierhergebracht, in eine Kleinstadt an der Küste?

Ungeduld besiegte die Vorsicht, und er fiel in einen leichten Trab, vor ihm wehten schwarze Schleier davon, schwungvoll stieß er schwarzen Nebel beiseite, der schwebend aufstieg und sich an die Decke klammerte, Spinnengestalten bildete, in Rinnsalen die Wände herabfloß.

»Tony, hier ist Devin!« Kein Echo.

Lautlose Sohlen am Boden. Und die Kälte – die Berührung der Angst – das Flüstern eines Kindes, das sich unter der Bettdecke verkriecht, um sich gegen die Ankunft der Nacht zu wappnen.

Devin bebte, schüttelte den Schauer ab, biß fest in seine Unterlippe, bis er beinahe Blut schmeckte. Zu groß, dachte er, während sein Trab in einen Sprint überging, es ist zu groß für den Pier, irgend etwas stimmt da nicht, irgend etwas ist hier.

Die dritte Ecke, und er bewältigte sie, prallte von der gegenüberliegenden Wand ab, als er ausrutschte und das Gleichgewicht verlor, gewann es nach einem Meter wieder, nach zweien raste er dahin.

Jetzt sickerte der Wind durch die Wände und machte sich über Devins Rücken her. Das Knacken einer brennenden, splitternden Planke.

»Mike! Mike, wo bist du?« Kein Echo. Das Meer.

Wieder schlug er gegen die Wand, griff nach seiner Schulter, drehte sich um, ging zurück, runzelte die Stirn, bis er merkte, daß der Boden sich neigte, langsam von einer Seite zur anderen schwankte, nicht beängstigend, aber stark genug, um Devins Schritte zu verlangsamen, denn er wollte nicht stolpern und stürzen. Der Pier bricht zusammen, dachte er, Jesus, er bricht zusammen.

Er stellte sich vor, wie das ›Haus der Angst‹ im Zeitlupentempo zusammenfiel, als bestünde es aus Spielkarten, wie es in sich zusammensank, bis nichts mehr am Strand übrigblieb außer Abfall und Haufen aus zerbröselnder Asche. Er sah sich selbst darin gefangen und hinabstürzen, lebendig begraben, ertrinkend, sah sich tot, noch ehe er auf dem Sand aufschlug, und irgend etwas hinter ihm kicherte.

Der Schmerz verebbte, aber er rieb immer noch an seiner Schulter. Das beschäftigte ihn wenigstens, während er verblüfft beobachtete, wo sich der schwarze Schleier auflöste und wieder Gestalt annahm. Immer näher. Etwas Feuchtes rann die Wände herab, glasklarer Schleim überzog streifenförmig den Boden, und das Geräusch von langsam tropfendem Wasser füllte den Gang hinter Devin. Er hielt inne, schluckte und wünschte, er hätte einen Revolver oder einen Knüppel oder ein Kreuz, das er hochheben konnte, um die Nacht abzuwehren.

O Gott, ich schaffe es nicht. Tony, Kelly, Mike, ich schaff's nicht, ich habe...

Und als er ins Dunkel trat und das Dunkel ihn umschwirrte mitsamt dem Schaukeln und dem Wind und dem Meer und seinem eigenen heiseren Atem, schloß er die Augen und wartete und dachte: *Das war's Kids, tut mir leid, daß ich nicht angerufen habe, Ken, tut mir leid, daß du von mir enttäuscht bist, Gayle.*

»Tony«, wisperte er. »Kelly, hier ist Devin.« Schweigen.

Er ging weiter, zog die Füße über den Boden, weil er überhaupt nichts sah, wenn er auch spürte, daß er sich in einem Raum befand, der viel größer war als die Haupthalle. Eigentlich hätte er Platzangst empfinden müssen; statt dessen glaubte er zu fliegen.

»Mike, bist du da?«

Und plötzlich wurde er von einer Explosion aus strahlendem Weiß geblendet, das Balken und Schächte über ihm bildete, Tücher und Spiralen zu beiden Seiten. Nur das Zentrum blieb dunkel, und dort entdeckte er seine Freunde.

Er stöhnte, als wäre er in den Bauch geboxt worden, rührte sich nicht, gaffte nur, bis irgend etwas gegen seine Beine stieß, und er ging mit steifen Knien auf die drei zu. Schüttelte den Kopf. Blickte sich um. Fühlte, wie er erneut die Beherrschung verlor, und es war ihm auch jetzt egal. Er holte wieder Atem, tief und schnell, um nicht zu schreien.

Sie lagen aufeinander, mit verschlungenen Armen und Beinen. Nur Tonys Gesicht war zu sehen, mit offenen, starren Augen.

Devin wagte nicht zu sprechen. Hastig kniete er nieder und ergriff eine Hand; sie war nicht warm, war nicht kalt, und er massierte sie, während er all ihre Namen flüsterte, immer und immer wieder, bis ein Gesang daraus wurde, ein Lied. Und dann spürte er, daß er beobachtet wurde, hob den Kopf und erblickte sie.

Schlank und dunkel vor dem leuchtenden Weiß. Langes Haar wehte in einer sanften Brise. *»Mr. Graham...«*

»Mein Gott, Julie!«

»Ich nehme mir jetzt mein Foto.«

Hier, an diesem Ort, war das keine Drohung, es war das ruhige Warten auf die Einlösung eines Versprechens, mit dem ganz schwachen Anflug eines Flehens.

Obwohl er ahnte, daß es ihm nichts nützen würde, starrte er sie an, weil er nicht anders konnte, versuchte, all die Schwärze mit der Frau zu füllen, die er einmal gekannt hatte – mit ihrer Augenfarbe, den geröteten Wangen, den Schultern und dem Bauchansatz – sommersprossig wie bei ihrer Mutter. Und als es ihm mißlang, weil das

Schwarz so massiv war, wie eine Maske und ein Kostüm, überraschte er sich selbst, indem er einfach nur die Achseln zuckte, statt eine Erklärung zu verlangen.

»Bitte, Mr. Graham.«

Devin stand auf, sah hinab – er hatte Kellys Hand gehalten – und griff in seine Tasche, zog das Bild hervor. Er faltete es auseinander, preßte es an seine Brust, um es zu glätten, rieb über die Knicke und beobachtete, wie Julie wartete. »Warum?« fragte er schließlich, die einzige Frage, die ihm einfiel.«

»Ich will sterben.«

Er schaute sich um, blinzelte ins grelle Licht, suchte nach Spuren von irgendwas, von jemand anderem, blickte wieder auf Julie und sah, wie sie einen gleitenden Schritt in seine Richtung machte, das Licht hinter sich, das flimmerte und flackerte, als bestünde es aus weißem Flammenschatten. Dann starrte er hinab auf das zerknitterte Bild und berührte ihr Gesicht mit einem Finger. Blickte auf Julie. Blickte hinab. Glaubte nicht, daß sie nur seinetwegen hier war. So etwas gab es nicht, er hatte ihre Seele nicht eingefangen, aber im Moment konnte er an nichts anderes denken, an keinen anderen Grund, und als er das Foto mit beiden Händen hochhielt und Anstalten traf, es zu zerreißen, schrie Julie.

Etwas schrie. Und das Weiß vor der dunklen Gestalt begann zu schwinden wie der Schimmer ausgeblasener Kerzen, hinterließ schwarze Löcher, und ein schwarzer Zaun erhob sich, um die Sonne auszusperren.

Sofort fiel Devin wieder auf die Knie und beugte sich über die Kids, als könnte er sie beschützen. Wovor, wußte er nicht – nur daß es nicht Julie war. Das Bild in der einen Hand, beschattete er mit der anderen die Augen, versuchte seine Sehkraft zu behalten und richtete den Blick auf Julie, die immer noch auf ihn zuglitt und sich bewegte, ohne näher zu kommen, mit wehendem Haar, flehenden Händen, das Gesicht immer noch im Dunkel, die Füße über dem Boden schwebend.

Ein Windstoß warf ihn vornüber, und er streckte eine Hand aus, um nicht zu fallen, spürte einen Herzschlag und merkte, daß er sich auf Michaels Brust stütze. Er riß die Hand zurück, starrte die anderen an, neigte sich hinab, so tief er es vermochte, ohne Julie aus den Augen zu verlieren. Kellys Busen hob und senkte sich, etwas gurgelte in ihrer Kehle.

Julie rief seinen Namen. Etwas rief seinen Namen.

»Gefangen«, wisperte Julie.

Nach einer kleinen Pause nickte er. Jetzt glaubte er es zu verstehen. In der Sekunde ihres Todes hatte er sie irgendwie in der Zeit festgehalten. Sie schrie nicht das Feuer an, sondern ihn, weil er ihr den Tod verweigerte.

Kein Geist. Keine Seele. Weder im Fegefeuer noch in der Hölle, auch nicht auf dem Weg zum Himmel. Sie war hier. Seinetwegen. Weil er seinen Durchbruch herbeisehnte und Fotos wollte von...

»Gefangen – laß mich frei – ich will mein Foto haben – laß mich frei...«

Nicht denken, Graham, du denkst zuviel, verdammt. Zitternd stand er wieder auf, ging um die Kids herum, das Gesicht halb abgewandt vom grellen Licht, das immer noch hinter ihr leuchtete. Er wünschte, ihr Gesicht zu sehen, und schämte sich, weil er froh war, daß er es nicht konnte. Ein Blick hinab auf die anderen, ein schwaches, erleichtertes Lächeln, als er sah, wie Michael sich bewegte. Und er hielt ihr das Foto entgegen, sie streckte eine Hand aus, und über dem Klagen des Windes und dem Meeresrauschen glaubte er sie weinen zu hören.

»Julie«, sagte er und versuchte durch das Dunkel in ihr Gesicht zu schauen. »Julie, es tut mir leid.«

Das Bild verließ seine Hand. *»Mr. Graham, ich habe Angst.«*

»Julie...«, begann er, und alles Licht erlosch, alle Geräusche starben, und etwas schrie, etwas lachte, und Devin wußte, daß er sich wieder einmal getäuscht hatte.

Sie fühlte, wie sich der Pier langsam drehte und verbog und zu wanken begann, widerstrebend gaben die Planken unter ihr nach, wie arthritische Beine, die ihre Kraft verloren; und nach einem Blick auf die Öffnung hinter ihr rannte sie, so schnell sie konnte, durch die Halle zur Treppe. Blieb stehen, rutschte fast aus, als sie den Eintrittskartenschalter erreichte, und was noch von seiner Glasfront übrig war, zerbrach und fiel in wirbelnden Fragmenten herab, die das Licht aus dem Eingang auffingen und in Funken verwandelten.

Winzige Flammen auf den Bodenbrettern, blinkende Blutschatten... »Jesus«, murmelte sie; *Jesus*, betete sie, als sich die Flämmchen zu Feuerzungen verstärkten, die wie Fackeln nach ihr griffen und sie zurückdrängten, aufloderten und erstarben. Ohne zu erlöschen. Ohne Rauch.

Devin, erinnerte sie sich, während sie einen Weg durch den Schutt suchte. Devin ist da hinten, du dumme Gans, Jesus Christus, Devin wartet!

Doch als sie die Stufen endlich erreichte, schrie sie bestürzt auf, denn er war verschwunden. »Devin!« Ihre Hände formten einen Trichter vor dem Mund; sie wollte nicht hinaufschauen zu den Türöffnungen... »Devin!«

Das Knarren gefallener Balken, die sich regten, um noch tiefer zu fallen; das Scharren von Nägeln, die ihren Halt lockerten; ein Wind, den sie nicht spürte, seufzte über ihr und fegte am Boden Asche und Staub dahin, hielt Asche und Staub in der Luft fest; dunkle Wolken im Dunkel, das alles Licht ausschaltete.

Das Meer. Ohne Echo.

Im Laufschritt nahm sie die ersten vier Stufen, die nächsten ängstlich und langsam, dann blieb sie stehen, die Fäuste an die Hüften gepreßt, und wartete auf irgend etwas, das ihr mitteilen würde, daß es ihm gutging. Sie atmete ein, atmete Staub, atmete aus, roch Feuer. Als sie schließlich eine Hand ausstreckte, als wollte sie Spinnweben zerteilen, sah sie die Kamera, am Boden vor dem mittleren Eingang. »O Gott, Devin«, sagte sie, beinahe wimmernd. »O Gott, zwing mich nicht dazu.«

Die letzten vier Schritte kamen ihr so vor, als würde sie durch Schlamm waten. Sie konnte kaum die Füße heben, kaum die Beine spüren; auf dem Treppenabsatz begann sie zu taumeln, und am Eingang stürzte sie, ignorierte den scharfen Schmerz in den Knien, die Kälte in der Hand, die den Türrahmen packte. Sie hob die Kamera auf und weinte über den Riemen, der so ordentlich um die Tasche gewickelt war. Der Apparat war schwer, schwerer, als sie sich entsinnen konnte, und während sie in den schwach erleuchteten Korridor starrte, überlegte sie, ob sie ihn mitnehmen sollte, für alle Fälle.

»Devin!« kreischte sie. Nur das Meer. Kein Echo.

Das ist nicht fair, dachte sie, als sie mühsam aufstand und sich an den Türpfosten lehnte. Es ist nicht fair, das ist nicht *mein* Kampf, zum Teufel mit dir, Devin.

»Verdammt, Devin, wo bist du?«

Und dann schrie sie auf, als eine Hand ihren Arm ergriff und sie herumdrehte, schrie noch einmal, als sich ein schwarzes Gesicht zu ihr neigte und zischte, sie möge still sein. Sie schwang eine Faust hoch, um es wegzustoßen, und ließ sie sinken, sobald sie wieder atmen konnte und Stump vor dem erwarteten Schlag zurückweichen sah. »Jesus Christus!« keuchte sie, ließ den Apparat fallen und zuckte zusammen, als er einmal hochhüpfte und dann liegenblieb. »Großer Gott, Harragan!«

»Ich konnte es nicht.« Stump schaute an ihr vorbei in den Gang und schüttelte den Kopf. »Eine Frau, die Ehefrau eines Freundes, bat mich, mit ihr zu tanzen, und ich konnte es nicht.« Er sah sie wieder an und hob die Schultern. »Vielleicht hätte ich drei Minuten geschafft. Dafür wird Graham bezahlen. Vielleicht hätte ich drei Minuten geschafft.«

Sie hatte nicht die leiseste Ahnung, wovon er faselte, doch es war ihr ohnehin egal. Beinahe umarmte sie ihn. Dann hörte sie einen fernen Schrei, ein fernes Tosen, und die Hand glitt von ihrem Arm. Stump zeigte auf die Tür. »Ist er da drin?«

Sie nickte. »Vermutlich.«

»Sollen wir auf ihn warten?«

»Nein.«

Noch ein Schrei, wie ein Hurrikan, der tausend Meilen weit weg durch eine schmale Gasse rast. Sie verfluchte Devin, weil er sie verlassen hatte, und trat über die Schwelle. Stump blieb an ihrer Seite, schwankte mit dem schwankenden Pier. Als sich das Schaukeln verstärkte, murmelte er etwas vor sich hin, so leise, daß sie dachte, er würde beten. Er nahm ihre Hand, und sie brachte ein Lächeln zustande.

Großartig, Cross, sagte sie sich, ein vergreister Ritter hat dir gerade noch gefehlt.

Da waren Flecken an den Wänden, Reste eines alten Anstrichs, wie sie glaubte, doch als sie einen davon berührte, färbte sich ihre Hand schwarz. Ruß. Asche. Und über ihrem Kopf hörte sie den Wind, unter sich das Meer und irgendwo hinter der Biegung da vorn ein Gelächter. Jemand lachte, etwas lachte, und sie umfaßte Stumps Hand noch fester, bis er an ihrem Arm zerrte, damit sie stehenblieb.

Etwas Glasklares, Schlüpfriges am Boden.

Schwarzer Nebel verschleierte ihren Blick in Gestalt schwebender, kreisender Schatten, und manche davon schienen von der Decke herabzuhängen, Teile davon schienen sich an die Wandflecken zu klammern und sich an die Planken zu schmiegen, an den Stellen, wo der Boden Mulden bildete und der Streifzug des Meeres heraufsickerte, in heiserem Geheul.

Wenn sie den Nebel berührte, fror sie; wenn sie danach schlug, teilte er sich; als sie einmal darauf blies, segelte er zur Seite und sank gekrümmt nach unten.

Bei der zweiten Biegung wußte Gayle, daß da etwas nicht stimmte. Sie müßten längst an einem Ziel sein, nicht in einem weiteren Teil des Tunnels. Aber als sie Stump fragend anschaute, starrte er geradeaus, das weiße Haar glanzlos, den Rücken unter einer unsichtbaren Last gebeugt, die Beine unfähig, sich zu strecken, wodurch er kleiner wirkte als sie.

Bei der dritten Biegung blieb sie stehen und schloß die Augen und holte Atem. »Sie sagten, Sie wüßten, was hier drin ist.« Daß sie nur Zeit gewinnen wollte, war ihr völlig klar, und es kümmerte sie nicht. Nicht jetzt, wo undefinierbare Geräusche da vorne ertönten, wo eine Wand am Ende ihres Blickfelds aufragte, wo Gerüche auf sie eindrangen, die sie nicht kannte und nicht kennen wollte, und der Pier sich immer noch umherwand, ohne auseinanderzubrechen.

Stump hakte die Daumen in seine Hosenträger, spähte in den Tunnel und reckte das Kinn hoch, als wollte er die Luft prüfen. »Da draußen hatten sie Angst.«

»Ich weiß, aber ...«

»Es gab Orte wie diesen hier. Andere Orte. Sie kommen und gehen. Und Sie sagten, Sie hätten sie gesehen.«

»Stump, ich habe keine Ahnung, was das bedeuten soll.«

»Sie haben es gesagt.« Er sah sie an. »Sie haben gesagt, Sie wissen es.«

»Ich dachte, ich wüßte Bescheid. Ich meine – Devin sprach von der Angst und ähnlichen Dingen, und ich glaubte...« Sie kniff die Augen fest zusammen. »Scheiße. Verdammt. Ich weiß nicht, wovon ich rede.«

Er nahm ihre Hand und zog sie von der Wand weg. »Gehen wir lieber weiter, okay? Wir können nicht hier warten, bis uns die ganze Bude auf den Kopf fällt.«

Er führte sie durch den Tunnel, auf die reglose Schwärze zu, und sie flüsterte: »Versuchen Sie mir zu erklären, daß dieser Ort – ich weiß nicht, wie ich mich ausdrücken soll – ein Ort ist, wo die Furcht die Furcht anlockt?«

Er gab keine Antwort, und sie drängte ihn nicht, denn sie fand den Gedanken zu fantastisch, um daran zu glauben, und zu fantastisch, um nicht daran zu glauben – jetzt, während sie da war, wo Julie den Tod erlitten hatte. Er antwortete nicht, bevor sie die schwarze Wand erreichten und Gayle in deren Tiefe bewegte Schatten zu sehen meinte. »Die Furcht lockt die Furcht nicht an«, erklärte er, und sie zuckte zusammen. »Devin weiß das. Es ist nicht die Furcht, die hier lebt. Es ist nicht Furcht, sondern etwas Schlimmeres.«

Dann ließ er ihre Hand los und trat ins Dunkel, und ehe es ihr bewußt wurde, war sie ihm gefolgt.

Er hielt sie alle fest, so gut er konnte, kniete am Boden und hörte Kelly schluchzen, Michael fluchen und Tony mit bebender Stimme fragen, ob er nach Hause gehen dürfe. Kinder. Sie waren Kinder, und Devins Arme umfingen sie, hielten sie beisammen, preßten sich an ihre Schultern, während er in der Finsternis einen Fluchtweg suchte. Es würde nicht der Weg sein, auf dem sie gekommen waren – wenn er auch nicht wußte, wie es die Kids hierher verschlagen hatte –, denn er hatte die Orientierung verloren. Ein noch lauteres Knirschen drang zu ihm, und er wußte, daß der Pier einstürzte.

Es gab kein Licht. Er war blind.

Dann fühlte er, wie sie sich entspannten und lockerte seine Arme, aber ihre Schultern berührten sich immer noch, und sie bewegten unablässig die Hände, um alles zu berühren, was in ihrer Reichweite lag.

»Ich habe Julie gesehen«, wisperte Tony. »Sie stand da drüben – da war eine Tür – sie...«

»Sie war es nicht«, erklärte Devin.

»Ich habe sie *gesehen.*«

»Sie war es nicht.«

»Es war Mary.« Mike bemühte sich, seiner Stimme einen ruhigen Klang zu verleihen. »Sie führte mich in diesen – diesen Raum mit den Falltüren und anderen Dingen. Ich dachte, sie würde mir den Weg ins Freie zeigen, versteht ihr? Ich dachte, sie wollte, daß ich mich aus dem Staub mache.«

»Sie war es nicht«, erklärte Devin.

»Aber Sie waren ja gar nicht dabei!« fauchte Mike. »Jesus, ich muß es doch wissen, ich habe sie gesehen!«

»Sie war es nicht.«

Hände lagen auf Devins Wangen, feucht von Tränen, kalt von Angst, und er tastete nach den Handgelenken und zog sie sanft weg. Dann streckte er einen Arm aus, fand ihr Haar, streichelte es, liebkoste ihren Nacken, und als sie zu sprechen und ihm etwas mitzuteilen versuchte, sagte er nur: »Sie war es nicht.«

Endlich kannte er sie, erkannte sie wieder – die Orte; er hatte sie oft genug gesehen und nicht darüber nachgedacht, auf diese oder jene Weise, denn damals waren sie ihm gleichgültig gewesen. Ein Straßenabschnitt, wo immer wieder Unfälle passieren, welche Vorsorge man auch immer treffen mochte – mit Reparaturen, verbreitertem Fahrbahnrand, Ampeln oder Verkehrspolizisten. Ein Berg oder ein Tal oder ein Wald oder ein Fluß, Wiesen und Felder, und Armeen ziehen darüber hinweg mit der Regelmäßigkeit von Uhren und lassen die Sterbenden zurück – unter dem Vorwand, strategische Standorte gesucht zu haben, auch wenn die Wirklichkeit anders aussieht. Ein Dorf, ein Stadtteil, vielleicht sogar nur ein einziges Gebäude, in dem Menschen sterben, oder verschwinden, wo die Verwundeten vor Schmerzen schreien und grelle Schlagzeilen fragen, ob da ein Fluch wirksam sei, und kluge Leute beklagen die furchtbare Tragödie unglückseliger Umstände.

Orte wie das ›Haus der Angst‹.

Es hatte nichts mit den Bösen zu tun, mit Magie, Flüchen oder Zufällen.

Es hatte nichts mit Hexerei zu tun.

Es hing einzig und allein mit dem Tod zusammen, mit den Lockungen, die er nutzt, um seine Opfer zu rufen.

»Hört zu«, wisperte er, und die anderen verstummten. »Halten wir uns an den Händen, okay? Jeder nimmt irgendwen bei der Hand und läßt ihn nicht mehr los. Wir müssen hier raus, bevor der ganze Pier zusammenbricht.«

Kelly schluchzte auf und schnüffelte.

»Meine Hüfte.« Mikes Stimme klang gepreßt vor Schmerzen.

Sie rückten näher zusammen, ergriffen Hände, ungeschickt aneinander gedrückt, und jeder wandte sein Gesicht den anderen zu. Devin nickte vor sich hin, als er den Kopf langsam drehte, und nickte wieder, als er sich vergewissert hatte, daß er die Hand eines Freundes umfaßte.

Hinter ihm stand Tony, Kelly zu seiner Linken, Mike rechts, alle eng beisammen. Und im Dunkel, das direkt vor ihm lag, hoffte er, die Tunnels zu finden.

»Nicht die Füße heben«, warnte er, »sonst stolpert ihr. Schlurft einfach, ganz langsam. Wenn jemand zu laufen anfängt, reißt er die anderen zu Boden. Und wenn wir getrennt werden...«

»Was ist das – wo sind wir?« fragte Kelly, und Mike grunzte.

»Wenn es nicht Julie war...«, begann Tony.

Devin setzte sich in Bewegung und spürte, wie sich Kelly angstvoll an seinen Arm drückte. Mike tat sein Bestes, um ihn nicht zu berühren. Schlurfen. Scharren. Alle paar Meter stieß Tony gegen Devin. Schlurfen. Scharren. Es war mühsam, nicht ins Dunkel zu starren, aber überflüssig, irgendeinen Sinn in dieser Finsternis zu suchen, damit würde er sich nur Kopfschmerzen einhandeln, seine Augen überanstrengen und womöglich Dinge sehen, die gar nicht da waren.

Sing für mich, Mary, dachte er. O Gott, bitte sing!

Der Pier stöhnte und bewegte sich.

Kelly fragte Tony mit leiser Stimme, die die anderen nicht hören sollten, ob sie alle sterben würden.

Tony verneinte, und Devin wollte ihm zustimmen, doch er war sich nicht sicher; es fiel ihm schon schwer genug, sich selbst einzureden, daß er seinen Verstand noch nicht völlig verloren hatte, wenn er sich Orte vorstellte, die der Tod als sein Revier beanspruchte. Vielleicht war alles vergeblich – das Schlurfen, das Scharren –, vielleicht wäre es besser, sich hinzusetzen und zu erwarten, was so oder so geschehen würde; aber vielleicht entkamen nur jene, die kämpften. Und vielleicht, dachte er, ist das Entrinnen in Wirklichkeit gar kein Gewinn.

Schlurfen.

Devin blieb stehen, den Kopf schief gelegt, und drückte die Hände, die er festhielt, um die anderen zum Schweigen zu bringen. Er lauschte auf die vorsichtigen Schritte – die irgendwo erklangen – vorn oder hinten, das konnte er nicht feststellen. Er spürte, wie Kelly sich anspannte, roch ihre Angst, säuerlich und bitter.

Da kam er auf den Gedanken, nun könnte gespielte Tapferkeit helfen. Wenn er Kühnheit vortäuschte, ein fröhliches Lied vor sich hin pfiff, mit den Fingern schnippte, um die Dämonen zu verspotten, würde er vielleicht einen Schutzschild errichten und die Kids wohlbehalten hinausbringen; und gleich darauf fiel ihm ein, daß der Mut die Menschen noch nie vor dem Tod bewahrt hatte.

»Ich höre etwas«, flüsterte Tony.

Trotz seiner guten Vorsätze starrte Devin ins Dunkel, blinzelte Funken und Spiralen weg, schüttelte den Kopf, um einen klareren Blick zu bekommen und schluckte, als die Schritte endlich innehielten, nur wenige Meter neben ihm.

»Wer ist da?« rief Mike, und Devin hätte ihn am liebsten erwürgt. Natürlich war ohnehin alles sinnlos – der Tod wußte, wo er sie suchen mußte.

»Ich hab die Freifahrten versprochen«, antwortete eine heisere Stimme. »Aber das hier gehört nicht dazu, mein Junge.« Und dann »Verdammt, Nathan, wo, zum Teufel, ist Devin?«

Stump neigte sich zu Devin und flüsterte ihm »Tod« ins Ohr.

Devin hielt ihn sekundenlang fest und weinte beinahe. »Ich weiß.«

Er drückte sie an sich und küßte ihre Wangen, während sie ihn beschimpfte und die Tränen zurückhielt. Und die anderen blieben in der Nähe, immer noch Hand in Hand, schwatzten nervös und klatschten in die Hände, als Stump erzählte, er habe nur wenige Schritte ins Dunkel getan, bevor er mit Devin zusammengestoßen sei. Nur wenige Schritte, bestätigte er, während sie ihn mit Fragen bestürmten, um ganz sicherzugehen. Widerstrebend löste Devin Gayles Arme von seiner Taille.

Sie hielten sich erneut an den Händen, zusammengedrängt wie eine Schafherde im Gewitter, und setzten sich wieder in Bewegung – Schlurfen. Scharren. Devin hoffte inständig, daß sie sich bei der Begegnung nicht in die falsche Richtung gedreht hatten.

Sobald sie aus dem Dunkel ins Licht traten, in den Tunnel, sanken sie an die Mauern und sogen eine ganz andere Luft als jene ein, die sie soeben verlassen hatten. Kelly lag in Mikes Armen, Tony stand neben ihnen; Stump hatte den Kopf gesenkt und die Hände gegen das Holz gestützt; und Gayle starrte Devin an, als versuchte sie diesem Gesicht einen Namen zu geben, den sie kennen müßte.

Schwarzer Nebel umschwirrte sie.

Devin berührte Gayles Haar, dann ging er zu den Kids. Tony war unnatürlich bleich, das Hemd an der Schulter zerrissen, und er starrte blindlings zur Decke hinauf, schluckte, blinzelte hektisch und zitterte. Ruß bedeckte Kellys Gesicht und verlieh ihm das Aussehen einer Waschbärenmaske. Ihr Haar zog sich in feuchten Strähnen über Stirn und Wangen. Und Mike, der sie umschlungen hielt, blickte über ihre Schulter auf Devin, mit zu großen Augen, die Unterlippe bebte, und eine Hand glitt zur Hüfte, um sie krampfhaft zu massieren.

»Wir müssen gehen«, erklärte Devin sanft. »Ich weiß nicht, wie lange der Pier noch stehen wird.«

»Ich kann nicht«, flüsterte Kelly dicht an Mikes Brust. »Ich kann mich nicht rühren. Und ich will nicht.«

Mike preßte sie noch fester an sich. »Wir träumen, nicht wahr?«

Devin brachte ein flüchtiges Lächeln zustande. »Ich wünschte, es wäre so.«

»Das muß ein Traum sein«, entgegnete der Junge ärgerlich. »Ich will Arzt werden, und ich kann unmöglich...«

Heftig wankte der Pier. Kelly schrie auf. Gayle packte Stumps Arm und zwang ihn, ihr zu folgen. Devin bildete die Nachhut, unterließ es, über seine Schulter zu schauen, stieß die anderen an, wenn er sie zur Eile antreiben mußte, und nickte, wann immer sich jemand nach hinten wandte, um festzustellen, ob er noch da war.

Das Meer. Der Wind.

Da stimmt was nicht, dachte er, und ein Teil des Tunnels begann zu kreisen, ohne Vorwarnung, lautlos. Zunächst langsam, so langsam, daß er glaubte, die Drehung würde nur vom Pier ausgehen, der wieder wankte. Aber als sie nach rechts taumelten und auf den Boden rutschten, der sich in eine Wand verwandelte, dann in die Decke und in die gegenüberliegende Wand, rappelte er sich auf und versuchte das Geschrei zu ignorieren. Alle schrien, unfähig, auf die Beine zu kommen, rollten in einem riesigen rollenden Faß umher, während er sich einen Weg durch das Gewühlte bahnte, bis er die Führung übernommen hatte. Er stand da, mit beiden Händen abgestützt, und brüllte sie an. Nachdem sie sich beruhigt hatten, beobachteten sie, wie er sich, das Gesicht zur rechten Wand, den Bewegungen des Fasses anpaßte – mit Füßen und Handflächen. Dabei ging er seitwärts auf das Ende des Fasses zu.

Sie kamen nur mühsam und zentimeterweise voran, aber bald hatten sie den Trick begriffen und folgten ihm zu jenem Teil des Tunnels, der sich nicht rührte.

Dann schrie Gayle auf. Devin wirbelte herum und sah,

daß etwas aus der Wand ragte, das winzigen Messerklingen glich. Er schnappte nach Luft, schaute zwischen seine Hände, auf die Auswüchse. Es waren Muschelschalen – zackig, scharf und glänzend, wie mit Glimmer bedeckt, und sie bildeten Bänder um die Innenseite des Fasses herum.

Und das Faß begann sich schneller zu drehen. Michael fluchte lauthals. Kelly rief um Hilfe; Tony stieß sie an, zwang sie, auf ihre Hände zu achten und aufzupassen, wo sie die Wand berührte, und über die scharfkantigen Muscheln zu springen.

Devin sah die anderen nicht mehr, war zu sehr damit beschäftigt, seine eigenen Hände vor Rißwunden zu bewahren, die rotierenden Klingen im Auge zu behalten, die Handflächen, die ihnen nur mit knapper Not entgingen. Während er sich langsam voranbewegte, schaute er alle paar Zentimeter zum Rand des Fasses, zum stabilen Tunnel dahinter. Keuchend atmete er durch den Mund, seine Knie fühlten sich an, als wären sie von Nägeln durchbohrt. Einmal griff er daneben, und seine rechte Hand wurde unterhalb des Daumens geschnitten. Zischend hielt er die Luft an und widerstand der Versuchung, die Hand wegzureißen und das Blut abzuwischen. Vorsichtig löste er sie von der Klinge.

Gayle schrie. Das Meer, der Wind.

Und dann war die Wand gerade, und Devin fiel seitwärts zu Boden, dann kniete er, und schließlich kam er auf die Beine. Er wartete, beobachtete die anderen, packte Tonys Arme und zog ihn aus dem Faß, dann Kelly und Mike. Ungeduldig tänzelte er umher, bis Gayle erschien, die Hände mit Blut beschmiert.

Und alle schauten Stump entgegen, der um einige Meter zurückgeblieben war, sich grunzend im Krebsgang näherte und verzweifelt den Kopf schüttelte, mit angespannten Unterarmen und sichtbar zitternden Beinen. Und die Schneiden begannen sich zu verlängern, die Öffnung des Fasses begann sich zusammenzuziehen, und Gayle warf die Arme um Devins Taille, als er Harragans Namen schrie und zu ihm laufen wollte.

»Nein!« rief sie. »Nein!« Sie starrte auf die Kids. »Los, geht weiter, verdammt! Nein, Devin, das darfst du nicht...«

Harragan stöhnte, das Faß schrumpfte. Glitzernde Muscheln. Und Stump sah ihn an und lächelte traurig, bevor sich das Loch endgültig schloß.

Gayle zerrte an ihm, die Arme um seine Mitte geschlungen, doch er fühlte nichts, während er sich voranbewegte, und hörte nichts außer dem Wind und dem Ächzen der Planken. Er saugte an seiner Schnittwunde, spuckte Blut aus, saugte wieder, schaute nach unten, sah die Bänder, Pfützen und Schichten des schwarzen Nebels. Durch die Schuhsohlen hindurch spürte er ein Rumpeln; ein Summen ballte sich dicht hinter seinem rechten Ohr. Gayle drängte ihn weiter, ihr Geruch, die Berührung... Und er richtete sich nur ein wenig auf und verlagerte sein Gewicht auf seine eigenen Beine. Um die Ecke. Schatten, die von einer Seite zur anderen taumelten, nur ein Stück weiter vorn. Irgend jemand schluchzte hemmungslos, und er glaubte, daß es Mike war.

Der plötzliche Krach einer Woge, die dicht hinter ihnen die Wand zu durchstoßen schien. Der Gestank toter Meereswesen, die zu lange in der Sonne gelegen hatten.

Eine Vision von der Öffnung des Fasses, ein Blick zu Boden, und er schob Gayles Hand beiseite und rannte zu den anderen. Er rief ihre Namen, die Schatten stolperten und drehten sich um, und der Boden schwankte wieder, als plötzlich eine Nische in der Wand klaffte.

Mit ausgebreiteten Armen warf er sich auf die Kids, seine Schulter traf Mikes Hüfte, sein linker Arm schleuderte Kelly auf ihre Hände und Knie.

Tony wurde nicht berührt und wankte nach hinten, prallte gegen die Wand und kreischte, als etwas aus dem Dunkel griff und ihn an der Schulter packte. Sofort war Devin wieder auf den Beinen und sah die glatten, glänzenden Klauen, die Tony mit einer Faust bearbeitete und wegzuziehen versuchte, Speichel sprühte aus seinem Mund, während er unentwegt schrie und von einem Wesen, das knurrte und heulte wie ein verrückter Clown lachte, zu einem dunklen Loch geschleift wurde. Devin stolperte über irgendein Bein, als er einen Satz nach vorn machte. Im Fallen umklammerte er Tonys Fußknöchel, hielt ihn fest, obwohl der Junge um sich trat, und rief um Hilfe. Eine Zehe traf ihn unter dem Kinn, eine Fußkante donnerte gegen seine Schläfe. Er versuchte, auf die Knie zu kommen und gleichzeitig Tony zu befreien, doch die andere Ferse des Jungen schlug gegen seine Stirn, und sein Kopf zuckte nach hinten.

Seine Hand öffnete sich. Tony verschwand. Blut bedeckte die Wand.

Und es herrschte kein Schweigen, als sich die Wand schloß – das Meer kam näher, immer lautstärker, schrill und fordernd pfiff der Wind, immer beharrlicher schaukelte der Pier, und das Knacken hörte sich an, als würden gewaltige Knochen brechen.

Kelly stürzte sich auf ihn, ihre Faust hämmerte gegen sein Kinn. »Sie haben ihn sterben lassen! Ich will nicht sterben!«

Devin hielt sie fest, preßte ihr die Arme an die Rippen und zerrte sie zur nächsten Ecke. Er hörte ihr nicht zu, blickte auch nicht zurück, als Mike gegen die Wand trat und mit beiden Fäusten darauf trommelte, um sich einen Weg hindurchzubahnen.

Kelly fand ihr Gleichgewicht wieder und wehrte sich nicht mehr gegen Devin. Er stumpfte seine Gefühle ab, und als Gayle zu ihm kam, schaute er sie so ausdruckslos an, daß sie sich sekundenlang fürchtete. Dann nahm sie die Hand des Mädchens und ging weiter.

Niemand will sterben, Kelly, dachte er an der Biegung, aber einige von uns haben keine andere Wahl mehr. »Wir sind schon fast am Ziel«, sagte er. »Beeilt euch!«

Stolpernd begannen die Frauen zu laufen, stießen aneinander, prallten gegen die Wand, als der Boden anstieg und unheimliche Wellen bildete. Mike hinkte an Devin vorbei, ohne ihn anzuschauen, ohne ein Wort; seine Hände bluteten.

Devins Magen drehte sich um, als irgend etwas – eine Planke, ein Teil der Wand – im Dunkel hinter ihm herabdonnerte. Aber er setzte seinen Weg fort. Fühlte nichts. Nicht einmal Freude, als knapp zehn Meter weiter vorn die Tür auftauchte.

Kelly schrie, Gayle brachte sie zum Schweigen, Mike trat hinter die beiden und drängte sie vor sich her.

Bitte, betete Devin, bitte, lieber Gott, laß Gayle nicht sterben. Doch als er durch die Tür zur obersten Stufe taumelte, erkannte er, daß Gott nichts damit zu tun hatte. Dies war kein Gotteshaus, keine Domäne Gottes; dieser Ort gehörte dem Tod, und der Tod wußte, was er wollte.

Mike erwartete ihn am Fuß der Treppe, das Gesicht voller Schmutz- und Blutflecken, das Haar feucht und zerzaust, die Kleidung von Nässe verdunkelt. »Tut mir leid«, sagte er und streckte eine Hand aus.

Devin schüttelte sie, biß sich auf die Unterlippe, blieb nicht stehen. »Schon gut. Mir tut's auch leid, daß ich's nicht verhindern konnte.« Er wies mit dem Kinn zum

Ausgang, und sie rannten darauf zu, holten die Frauen ein, die ihre Schritte verlangsamt hatten.

»Geht weiter«, sagte Devin mit ruhiger Stimme.

Sie sahen die Öffnung im Sperrholz, sahen das Licht.

»T-tony«, flüsterte Kelly.

»Geh weiter«, war alles, was er antwortete.

Und der Pier begann, ins Meer zu stürzen.

Sie wurden zu Boden geworfen, während die Treppe zerbarst und in einer brodelnden Wolke verschwand, die wie schwarzer Dampf aussah; und was vom Dach übrigblieb, folgte bald, Fragmente sausten herab, ein Hagel aus Holzsplittern, ein Sturm aus Glasscherben und Nägeln, und alles kreischte wie der Wind im Tunnel, prallte von bereits herabfallenden Balken ab, bohrte sie in die Bodenbretter, öffnete Löcher für die Brandung, die in fächerförmigen Gischtfontänen emporstieg; die Flut wogte herein, verbog die Außenwände, drückte sie nach innen, während die Pfähle einknickten, zog sie in die Tiefe, als sie nacheinander zerbrachen und umkippten.

Devin war der letzte, der auf die Beine kam und im aufwirbelnden Staub würgte. Mit einer heftigen Handbewegung wischte er Salzwasser aus seinen Augen. Ein Blick nach oben – wo, zum Teufel, war der Himmel? Er begann zu laufen, sah Mike ein Stück weiter vorn. Verkrümmt stolperte der Junge dahin, zerrte Kelly am Ellbogen mit sich.

Der Eintrittskartenschalter brach zusammen.

»Gayle!«

»Kommen Sie, Mr. Graham!«

Er wirbelte herum, rannte zum Meeresende des Piers zurück – zum Rand eines Abgrunds voller Schutt und schwarzer, schiefer Zähne. Ein einziger Nagel glänzte darin.

»Gayle!«

Das Brett, auf dem er stand, hob sich empor, und er wurde auf den Rücken geworfen, dann fiel es hinab, und er klammerte sich hastig irgendwo fest, lag auf Händen und Knien, geblendet vom Staub, spuckte Asche, spuckte Blut, spürte die Splitter nicht, die an seinen Händen rissen und sich hineingruben. Instinktiv rollte er sich auf die Seite, als ein glasloser Teil des Dachs knapp fünf Meter entfernt herabdonnerte. Er konnte ihren Namen nicht rufen, seine Kehle war verstopft. Er fand ein Gebet – *kennst du ein Gebet um den Tod, das ich nicht kenne* – und als irgend etwas von seiner Schulter abprallte und seinen Arm lähmte, stand er auf und ging davon.

Nicht denken. Den Ausgang und das Licht beobachten. Einen Balken beiseite schieben, statt drumherum zu gehen.

»Um Gottes willen, Gayle!«

Und ein verzweifelter Sturz, ein wütender Schrei, als irgend etwas von hinten gegen seine Beine schlug und ihn niederstreckte und festhielt, so daß er sich nicht umdrehen und den Schutt beiseite stoßen konnte. Er brüllte, und seine Stimme wurde von Wind eingefangen, vom Meer, vom sterbenden Pier und erstickt. Er spürte, wie sich die Planken unter ihm hinabsenkten, wie er in die Tiefe rutschte, wie jemand seine Handgelenke packte und ihn hochzuziehen versuchte.

Spürte, wie die Kante eines Bretts seine Brust aufriß. Spürte nichts. Spürte die Sonne.

Hände drehten ihn herum, ein Schatten bedeckte sein Gesicht. Finger wischten über seine Wangen und die Stirn, Stimmen schrien, riefen Befehle, eine Sirene, tief und hoch, zerriß die Abenddämmerung.

Er konnte nicht klar sehen, konnte kaum atmen. Aber er

hörte die Stille hinter dem Lärm. Das Schattengesicht neigte sich über ihn.

»Gayle«, wisperte er.

»Mr. Graham«, sagte Kelly.

21

Die Novemberbrise kühlte ab, schon lange, bevor das Licht erlosch, und die Spaziergänger am Strand zogen ihre Handschuhe an und knöpften die Jacken zu und drückten das Kinn auf die Brust und wanderten noch eine Weile dahin, beobachteten, wie sich die Ebbe zurückzog und die Nacht vom Horizont aufstieg. Die Buden an der Promenade waren vernagelt, die Türen der Bars versperrt. Nur an den Wochenenden blieben die Einkaufspassagen für die Einheimischen geöffnet, die es zu mühsam fanden, landeinwärts zu fahren, und für jene, die jetzt hierherkamen, um den sommerlichen Touristenmassen auszuweichen und zuzusehen, wie sich das Meer vom Himmelsspiegel in ein Winterelement verwandelte. Kreischende Möwen schwebten umher. Ein Hund raste über den Sand, suchte schnüffelnd nach Schätzen, bellte die Vögel an.

Und die Sonne hielt über den Dächern inne, trommelte ihr Schattenheer zusammen und befahl ihm, in die Stadt zu kriechen.

Devin saß auf der Bank gegenüber dem Luftballonhimmel, die Hände tief in den Manteltaschen, den Hut bis zu den Augen herabgezogen. Die Kamera lag neben ihm, mit aufgeschraubtem Linsenverschluß, vom Riemen umwickelt, das Stativ lehnte an der untersten der drei Geländerstangen.

Zu seiner Rechten hörte er die Segeltücher in der Brise knattern, die auf Harragans Pier die Karussells verdeckten, das Knarren des Riesenrades, das der Wind zu einer Vierteldrehung veranlaßte. Wann immer er nach links blickte, sah er nur den Strand und die Promenade, die nach Seaside Heights führte. Der Schutt des dunklen Piers war längst weggeräumt worden, der Sand gerecht und gesiebt, und letzten Monat hatte man die letzten polizeilichen Warnschilder entfernt und im Depot gelagert, als der Strom der Touristen, Reporter und Trauergäste abgerissen war.

Devin schaute auf seine Uhr; kurz nach drei. Er blies die Backen auf, rutschte auf der Bank tiefer hinab, schlug die Beine übereinander und seufzte.

All die kleinen Ängste, dachte er zum hunderstenmal, wenn er es auch nicht mehr zählte; all die gottverdammten kleinen Ängste. Wäre er klug und zuversichtlich genug gewesen, hätte er sie vielleicht alle retten können und nicht mit ansehen müssen, wie Sal die Neonlichter im Schnellimbiß abschaltete. Und er hätte nicht mit anhören müssen, was der Priester über Gayle gesagt hatte, die nie gefunden worden war. Er hätte nicht weinen müssen und würde nicht träumen.

Er räusperte sich und schnaufte, rückte seinen Hut zurecht, den der Wind zu stehlen versuchte.

All die kleinen Ängste. Die machen das Leben aus – nicht die großen, die Schrecknisse, jene, die einen um Mitternacht würgen; nur die kleinen, die Tagesängste, die sich an die Menschen heranschleichen und sie begleiten, nicht jene, die das Herz stillstehen lassen.

Er verlagerte sein Gewicht und beobachtete einen alten Mann, der mit einem Metalldetektor am Rand des nassen Sandes entlanghumpelte, einen Schlapphut tief über die Ohren herabgezogen. Der Mantel schlug gegen die

Schienbeine, als der Wind, ein Vorbote der Nacht, auffrischte. Einmal blieb der Alte stehen, wühlte im Boden, richtete sich wieder auf und streckte den Rücken, dann ging er weiter. Vorgebeugt, auf die Maschine lauschend, die ihm Strandgeheimnisse verriet.

Der Hund war verschwunden, stumm flogen die Möwen dahin.

Und dann hörte Devin die Schritte. Er griff nach seiner Kamera, legte sie auf seinen Schoß und wandte lächelnd den Kopf, als Mike Nathan neben ihm Platz nahm. »Du hast es also geschafft.«

Mike, doppelt so breit in einer dicken Lammfelljacke, grinste zurück und schüttelte ihm die Hand. »Ich muß Ihnen sagen, das hier ist was anderes als Kalifornien. O Gott, ich habe fast vergessen, wie kalt es hier werden kann.«

Devin lachte. »Was? Du warst doch nur drei Monate weg. Was willst du denn machen, wenn du die Weihnachtsferien zu Hause verbringst.«

»Waren Sie schon mal in Kalifornien?«

Devin schüttelte den Kopf.

»Glauben Sie, dort leidet man an Gedächtnisschwund, was den Rest der Welt betrifft.«

Sie sprachen über Mikes Studium, das Leben auf dem Campus, den Pazifik, auch ein wenig über Kelly, die Devin seit ihrer Abreise nicht geschrieben und ihr Bestes getan hatte, um Mike aus dem Weg zu gehen, nachdem sie aus dem Flugzeug gestiegen waren.

Mike machte sich deshalb keine Sorgen. Er bezweifelte nicht, daß sie früher oder später wieder zu sich selbst finden würde, wenn das Trauma ärztlich behandelt wurde, wenn sie ihn wieder anschauen konnte, ohne an Tonys Grab zu denken. Ein leeres Grab. Nie gefunden...

Devin vermutete, daß der Junge log.

»Sie waren in Arizona, nicht wahr?« sagte Mike. »Dort soll's ganz nett sein, all die Kakteen und so.«

Devin nickte. Nach der Entlassung aus der Klinik, als die Fäden gezogen und die Narben verblaßt waren, hatte Ken Viceroy auf ihn gewartet. Sie redeten miteinander, Devin weinte, sie redeten noch länger und entschieden, Arbeit wäre die beste Kur; und wenn schon eine Kur, dann wenigstens ein Teil des Heilprozesses. Den Großteil des Oktobers hatte er damit zugebracht, durch die Wüste und über die Berge außerhalb von Tucson zu wandern und war dann mit Fotos zurückgekehrt, die Ken als die besten seines Lebens bezeichnete.

Er selbst war sich da nicht so sicher. Auch nicht, als Ken an diesem Morgen eine Nachricht auf dem neuen Anrufbeantworter hinterlassen hatte – ein Buch sollte erscheinen, noch ein Flugticket, Devin brauchte nur zuzugreifen.

Als er seinen Bericht beendete, schlug ihm der jüngere Mann grinsend auf die Schulter, ein aufrichtig gemeinter Glückwunsch; dann stand Mike auf und klemmte das Stativ unter den Arm. Sie gingen über die leere Promenade.

»Ich habe nachgedacht«, sagte Mike ein paar Minuten später in den Wind. »Über Ihren Brief.«

»Und?«

»Ich weiß nicht...«

All die kleinen Ängste. Der banale Rat, den er Julie gegeben hatte – sie solle sie gleichsam in Form bringen, damit sie mit ihnen fertig werden könne, und sich nicht unterkriegen lassen. Mike hatte seine Hüfte, Kelly ihre Eltern, er selbst fürchtete, erwachsen zu werden und seinen Sinn für die Kunst zu verlieren – kleine Ängste, die nicht sterben wollten, die man nicht unterjochen konnte, die ihnen durch ihre Beharrlichkeit irgendwie Schutz boten, die Kraft zum Überleben. Ihnen beiden – den anderen nicht. Alles, was Tony am Ende besessen hatte, war die unerprobte Angst vor dem Verlassen seines Zuhauses gewesen; und alles, was Gayle von Anfang an besessen hatte, war die unerprobte Angst gewesen, etwas falsch zu machen.

»Ich weiß nicht«, wiederholte Mike. »Ständig blättere ich in meinen Büchern. Es muß doch irgendeinen Hinweis darin geben, aber ich finde ihn nicht.«

Devin griff nach dem Arm des Jungen und drückte ihn kurz. »So etwas kann man nicht erforschen, Mike. Entweder man glaubt daran, oder man läßt es bleiben. Wenn du eine andere Erklärung hast – die würde ich liebend gern hören.«

Sie erreichten den einstigen Standort des dunklen Piers, von dessen ehemaliger Existenz nur mehr die neuen Planken kündeten, die jetzt die alten, zerbrochenen, ins Meer gestürzten ersetzten. Der Metalljäger durchstöberte immer noch den Sand, den Kopf wie ein Vogel schief gelegt.

»Ich fühle nichts«, sagte Mike, nachdem sie einige Minuten lang am neuen Geländer gestanden hatten, sah Devins fragenden Blick und fuhr fort: »Ich meine, wir müßten irgendwas spüren, vielleicht eine geisterhafte Vibration. Sie begreifen doch, was ich meine?«

Devin grinste. »Falls du hören willst, wieso ich glaube, daß dies einer der Orte ist, von denen ich dir geschrieben habe – das kann ich dir nicht sagen. Ich weiß nicht einmal, ob sie Gefühle haben – ob irgend etwas auf sie hindeutet. Vielleicht war das alles nur gottverdammtes Pech, vielleicht waren wir einfach zur falschen Zeit am falschen Platz und hatten Glück, weil wir ...« Er machte eine Pause und schluckte. »Weil wir davongekommen sind.«

Der alte Mann blickte zu ihnen herauf, runzelte die Stirn und kniete nieder.

Mike wies mit dem Kopf zu ihm hinüber. »Er glaubt, wir wollen seine Schätze klauen.«

»Lach' ihn nicht aus! Sogar um diese Jahreszeit findet er an einem Tag mehr Münzen als andere Leute in einer Woche verdienen.«

»Ohne Witz?«

Devin grinste, und der alte Mann tauchte eine Hand in den Sand.

»Ich vermisse ihn«, sagte Mike endlich. »O Gott, Devin, ich vermisse ihn.«

Devin senkte den Kopf. Nicht einmal draußen in der Wüste, versunken in einer Welt, die von seiner Linse definiert worden war, hatte er eine einzige Nacht erlebt, ohne zu erwachen und Gayle in der Tür stehen zu sehen. Sie stand einfach nur da. Wartete. Auf ihn, damit er sie rettete.

Seit der Rückkehr nach Oceantide sah er sie nicht mehr, und er hatte den neuen Namen über der Tür des Zeitungsladens gelesen.

Mike zuckte mit den Schultern. »Ich muß gehen. Meine Eltern – heute ist Erntedankfest, und sie...«

»Natürlich«, erwiderte Devin.

Sie machten kehrt, dann blieb Mike stehen, schüttelte den Kopf und schaute noch einmal zu dem alten Mann hinunter, der nun mit beiden Händen im Sand grub. »Wenn – nur mal angenommen, verstehen Sie? Also – wenn das einer dieser Orte ist, dann sollten wir vielleicht nicht mehr hierherkommen, ich meine, vielleicht...« Sein Grinsen verriet Devin, wie albern er sich fühlte, wie verängstigt er war.

»Ich weiß es nicht«, erwiderte Devin.

Mike schaute weg, auf das Meer.

Verblüfft schrie der alte Mann auf. Devin blickte zu ihm hinüber, fragte sich, was er diesmal gefunden haben mochte, und sah ihn etwas in die Richtung der Promenade werfen. Dann erhob sich der Alte steifbeinig, ergriff seinen Detektor und eilte nach Norden, fast im Laufschritt.

Neugierig trat Devin ans Geländer und beugte sich darüber, um nach dem Gegenstand Ausschau zu halten, den der Alte weggeworfen hatte. Vielleicht die Schale eines Molukkenkrebses – die würde jedem den Magen umdrehen, wenn er zufällig darauf stieß.

Mike stand hinter ihm und trat von einem Fuß auf den anderen. »Devin!«

Und da hatte Devin den Fund entdeckt, gleich neben dem tiefen Schatten des Bretterstegs.

»Devin – ich glaube, zu Weihnachten werde ich nicht nach Hause kommen.«

Messing. Eine Plakette.

»Ich – meine Eltern werden nach San Francisco ziehen, und – ich bin eigentlich nur gekommen, um mich zu verabschieden.«

Und auf der Plakette stand *Das Haus der Angst.*

Devin schloß die Augen und sagte sich, daß es nur ein Widerschein der winkenden Sonne war.

Das Haus der Angst. Rot umrandet.